Terézia Mora

Auf dem Seil

Terézia Mora

Auf dem Seil

ROMAN

Luchterhand

0.

Prolog

Ich kann nicht anders, als glücklich zu sein.

Darius Kopp stand in der Mitte des Gartens, auf dem freien Platz zwischen Blumenbeet und Olivenbäumen, und sah zum Vulkan hinauf. Es war noch so früh am Morgen, dass der Garten dunkel und feucht war, aber oben war die Sonne schon aufgegangen. Die Wolken hatten sich zu einer Halskrause zurückgezogen, der Kegel stand klar. Ein langes weißes Rauchhaar hatte sich gelöst und schwebte hinaus Richtung Meer. Der Blick auf den Vulkan am frühen Morgen und zu jeder anderen Tageszeit: das ist unverderbbar.

Als Gabriella, wie jeden Tag, um 5:50 aus dem Fenster sah, stand Kopp immer noch da. Sie öffnete das Fenster und wünschte ihm einen guten Morgen.

Du bist wach, gut, dann ist ja genug Zeit. Die Glühlampe in der 3 muss gewechselt werden und die Steckdose ist auch lose.

Ich muss gegen 8 los, sagte Kopp.

Sag ich doch.

Ich bin noch nicht geduscht. Das sagte er nicht mehr. Er holte es auch nicht nach. Er wusch sich nur Gesicht, Hände, Achseln. All das dauerte nicht lange genug, als dass das Wasser warm geworden wäre. Rasieren: immer, falls nicht, würde sie ihn später sowieso dazu auffordern. Sie weiß, was angemessen ist, wann was zu tun ist, und sieht es als ihre Aufgabe an, es auch ihm zu sagen. Das ist meistens gut, es ist ihr Haus, ihre Heimat, niemand (jedenfalls nicht Darius Kopp) kennt sich besser aus als sie. Manches ist natürlich überflüssig bis bevormundend, aber darüber sehen wir hinweg. Noch einmal: sie ist die Chefin. Also gehorchte Kopp auch diesmal und ersetzte die Glühbirne noch vor dem Frühstück. Leider stellte sich heraus, dass die Lampe einen Kurzschluss hatte, die neue Glühbirne knallte gleich durch. Kopp fluchte (leise).

Er ging in die Küche und teilte Gabriella mit, dass die Lampe kaputt sei. Gabriella war gerade dabei, das Frühstück für die beiden Familien in den Apartments 2 und 6 herzurichten. Die Milch bildete eine Haut, ob sie deswegen mürrisch war oder nur konzentriert?

Na, dann kauf halt eine neue. Gibt's alles im Hipermercato. Wenn du die Lebensmittel holst.

Eine neue Fassung würde reichen, der Schirm ist noch gut.

Du bist der Experte.

Aber ich bin heute mit Francesco unterwegs.

Na und?

(Der Hipermercato hat bis 10 auf. Ich werde also alles noch heute und nicht morgen oder nie erledigen.)

Und die Steckdose?

Die habe ich noch nicht gemacht.

Dann mach sie.

Ich habe noch nicht gefrühstückt.

Es sind ja nur zwei Schrauben.

Haben wir überhaupt die richtigen Schrauben?

Woher soll ich das wissen?

Kopp war der Überzeugung, dass sie nicht die richtigen Schrauben da hatten, man müsste also auch Schrauben kaufen.

Gabriella sagte darauf nichts mehr, sie ging in den Gastraum. Kopp blieb zurück und aß (stehend, mit den Fingern direkt in den Mund) das, was nach der Zubereitung des Frühstücks für die Gäste auf dem Tisch liegen geblieben war.

Die Steckdose schaffte er dann nicht mehr, bevor er aufbrach. Gabriella verzog einen Mundwinkel, sagte aber nichts. Die Gäste waren in Hör- und Sichtweite. Darius Kopp winkte ihnen im Losfahren freundlich zu. Eine Frau winkte zurück.

Das Glücksgefühl kehrte wieder, sobald er das Tor hinter sich geschlossen hatte, und endgültig, als er über die schmalen Wege vom Agriturismo Richtung Autobahn schaukelte. Links und rechts Feldsteinmauern, Reisigzäune oder einfach Macchia. Es hat immer nur einer Platz, aber es gibt Buchten, in denen man warten kann. Eine dieser Buchten ist unter einer Steineiche, dort stand jemand und wartete auf Kopp und nickte ihm zu. Ob wir bekannt sind? Vielleicht kennt auch nur er mich. Bis zur Mautstelle dauerte es eine halbe Stunde, er war pünktlich da. Er wartete im Nieselregen, im Dieselgeruch, bis Francesco kam.

Francesco Verla, genannt Tedesco, hatte Darius Kopp vor etwas mehr als einem Jahr am Rande eines Kraters der Monti Sartorius aufgefunden. Kopp hatte sich bei der Bergstation, wo die Straße für Normalsterbliche endet, unter dem Schutz der niedrig hängenden Wolken und des Sprühregens so lange an Kraterrändern und Pfaden durch die erkaltete Lava hin und her gewendet, bis er alle anderen (Touristen, Führer) aus den Augen verloren hatte, bzw., worum es eigentlich ging, bis *sie ihn* aus den Augen verloren hatten. Er hatte einen Job zu erledigen, für den er allein sein musste. Er war dafür Monate lang über den Kontinent geirrt und dabei endgültig pleitegegangen, das Geld, hierher zu kommen, hatte er sich bei einer Frau in Athen geliehen. Er hatte lange nicht gewusst, was er tun sollte, dann wurde es ihm innerhalb eines Augenblicks klar. Er packte die Asche seiner verstorbenen Frau in einen (ebenfalls geliehenen) Rucksack und hielt nicht an, bis er es auf den Ätna hinauf geschafft hatte. Bis auf halber Höhe des Ätna, wohin es Touristen legal eben schaffen können. Dort wendete er sich unter dem Schutze der niedrig hängenden Wolken und des Sprühregens so lange hin und her, bis er sich endlich allein genug wähnte. Um dann festzustellen, dass er erheblich schlechter vorbereitet war, als es sich für einen Abenteurer, der allein auf einem aktiven Vulkan unterwegs sein will, geziemte. Er hatte kein GPS dabei, nur ein billiges Handy (geliehen, geliehen, mittlerweile alles). Mit dessen (unbrauchbarer) Hilfe watete er mehrere Stunden durch den Nebel, er wusste nicht einmal, ob auf-, ab- oder seitwärts. So findest du natürlich nichts. Soviel war ihm schon an der Bergstation klar geworden, dass es so, wie man es sich in seinen wilden Träumen vorstellt, nicht sein kann: dass da ein großer Krater ist und du kommst dahin und wirfst feierlich deine Vergangenheit hinein. Aber damit, mit diesem uferlosen Geröll und Nebel, konnte er sich auch nicht zufriedengeben. Es musste ein Ort sein, den er die Chance hatte wiederzufinden, sonst hättest du dir diesen ganzen langen Weg auch sparen können, dann hättest du sie ja gleich …

Er war mehr als erleichtert, als er wieder auf eine Straße traf. Diese verließ er nicht mehr, er lief so lange bergauf (denn er war, wie sich herausstellte, im Nebel nach unten gewandert), bis er einen Wegweiser fand. Auf diesem stand Monti Sartorius, gleichzeitig rissen die Wolken ein wenig auf, etwas mehr Licht fiel auf die Szenerie und innerhalb dieser auf einen Trampelpfad, der ins Gelände führte. Er wanderte an einem Birkenwäldchen vorbei bis auf den Rand eines kleinen Kraters hinauf, wo ein vom Blitz getroffener Baum stand. Das ist der Ort. Die Wolken zogen jetzt noch schneller, Licht, Schatten, Licht, Schatten, Wind schob Schwaden hin und her, bis sie genügend auseinandergetrieben waren, um einen Blick auf die Straße von Messina freizugeben. Kein Zweifel. Das ist der Ort. Kopp hockte sich hin und klaubte die Urne aus dem Rucksack, ohne den Blick von der aufblinkenden und wieder verwehten Aussicht zu nehmen. Öffnete vorsichtig den Deckel und ließ die Urne eine Weile offen stehen. Der Wind wehte eine Prise Asche heraus. Später kippte Kopp die Urne etwas an, und dann noch etwas mehr, so lange, bis ihr gesamter Inhalt herausgerieselt und nichts mehr da war, das nicht so aussah, als gehörte es immer schon zum Berg.

Wie lange hatte das gedauert, keine Ahnung, er war so versunken, von Zeit zu sprechen wäre Nonsens. Es war hell, als er damit anfing und immer noch hell, als er feststellte, dass er nicht mehr alleine war. Eine Gruppe Touristen war hinter ihm erschienen und dann auch neben ihm, andere finden das auch einen schönen Platz, andere möchten die Aussicht fotografieren. Er richtete sich auf und fand sich Francesco gegenüber, der ihn anlächelte. Kopp hatte die Urne noch in der Hand. Er tat so, als würde er den Mann, der direkt vor ihm stand, nicht sehen, verstaute die Urne in seinem Rucksack und machte sich daran, den Ort zügig zu verlassen, doch Francesco ließ sich nicht beirren, er lächelte weiter und sprach Kopp schließlich sogar an. Erst auf Englisch, dann, nach dem ersten Wort, das Kopp aussprach, auf Deutsch.

Der Beginn unserer wunderbaren Freundschaft. Man nennt mich Francesco Tedesco, weil ich 16 Jahre in Ditzingen gelebt habe und seitdem korrekt wie ein Deutscher bin. Er war vollkommen im Bilde, was mit Kopp los war und bot ihm an, ihn mit dem Jeep mit hinunter zu nehmen, er hätte noch einen Platz frei. Kopp war müde und stimmte zu, nur eine Adresse, zu der er gefahren werden wollte, konnte er nicht nennen.

Brauchst du eine Übernachtung?

Ja, die brauche ich wohl.

So kam Kopp zu Gabriella.

Das ist jetzt mehr als ein Jahr her. Es ist ein Ostern vergangen, als er und Gabriella ein Paar wurden, und ein Weihnachten, als alles schon wieder abgekühlt war, jetzt wird es bald wieder Ostern sein. Er bekommt Kost und Logis für die Reparaturen und die Besorgungen, die er für Gabriella ausführt, sein Taschengeld verdient er sich als Fahrer bei Francescos Ätna-Touren.

Die Gäste des Tages waren: eine alleinreisende Frau (Lehrerin in München), ein Paar mit einem Mädchen und ein Vater mit einem Jungen. Kopp fuhr, Francesco redete. Sie waren der zweite Jeep in der Kolonne, vor ihnen das »Minensuchfahrzeug« (keiner von uns war je in einem Krieg, jeder von uns kennt das Wort), hinter ihnen zwei weitere Fahrzeuge. Off-Road über die Lava von 1951. Der Ausbruch beförderte 170 Millionen Kubikmeter Lava herauf und vernichtete beinahe die Ortschaften Milo und Fornazzo. Mittlerweile könnte ich das auch alles erzählen, aber als Neuling ist nichts sagen zu müssen mein Privileg.

Den ersten Halt machten sie an der vernichteten Seilbahn-Talstation des Ausbruchs von 1971. Francesco ging mit den Gästen in die Lavahügel, Darius Kopp durfte mit den anderen Fahrern an den Fahrzeugen stehen bleiben und einfach nur die frische, nach Stein und Schnee riechende Luft einatmen. Dieses Jahr ist mehr Schnee als letztes Jahr um diese Zeit. Einige der Touristinnen suchten nach schwer einsehbaren Stellen, die sie als Toilette benutzen könnten, fanden sie nicht bzw. fanden sie falsch, Kopp und die anderen Fahrer wandten sich schamhaft lachend ab, und da geschah es.

Als er sich ein halbes Mal um die eigene Achse gedreht hatte, fand er sich einer kleinen, zu dünn gekleideten Frau gegenüber. Sie war hinter ihm stehen geblieben, um ihren Pferdeschwanz zu öffnen, damit die roten Ohren wenigstens von ein wenig Haar gewärmt würden, da drehte er sich um und ihr Blick fiel geradewegs in seinen.

Dari.

Während sich ihr Haar langsam und in Strähnen aus dem ehemaligen Zopf löste und auf ihre Schultern sank. Für einen Moment sah Kopp nur die in Zeitlupe der fallenden Haare und ihre Lippen ohne Ton, die »Dari« formten. Später stellte er wieder scharf und sah sie ganz. Hinter ihr stand eine weitere Frau, eine größere Blonde, offenbar gehörten sie zusammen. Kopp kannte die blonde Frau nicht. Die kleine Dunkelhaarige kannte er.

Wann haben wir uns zuletzt gesehen? Vor 2 Jahren oder vor 3? Dem Gefühl nach müssten es mehr sein. Nach 20 Jahren seine

Schwester wiedersehen. (Und wenn es 50 wären? Das ist bereits unvorstellbar.)

Vor 2, nein, mittlerweile 3 Jahren war Darius Kopps Frau gestorben, wenig später brach er den Kontakt zu seiner Familie ab. *Jemandem* entfuhr ein Satz, der »ist vielleicht besser so« beinhaltete, woraufhin er aufstand und ging, aber vorher sagte er noch, dass er nun gehen müsse und verabschiedete sich auch ordentlich. Wann wird es ihr aufgefallen sein? Nicht an seinem Geburtstag, nicht, wenn sie nur eine SMS schrieb. An ihrem eigenen vielleicht, ein halbes Jahr später. Wie alt war sie jetzt? 49 – 14 = 35. Immer noch ein viel zu großer Altersunterschied.

Darius, sagte Darius Kopps jüngere Schwester Marlene. Was machst du hier?

Er kniff den Mund zu einem Lächeln und zuckte langsam die Achseln. (Siehst du doch.) Er fügte noch eine angedeutete Kopfbewegung hinzu, nach hinten, zu den Jeeps, den anderen Fahrern.

Marlene blinzelte. Wie ein Vögelchen. Sah ihn auch so an. Als wäre es abwechselnd mit dem einen und dann mit dem anderen Auge. Die Gruppen und ihre Guides verschwanden gerade im Geröllfeld hinter der halb überrollten alten Talstation. Die blonde Frau hinter Marlene schaute ihnen nach. Sobald die anderen verschwunden waren, gab sie auf und sah nun wieder die beiden Geschwister an.

Marlene hat Augen mit einer kaleidoskopartigen, aus grünen und blauen Punkten bestehenden Iris. Es ist schwierig, dort hinein zu sehen. Sie starrte ihn mit diesen Augen an, bis ihr klar wurde, dass, wenn sie wollte, dass geredet wird, sie es selbst tun musste.

Wie sich herausstellte, hatte man recht bald registriert, dass er weg war. Darius Kopps Mutter hat eine Woche nach ihm Geburtstag. Als er sich nicht meldete, rief Marlene, wie es sich gehört, bei ihm an, aber unter der ihr bekannten Nummer meldete sich niemand. Da knöpfte sie sich ihre Tochter Lore vor, die einige Wochenenden zuvor in Berlin gewesen war und behauptet hatte, bei ihrem Onkel übernachtet zu haben. Das hatte Marlene ihr natürlich keine Minute lang geglaubt, ich kenne sie, weil ich mich kenne, sie wird bei irgendwelchen Halbbekannten gewesen sein, wenn es gut lief, aber nun wäre es ihr, Marlene, doch lieber gewesen, das heißt, nicht lieber als sonst auch schon, dass sie vielleicht doch einmal, ausnahmsweise, die Wahrheit gesagt hätte. Sie knöpfte sie sich also vor, wie es denn bei ihrem Onkel Darius gewesen sei, und die Göre sagte: gut. Als Marlene Details wissen wollte, sagte sie: keine Ahnung. Als sie auf sie eindrang, sie möge ihr diesmal, ausnahmsweise, die Wahrheit sagen, sagte sie: Lass mich in Ruhe, was willst du eigentlich von mir? Sie, Marlene, sei Monate lang sehr in Sorge gewesen, aber alle (???) sagten: Er ist ein erwachsener Mann, finde dich damit ab, ich muss mich auch damit abfinden.

Damit beendete sie ihre Geschichte und sah ihn wieder an. Er wäre jetzt wieder dran gewesen, etwas zu sagen, aber es fiel ihm kein Satz ein. (Erste Idee: die Nichte verteidigen. Behaupten, sie wäre wirklich bei ihm gewesen. Wieso? Einfach so. Er kennt sie kaum, sie tut ihm einfach leid. Auch das könnte er nicht erklären. Warum leid? Es ist einfach so.) Schließlich sagte er:

Ich bin ein Jahr nach Floras Tod losgefahren.

Ihre Augen flatterten, vielleicht rechnete sie nach, versuchte, einen Punkt in der Zeit zu finden. Er schob hinterher:

Meine Frau.

Ich weiß, sagte sie.

Langsam wurde es eindeutig, wie sie hier standen, dementsprechend bekam sie nun auch ihr Wut-Gesicht. Das ist bei ihr weiß. Und er? Konnte nicht anders, als noch einen drauf zu setzen:

Willst du dir nicht die Führung ansehen?

Und dabei lächelte er die blonde Frau hinter ihr an.

Das war zuviel. Marlenes Augen füllten sich mit Tränen.

Scheiße, sagte sie und schniefte.

Sie kam zu ihm und umarmte ihn, drückte ihren Kopf an seine Brust. Er stand da, lächelte die blonde Frau an, langsam wird's wirklich dämlich, sie lächelte auch nicht zurück. Marlene derweil bohrte ihren Kopf hart in seine Brust hinein, solange, bis er eine Reaktion zeigen musste. Au!

Sie ließ ihn los, ihre Wangen waren jetzt gerötet. Die Gäste und die Guides kamen bereits aus den Kratern wieder. Die Fahrer der drei anderen Jeeps lösten ihre Gruppe auf und gingen zu ihren Fahrzeugen.

Die blonde Frau hinter Marlene übernahm jetzt die Initiative. Sie kam hervor und streckte die Hand aus:

Grüß dich, ich bin Daggi. Dagmar. Wir haben ein Geschäft zusammen. Marlene und ich. Ich habe schon viel von dir gehört.

Er fühlte, wie er rot anlief. Aber wenn mich jetzt jemand fragen würde, wieso, könnte ich es nicht sagen. Oder doch. Ich bin wütend. Aber das zu erklären, wäre nicht mehr möglich.

Francesco kam mit den Gästen ihres Jeeps an, Marlene hatte Kopp zum Glück schon losgelassen. Er trat von ihr weg, schloss die Türen des Jeeps auf und stieg mit demselben Schwung ein, nickte Marlene und ihrer Freundin noch einmal zu und schloss die Fahrertür. Klack.

Er sah sie durch die Seitenscheibe: wie sie dastand, wo er sie gelassen hatte und zu ihm herein starrte, bis diese Daggi sie am Arm nahm und sie in Richtung ihres Jeeps wegführte.

Kanntest du die? fragte Francesco.

Eine alte Liebe von mir, sagte Kopp.

(Warum, um Gottes willen? Ich weiß auch nicht. Als würde langsam Gift durch mich hindurch sickern. Als würde man mich mit Gewalt wecken.) Er fuhr mit halb geschlossenen Augen bis zum nächsten Haltepunkt.

Anhalten, aussteigen, den Kofferraum öffnen, die Ausrüstung für die Besichtigung einer Eishöhle verteilen. Den Kindern beim Anlegen der Helme helfen, den Erwachsenen Sicherungsseile, Helme, Taschenlampen geben. Und irgendwo ist Marlene. Das stille Sickern hatte aufgehört, jetzt war es, als würde etwas Großes, Metallenes in dem kleinen, metallenen Raum in seiner Brust hin und her kugeln.

Als alles ausgegeben war, setzte sich Kopp wieder in den Jeep und wartete jede Sekunde darauf, dass sie gleich wieder hinter der Seitenscheibe erschien. Das ist ihre Art, sie gibt nicht auf, sie steigt dir so lange aufs Dach, bis sie erreicht hat, was sie erreichen will oder ihr euch so in die Haare bekommen habt, dass sie mit einem Krach abtreten kann. Aber sie kam nicht. Ist sie doch tatsächlich mitgegangen zur Höhle. Lässt sich abseilen unter die Erde, leuchtet mit ihrer Taschenlampe hierhin und dorthin und steigt am Ende wieder hoch. Vielleicht genauso, wie diese Daggi es ihr geraten hat. Was machst du nur? Was mach ich nur? Sie hat dich gefunden, nein, wiedergetroffen, na und? Was ist so schlimm daran? Ich weiß auch nicht. Vielleicht sage ich bald: nichts, aber im Moment bin ich noch geschockt. Er nahm den Rückkehrenden die Ausrüstungen ab und räumte sie wieder in den Wagen, ohne einmal aufzublicken.

Die dritte Station war dort, wo der vom Blitz getroffene Baum steht. Seitdem er die Asche dort gelassen hatte, war Darius Kopp nicht mehr direkt am Krater gewesen. Er bleibt immer unten an der Straße stehen mit dem Jeep. Sitzt da und schaut sich den von Blitz getroffenen Baum vor seinem inneren Auge an, er sieht ihn ganz genau, dahinter die Straße von Messina, zu seinen Füßen poröse Vulkanerde. Ich denke gar nicht mehr an dich, nicht als Person. Manchmal an diesen Ort. Ich habe ein Postkartenbild davon abgespeichert, unversehrbar.

Aber, natürlich, wie es kommen muss, diesmal kam Marlene. Sie klopfte an die Scheibe auf der Beifahrerseite, er ließ sie einsteigen. Sie setzte sich auf Francescos Platz.

Entschuldige, sagte sie. Ich war eben ziemlich aufgewühlt. Den Bruder plötzlich wiederzufinden. Und dann dort, wo man es nicht erwartet hätte.

(Und wo hättest du es erwartet? Frag nicht.)

Was machst du hier? Lebst du jetzt hier?

Sieht so aus.

Gefällt's dir?

Ja.

Wo wohnst du?

Nicht weit von hier.

Sie presste die Lippen aufeinander. Nicht weit von hier, nicht weit von hier.

Geht's dir gut? Hier?

Ja, sagte er.

Den Eltern, sagte Marlene, ihre Stimme war etwas schärfer geworden, sie artikulierte mehr, den Eltern geht es gut. Vater ist … gesund. Und Mutter hat sich arrangiert. Man musste nicht noch mehr vom Bein abnehmen.

Kopp nickte. Das ist gut.

Und mir, sagte Marlene, noch ein Stück lauter, mir geht es auch gut. Wir haben mit Daggi einen Salon zusammen. Es läuft gut. … Den Kindern geht es auch gut. Sie gehen beide nicht gern zur Schule und wissen nicht, was sie werden wollen. Kann man nichts machen.

(Wie alt sind die eigentlich? Ist das Mädchen schon 16? Und der Junge? 12 oder 13?)

Sie saßen da, schauten sich an, was es zu sehen gab: die Straße, die Bäume, etwas Schnee auf Vulkangestein, einen anderen Jeep. Gleich legt sie ihre Hand auf meine, gleich umarmt sie mich, gleich bricht sie in Tränen aus, das ist ihre Art, klammert sich einem mit ihren kleinen, harten Armen um den Hals, dass es weh tut.

Oder nicht. Nicht unmöglich, dass sie sich in den letzten Jahren auch etwas verändert hat. Sie saßen eine Weile stumm da. Dann erzählte Marlene noch etwas von ihrem Urlaub, den sie mit Daggi hier macht. Wo sie wohnen (Taormina), wie das Hotel ist (nett, klein), was sie unternehmen. Darius Kopp nickte, als kannte er das alles. Dann kamen auch schon die ersten Gäste aus den Kratern zurück, verfrüht. Es waren die Frauen in den Sommerklamotten, bibbernd, lachend über den festgetrampelten Schnee auf dem Pfad balancierend. Sie gehörten zu einem anderen Jeep. Als Nächstes kamen dann schon die Kinder aus Kopps Fahrzeug, er ließ sie einsteigen. Marlene blieb auf dem Beifahrersitz sitzen. Was hat sie vor? Was es auch immer war,

Francesco kam, öffnete die Beifahrertür, strahlte sie an und sagte, dass es jetzt weiterginge, während er ihr mit einer einladenden Bewegung seines Arms zeigte, wohin sie aussteigen sollte, und Marlene stieg aus.

Francesco war nicht gerade begeistert, als Kopp ihm mitteilte, er habe mit Davide ausgehandelt, dass dieser seine Gäste zum Mittagessen ins Agriturismo fuhr, während Kopp Davides Gäste, die nur die Halbtagestour gebucht hatten, zu ihren Unterkünften zurückbrachte. Aber was konnte Francesco machen, du kannst vor den Gästen keine lange Auseinandersetzung anzetteln, außerdem war es ja auch wirklich egal. Hauptsache, jeder kommt dort an, wo er bei Zeiten sein muss.

Kopp brachte Davides Gäste zu ihren Autos bzw. Unterkünften, stellte den Jeep ab, stieg in Gabriellas Wagen um und fuhr zum Hipermercato. Vom Parkplatz aus schrieb er eine SMS an Gabriella, er sei jetzt doch am Markt, ob sie eine Einkaufsliste für ihn habe.

In dem Moment, da er die Nachricht abschickte, wurde ihm erst klar, wie sehr er auf dem Holzweg war. Er hatte keine Einkaufsliste dabei und auch kein Geld für Einkäufe, weil er beides erst bekommen hätte, wenn er die Gäste zum Agriturismo gebracht und Gabriella beim Servieren geholfen hätte.

Der Schrecken, der mich dabei durchfährt. Eine veritable Hitzewallung. Du hast Angst vor der Frau, in deren Haus du lebst. So, jetzt ist es raus.

Anfangs – Wann war der Anfang, er scheint so unendlich weit zurückzuliegen, dabei war es doch nur ein Jahr –, anfangs umhegte sie ihn, als hätte sie 7 Jahre einsam auf einer Insel gehockt und darauf gewartet, dass die Götter sein Schiff an ihr Ufer wehten. Der treulose Vater ihrer zwei Töchter hatte sie verlassen, er sagte, er wolle »endlich leben«. Jetzt ist er in Mailand, der Depp. Sie erzählte das gleich am ersten Abend, quasi als Vorstellung, ich bin Gabriella, mein Mann hat mich verlassen, kannst du das glauben? Sie zündete Kerzen an, ihr Haar, ihre Zähne glänzten. Sie hielt sich nicht zurück, sie fragte ihn auch nach seiner Frau, Francesco hatte ihr das mit der Asche gleich erzählt, als unwiderlegbares Argument: das ist der Mann, du musst ihn aufnehmen. Sie fütterte ihn, sie kaufte ihm im Hipermercato neue Klamotten statt seiner eigenen, die auf der langen Reise fadenscheinig oder unrettbar schmutzig geworden waren. Das kostet doch nichts. Sie schnitt ihm die Haare und bat ihn, ob sie ihn rasieren dürfe, sie habe auch ihren Großvater und ihren Vater immer rasiert, und für ihn war rasiert zu werden tatsächlich einer der zu selten in Erfüllung gegangenen kleinen Träume. Sie rasierte ihn mit einem echten Rasiermesser und wohlriechender Seife, sie beugte sich kichernd über ihn und am Ende hatten sie Sex, wie in einem vorhersehbaren und dennoch gerne geschauten Liebesfilm. Eine schöne Frau Mitte vierzig und nicht prüde, er war einigermaßen schockiert, was für eine schlechte Leistung er brachte. Zuerst hieß es Anlaufschwierigkeiten, später sagte er: der Lack ist nun einmal ab, ich werde alt. Sie dachte natürlich, das würde bedeuten, dass sie alt wurde, bin ich zu alt, bin ich zu fett, zwei Kinder geboren, umsonst sagte er: nein, nein, schau doch mich an. Es liegt alles an mir. Mittlerweile glaubt sie ihm, das heißt, sie hat eingesehen, dass das, was sie von ihm präsentiert bekommt, das ist, was tatsächlich da ist, und dass nichts anderes da ist, und seitdem ist alles eher mürrisch. Wir halten uns an den schönen Momenten des Tages fest. Dem Sonnenaufgang, dem Anblick des Bergs, der Olivenbäume. Oder, dass das Meer nahe ist. Obwohl ich es absprechen muss, wenn ich ans Meer will. Es ist ihr Auto, und wieso fragst du eigentlich nicht, ob ich nicht auch ans Meer will? Als ob ich Zeit hätte, ans Meer zu fahren. Einer muss die Arbeit schließlich machen. Und einen Tag später, lächelnd, dass er ja jetzt eigenes Geld bei Francesco verdiene, ob er sich nicht an den Kosten für die Lebensmittel und das Zimmer beteiligen wolle? Klar, sagte er. Sie sagte 300 an, als Freundschaftspreis, aber das wird nicht mehr lange so bleiben, denn er hat immer noch etwas, das er beiseitelegen kann, und ich weiß, das wurmt sie. Den letzten Sex hatten wir vor 2 Monaten, hinterher war sie sauer.

An dieser Stelle fiel ihm ausgerechnet seine Schwester wieder ein und ihm wurde übel. Der Magen ist leer. Ich muss etwas essen.

Die Durchsuchung seiner Taschen brachte ihm 12 Euro und einige Cent ein. Das reicht für Pizza Bianca, Mortadella und Tomaten. Eine Flasche Wasser war noch im Auto. Der Rest des Geldes reichte noch für eine einfache Lampenfassung, und er kaufte auch diese, aber dabei brannte ihm schon wieder das Brustbein. Du kaufst die Lampenfassung, um etwas zu haben, das sie möglicherweise besänftigt, du willst das nicht, du willst sie nicht besänftigen müssen, aber du kannst die Lampenfassung einfach nicht dalassen.

Die Hälfte der Lebensmittel stopfte er sich gleich hinter dem Lenkrad sitzend in den Mund. Er hätte gut und gerne alles verschlingen können, aber er hielt sich zurück, damit er noch etwas hatte, mit dem er sich auf den Weg Richtung Meer machen konnte. Der Tank war zum Glück voll. (Ihr Tank. Was soll's.)

Er hatte keinen genauen Plan, irgendwo werden wir schon herauskommen. Diesmal in einer Ferienhaussiedlung, die entweder Lampanella heißt oder anders. Im frühen April noch größtenteils verlassen. Gabriellas weißes Auto war das einzige auf dem für den Sommer sonst hoffnungslos unterdimensionierten Strand-Parkplatz. Vom Parkplatz führte zum einen eine steinerne Treppe, zum anderen ein Trampelpfad zwischen hoch gewachsenem Unkraut nach unten. Kopp nahm den Trampelpfad, der zu einem Uferabschnitt neben dem offiziellen Badestrand führte. Hier war es felsig und manche Ecken dienten als Toilette und/oder Müllabladeplatz. Kopp wählte einen Felsen, der nah am Meer lag und sauber und groß genug war für einen dicken Mann und sein Picknick.

Pizza Bianca, Mortadella, Tomaten. Als würdest du es zum letzten Mal essen. Das kannst du nun wirklich nicht wissen. Aber es sich vorstellen. Dieses Ufer ist ekelerregend, aber man kann auch so schauen, dass man mehr schöne Teile sieht. Muschelbruch und kleine, intakte Muschelhälften in einer Senke vor deinen Füßen. Eine zitronengelbe Muschelhälfte und eine lachsfarbene. Ein Stück abgeschliffene Keramik. Vermutlich bzw. sicherlich nicht antik. Und, natürlich, eine zerquetschte Halbliter-Plastikflasche. Kopp hatte sein Wasser im Auto vergessen. Egal. Nimm noch einen Bissen Tomate.

Eine Weile dachte er jetzt gar nichts. Das Meer, die Bewegungen der Luft, die Geräusche. Etwas weiter am Ufer hinunter lag ein gestrandeter Seelenverkäufer. All die verrosteten Boote, die liegen bleiben. Jemand muss sie abschleppen. Schiffsfriedhöfe.

Er hatte mehrfach zum Wrack hin und wieder weggeschaut, bevor er bemerkte, dass auf einem Felsen davor, durch die

Perspektive mit dem Rumpf des Schiffes verschmolzen, jemand saß. Ein alter Mann mit einer roten Strickmütze. Er hielt mit beiden Händen eines seiner Knie umklammert, der Fuß schwebte in der Luft. Er sitzt da wie ein junges Mädchen.

Die Anwesenheit eines Anderen brachte die Zeit wieder in Gang. Wie spät ist es? Halb 4. Und wieder der Schrecken, der gegen die Bauchwand schlägt. Ich bin nicht dort, wo ich sein sollte, wo ich zu sein versprochen habe, aber Gabriella hat noch nicht angerufen, was soviel bedeutet, dass sie Bescheid weiß. Ihre große, familiäre Freundlichkeit, wenn sie jemandem das erste Mal begegnet (und Neugierde: erzähl mir alles!) ist auf Marlenes Schläue getroffen, die, wenn es sein muss, eins und eins zusammenzählen kann. Vielleicht hat sie sich auch Francesco offenbart oder Francesco hat sie ausgefragt und es dann Gabriella weitererzählt, egal wie, wir können davon ausgehen, dass mittlerweile alle alles wissen, weil das hier so läuft. Unter normalen Umständen wäre die Gruppe schon wieder weitergezogen vom Agriturismo zum letzten Etappenziel in der Alcantara-Schlucht, aber vielleicht ohne Marlene, die immer noch dort ist und auf ihn wartet. Zuzutrauen wäre es ihnen. Wir setzen unsere Hoffnung auf Daggi, die einigermaßen vernünftig zu sein scheint, vielleicht hat sie Marlene dazu überredet, ihre Kontaktdaten zu hinterlassen und ansonsten ihren Urlaub fortzusetzen, als wäre nichts oder jedenfalls nichts Weltbewegendes geschehen.

Eine Böe Fäulnisgeruch erhob sich und schlug Darius Kopp ins Gesicht. Die Exkremente, der Müll, das Meer selbst mit seinen lebenden und toten Kreaturen. Plötzlich ist nichts mehr gut. Jemand, der dich bei deinem alten Namen kennt, taucht auf und mit einem Mal gibt es zu allem eine Frage. Was du hier eigentlich machst? Seit wann und wie lange noch? Gefällt es dir? Ja, alles bestens. Ich bin von Frauen umgeben, wie immer schon. Ihr habt nie verstanden, was ich an *ihr* gefunden habe, nun, ich könnte vieles nennen, aber sagen wir dieses eine: vor ihr brauchte ich keine Angst zu haben.

(Wovon redest du, Bruder/Sohn? Was redest du für einen Blödsinn, wieso keine Angst haben, vor wem hast du Angst, wieso hast du überhaupt Angst, du bist ein erwachsener Mann, ich muss mich auch damit abfinden.)

Sinnlos. Mit so etwas brauchst du nicht anzukommen.

Und Gabriella?

Du hättest dir schon längst etwas Eigenes suchen sollen. Francesco wäre bestimmt behilflich, aber du bist zeit deines Lebens träge gewesen. Auf dem Schild deines Wappens wäre nichts als eine einzelne Sänfte. Als Umrandung evtl. Weinblätter. Das ist die Wahrheit. Und nun? Marlene könnte man aussitzen, aber danach wäre immer noch Gabriella da. Die ersten 6 Wochen waren märchenhaft. Aber ab jetzt wird es richtig hässlich, ich spüre das.

Er war längst satt, aber weil vom Brot noch drei Bissen übrig waren (man könnte es den Fischen geben, aber das fiel ihm nicht ein, stattdessen:), riss er mit den Zähnen etwas davon ab. Zu wenig Speichel, er schluckte mit Anstrengung. Der Brotklumpen quälte sich durch die Speiseröhre, schmerzhaft. Er versuchte zu fluchen, ging nicht, massierte sich das Brustbein, aber das steigerte den Schmerz nur noch. Er schlug sich mit der Faust gegen die Brust, das brachte nichts, er hustete, noch schlimmer, versuchte zu würgen, ging nicht. Eine große, schwarzrote Hitze breitete sich in ihm aus. So etwas Dummes auch. Ich werde doch nicht an einem dreckigen Strand an Pizza bianca ersticken!

Wasser?

Der alte Mann mit der roten Mütze stand neben ihm, reichte ihm eine Halbliter-Wasserflasche. Offensichtlich hatte er schon daraus getrunken, es fehlte etwas und fettige Fingerabdrücke waren zu sehen. Kopp schüttelte den Kopf, aber dabei griff er schon nach der Flasche. Seine Hand war vor Schweiß rutschig. Das Schlucken war hakelig und noch ein Stück schmerzhafter als alles zuvor, aber es ging, er konnte schlucken. Besser. Ich bekomme wieder Luft.

Grazie, sagte Kopp und gab dem Alten wieder, was noch übrig war (nicht viel).

Haben Sie es mit dem Herzen? fragte der alte Mann mit starkem deutschen Akzent.

Kopp starrte ihn an.

Der Alte trug ein Damenkopftuch um den Hals. Du siehst es und weißt, woher er das hat.

Tatsächlich war der alte Mann Deutscher. Aus Itzehoe. Hatte 40 Jahre lang ein Optikergeschäft in Catania betrieben. Im einundvierzigsten Jahr starb seine Frau, das war im Januar letzten Jahres, und im April wurde bei ihm Magenkrebs diagnostiziert.

Ich hatte niemanden mehr, der mich pflegt. So habe ich mir das nicht vorgestellt.

Aber er hat überlebt, wie man sehen kann. Er hat nur noch das obere Viertel seines Magens, aber manche leben ganz ohne. Unter seiner roten Strickmütze schien er auch wieder Haar zu haben. Und was ist deine Geschichte?

Ich bin seit 2 Jahren verwitwet und seit einem Jahr hier.

Schaut mich an, ob ich ihn verarsche.

Ist das wahr?

Ja.

Wo wohnst du?

In Palazzolo Oliveto.

Sagt ihm nichts. Ein Name unter Tausenden.

Was machst du da?

Tourismusbranche.

Lebst du allein?

Nein.

Eine Sizilianerin?

Ja.

Er, für seinen Teil, sei nicht freiwillig allein, sagte Itzehoe, er hätte gerne eine Frau an seiner Seite auf seine alten Tage, jemanden, der ihm beisteht, aber es sei schwierig, weil er keine Sizilianerin möchte.

Was soll man dazu sagen, am besten nichts, vielleicht haben wir Glück, und er führt das nicht weiter aus. (Wir haben.)

Wohnen Sie hier? fragte Kopp und deutete mit dem Kopf zur Sommerhaussiedlung. Er ging eigentlich nicht davon aus.

Aber doch, der Alte hatte hier ein Haus. Seit der »Sache« ist er mehr hier draußen, als in der Stadt. Viele benutzen ihre Häuser nur im Sommer, manche nur im August, was für eine Verschwendung. Ich würde am liebsten immer hier sein, die Stadtwohnung habe ich eigentlich nur, weil ich so viele Sachen habe, von denen ich mich nicht trennen kann. Ich sammle Antikes.

…

Willst du mein Haus sehen? Ich habe es selbst gebaut.

Ja, sagte Kopp. Warum nicht? Ich meine: gerne. (Wie spät? Vier Uhr. Ab jetzt ist es besser, wenn du so spät wie möglich auftauchst.)

Sie stiegen in die Siedlung hoch. Der Alte weiß, wo es zwischen den Grundstücken die Schleichwege gibt. Hoffentlich finde ich das Auto je wieder.

Zwischen all den schönen und unschönen, großen Anwesen war seins eine winzige Hütte aus Feldstein. Etwa das Gleiche wärst auch du in der Lage mit deinen eigenen Händen zu errichten. Sie gingen nicht vorne hinein, sondern über die dem Meer abgewandte Seite. Die Tür war innen mit einer Decke verhängt, sicher, um die Zugluft abzuhalten. Dadurch wurde allerdings der Flur so dunkel, dass sie für einen Moment wie in einem unterirdischen Gang standen. Der Alte machte Licht und führte Kopp zwischen zwei winzigen Schlafräumen (vermutlich, auch dunkel) in eine größere, helle, der Meerseite zugewandte Wohnküche. Das Meer war nicht zu sehen, nur das Haus gegenüber, aber dahinter war es irgendwo. Ein großer Tisch, eine veritable Tafel nahm beinahe die ganze Küche ein, rundherum blieb ein schmaler Rand, so dass man gerade noch herumgehen konnte. Auf dem Tisch: die Reste eines größeren Mahls. Schmutzige Teller, Gläser, Servietten, Brotrinden. Auch das Abwaschbecken war mit Geschirr voll.

Den Tisch habe ich auch selbst gebaut.

Zuerst hatte Itzehoe einen Tisch aus einer Tür gebaut, aber der war zu klein. Dieser hier bestand aus verleimten Brettern unterschiedlicher Herkunft, die massiven X-Beine waren aus weggeworfenen Balken. Itzehoe hob das bestickte Tischtuch (vom Flohmarkt) an, damit Kopp das Holz sehen konnte.

Itzehoe braucht den großen Tisch, weil er gerne kocht, besonders, seitdem er selbst nur noch wenig essen kann. Leider ging es diesmal schief, nicht das Essen, das Essen war wohl gut, die Menschen sind es, die merkwürdig sind.

Ich habe Freunde aus Catania eingeladen, die selbst kein Sommerhaus an der Küste haben. Ich habe für sie eingekauft und sie bekocht, aber sie waren kein kleines bisschen dankbar, noch während sie an meinem Tisch saßen, kam es zum Streit (worum es dabei ging, verriet er nicht), und schließlich sind sie gegangen, haben alles stehen und liegen gelassen und sind davongebraust. So sind die Leute. Ich werde es nie verstehen.

Darius Kopp nickte.

Itzehoe sah den Tisch an, als wäre er ratlos, was er jetzt mit all dem anfangen sollte.

Ich kann beim Aufräumen helfen, sagte Darius Kopp. (Das ist tatsächlich etwas, das ich kann. Ich tue ihm Gutes, und es vergeht etwas Zeit.)

Der Alte zögerte, das Angebot schien ihn zu verwirren, vielleicht hatte er auch schon bereut, mich hergebracht zu haben oder wußte selber nicht mehr, was, warum. Aber dann nickte er.

Der Boiler müsste gehen.

Er ging tatsächlich, das Wasser wurde sehr heiß. Oder es fühlte sich so an, weil die Luft ziemlich kalt war. Eine Feldsteinhütte ohne Heizung. Ob es in den Schlafräumen irgend eine Wärmequelle gab? Oder gab es nur diesen Herd hier? Ob er im Winter in der Küche schläft? Kein Platz.

Das Wasser im Spülbecken dampfte, Kopp wusch schweigend ab, der Alte saß auf einem Stuhl hinter ihm, und weil er so still war und das Geschirr klapperte, vergaß Darius Kopp ihn und seine Schwester fiel ihm wieder ein. Ich war 17 und wusch ab, sie war 3 und saß hinter mir auf dem Töpfchen. Darius Kopp biss die Zähne zusammen. Ich wäre gerne diese Erinnerung los, diese schreckliche, stinkende Erinnerung, dabei war ich dort, damals, nicht unglücklich. Ich fand's normal, das war eben unser Leben. Man wurde zu einem beliebigen Zeitpunkt auf das Töpfchen gesetzt und durfte erst aufstehen, wenn etwas drin war, und sie blieb dabei fröhlich und plapperte vor sich hin, und ich hörte nicht zu, ich hörte dem Geschirr zu, ich war nur noch zu Besuch dort, 7 Stunden Zugfahrt hin, 7 zurück, dazwischen sogenanntes Familienleben, vor allen Dingen Essen und nach dem Essen muss man abwaschen. Wie spät ist es? Gabriella hat eine Spülmaschine, aber erst seit einigen Jahren, wie sie nicht müde wird zu betonen.

Irgendwann war alles Schmutzige wieder sauber. Itzehoe sagte, es sei noch Wein da, von den Gästen. Kopp nickte. Der Rotwein war sehr kalt, er schmeckte köstlich.

Die Fenster habe ich auch auf der Straße gefunden, sagte Itzehoe.

Kopp nickte anerkennend.

Das eine Schlafzimmer war doch kein Schlafzimmer, sondern eine Werkstatt. Itzehoe zeigte Kopp, woran er gerade arbeitete. An einer Tür. Er schliff sie ab. Was er danach mit ihr machen würde, wußte er noch nicht. Die Leute haben sie einfach auf die Straße geschmissen.

Kopp sah sich alles an, als würde es ihn interessieren. Ein alter Schrank stand zerlegt an die Wand gelehnt, die Teile auf der Rückseite durchnummeriert, und in einer Ecke lag eine Matratze.

Dort hätte ich geschlafen, sagte Itzehoe. Ich habe meinen

Gästen mein Schlafzimmer überlassen. Das Bett ist frisch bezogen. Aber sie sind gegangen.

Tut mir leid, sagte Kopp.

Itzehoe sprach wieder darüber, dass er gerne jemanden hätte, der ihm zur Seite stand, mit den schweren Antiquitäten und generell, aber, wie gesagt, es ist nicht einfach, jemanden zu finden.

Kopp nickte abermals.

(Er taxiert mich, als wäre ich selbst eine Tür oder ein Fenster, das jemand auf die Straße gestellt hat. Mein Vater ist gelernter Schlosser, aber wir haben nie irgend etwas zusammen geschraubt.)

Sie kamen auf Berlin zu sprechen, dass Kopp von dort kam, dass Itzehoe in den Sechzigern für einige Jahre dort gewohnt und Clubs besucht hat. Das waren schöne Zeiten. Kopp konnte es sich vorstellen.

Ich war jetzt seit über 50 Jahren nicht mehr in Deutschland, sagte Itzehoe. Über 50 Jahre. Ich habe mittlerweile fast dreimal soviel Zeit woanders zugebracht.

Wau, sagte Kopp. … Planen Sie, noch einmal hinzufahren?

Nein, sagte Itzehoe überraschend bestimmt. Was soll ich da? Ich denke, ich werde hier sterben. Irgend jemand wird mich begraben, und das war's dann.

Zeit, für mich zu gehen, dachte Darius Kopp. Die Mundwinkel des Alten wiesen strikt Richtung Erde. Die Abende mit ihm sind vermutlich nicht die fröhlichsten. Kurioserweise übte gleichzeitig die Matratze in der Werkstatt eine Anziehungskraft auf Kopp aus. Auch diese frisch bezogen. In diesem Moment klingelte Kopps Telefon.

Verzeihung, sagte Kopp und trat aus der Werkstatt wieder in die Küche zurück.

Es war Gabriella.

Kopps rechter Zeigefinger drückte die Taste mit dem grünen Hörer.

Na?, sagte sie statt eines Grußes.

Ihre Stimme, die kaum unterdrückte spöttische Freude darin, verriet, was Kopp bereits vermutet hatte: sie wußte alles.

Na?, sagte er.

Sie, glucksend: Traust du dich nicht nach Hause?

Dieser Satz mit dieser Stimme gesprochen. Er biss die Zähne aufeinander. So konnte er natürlich nicht antworten, aber was sollst du zu so etwas auch sagen?

Sie ist weg, sagte Gabriella, jetzt wieder etwas normaler. Sie hat ihre Adresse hiergelassen und ist mit den anderen weggefahren. Sie war sehr freundlich und traurig. … Und du? Wo bist du?

Jetzt mit Besorgnis in der Stimme. Sie ist öfter nervig als nicht, aber sie ist nicht seine Feindin, das solle man sich fairerweise vor Augen halten.

Kopp fummelte an der Schiebetür der Küche. Sie aufmachen, hinaustreten in den Vorgarten.

Ich fange gleich mit dem Abendessen an, sagte Gabriella.

Kopp schaffte es, die Tür mit einer Hand aufzubekommen, allerdings um den Preis, dass irgendein kleines Plastikteil herunterfiel. Keine Ahnung, wo das hingehört. Es blieb auf der obersten der drei Stufen, die zum Vorgarten hinunterführen, liegen. Im Garten zwei Aloe vera, rechts und links. Das Meer kann man nicht sehen, aber hören. Vielleicht ist dieses Rauschen das Meer.

Sie, am Telefon: Hallo? Wo bist du?

Er: Am Meer.

Jetzt schwieg sie. Abgesehen von den Aloen bestand Itzehoes Vorgarten nur aus Unkraut. Die Sonne ging langsam unter. Unkraut bei Sonnenuntergang.

Ich habe die Lampenfassung gekauft, sagte er ins Telefon.

Oh, sagte sie. Gut.

Ich fahre bald los, sagte er.

Gut, sagte sie. Freundlich.

Ich werde vermisst, sagte Kopp zu Itzehoe, der hinter ihm stehen geblieben war. Als Kopp von der Treppe zum Vorgarten wieder in die Küche zurücktrat, sah Itzehoe das kleine Plastikteil auf der obersten Treppenstufe. Es durchzuckte ihn, er schaute Kopp aus empört funkelnden Augen an. (Habe ich die Tür etwa kaputt gemacht? Ich werde doch wohl nicht die Tür kaputt gemacht haben?)

Tut mir leid, sagte Kopp und lächelte. Ich muss jetzt gehen. Vielen Dank für alles.

Er schob sich an Itzehoe vorbei, als hätte er es eilig, hinein ins Dunkel des Flurs, nach der Decke getastet, hoffentlich geht diese Tür ohne Probleme auf, tut sie, Darius Kopp schlüpfte mit eingezogenem Kopf ins Freie. Itzehoe hinter ihm hatte sich, den Geräuschen nach zu urteilen, nicht von der Stelle gerührt.

Als Kopp über die engen Wege zwischen den Feldern auf den Agriturismo zuholperte, war gerade soviel Restlicht am Himmel übrig, dass er das weiße Rauchhaar aus dem nördlichen Krater noch ausmachen konnte.

1.

Etwas mehr als ein Jahr später, an einem Tag Mitte Juli, erwachte Darius Kopp mit dem Gesicht zur Wand gedreht auf einer Matratze in der fensterlosen Ecke des Wohnzimmers. Der Wand entströmte Kälte und Modergeruch, er drehte sich weg. So sah er das Sofa vor sich. Das hölzerne Bein des Sofas und Teppichfransen. Staub war nicht zu sehen, aber er war natürlich da. Jenseits des Sofas ein Couchtisch aus Rauchglas, daneben ein Ohrensessel, daneben ein Beistelltischchen, dahinter, an der Wand entlang, Regale und ein metallener Blumenständer mit abblätternder, buttergelber Farbe. Auf dem Boden diverse Teppiche und Läufer, teilweise überlappend, vor dem Fenster in einem schmaler Streifen Bodenplatten aus Kokosfasern. Die Fenster standen offen, die Spaletten waren zu.

Kopp kurvte – vorsichtig, nicht den Zeh stoßen – zwischen den Möbeln zum Fenster. Spaletten auf. Das gibt ein Geräusch, das im ganzen Hof zu hören ist. Dritter Stock, hinterer Teil des Gebäudes. Im Innenhof stehen Oleander und Opuntien in Kübeln, daneben Näpfe für die Katzen und der Wäscheständer der Nachbarin im Erdgeschoss. Steif getrocknete Küchentücher.

Kopp fand die Sandalen mit den abgetretenen Fersen, die er im Haus trägt, schlüpfte im Laufen nach und nach hinein, ging in die Küche, stellte die Waschmaschine an, ging ins Bad, kam wieder zurück in die Küche. Die Tür zum Schlafzimmer war zu. Schlafzimmer, Küche und Bad haben Fenster zu der Straße hinter dem Haus, wo die Mülltonnen stehen. Sie werden jeden Tag gegen Mitternacht geleert, alles andere wäre bei dem Klima mörderisch.

Kopps mit Ruhe ausgeführte morgendliche Routinen dauern genau so lange, wie die Waschmaschine für einen Durchlauf braucht. Er füllte die Wäsche in einen weißen Plastikeimer und verließ die Wohnung. Am vierten Stock vorbei, dann noch eine halbe Etage bis zur Dachterrasse. Das Meer ist nur vier Querstraßen entfernt, man kann es nicht sehen, aber manchmal riechen. Kopp atmete tief ein. (Nein, heute nicht. Ein wenig Aschegeruch. Als wär's vom Berg. Aber das ist unwahrscheinlich.) Er ging um den Schornstein herum, dort sind die Trockenseile gespannt. Er nahm die Bettwäsche ab, die dort hing, und hängte stattdessen zwei weiße Hosen und zwei weiße Poloshirts auf. Die getrocknete Wäsche roch nach Marsala-Seife, Salz- und Stadtluft. Er legte sie in den Liegestuhl, den normalerweise er benutzte. Zwei Segeltuchliegestühle, ergrautes Weiß mit ausgeblichenen blauen Streifen, mit dem Rücken zum Schornstein. Je nach Tageszeit im Schatten oder nicht. Neben dem, den normalerweise nicht Kopp benutzt, zerdrückte Stummel von selbstgedrehten Zigaretten, dort riecht das Segeltuch dezent nach Tabak- und Marihuanarauch.

Kopps Mitbewohner, der diese Woche das Schlafzimmer für sich haben darf, hat von seinen Eltern den Namen Metin bekommen, aber hier nennt man ihn Matteo, wie man auch Kopp Dario nennt, das ist nur natürlich. Unmittelbar nachdem seine Schwester bei ihm aufgetaucht war, wandte sich Kopp an seinen Freund und Helfer Francesco und sagte: Francesco, ich danke dir, dass du mich zu Gabriella gebracht hast, als ich weder Geld noch ein Obdach hatte, aber jetzt wäre ich dir dankbar, wenn du mich wieder von ihr wegbringen könntest. Er hoffte auf eine Anstellung bei den Ätna-Touren, aber es wurde ein Job an einer Pizzatheke in Catania daraus, das ist auch gut. An die Wohnung kam er ebenfalls durch Beziehungen, namentlich über den alten Mann, den er an einem denkwürdigen Tag am Meer kennenlernte und den er seitdem auch Aug in Auge bei dessen Beinamen Itzehoe nennt. Itzehoe wohnt die meiste Zeit in seiner Hütte (er sagt: Landhaus) am Meer, derweil Kopp seine Stadtwohnung mit dem gesammelten Trödel (er nennt sie Antiquitäten) hütet. Vier winzige Zimmer, davon zwei bis auf den letzten Quadratzentimeter mit altem Kram vollgestellt. Diese Lagerräume mit dem Staub und den Schimmelpilzsporen sind nicht gut für Kopps Asthma, er betritt sie so gut wie nie, dafür ist das Dach am frühen Morgen wie am späten Abend unbezahlbar.

Matteo arbeitet in der Pizzeria wie Kopp, aber nicht vorne am Ofen, sondern hinten in der Küche, wo man ihn nicht sieht. Erst hatte er in irgendeiner sündhaft teuren Massenunterkunft gewohnt, bis er sich Kopp anschloss, der nichts für das Mitwohnen verlangte, was sollte ich dafür auch verlangen. Anfangs dachte Kopp, wenn Itzehoe zu Besuch in seiner eigenen Wohnung kommen würde, würde Matteo ohnehin wieder ausziehen. Er zog auch aus, aber sobald Itzehoe zurück ans Meer gefahren war, kam Matteo einfach wieder und so läuft es seitdem. Zum Glück hat Itzehoe immer etwas zu schleppen und ruft an, bevor er kommt, um sicher zu gehen, dass Kopp da sein würde, um ihm zu helfen, so kann Matteo rechtzeitig von der Bildfläche verschwinden. Unsportlich heißt nicht schwach,

Darius Kopp hat Muskelkraft, er nimmt Itzehoe massive Türen aus der Hand, die dieser irgendwo auf dem Sperrmüll findet – es ist besser, wenn der alte Mann nicht auch noch daran herumzerrt – und trägt sie, wohin sie getragen werden müssen, bezieht das Bett im Schlafzimmer für den Hausherrn neu, legt sich selbst auf die Matratze im Wohnzimmer, steht am nächsten Morgen früh auf, geht zur nächsten Bar und holt Itzehoe sein Puddingteilchen zum Frühstück. All das kostet mich doch nur ein Lächeln.

Kopp hat, dank der Ofenhitze und viel eisgekühlten Wassers, im Laufe des letzten Jahres fast 20 Kilo abgenommen, während die jungen Burschen von der ewigen Pizza, aber vor allen Dingen von der Cola, die sie dazu trinken, allesamt teigiger werden. Darius Kopp liebt Cola ebenso und auch Alkohol, aber in den letzten zwei Jahren hatte er fast nur Wasser getrunken und nur wenig Wein, ich weiß auch nicht, wie es dazu gekommen ist. Anfangs, bei Gabriella, wollte er Trunkenheit möglichst vermeiden, und später? Ich weiß auch nicht. Es ist etwas Mönchisches in mein Leben gekommen, das ich nie vermutet hätte. Ich habe sogar gelernt, sauber und ordentlich zu sein. Im Gegensatz zu Matteo, dem man hinterherräumen muss. Als wäre er mein Sohn.

Auf dem Dach ertönte Musik. Genauer gesagt, etwas darunter. In der zweiten Etage des Hauses gegenüber wohnt ein alter Mann, der Akkordeon spielt. Öffnet das Fenster und beschallt die ganze Straße hinter dem Haus. Die Straße ist eng, es ist ausgeschlossen, dass er nicht weiß, wie laut das widerhallt. Es ist ihm egal oder er will es so, der Widerhall gehört zu seiner Freude an der Musik dazu. Wenn Itzehoe da ist, schimpft er darüber unflätig. Im Haus neben dem Akkordeonisten wohnt eine Ungarin mit zwei Katzen. Itzehoe hat was bei ihr versucht, seitdem hasst er auch sie.

Wenn der alte Mann Akkordeon spielt, heißt das, es ist 8 Uhr, aber mittlerweile wüsste das Kopp auch anhand des Lichts zu sagen. Wenn es so hell ist, dass einen ohne Sonnenbrille die trocknende Wäsche blendet, dann ist es 8 Uhr und Zeit, das Dach zu verlassen.

Der Fußweg zur Pizzeria dauert 20 Minuten. Der Besitzer heißt Salvatore, er ist etwas kleiner als Kopp und dicker, als er es je war. Er leidet physisch darunter, er schnauft. Er ist ständig genervt, sein Umgangston bewegt sich auf einer Skala zwischen ruppig und grob. Die Donna, mit Namen Luisa, eine Verwandte von Francesco oder dessen Frau Dora, ist die meiste Zeit freundlich. Zumindest Kopp gegenüber. Weil ich in ihrem Alter, und weiß, und, wer hätte das je erwartet, attraktiver als ihr Mann bin? Mit meinen großen, blauen Augen. *O, partigiano,* sang Luisa eines Morgens, als er sich ein rotes Tuch um den Kopf band, damit ihm der Schweiß nicht in die Augen lief. (Aber statt des »*portami via*«, des »nimm mich mit« summte sie nur noch.) *Un partigiano tedesco?* Nun ja. Das rote Kopftuch ist zu unserem Markenzeichen geworden. Ein einfaches Baumwolltuch, zu einem Dreieck gefaltet, die Spitze hinten unter den Knoten gesteckt. Wenn die Haare dort zu lang werden, ziept es. Blond mit Grau. Ich muss mal wieder zum Frisör. Und mich Dottore nennen lassen. Ob es nur wegen der Brille ist? Necken sie mich, weil sie mich als dazugehörig empfinden oder im Gegenteil? Kopps Italienisch ist nicht gut genug, um das herauszuhören und auch was Gesten und Mimik anbelangt, kommt er woanders her. Mit den Einheimischen und Matteo spricht er fehlerhaftes, mit Englisch gemischtes Italienisch, mit Itzehoe Deutsch, mit den Jungs in der Küche simple English.

Die Jungs in der Küche sind, neben den Köchen, einem Neapolitaner und einem Sizilianer, Matteo und ein weiterer Küchenhelfer aus Mali im Wechsel mit den Zwillingen aus Äthiopien, die keine Zwillinge sind, nur Brüder. Halbbrüder. Gemeinsamer Vater, wie Matteo nach kurzer Zeit herausgefunden hat. Der eine ist nur ein halbes Jahr älter als der andere.

Ich kenne auch so jemanden, sagte Kopp. Oder kannte. Zu Hause. Einen Freund von mir. Da sind nur 3 Monate dazwischen.

Matteo nickte weise. So etwas kommt vor.

Apropos Zuhause. Matteo war schon einmal in Frankfurt am Main, aber wie ist Berlin? Ist es gut in Berlin?

Ich mochte es, sagte Kopp und zuckte mit den Achseln.

Und dann mochtest du es nicht mehr?

So würde ich es nicht sagen. Es spielten andere Dinge eine Rolle.

Matteo weiß, das Kopp Witwer ist, er behandelt ihn deswegen noch mit ein wenig mehr Respekt. Er hat gelernt, wofür einem Respekt (also: Schonung) gebührt: für das Alter (wenn es höher ist, wenn es sehr viel niedriger ist), fürs Geschlecht (wenn es weiblich ist), für Weisheit (sofern das feststellbar ist), für Erlebtes, für Taten. Auch für Status. Aber darüber brauchen wir uns in unserer Situation keine Gedanken machen. Du bist für mich wie ein großer Bruder – das sagt er nicht, denn er hat vier tatsächliche ältere Brüder. Er sagt: du bist mein weißer Bruder.

Und was bist dann du? fragt Kopp, der an diesem Punkt tatsächlich verwirrt ist. Matteo lacht. Einer seiner Schneidezähne ist ein wenig schief. Das macht ihn noch eine Spur attraktiver.

Um 9 ist außer dem Pizzamann nur die Thekenkraft da, am heutigen Tage leider nicht Fausto, der immer müde ist, aber trotzdem schnell, und der den Espresso macchiato in dem Moment in Arbeit nimmt, da Kopp in der Tür erscheint. Statt ihm also heute Giulia, die man um den Espresso bitten muss, als hätte sie vergessen, dass es je einen für Kopp gab. Wer weiß, vielleicht hat sie es wirklich vergessen. Hat man sie je anders als verträumt dreinblicken sehen? Was sie auch ansieht, sie sieht etwas anderes, uns für immer unbekannt bleibendes an dessen Stelle. Auch sie ist so jung, dass sie Kopps Tochter sein könnte.

Grazie.

Nach dem Espresso kontrolliert Kopp das Kühlhaus, ob es noch genügend Teig und Soße gibt. Nein. Aber das wusstest du schon gestern Abend.

Also erst den Teig.

Für 20 kg braucht man 10 L Wasser, 3,5 Liter Öl, 150 g Salz, 20 g Zucker, ¼ Block Hefe und soviel Mehl, wie es aufnimmt. Im Winter lauwarmes Wasser, im Sommer kaltes.

Kopp knetet den Teig mit einem riesigen Knetstab in einem Eimer, und dann die Einzelportionen noch einmal mit der Hand. Eine Kugel hat 180g, wir sind mittlerweile so routiniert, dass wir kaum einmal korrigieren müssen. Teig mit zwei Fingern abzwicken.

Er befüllt 12 Kisten mit je 12 Kugeln und bringt sie ins Kühlhaus.

Vermengt geschälte Tomaten aus der Dose, Salz, Öl und Basilikum in 4 Zehn-Liter-Eimern zu einer Soße.

Schneidet Schinken, Salami, Champignons und was es sonst noch zu schneiden gibt.

Aus drei Kugeln Teig macht er Pizzabrot.

Den Ofen hat Kopps Wechselpartner Primo vor Dienstschluss vorbereitet, 4 Scheite Buchenholz, über Nacht abgebrannt. Kopp entfernt die Asche und stellt das Brot hinein. In 15 Minuten ist es fertig.

Er trinkt noch einen Espresso und isst sein eigenes Pizzabrot dazu. Anschließend legt er wieder 3 Scheite Buchenholz in den Ofen. Um 11:30 öffnen sie.

Es gibt Pizzen in drei Größen, auch der Teig für die 42-cm wird bei uns nicht in die Luft geschleudert, wozu. Treib einfach den Teig aus, gib die Soße darauf und den Belag. Das ist nicht langweilig, sondern meditativ. Nicht, dass Kopp meditierte. Manchmal denkt er ans Meer, manchmal an das Dach bei Itzehoe und manchmal an den Ätna. Das gibt nicht mehr jedes Mal einen Stich, mit der Zeit wird es vielleicht noch weniger werden. Ich denke nicht mehr jedes Mal daran, dass du dort oben liegst. Weil es auch nicht stimmt. Es ist komplizierter als das. Zum Glück so kompliziert, dass es leicht ist, sich davon wieder loszumachen und sich nur noch dem zu widmen, was unmittelbar da ist. In der Nähe von Lebensmitteln und Feuer zu sein ist gut.

Die Leute sind offenbar immer kurz vorm Verhungern, schon um 11:30 kommen die ersten, spätestens um 12 ist der Laden gerammelt voll, zwischen 1 und 3 ist vollkommen Landunter, das zieht sich bis um vier hin. Die Mitte des Tages besteht aus Lärm und Hitze und wie in Trance ausgeführten Bewegungen. Kopp arbeitet einfach, kommentar- und schnörkellos, ich darf das, ich komme aus dem Norden. Außerdem bin ich ein melancholischer Witwer, so wurde ich hier eingeführt, warum sollten ausgerechnet vom Schicksal gebeutelte Männer mittleren Alters ihre mildernden Umstände nicht nutzen? Macht einfach seine Pizzen und denkt an den Morgen und an den Abend. Der Morgen und der Abend sind schön, das Dach, die Farben des Himmels, die Luft. Wenn er an etwas denkt, denkt Darius Kopp daran.

Solange, bis, mitten im tiefsten Strudel, gegen 14 Uhr an diesem Tag, Francescos Frau Dora im Laden erschien. Sie hatte ein Mädchen dabei. Kopp sah erst gar nicht hin. Dora und Francesco haben zusammen drei Töchter, er kann sie weder auseinanderhalten noch sich ihre Namen merken. (Eine heißt Raffaella, wohl die Älteste.) Aber Dora kam diesmal direkt zur Pizzatheke und sagte zu Darius Kopp:

Dario. Dieses Mädchen hier sucht dich.

2.

Seit jeher muss sich Darius Kopp mit einem zweiten Blick davon überzeugen, dass sie es wirklich ist. Dabei sieht sie ihrer Mutter sogar ziemlich ähnlich. Als er sie das letzte Mal sah, war sie eine anorektische, kettenrauchende 14-Jährige in schwarzen Klamotten, mit schwarz umrandeten Augen. (Dann ist sie heute? 17 oder schon 18? Wann hat sie Geburtstag? Warst du ein guter Onkel? Hast du ihr immer etwas geschenkt? Dann wüsstest du das vielleicht noch.) Sie trug immer noch schwarz und immer noch Augenränder, aber das Haar war wieder erblondet und die Wangen röter als zuletzt. Stand da, mit einem Lächeln von Ohr zu Ohr, biss sich, verlegen oder stolz und auf Anerkennung wartend, in die Unterlippe. Bin ich eine Überraschung oder was? Kopp erkannte sein eigenes Gebiss wieder – auch bei nachlässiger Pflege noch gesund und ebenmäßig, wenn auch für ihr Gesicht ein wenig zu groß. Und sie hat einen Busen bekommen. Sie hat insgesamt zugenommen, das ist gut, weiter abnehmen hätte sie ja auch kaum können. Als sie zuletzt in einem Krankenhausfahrstuhl nebeneinander standen, fiel Kopp Flaum in ihrem Gesicht auf, und er fragte sich, ob das noch normaler oder bereits anorektischer Flaum war. In Floras Gesicht erschien dieser Flaum im letzten Jahr ihres Lebens.

Lore-lei, sagte Darius Kopp. (Jetzt habe ich mich verraten, wie albern ich ihren Namen finde.)

Sie strahlte: Hallo, Onkelchen.

Was machst du hier?

Sie zuckte fröhlich mit den Achseln.

Ferien?

Quasi.

Er schaute, aber außer ihr stand da keiner weiter. Sie hatte einen kleinen, schwarzen Rucksack dabei.

Bist du alleine hier?

Ja.

Und strahlt nur und strahlt.

Sie war über die Ätna-Touren zu Dora gekommen, und an diese zweifellos über den Bericht ihrer Mutter. Marlenes Besuch vor einem Jahr hatte alles verändert, erst zum Schlimmerem, dann zum Besseren, oder wer weiß. Seit einer Weile reicht es mir schon, wenn der Tag strukturiert ist.

Allora, sagte Dora und war schon weg, sie hat viel zu tun. Luisa kam, mit einer laminierten Speisekarte in der Hand und vermutlich viel Neugier im Herzen.

Das ist meine Nichte, sagte Kopp. *Lei è mia nipote*. Sie macht hier Urlaub.

Willkommen, sagte Luisa. Willst du was essen?

Von dem Moment an, da sie angekommen war, zählte Kopp die Pizzen, die er machen musste. Er kam bis elf, bevor er sich wieder etwas mechanischer bewegen konnte. Aber so blind wie normalerweise konnte er an diesem Tag nicht mehr arbeiten. Er musste immer wieder schauen, ob sie noch da war. Vor dem Laden in der Sonne, mit dem Pizzabrot vor sich (Das habe ich gemacht!) und den Oliven, die ihr Luisa hingestellt hatte. Sie bestellte nur eine Cola dazu, aber auch die ließ sie so lange stehen, bis die Kohlensäure entwichen war, dann erst nahm sie den ersten Schluck. Sie hielt ihn lange im Mund. Auch vom Brot nahm sie nur ab und zu einen kleinen Bissen und an jeder einzelnen Olive lutschte sie so lange, bis wirklich nichts mehr auf dem Kern übrig war. (Isst du immer noch nicht richtig?)

Anfangs dachte Kopp, sie würde essen und sich dann verabschieden. Vielleicht tauschen wir Telefonnummern und so weiter. Aber nichts dergleichen passierte. Sie blieb einfach am Tisch sitzen, eine Stunde, zwei. Bestellte eine zweite Cola. Luisa setzte erst zwei Frauen zu ihr, dann ein Pärchen, dann drei Jugendliche, dann zogen alle weiter und sie saß wieder alleine da, die ganze Zeit mit einem Lächeln im Gesicht, auch, als sie annehmen konnte, sie wäre unbeobachtet (andererseits weiß sie, dass ich sie von meinem Platz aus sehen kann), und Kopp begann allmählich etwas zu dämmern. Dass sie hier ist, dass sie allein hier ist und nicht weggeht, hat seine Gründe. Mädchen ihres Alters sind nicht einfach so allein unterwegs und warten dann stundenlang auf ihren seit Jahren nicht mehr gesehenen Onkel. Wo ist deine Gruppe? Die Familie, die Freundesbande? Oder wenigstens einer oder eine? Wieso bist du alleine hier, lächelnd in der Sonne? Hallo, Onkelchen?

Gegen vier am Nachmittag wurde es das erste Mal ein wenig ruhiger. Kopp kam zu ihr an den Tisch.

Willst du wirklich nichts essen? Es gibt auch Desserts.

Sie schüttelte den Kopf.

Alles gut. Wie lange musst du noch?

Was? Arbeiten?

Kopp nahm an sich den Impuls wahr zu lügen, aber dann sagte er doch die Wahrheit: Bis fünf.

Sie nickte und blieb sitzen. Kopp ging zurück an seine Station.

Was ist? fragte Luisa. Wieso isst sie nichts?

~~Sie ist magersüchtig.~~ Sie hat keinen Hunger, sagte Darius Kopp.

Luisa murmelte etwas, das Kopp nicht verstand.

Matteo und Primo kamen gleichzeitig an, wie üblich keine Minute zu früh. Kopp wusch sich im Waschraum den gröbsten Teil von Schweiß, Ruß, Mehl und Öl ab, zog sich um und band sich ein frisches rotes Tuch um den Kopf.

Na dann, sagte er zu seiner Nichte, die immer noch lächelnd auf ihn wartete.

Er schlug vor, einen Kaffee zu trinken. Nicht hier.

Sie sagte, sie trinke keinen Kaffee.

Dann ein Eis?

Sie nickte.

Er führte sie nicht zu der kleinen Eisdiele in Sichtweite, sondern zum großen Café am Kreisverkehr. In der Mitte des Kreisels steht ein barocker Springbrunnen, aber das Plätschern hört man nur manchmal durch den Verkehr. Sie nahm eine Kugel Zitrone, er Malaga.

Tja nun, sagte Darius Kopp. Erzähl. Was machst du hier?

Ich komme dich besuchen.

(Wieso?)

Ich hatte Bock drauf.

Und es ist wohl auch nicht schwierig. Bis Berlin kommt man leicht, Regionalzug. Bis Prag fuhr sie in einem Auto mit, in dem ihr schon nach 20 Minuten schlecht wurde, aber sie hat die ganzen 5 Stunden ausgehalten, ohne zu kotzen und sogar ohne zu jammern. Von Prag aus kann man selbst ohne Plan innerhalb eines Tages bis Wien kommen. In Wien war es sehr heiß und irgendwie auch dumpf, ganz anders als in Villach, wo sie in eine das ganze Wochenende dauernde Party geriet und jedermann sie aufnahm, als wäre es selbstverständlich, dass sie da war. Am Montag dann fingen alle wieder zu arbeiten an und das Wetter wurde auch mies. Sie musste ihre Getränke selber bezahlen, während sie sich bei Nieselregen den See ansah. Schließlich trieb sie jemanden auf, der am nächsten Morgen nach Italien weiterfuhr, und zwar über Venedig, wo sie mit Freunden verabredet war. In Venedig, d.h. gegenüber, auf einem Campingplatz, verbrachten sie mehrere Tage, bis sie sich bei einem Konzert aus den Augen verloren, aber dafür ergab sich für Lorelei die Möglichkeit, nach Rom weiterzufahren. Der Junge hieß Davide und war nur einen Zentimeter größer als sie, und ein Wochenende lang waren sie fast wie ein Liebespaar. Als sie sagte, sie müsse jetzt weiter nach Sizilien, sagte er, er könne sie nicht alleine fahren lassen, er komme mit. Er verschränkte seine Finger mit ihren und hielt sie bis zur Stadtgrenze fest. Dort ließ er sie los und sah, zunehmend melancholisch, beim Zugfenster hinaus. Kurz vor Neapel schließlich sagte er mit einem Gesicht, das entweder tief betrübt oder trotzig war, dass er aussteigen und wieder nach Rom zurückfahren müsse. Sie lächelte. Ist gut, sagte sie. Er kämpfte offenbar mit etwas, das er sagen wollte, seine Lippen zuckten, aber dann sagte er doch nichts, gab ihr keinen Ratschlag mehr, anders, als in den vergangenen drei Tagen bei jeder Gelegenheit: ich rate dir dies, ich rate dir das. Er war 22, verglichen mit ihr also beinahe ein Erwachsener, und beinahe mit dem Studium fertig. Er stieg aus, sie winkte ihm durch das Fenster zu, er winkte nicht zurück. Dumm war, dass sie zuvor auf ihn gehört und nicht den durchgehenden Zug genommen hatte, sondern die angeblich günstigere Variante, bei der man auf ein Schiff und dann noch einmal in einen Regionalzug umsteigen musste. Sie kam weit nach Einbruch der Dunkelheit in Catania an. Leute mit Geld nehmen sich in so einem Fall ein Hotel. Sie setzte sich mit einer Cola zu McDonalds und nervte solange Leute mit Sofas, bis sich ein Mädel bereit erklärte, sie aufzunehmen. Bis sie mit dem Bus dort ankam, war es um 1 in der Nacht, das Mädel trug schon einen Pyjama, und das Sofa war auch wirklich nur ein Sofa, mit einem Zierkissen und einer Wolldecke. Sie hat den Vormittag gebraucht, um sich von ihrer Unterkunft zum Büro der Ätna-Touren durchzuschlagen. Auf ihrer Website können sie Deutsch, dennoch bereitete sie sicherheitshalber auch einen englischen Satz vor: »I'm looking for my uncle. His name is Darius Kopp.« Sie sprach erst ein junges Mädchen mit langem, glattem Haar an, das sie scheinbar überhaupt nicht verstand, aber dann kam eine etwas ältere Frau mit blond gefärbten Haaren, das war Dora, und sie hat sie auch gleich hergebracht.

Nicht schlecht, sagte Darius Kopp.

Und du?

???

Wie bist du hierher gekommen?

Mit dem Auto. Bis Athen. Von dort aus mit dem Flieger. Das ist aber schon lange her. (Zwei Jahre. Nun gut.)

Und das Auto ist noch in Athen?

Nein. Es ist Schrott.

Oh.

(Noch einmal nachrechnen: Wann haben wir uns zuletzt gesehen? In der Tat: vor 3 Jahren. Was weiß sie über das Jahr, das ich in meiner Wohnung verbracht habe? Soviel, wie die anderen auch wissen können. Die Frau deines Onkels ist gestorben, er hat das nicht gut verkraftet, hat sich von allen abgewandt, sich nicht mehr gemeldet, ist nicht ans Telefon gegangen, und irgendwann war er ganz weg. Du warst in dieser Zeit einmal angeblich bei mir gewesen, nicht in Wirklichkeit, egal, das hätte sowieso keiner geglaubt, aber wenn man mich gefragt hätte, hätte ich dich zweifellos gedeckt – vorausgesetzt, ich hätte schnell genug kapiert, dass ich das sollte. Warum? Darum. Das andere Kind, den Sohn seiner Schwester, kennt Darius Kopp kaum, aber was Lore anbelangt, war er immer schon auf ihrer Seite. Vielleicht weil sich immer alle über sie beklagten. Faul, frech, konsumgeil, das übliche. Komm, sagte ihr Stiefvater Tommy, erzählte er in fröhlicher Familienrunde, wir rasieren dem Kind den Kopf und gucken nach, ob es nicht 666 auf den Schädel tätowiert hat. So etwas finden die lustig.

Sie nannte mich Onkel Dé. Das ist mir jetzt wieder eingefallen. Onkel Dé.)

Kann man nichts machen, sagte Darius Kopp. Ich denke eigentlich gar nicht mehr daran.

Was hast du in Athen gemacht?

Eine Art Weltreise, das heißt, eigentlich nicht, also, nicht die ganze Welt, nur ein bisschen Europa, und am Ende eben da. Das heißt: hier.

Ich wollte auch mal eine Weltreise machen. Nach Australien. Aber einmal (sie lacht), habe ich auch geträumt, dass ich in Frankreich bin. Das war auch schön. Und einmal habe ich geträumt, dass ich auf einen Berg geklettert bin und runtergeschaut habe ins Tal und dort waren Orangenhaine. Aber ich weiß nicht, welches Land das war.

Hier gibt es Orangenhaine, sagte Kopp. (Und bereute es gleich. Warum?)

Sie lachte: Träume lügen nicht. Das heißt (sie lachte noch mehr), ich hoffe doch. In Villach habe ich geträumt, der Kapitän der *Costa Concordia* wäre Kapitän auf einem Schiff, auf dem ich mitfuhr.

Du träumst ziemlich viel, was?

Mal so, mal so.

… Und sonst? Schule?

Ich bin fertig mit der Schule.

Wie? Ganz?

Mittlere Reife.

Ach so.

…

Und jetzt?

Ich reise ein wenig herum.

Aha. … Und was … was willst du mal werden?

Sie lachte, er lachte besser mit. So eine blöde Frage. Wie bei einer Fünfjährigen.

Visagistin, sagte sie schließlich. Im Endeffekt Stylistin. Eventuell Modedesign.

Verstehe, sagte Darius Kopp.

Ja. Leider muss man diese Ausbildungen selber bezahlen. Also: mal sehen.

Verstehe, sagte Darius Kopp erneut und sah nach unten, zu ihren Fingernägeln. Er kennt sie nur abgekaut, mit Schmutzrand, zuletzt mit Nikotinflecken, aber diesmal nichts davon, sie sind sauber, perfekt gemacht, perlrosa bemalt mit perlweißem

Rand. Und das nach so einer langen Reise. Also erzählt sie vielleicht doch nicht nur was vom Pferd. (Bin ich paranoid zu denken, dass sie sie geschickt haben, um mir Geld abzuluchsen? Weil sie denken, ich wäre immer noch der mit dem Geld in der Familie?)

Langsam wäre es vielleicht Zeit, sich nach dem Rest der Familie zu erkundigen, aber Darius Kopp hob den Blick von ihren Fingernägeln zum sizilianisch blauen Himmel und tat es nicht.

(Wie es mich wieder an der Kehle packt. Aber was genau? Dabei hast du deine Schwester doch mal geliebt. Ja, aber damals war sie vier. Es ist nicht schwer, eine Vierjährige zu lieben. Mit zehn hast du sie auch noch geliebt. Was danach war, weiß ich nicht mehr. Die Wende. Mit der Wende ist quasi der Faden in der Familie gerissen. Dass sowas kein gutes Licht auf uns wirft, ist klar. Aber sie hier weiß vielleicht gar nichts davon. Sie weiß nichts vom gerissenen Faden. Schließlich hat sie an ihm entlang hierher gefunden. Also ist er für sie nicht gerissen. Für sie gilt, was für sie gilt. Also hör auf, in den Himmel zu starren, schau sie an und rede mit ihr. Meinetwegen, als wärt ihr zwei alte Schulfreunde und würdet den Rest ihrer Familie sowieso nicht kennen.)

Wohnst du eigentlich weit von hier?

Ihre Stimme, als wäre sie plötzlich verrauscht, wie in einem alten Radio (Woher kommt das wieder? Das war mal mein Beruf). Durch das Auftauchen der Erinnerung ebenso wie durch den Klang selbst alarmiert sah er endlich zu ihr. Schneeweißes Gesicht. Die Lippen traten hervor, sehr rot, und als ob sie auch ein wenig geschwollen wären.

(Was ist das? Eine Allergie?) Geht's dir nicht gut?

Grad … nicht.

Ihr Blick, als könnte sie ihn nur schwer halten. Ihr Eis im Becherchen ist geschmolzen. Sie hat vielleicht einen Löffel voll davon gegessen. (Du wirst mir doch nicht ohnmächtig werden?)

Da war eine Betonbrüstung, die das Straßencafé vom Kreisverkehr trennte. Sie stand auf und ging schwankend die zwei Schritte bis dorthin. Die Brüstung ist schmal, aber sie schaffte es, sich draufzulegen und auch liegen zu bleiben, ohne herunterzufallen. Sie hatte die Füße aufgestellt, das gab etwas Stabilität. Eine Hand lag auf ihrem Bauch, die andere hing herunter, bis auf den schmutzigen Boden. Darius Kopp war auch aufgestanden, stand aber nur da, während die aufmerksame Kellnerin, ohne darum gebeten worden zu sein, mit einem feuchten Geschirrtuch herbeieilte.

Ist ihr schlecht?

Sie hat eine lange Reise hinter sich, sagte Kopp.

Die Kellnerin gab ihm das Tuch und eilte wieder davon. Jetzt stand er mit dem Tuch in der Hand da und rührte sich nicht. Die Kellnerin kam wieder, diesmal mit einem kleinen Glas voller Eiswürfel. Lore solle einen in den Mund nehmen. Endlich bewegte sich auch Darius Kopp. Er hockte sich neben die Brüstung.

Hier, sagte er. Ein feuchtes Tuch und Eiswürfel.

Sie nahm das Tuch mit der bis dahin hängenden Hand, schaffte es dann aber nicht, es richtig auf ihrer Stirn zu platzieren. Kopp musste helfen.

Und hier, Eiswürfel.

Er fischte einen aus dem Glas, unter den üblichen Schwierigkeiten, dabei waren es wenigstens nicht so enorm große Eiswürfel, aber natürlich sofort vor Schmelzwasser rutschig.

Frag nicht, wie sie es geschafft haben, ihr einen davon in den Mund zu buchsieren. Kopp schliefen im Hocken die Beine ein.

Sie stellte sich dann ganz geschickt an, schaffte es, den Eiswürfel zu zerbeißen. Das beruhigende Geräusch von Eiswürfeln, die von Zähnen zermahlen werden. Verkehrslärm, Pause: das Plätschern des Springbrunnens, das Zermahlen von Eiswürfeln, wieder Verkehrslärm.

Etwas Schmelzwasser trat aus ihrem Mundwinkel, als sie wieder fragte, ob er weit weg wohne.

(Wenn man bei Kräften ist, nicht. Aber er sagte nicht das, sondern:) Das Ding ist: ich habe hier eigentlich keine richtige Wohnung.

Sie sah ihn an, aber als wäre es nur mit einem Auge. Als wäre ihr Gesicht in Stücke zerfallen. Kopp hatte das noch nie bei jemandem so gesehen. Man sieht die Bruchlinien. Stirn, linkes Auge und Wange, rechtes Auge, rechte Wange, Nase. Mund und Kinn bilden ein Trapez.

Ich habe nur ein Zimmer, sagte Darius Kopp, während er versuchte, die stark kribbelnden Beine unter sich zu entlasten. Und ich wohne mit jemandem zusammen. Also: einem Mitbewohner, keiner Frau.

Er wurde rot. (Was erzähle ich für einen Blödsinn?)

Sie presste die Lippen aufeinander. Die Spur des ausgelaufenen Wassers war noch auf der Haut zu sehen. Sie hat einen winzig kleinen Mund, wie ihre Mutter und ihre Oma. In unserer Familie haben die Männer die vollen Lippen. Zum Ausgleich hat sie diese Puppenaugen, wenn Puppen je braune Augen hätten. Ich komme da nicht mehr heraus. Und wenn ich sie doch mitnehme, sieht sie, dass es nicht nur ein Zimmer ist. Dass ich gelogen habe.

Hast du hier keine Unterkunft?

Offenbar nicht.

Dora, sagte Darius Kopp. Die Frau, die dich zu mir gebracht hat. Sie und ihr Mann haben ein Haus. Francesco, er ist auch sehr nett, und sie haben selbst drei Töchter. Und sie sprechen Deutsch. Ich kann sie fragen, ob du bei ihnen unterkommen kannst für eine Nacht.

Sie drehte das Gesicht weg von ihm, sah in den Himmel. Der Verkehr hinter ihr brauste.

Soll ich Ihnen ein Taxi rufen? fragte die Kellnerin.

3.

Kein Taxi. Nach einer Weile konnte sie sich wieder aufrichten und meinte, zu Fuß gehen würde ihr im Moment besser bekommen. Er ging voran, trug ihren Rucksack. Er achtete darauf, immer auf der Schattenseite zu gehen. Alle paar Schritte sah er sich nach ihr um. Sie blieb stets drei Meter hinter ihm und fasste manchmal mit einer Hand an die porösen Hauswände, aber alles in allem schien es ihr tatsächlich wieder besser zu gehen. Erst auf dem Treppenabsatz der zweiten Etage in Itzehoes Haus musste Darius Kopp stehen bleiben und warten, dass sie schnaufend wieder in seinem Blickfeld erschien.

Als sie die Wohnung betraten, kam ihm entgegen, wie unangenehm es bei ihnen roch. Das ganze alte Zeug, der Schimmel, irgendein schlecht getrockneter Lappen, und alles, was von draußen hereinsickert. Er öffnete sämtliche Fenster. Als er sich wieder umdrehte, war sie schon auf dem Sofa eingeschlafen.

Stand vor ihr und sah sie an. Wie müde muss jemand sein, um sofort so weg zu sein? Als hätte sie sich hingesetzt und wäre gleich zur Seite umgekippt. Ihre Wange kam auf der Armlehne zu liegen, auf der bunt gestreiften Decke, von der Darius Kopp wußte, dass sie etwas kratzt. Die Hände, aneinandergelegt, klemmten zwischen den Oberschenkeln. Kann man so einschlafen? Oder tut sie vielleicht nur so? (Warum nimmst du das an?) Ihre Wimpern rührten sich nicht. Eine Weile trat Kopp von einem Bein aufs andere, schließlich beschloss er zu duschen. Als er wieder aus dem Bad kam, schlief sie noch immer.

Er ging hinaus und kaufte Saftorangen. Vielleicht mag sie frisch gepressten Saft. Er kaufte auch Cola, falls nicht. Er kaufte Pane di Pizza, Mortadella, Tomaten und Salzoliven. Und, weil sein Blick drauf fiel, ein Glas Nutella. Wer weiß.

Als er zurückkam, war sie wach. Scheinbar nicht beunruhigt über sein Fortsein. Sie hatte sich etwas frisch gemacht. Ihr Haar war hinter die Ohren geklemmt. Zum Glück hat sie nicht so große Ohren wie der Rest von uns.

Sie sagte, sie habe keinen Hunger, nur Durst. Sie wollte weder Orangensaft noch Cola, sondern Wasser mit Eiswürfeln, wenn welche da sind.

Kopp sah ins Eiswürfelfach. Es waren welche da, aber alt, von Reif überzogen, Petersilienblätterkrümel klebten darin. Er warf sie weg und machte neue. Er ließ lange das Wasser aus dem Hahn laufen, aber es wurde nicht richtig kalt. Sie sagte, das macht nichts, tauchte aber nur die Lippen ins Wasser und leckte sie dann ab.

Willst du vielleicht das Dach sehen? fragte Darius Kopp.

(Zeig ihr nicht das Dach. Das Dach ist zu schön. Doch es gab kein Zurück mehr.)

Kopp nahm die Wäsche ab, während sie – vorsichtig, mit genügend Abstand zu den Rändern – das Dach abschritt. Die Dächer und die oberen Etagen links, die Dächer und die oberen Etagen rechts, das Vorderhaus, das Nachbarhaus. Menschen waren aus dieser Perspektive nicht zu sehen. Die Töne und die Düfte der Abendessen rundherum: Klappern und alles durchdringender Knoblauchgeruch. Beim alten Mann mit dem Akkordeon war das Radio an. Lore setzte sich in einen der Liegestühle im Schatten des Schornsteins. In Matteos. Sie ließ die Hände links und rechts hinunterfallen und atmete aus.

Das ist einer der besten Plätze hier, sagte Kopp und setzte sich neben sie. Die Wäsche hielt er ungeschickt im Schoß. Er hatte vergessen, den Eimer zum Tragen mitzubringen.

Da saßen sie nun und ließen eine Weile das Dach, den Himmel, das ganze Drumherum auf sich wirken.

Es ist schön hier, sagte sie schließlich.

Ja, sagte Kopp, es ist nicht schlecht.

Leben, wo andere Urlaub machen.

(Wie ich solche Sätze liebe!) Na ja, sagte Kopp. Die Wohnung gehört einem alten Deutschen, den ich kennengelernt habe. Es wohnt noch ein anderer hier, ein Kollege aus der Pizzeria, du hast ihn vielleicht gesehen, aber das ist nicht ganz offiziell. Wobei ich auch nicht offiziell bin, aber darum kümmert sich hier keiner so richtig. Es ist ein bisschen kompliziert alles. Du müsstest auf dem Sofa schlafen.

Das ist für sie kein Problem.

(Sie strahlt mich an, ihre Augen, das ist ganz merkwürdig. Als wäre es mit Bewunderung. Wofür es keinen Grund gibt. Vermutlich missverstehe ich es auch. Männer missverstehen ja angeblich oft und vieles. Wie Frauen schauen. Mädchen. Sie ist weiblich, einigen wir uns darauf. Weiblich und eine Verwandte.)

Kann ich dich für eine Weile hier lassen? fragte Kopp.

Klar.

Er ging hinunter, um das Sofa für sie herzurichten. Aber wäre das Schlafzimmer nicht angemessener? Schließlich ist sie ein Gast, und, noch einmal, eine Frau. Meine Nichte. Er ging ins Schlafzimmer. Es roch nach Matteo. Er öffnete das Fenster. Dabei überkam ihn Heißhunger, er ließ alles stehen und liegen, stürzte in die Küche und stopfte sich am Kühlschrank stehend mit Mortadella voll. Ein Mund voll Mortadella. Der Geschmack des Fetts.

Sie aß an diesem Abend nichts mehr. Sie lächelte, als er ihr das Glas mit Nutella zeigte. Er bezog doch nur das Sofa für sie. (Damit es nicht zu bequem hier für sie wird? Natürlich.)

Die Strafe folgte auf dem Fuße, da sie, offenbar immer noch völlig erschöpft von der Reise, sehr früh einschlief, und Kopp sich mit angehaltenem Atem in der Küche herumdrücken musste. Irgendwann wurde es ihm zu dumm, und er lief den ganzen Weg zur Pizzeria zurück, um Matteo vorzuwarnen: Wir haben einen Gast. Das heißt: ich habe einen Gast. Meine Nichte. Sie schläft auf dem Sofa.

Alles klar, sagte Matteo.

Wie sich später herausstellte, war ihm durchaus nicht dasselbe klar wie Kopp, der davon ausging, Matteo hätte verstanden, dass er solange woanders schlafen müsse, während Matteo verstand, dass er leise sein solle, wenn er nach Hause kam. Und so geschah es, dass Darius Kopp mitten in der Nacht aufwachte, weil sich zwei, die vorher offenbar im Wohnzimmer aufeinandergetroffen waren, nicht flüsternd in der Küche unterhielten.

Auf Englisch. Anstatt sich gleich zu ihnen zu gesellen oder sich wieder hinzulegen, stand Kopp eine ganze Weile im dunklen Flur zwischen Küche und Bad und hörte zu. Sie sprach mit Akzent, mit wenigen Worten, er ebenfalls. Offenbar über Venedig.

Als hätten sie gesagt: Venedig stinkt.

Sie lachten.

(Ja, das Meer. Ich war auch schon mal da. Nicht mit dir. Vorher.)

Dann war von Rom die Rede, dann von Neapel. War sie überhaupt in Neapel? Er ja. Er war schon überall. Er kann berichten, dass auch Neapel stinkt. Sie lachten wieder. Es hörte sich an, als würden Eiswürfel in Gläsern klimpern. Die Eiswürfel habe ich gemacht.

Kopp schlich sich wieder ins Schlafzimmer zurück und trug seine Bettwäsche zur Matratze im Wohnzimmer, bevor er ebenfalls in die Küche ging.

Er hat sich ihr mit seinem richtigen Namen vorgestellt, Metin, aber hier nennen sie mich Matteo.

Sie lächelte nur. Wie soll man sich für eine Ansprache entscheiden, wenn man sich erst seit Sekunden kennt?

Metin ist einer der 99 Namen Allahs, dachte Kopp, und bedeutet der Standhafte, und Matteo macht seinem Namen alle Ehre, indem er seit frühester Jugend versucht, das Gegenteil zu sein. Wobei das vielleicht zu hart gesagt ist. Er ist bloß nicht dort geblieben, wohin er geboren worden ist. Fünfter oder wievielter Sohn von bis zur Manie arbeitsamen Eltern, und Arbeit ist nur das, was du mit deinen beiden Händen machst, Studierte sind Schwachköpfe, also lernst du Dreher und arbeitest in einer Fabrik, und was du verdienst, gibst du zu Hause ab, dachte Darius Kopp, sie geben dir dafür ein geringes Taschengeld, wie das früher bei uns auch noch Sitte war. Wer noch unverheiratet ist und zu Hause wohnt, gibt alles ab und nach der Arbeit hilft er den Eltern in deren Laden. Lebensmittel und Haushaltsartikel, immer geöffnet, an jedem einzelnen Tag der ersten 19 Lebensjahre, die Metin zu Hause verbrachte. Und die Leute, die Jobs in Deutschland, Frankreich, Italien hatten, kamen mit ihren coolen Klamotten und ihren Autos vorbei, dachte Darius Kopp. Metin sparte ein ganzes Jahr lang sein Taschengeld. Immer gleich in Euro umgetauscht, damit er es nicht ausgab. Davon hat er sich sein erstes Visum als Musiker gekauft.

Welches Instrument spielst du, fragte Darius Kopp.

Gar keins. Aber als Musiker bekommst du am leichtesten ein Visum. Für 300 Euro. So kam er das erste Mal nach Italien. Für 30 Tage. Fand gleich einen Job als Erntehelfer, hatte romantische Vorstellungen von einer Art Sommercamp mit leichter körperlicher Ertüchtigung an der frischen Luft, aber es war eine stinkende Hölle mit – ich lüge nicht – einer veritablen Latrine und einem Trog mit kaltem Wasser zum Waschen. Also zog er weiter nach Frankreich und schlief am Strand, aber am nächsten Morgen kam die Polizei. Er lief davon und schlief weitere zwei Nächte auf der Straße, dann hatte er die Nase voll und machte sich wieder auf den Rückweg. Zuhause stellte er sich als die goldene Jugend dar, die es sich leisten kann, einen Sommer lang müßig über die Strände zu ziehen. Er lernte ein Mädchen kennen und sie hätte ihn beinahe geheiratet, aber dann hatte sie eine Erleuchtung, beziehungsweise, ihr wurde klar, wer er wirklich war bzw. wurde es ihren Eltern klar und die klärten dann ihre Tochter auf: das Problem ist nicht, dass er in Wahrheit nicht aus Gold ist, wer ist das schon, oder aufrichtig, wer ist das schon, aber fleißig sollte ein Mann schon sein, und sie hatten nicht den Eindruck, dass er das war. Was eine infame Unterstellung war, er wollte nur etwas anderes als sie, aber das konnten sie so nicht formulieren. Er war nicht-standhaft in dem Sinne, dass er wieder ein ganzes Jahr lang sein Taschengeld sparte und sich wieder ein Visum als Musiker kaufte, und danach ist er, die Eltern des Mädchens sagten das schon ganz richtig voraus, nicht mehr zurückgekehrt.

Das alles erzählte er jetzt und ihr in der nächtlichen Küche nicht, das ist etwas, das Kopp weiß. Außerdem weiß er, dass Matteo mittlerweile 25 war, er macht das hier also schon seit 6 Jahren. Langsam wird es knapp zu behaupten, 17 und Palästinenser zu sein.

Hi, sagte Kopp, als er die Küche betrat.

Hi, sagten die beiden anderen im Chor. Matteos charmanter, schiefer Schneidezahn blitzte.

Geht's dir besser, fragte Darius Kopp seine Nichte.

Ja, sagte sie und hob ihr Glas.

Kalter, süßer Pfefferminztee mit Eis. Den Tee hat er gemacht.

Nein, danke, sagte Kopp und nahm sich das letzte Sanbitter, das noch da war, während die anderen beiden weiter darüber redeten, wer wo war in diesem Sommer beziehungsweise in seinem Leben. Sie geben ein bisschen an, wenn sie sagen, wo sie waren und auch wenn sie zugeben, dass es insgesamt gar nicht so viele Orte waren. Er ist noch nie geflogen, sie einmal, in einen Familienurlaub. Dafür war er tatsächlich schon fast überall in Italien, wo man leichter an einen Ausweis aus dem Farbkopierer kommt, als anderswo, dachte Kopp. Wo dann auch schon Matteo drin steht. Matteo Metin. Seinen richtigen Nachnamen hat Kopp vergessen oder nie gewusst. Wenn er sprach, schaltete Kopp mehr oder weniger ab, ich kenne das alles schon. Wenn sie dran war, spitzte er die Ohren. Was hast du zu berichten? Wenn du schon einmal hier bist, ist alles von Interesse, es muss nicht von ähnlicher Tragweite sein wie Witwenschaft und Illegalität, obwohl 17 Jahre immer nur in unser beider Geburtsstadt Maidkastell das durchaus auch beinhalten könnten, überall geschehen die unglaublichsten Dinge. Aber wenn ihr, dann erzählte sie diesmal nichts davon. Von Festivals. Bei welchen Festivals sie diesen Sommer oder auch schon früher war, und ehe sich Kopp versah, redeten sie schon über Musik, die er nicht kannte. Kopp öffnete eine Rotweinflasche.

Matteo ist auch Musiker, sagte er, während er den Korken mit einem Ruck herauszog.

(Warum bist du so ein Arsch? Matteo schaut ganz irritiert.)

Oh, sagte Lore. Tatsächlich?

Nein, sagte Matteo. Ich hatte einmal eine Gitarre in der Hand.

Ich hatte auch einmal eine Gitarre in der Hand, sagte Lore und lachte. In einem Sommercamp. Ich kann nur das eine Lied, das wir da gelernt haben. Aber Onkel Dé kann gut singen.

Wer ist Onkel Dé?

Sie lacht nur.

Nenn mich nicht so, brummte Darius Kopp. Wein? (Was ist nur los mit dir?)

Sie trank keinen Alkohol. Matteo streckte seinen mit Cola. Warmer Wein und kalte Cola, da musste Kopp dann doch wieder lachen. Dass es das noch gibt. Oder wieder.

Auf diese Weise, bis fast um drei in der Früh.

Als Kopp am nächsten Morgen aufwachte, hatte er nur noch eine halbe Stunde bis zum Schichtbeginn. Er stolperte durch das Wohnzimmer, viel zu verschlafen, um leise sein zu können. Um dann festzustellen, dass Lore ohnehin nicht auf dem Sofa lag. Sie war auch nicht in der Küche und nicht im Bad. Ihre Sachen waren noch da. Kopp war zu benommen, um klar denken zu können, außerdem war er, noch einmal, sehr spät dran, dennoch entschied er sich, vorsichtig die Tür zum Schlafzimmer zu öffnen. Drinnen lag nur Matteo im Bett, er schlief. Sie wird auf dem Dach sein. Ja, wahrscheinlich ist sie auf dem Dach. Oder spazieren. Noch ein kleiner Kampf, ob er hochgehen, nachsehen, sich gegebenenfalls von ihr verabschieden sollte. Er entschied sich dagegen. Auch so kam er 20 Minuten zu spät, aber das bemerkte zum Glück nur Fausto. Er machte ihm einen doppelten Espresso macchiato.

Er wartete den ganzen Tag darauf, dass sie in der Pizzeria auftauchte. Vorbeikam, irgend etwas sagte. Ich gehe jetzt. Oder etwas anderes. Ich lebe noch. Aber nein. Telefonnummern hatten sie nicht getauscht.

Matteo seinerseits kam ebenfalls zu spät, ebenfalls 20 Minuten, er wurde dafür nacheinander von vier Leuten angeknurrt: dem Wirt, der Wirtin, dem Koch und der anderen Küchenhilfe.

Aber ich bin zuverlässig, sagte Matteo. Nur nicht immer pünktlich.

Was ist mit meiner Nichte? fragte Kopp.

Sie ist müde, sie ruht sich aus. Ich habe ihr den Hafen, den Markt und das griechisch-römische Theater von außen gezeigt.

Den Hafen, den Markt und das griechisch-römische Theater?

Oder wolltest du?

Kopp murrte etwas, er wusste selbst nicht was, und ging.

Er fand sie auf dem Dach. Sie schlief in Matteos Sessel. Sie hatte einen Sonnenbrand im Gesicht.

Tatsächlich, sagte sie fröhlich, nach einem Blick in den Spiegel.

Ihre Nase glühte rot wie eine Chilischote. Erst lächelte sie noch und schmierte Joghurt drauf, später musste sie erbrechen und wusch den Joghurt wieder ab, denn der Geruch saurer Milch hilft in so einem Fall nicht. Wieder einmal musste sie auf dem Sofa liegen mit einem kalten Tuch auf der Stirn. Kopp holte eine Salbe aus der Apotheke.

Morgen habe ich Spätschicht, sagte Kopp, ich dachte, ich zeige dir ein wenig die Stadt, aber es wäre vielleicht besser, wenn du jetzt eine Weile nicht in die Sonne gehen würdest.

Sie nickte, lächelte schwach und streckte die Hand aus. (Nach mir? Soll ich näher kommen?) Er kam näher, hockte sich hin, so kam ihre Hand mit seiner in Berührung. Er beugte sich zu ihr hinunter, um zu hören, was sie ihm vielleicht im Vertrauen sagte. Aber sie sagte nur: Danke, und schloss die Augen.

Er machte ihr das Bett im Schlafzimmer.

4.

Als es ihr zwei Tage später wieder etwas besser ging, wäre es nicht zu rüde gewesen, sie nach ihren weiteren Plänen zu fragen (Wie lange bleibst du?), aber da Darius Kopp noch nie in seinem Leben irgend etwas als Erster gefragt hat, verschob er auch das auf den nächsten Tag. (Ab wann würde es komisch? Einer Woche? Drei? Sechs? In sechs Wochen ist schon Herbst.) Einpaar Tage waren auf alle Fälle noch drin. Warum nicht. Sie stört eigentlich wirklich keinen.

Er ging zur Arbeit, kam zurück, ebenso Matteo, der sich in die neue Routine einfügte, als wäre es das Selbstverständlichste auf der Welt. Er ist fast zehn Jahre älter als sie, dennoch gehören sie eher der gleichen Generation an, die der Jungen, während Darius Kopps Brusthaare teilweise und seine Schläfen bereits gänzlich ergraut sind. Wenn Matteo da ist, reden die beiden hauptsächlich miteinander, auch wenn Kopp ebenfalls anwesend ist. Ich gebe zu, ich verstehe nur die Hälfte davon, und das nicht aus sprachlichen Gründen. Sie lächeln auch mehr. Das heißt: er. Sie lächelt eigentlich immer. Ein freundliches Kind. Sie nennt mich wieder Onkel Dé.

Eines Nachmittags, als Kopp von der Arbeit kam, saßen sie beide im Schatten des Schornsteins und lachten so sehr, dass sie kaum erzählen konnten, warum. Lore lag mit verschränkten

Beinen auf dem Rücken (was auf eine erstaunliche Gelenkigkeit hinweist), die abgestoßene Gitarre auf ihrem Bauch hüpfte im Rhythmus ihres Lachens auf und ab.

Die Gitarre hatten sie für 5 Euro auf dem Flohmarkt gekauft und anschließend mithilfe eines Internetvideos gestimmt, aber in der Sekunde, als sie glaubten, damit fertig geworden zu sein, riss die unterste Saite. Lore versuchte trotzdem, das einzige Lied zu spielen, das sie konnte. Wie sich herausstellte, wird recht viel davon auf der ersten Saite gespielt, und da Lore nicht wusste, wie sich die gleichen Töne auf einer anderen Saite erzeugen ließen, ersetzte sie sie durch Summen, aber das führte zu so einem Chaos in dem, was zu singen und was zu summen war, dass schließlich das Ganze in einem Lachkrampf endete.

Nett, sagte Darius Kopp. Und zu Matteo: Ich bin hier. Sagt dir das was?

Merda! schrie Matteo, sprang auf und verließ fluchtartig das Dach. Bis sie sich ins Sitzen hochgehievt hatte, war er schon im Treppenhaus, so konnte nur Darius Kopp sein »Wenn-du-noch-einmal-zu-spät-kommst«-Gesicht sehen.

Ich habe Abendbrot dabei, sagte Darius Kopp und breitete alles zu ihren Füßen auf dem Dach aus.

Man hätte ein Tischtuch mitbringen sollen. Oder ein Küchentuch. Eine Serviette. Zu spät. Aus Papieren zu essen hat auch seinen Charme.

Oh, sagte sie. Ich habe eigentlich noch gar keinen Hunger.

Ich habe immer Hunger, sagte Darius Kopp und pickte Oliven, Brot und getrockneten Schinken aus dem Papier.

Hattest du einen schönen Tag?

Ja, sagte sie. Wir waren auf dem Flohmarkt und am Meer.

Das Meer sieht sie sich jeden Tag an. Sie hat eine Sammlung aus angeschwemmten Fliesen- und Geschirrscherben angelegt. Die schönste zeigt den Kopf eines römischen Soldaten. Nicht antik.

Auf dem Flohmarkt haben sie außer der Gitarre auch noch eine Sonnenbrille für sie gekauft. Gelbe Plastikherzen um die Gläser herum. Leider ist das Glas links zerkratzt. Und einen Sonnenhut. Aber der ist leider zu warm.

Sie lächelte wieder von einem Ohr zum anderen, wie an dem Tag, als sie ankam. Das sieht etwas clownesk aus. Aber deswegen machte Darius Kopp dem nicht ein Ende. Er machte dem nicht absichtlich ein Ende. Er fragte nur endlich, wie es dem Rest der Familie gehe.

(Ich musste das tun. So etwas zu tun ist normal. Es einfach nie zur Sprache zu bringen wäre doch … Ich wollte normal erscheinen. – Als ob je etwas Gutes daraus entstünde, wenn man das versucht.)

Welchem Rest? fragte sie. Sie lächelte noch.

Den anderen. Die nicht du sind.

Sie zuckte die Achseln.

Ich denke, gut. Sie leben ihr Leben. Meine Mum ist mit ihrer Freundin zusammengezogen, aber ich weiß nicht, ob sie lesbisch geworden ist. Daggi tut nur alles für sie, das mag sie. Tommy holt jedes zweite Wochenende Merlin ab, und ich bin zu meinem Erzeuger gezogen, obwohl mich seine Tussi nicht leiden kann, aber ich dachte mir, die paar Monate bis zu meinem Achtzehnten stehe ich schon irgendwie durch.

Sie lächelte und klaubte doch auch eine Olive aus dem Schälchen. Sie schob sie in eine Backentasche, als sie weitersprach. Etwas Öl war auf ihren Lippen geblieben.

Meine Freundin Lena hatte mehr Glück. Die ist vor einem Jahr ins betreute Wohnen gekommen. Aber dafür war sie vorher auch in der Psychiatrie.

Wieso war sie in der Psychiatrie?

Lore schob die Olive in die andere Backentasche.

Weil sie versucht hat, sich mit Tabletten umzubringen, aber sie wurde nur ein bisschen benebelt davon, und dann ist sie von der Schlafgalerie gefallen und hat sich einen Wirbel gebrochen. Sie hat wochenlang so ein Korsett getragen.

Oh.

Im betreuten Wohnen bekommst du Geld für Klamotten, und es gibt sogar ein Reisebudget. Damit ist sie immer zu ihrem Freund in die Schweiz geflogen.

Verstehe, sagte Kopp.

Offenbar mit einem weniger neutralen Unterton als geplant, denn ihr Lächeln bekam einen weiteren Knick. Sie zerkaute die Olive, schluckte, und schob nun den Stein hin und her.

Wann wirst du nochmal achtzehn?, fragte Kopp, weil es jetzt eh schon egal war.

Am 29. Februar.

Echt? (Wie konnte ich so ein Datum vergessen?)

Nein. Sie lachte. Am ersten März.

Nächsten Jahres?

Ja. Wenn es schon dieses Jahr gewesen wäre, dann wäre ich ja schon achtzehn.

Sie spuckte den Kern in ihre Hand und lachte. (Du bist wirklich drollig, Onkel Dé.) Wie alt bist du eigentlich?

Du weißt nicht, wie alt ich bin?

Nein.

49.

Dieses Jahr?

Teilweise. Im September werde ich 50.

Wau.

Er zuckte die Achseln. (Das ist doch nichts.)

… Kann ich dich was fragen?

Hm?

Redest du mit der Familie nicht, weil sie sie nicht mochten?

Weil sie wen nicht mochten?

Fragte er, aber da hatte er es schon kapiert. Wir reden bereits über »diese Frau«. Meine Frau. (Ist das also beschlossene Sache? Erzählt man es sogar den Kindern? Mehr Schmerz als Wut im Moment.)

Wer sagt, dass sie sie nicht mochten?

Niemand.

Darius Kopp nickte. (Natürlich niemand.)

Weiß nicht. Ich hab das nicht so beschlossen, es hat sich ergeben.

Meine Mum hat geweint. Dass ihr keine geschwisterliche Liebe vergönnt ist.

Hat sie das so gesagt? Keine geschwisterliche Liebe vergönnt?

Sie liest viele Ratgeber. … Ich mag meinen kleinen Bruder auch nicht besonders. Vielleicht kann ich ihm nicht verzeihen, dass er der Liebling ist. Oder dass er wirklich ein kleines Arschloch ist. Oder vielleicht passen wir einfach nicht zueinander. Tommy habe ich gemocht. Aber er wollte mich nicht adoptieren, also, was soll's.

(Und plötzlich bist du ganz erschrocken. Dass es gleich *so* intim wird.)

Vielleicht … Vielleicht hätte es dein Vater nicht gewollt …

Doch.

Sie zuckte mit den Achseln.

Was soll's. Wie gesagt, ich werde bald achtzehn.

Der obere Teil ihres Gesichtes blieb traurig, der untere lächelte wieder, als sie fragte:

Tust du mir einen Gefallen?

Klar, sagte er. Das heißt: nur einen? (Du willst witzig sein? Zu spät.)

Sie grinste pflichtschuldig.

Sagst du mir, wenn du willst, dass ich verschwinde?

OK, sagte er.

Womit der Status quo für eine ganze Weile festgeschrieben war.

Sie lächelte und sagte: Danke.

Er fragte kein zweites Mal nach der Familie. Er fragte auch nach sonst nichts mehr. Lass es einfach laufen, wie es läuft. Sie hat offenbar beschlossen, dass niemand und nichts auf sie wartet, ja, das hat sie beschlossen, und schau, auf dich wartet in der Tat niemand und nichts, soll sie bleiben, solange sie eben bleibt.

Wenn Darius Kopp ehrlich mit sich war, und warum sollte er das nicht sein, musste er zugeben, dass es neu und unterhaltsam war, ja, dass es ihm Freude bereitete, seiner Nichte dabei zuzuschauen, wie sie die Tage auf sich zukommen ließ. Freilich, sie ist ein Kind, freilich, ich gebe ihr Obdach und Nahrung, aber wäre ich es nicht, würde sie, zweifellos, jemand anderen finden. Jung, schön, wohlklingend, wohlriechend, geringe Muskelkraft, sanfte Bewegungen, ein Mädchen eben, das ist ein Vorteil. Darius Kopp beschloss, ihr zuzusehen, solange sie eben da war. Mir scheint, ich lerne etwas daraus, auch wenn ich noch nicht weiß, was.

Als Erstes fiel ihm zum Beispiel auf, dass er, seitdem er erst bei Gabriella, dann in der Pizzeria arbeitete, kaum je einen freien Tag hatte. Das hatte ihn bis jetzt nicht gestört, doch nun, da sie da war, und man ihr die Stadt oder gar die Umgebung hätte zeigen können, den Vulkan und so weiter, fehlte die Zeit. Ich lebe hier wie eine Blindschleiche. Übertreibung. Aber den Kopf aus dem Mehlstaub zu heben und sich wieder ein wenig umzusehen, wäre nicht von Nachteil. Er rief Francesco an. Ihn erstens fragen, ob er Lore auf eine Tour auf den Berg mitnehmen könnte, und zweitens, ob in der Zwischenzeit nicht vielleicht doch ein Job bei den Ätna-Touren frei geworden war. Wie lange bin ich nicht mehr Auto gefahren? Jeep fahren über Geröllpisten, warum habe ich mich davon so leicht wegdrängen lassen, um hier Teig auszutreiben?

Francesco kam dann auch vorbei, stand eine Weile am Tresen, aber Luisa nahm ihn vollständig in Beschlag, sie redeten sehr schnell und auf Sizilianisch, so kann man nichts besprechen. Francesco musste wieder los, bevor Kopp auch nur einen Satz mehr als Begrüßungsfloskeln mit ihm hätte wechseln können. Es muss wieder über Dora laufen. Aber bevor es dazu hätte kommen können, kam noch jemand an.

Als er beim Nachhausekommen die Tür zur Wohnung nur angelehnt fand, schöpfte Kopp noch keinen Verdacht. Sie ist also, wie eigentlich immer, wenn sie zu Hause ist, auf dem Dach.

Oder nein, sie kramt im Schlafzimmer.

Und schimpft dabei auf Italienisch.

Mit einer heiseren Männerstimme?

Für einen kurzen Augenblick der Schrecken: ein Einbrecher. Ein unzufriedener Einbrecher. Findet nicht, was er sucht. Die Türen zu den beiden mit Antiquitäten vollgestellten Zimmern standen auch offen. Das Wohnzimmer war durcheinander, Decken, Laken, Kissen, Kleidung übereinandergeworfen, aber das waren vielleicht doch wir selbst.

Scheiße, verdammte! sagte der Dieb, und da wusste er es: Itzehoe.

Zerrt unter Geschimpfe an der Bettwäsche.

Ach, du bist das, sagte Kopp. Was machst du da?

Wieso? Wen hast du erwartet?

Lass, ich mach das. Du hättest anrufen können, dann wär's schon fertig.

So weit kommt's noch! Dass ich anrufen muss, bevor ich in meine eigene Wohnung komme!

Nur, damit ich das Bett hätte machen können.

Aber Itzehoe war nicht zu beruhigen. Er zitterte vor Empörung.

Was ist das alles? Was ist das für ein Chaos im Wohnzimmer? Ein Sofa ist zum Draufsitzen da, sitzen und fernsehen, wann habe ich das letzte Mal auf meinem Sofa gesessen und habe ferngesehen? Ich bin ein alter Mann, ich brauche ein Zuhause. Wieso hast du eigentlich immer noch keine eigene Wohnung? Du hast doch eine Arbeit, du kannst hingehen, wo du willst, warum muss sich alle Welt bei mir breitmachen, und ich habe kaum Platz, dass ich meinen Arsch irgendwo hinsetzen kann. Was ist das alles? Wen hast du hier noch einquartiert? Nimmst du vielleicht noch Miete von denen? Mir zahlst du nichts, aber denen knöpfst du was ab?

Jetzt beruhige dich …

Sag mir nicht, ich soll mich beruhigen!

Itzehoe hob die Knie, als ginge er durch ein Moor, so stampfte er durch die Wohnung, puff, auf die Teppiche und darunter auf die Dielen. In der Wohnung darunter rieselt bestimmt der Kalk von der Decke. Er stampfte und polterte, aber er stieß nirgends an, er weiß, was wo steht, kann stampfen und schlängeln zugleich. Die gute Koordination eines geübten Cholerikers. Auch so hat Itzehoe ständig blaue Flecken, über die er ausführlich zu klagen weiß. (»Als würde ich geschlagen!«) Kopp sah ihm zu und unterhielt sich dabei mit despektierlichen Gedanken, um nicht beunruhigt sein zu müssen. Wegen dem Sofa und der Matratze und dem Schlafzimmer, macht eins, zwei, drei, und da liegt ihr Rucksack und da liegt seine Jacke, seine Schuhe, im Bad sind Sachen von beiden, du kannst aufhören, die Indizien zu zählen, Itzehoe hat sowieso alles längst registriert. Er kennt seine Sachen, egal, wie viele es werden, also erkennt er auch anderer Leute Sachen.

Mittlerweile war Itzehoe in einem der Antikzimmer angelangt, kramte, zog Schubladen auf. Wieso zieht er Schubladen auf? Was will er finden? Weiß er etwa vom Geld? Darius Kopps Ersparnisse. Versteckt vor wem? Vor Matteo und vor jedem anderen, selbstverständlich. Wenn Itzehoe angekündigt ist, steckt Kopp das Geld in seine Tasche und schleppt es hin und her. Was, wenn Itzehoe es jetzt findet? Was wäre ihm zuzutrauen?

Itzehoe kramte, rüttelte, schimpfte, stieß doch noch irgendwo an, ein riesiger Krach, dann ein hohes Kreischen: Was ist denn das?

Kopp stürzte hin, sehen, was er gefunden hat.

Brauchst du Hilfe?

Ein aufgelassenes Mäusenest.

Ach, sagte Kopp mit all der ihm gegebenen Ruhe, das sind nur Mäuse.

Nur Mäuse?!?!

Mäuse gibt es doch überall. Besonders, wenn man soviel Kram hat.

Es steht dir nicht zu, mir zu sagen, wie viel Kram ich haben darf! Zwei Zimmer mehr wären wohl ganz schön, was? Könntest den ganzen Klan hier einziehen lassen!

Weißt du was, dachte Kopp. Der Moment ist gekommen. Wenn es genug ist. Du gehst mir sowieso schon seit geraumer Zeit auf die Nerven. Aber das Geld ist noch hier drin. Wie an Itzehoe vorbeikommen? Die Ersparnisse der letzten zwei Jahre drangeben? Es gibt keinen Ausweg. Wir werden wohl durch diese ganze Demütigung gehen müssen.

Alles in Ordnung bei dir?

Matteo und Lore waren unbemerkt vom Dach und in die Wohnung gekommen. Matteo vorneweg, Lore hinter ihm. Ihr Gesicht leuchtete weiß im dunklen Eingang.

Na, da seid ihr ja!, kreischte Itzehoe.

Stand in der Tür des Mäusezimmers, mit hochrotem Kopf.

(Er ist so rot geworden, als er den jungen Mann gesehen hat. Darius Kopp kennt ihn gut genug, um zu sehen, was davon noch Wut und was bereits Angst ist. Wir sind zu dritt, er allein, und er ist alt. Ich allein wäre ihm schon weit überlegen.)

Wolfgang, sagte Darius Kopp mit der ruhigsten all seiner Stimmen, nannte Itzehoe beim Vornamen, Wolfgang, sagte er, darf ich dir meine Nichte Lorelei vorstellen? Lorelei, das ist Wolfgang, ihm gehört die Wohnung. Und das ist ihr Freund Matteo. Sie sind zu Besuch. Sie wohnen seit 3 Tagen hier. Tut mir leid, dass ich dir das nicht gesagt habe.

This ist my friend Itzehoe, I mean, Wolfgang. It's his apartment.

Kopp hoffte vor allem auf Matteos Auffassungsgabe und Anpassungsfähigkeit, aber es war Lore, die schneller schaltete, sich an Matteo vorbeischob, eine Hand vor sich haltend:

Hallo. Ich bin Lorelei. Ich heiße wirklich so.

Itzehoe nahm die ihm entgegengestreckte Hand nicht und erwiderte das Lächeln nicht. Er schaute von ihr zu Matteo, von Matteo zu Kopp, von Kopp wieder zum Mädchen. Er ist ein Mann mit Intuition, er spürt, dass etwas an der Geschichte nicht stimmt, aber er kommt so schnell nicht darauf, was es ist. Er war schon mal in der Pizzeria gewesen, aber Kopp wusste nicht mehr, ob Matteo gerade dort war oder nicht. Gottlob trug er nichts Verräterisches. Lore ließ ihre Hand sinken und trat einen Schritt zurück, um sich aufs Sofa setzen zu können.

Verzeihung …

Schlauer Schachzug, (Ob das auch Angst ist? Oder etwas Erlerntes? Wenn es eng wird, wird ihr schlecht?) konnte Kopp gerade noch denken, bevor er sah, dass ihre Gesichtsfarbe nicht nur so weiß wie neulich im Eiscafé geworden war, sondern von einem milchigen Lindgrün. Das erste Mal, dass ich sehe, wie jemand grün im Gesicht wird. Bevor er sich rühren konnte, tat es Itzehoe:

Was ist mit dir? Ist dir nicht gut?

Sie versuchte, den Kopf zu schütteln. Die Andeutung einer Bewegung, die nicht wirklich stattfindet.

Was ist mit ihr? (Itzehoe zu Kopp)

Sie hat es mit dem Magen.

Woraufhin Itzehoe, als hätte man einen Faden durchgeschnitten, auf der Stelle aufhörte, sich wie ein totales Arschloch aufzuführen. Er ging zum Sofa, hockte sich, mit einem mörderisch lauten Knacken seines rechten Knies vor das Mädchen hin, hauchte ihr ins Gesicht.

Tut was weh, oder nur übel?

Lore versuchte, etwas zu sagen, aber es gelang ihr nur ein Rülpser bei geschlossenen Lippen.

Itzehoe: Ich weiß, wie das ist. Ich hab's auch mit dem Magen.

An Kopp: Haben wir Ingwer im Haus? Geh, hol doch mal ein bisschen frischen Ingwer und Zitronen.

Kopp und Matteo schauten nur.

Was ist? Du weißt doch, dass ich ein Choleriker bin, oder nicht?

Ich mach es! flüsterte Matteo Kopp zu und rannte schnell weg, um den Ingwer zu holen, denn seine Story war nicht ausgearbeitet genug. Und das ist ihr Freund Matteo, aber woher hat sie ihn, wieso hat er einen italienischen Namen und wieso hast du ihn auf Englisch angesprochen usw.

Ma si torna? flüsterte Kopp ihm zu. Du kommst doch zurück?

Natürlich. Rennt wie ein Dieb, kommt zurück wie ein Freund, bringt Ingwer und Zitronen, während Kopp schon das Wasser kocht und Itzehoe von irgendwoher ein mit Rosen besticktes, gebügeltes Taschentuch herausgezogen, es befeuchtet und Lore auf die Stirn gelegt hat.

Die Hitze. Man muss vorsichtig sein. Ihr seid zu viel auf dem Dach. Ich geh nie aufs Dach, was soll ich da, da holt man sich nur einen Sonnenstich.

Und dann wird der Ingwer geschält und mit heißem Wasser übergossen, die Zitrone und der Honig werden dazugetan, und dann gibt Itzehoe Lore diesen Tee zu trinken, während er ihr lang und breit die Geschichte seines Magenkrebses erzählt. Achtzehn Leute sind im Laufe der Behandlung neben mir gestorben, links und rechts in den Betten, aber ich bin am Leben geblieben. Meine Frau ist auch gestorben. Ich hatte Krebs, sie hatte keinen, und trotzdem ist sie gestorben. Dabei war sie doch die Frau. Schau, so hat sie ausgesehen. Keine Sizilianerin, eine Schweizerin. Wir haben uns auf einer Fete in den Siebzigern kennengelernt, wir kannten die Gastgeber nicht, es war totaler Zufall, dass wir beide dort waren. Das Taschentuch habe ich ihr geschenkt. In den Siebzigern. Wann bist du eigentlich geboren?

98.

Achtundneunzig? Ist das eine Jahreszahl?

Sie lachen.

Sie war schön, sagt Lore zum Foto der pferdezähnigen verstorbenen Frau, und Itzehoe nickt stolz.

Irgendwann zwischendurch machte sich Matteo aus dem Staub. Genauer gesagt, musste er zur Arbeit. Itzehoe bemerkte es erst fast eine Stunde später.

Wo ist dein Freund hin?

Er schaute wieder misstrauisch. Und sie? Lächelte und sagte ohne mit der Wimper zu zucken:

Er hat sich mit unseren anderen Freunden verabredet. Die wohnen woanders. Er kann dort auch pennen.

Itzehoe sah sich im Wohnzimmer um. Wieder mürrisch geworden. Ein Sofa, eine Matratze auf dem Boden. Das Schlafzimmer gehört ihm.

Kopp hatte sich an irgend einem Punkt in den großen, braunen Ohrensessel gesetzt und grübelte darüber nach, wann die beiden das besprochen haben konnten, Lore und Matteo, oder ob sie sich vielleicht schon ohne Worte verstanden, oder ob sie einfach eine Hasardeurin ist und eine Lüge aus dem Ärmel gezaubert hat, die solange hält, wie sie eben hält, für die nächsten paar Stunden, bis Matteo mitten in der Nacht hier aufkreuzt und sich, in Ermangelung eines Besseren, einfach auf den Teppich legt?

Er kam zu keinem Ergebnis. Er hatte keinen Hunger, aber, um die Stimmung wieder zu lösen, fragte er Itzehoe, ob er etwas zu Abend essen möchte. Itzehoe bestellte Garnelen und winkte gleich wieder ab: Blödsinn, bring einfach Pasta und Ricotta. Kopp ging, kaufte ein, richtete an, servierte. Itzehoe aß, Lore nicht, Kopp saß wieder im Sessel und trank Campari-O, beim zweiten Mal mit mehr Campari, während Itzehoe redete und redete, sein ganzes Leben erzählte: die Fünfziger in Itzehoe, die Sechziger in Berlin, die Besatzer, die Musik, die Siebziger und die Schweiz, von dort aus dann nach Sizilien, ich habe noch ein Strandhaus außer diesem hier usw. usf., es war schon tief in der Nacht, oder zumindest war es dunkel, Kopp nickte im Sessel ein, keiner bemerkte es. Später, dann wirklich mitten in der Nacht, wachte er auf, und alle um ihn herum schliefen: Lore auf dem Sofa, Itzehoe wohl im Schlafzimmer. Matteo war nicht da. Kopp legte sich auf die Matratze und drehte das Gesicht Richtung Wand.

Werde ich zeit meines Lebens von Wahnsinnigen umgeben sein? Du kennst die Antwort.

5.

Che bello! Due amici, una chitarra e lo spinello, trällerte Itzehoe von da an den lieben langen Tag. *E una ragazza giusta, che ci sta*, und zwinkerte Lore zu. (Ob sie genug Italienisch konnte, um es zu verstehen? Sie lächelte, wie immer.) Im Übrigen waren es nicht zwei, sondern drei Männer in drei Lebensaltern, die sich um das Mädchen und die Gitarre scharten. Den Joint brachte üblicherweise Matteo mit, aber diesmal hielt er sich noch zurück. Wo er in dieser Zeit Schlafbursche war, wissen wir nicht, er kam jeden Tag vorbei, als wäre er tatsächlich ein Freund von Lorelei. Es ist nur eine Frage der Zeit, bis wir auffliegen. Der für gewöhnlich misstrauische Itzehoe müsste doch schon gemerkt haben, dass der angeblich ebenfalls Urlaub machende Freund viele Stunden des Tages mit irgendwas beschäftigt war. Andererseits war es ihm wohl ganz recht, wenn er fern blieb. Wenn er gekonnt hätte, hätte er vermutlich auch Kopp entfernt, damit er das junge Mädchen ganz für sich gehabt hätte. Oder vielleicht auch nicht. Er behandelte Kopp, wie üblich, wie einen Dienstboten, also bemerkte er seine Existenz sowieso nur dann, wenn etwas nicht sogleich und zu seiner Zufriedenheit erledigt wurde. Dreht den Kopf nach rechts, da ist das Mädchen, also holt er alles an »Kavalier alten Schlags« aus sich heraus, was nur geht; dreht den Kopf nach links, da ist Kopp: Hast du Orangen geholt? Hast du sie gepresst?

Itzehoe ging mit Lore ebenfalls auf den Flohmarkt, aber für ihn war es ein Antikmarkt. Er zeigte ihr alles und zeigte sie herum bei den Händlern, mit denen er bekannt war. Kaufte einen handbestickten Wandläufer für sie. Nicht aus Sizilien, sondern von Sardinien. Wer es nicht weiß, sieht es nicht, deswegen betonte er es: das ist ein Schatz.

Sie lächelte: So etwas hat mir noch nie jemand geschenkt.

Er führte sie selbstverständlich auch durch seine Sammlung. Dabei kamen sie auf die Idee, dass man das alles mal katalogisieren sollte, und sie fing tatsächlich an, in ein kariertes Heft (ebenfalls vom Flohmarkt) eine Liste zu schreiben, während Itzehoe versuchte, die Sammlung zu säubern, wegen der Mäuse, aber es tauchten keine weiteren Spuren auf. Kopps Aufgabe war es, entweder vor oder nach der Arbeit beim Rücken schwerer Gegenstände zu helfen. Bei dieser Gelegenheit entfernte er sicherheitshalber sein Geld aus der Schublade. Mit (soweit es dir möglich ist) ruhiger Hand das Stück Papier hervorfummeln, das zwischen Lade und Rahmen geklemmt ist, mit dem kaum vorhandenen Rand deines Daumennagels, kurze, kurze Fingernägel. Fummele das Stück Papier heraus und siehe: da sind außer den von dir gemachten Kerben keine anderen darauf. Das Geld steckte in einem Umschlag, es stand sein Name drauf. Darius Kopp, hatte Darius Kopp auf den Umschlag geschrieben, mit blauem Kugelschreiber, ungewöhnlich ordentlich. Normalerweise ist meine Handschrift nahezu unleserlich, aber auf dieses (geheime) Geldkuvert schrieb er seinen Namen schön und deutlich. Noch ordentlichere Leute notieren auf einem beigelegten Zettel oder auf der Innenseite des Kuverts auch, wann sich wie viel darin befindet. Zuletzt waren es knapp 3000 (2950). Da Lore und Itzehoe im »anderen Lager«

(dem Zimmer nebenan) waren, zählte er es nicht erneut durch. (Und wenn du dich verzählst und denkst, es fehlt etwas usw.?) Er legte das Kuvert unten in seine Reisetasche, unter die von Gabriella gekauften Hemden, die er nicht mehr trug. Sobald du sie nicht mehr brauchst, um etwas darunter zu verstecken, wirf sie endlich weg.

So vergingen 7 Tage. Seitdem Kopp hier wohnte, war Itzehoe noch nie so lange am Stück geblieben. Die Anwesenheit der jungen Frau schien ihn mit Energien nie geahnten Ausmaßes zu erfüllen. Er zeigte ihr alles, was er in der Stadt kannte und stellte sie allen seinen Bekannten vor. Nahm sie mit zu einem Abendessen bei Leuten, die Darius Kopp bis jetzt nicht kennenlernen durfte. Nicht, dass er das Verlangen danach gehabt hätte.

Und? fragte er seine Nichte. Wie waren die Leute?

Ich glaube, nett. Sie konnten nur Sizilianisch. Der Mann sammelt Kunst. Gemälde. Er wird ein Museum eröffnen, wenn er tot ist.

Er wird ein Museum eröffnen, wenn er *tot* ist? … Und sind es wenigstens gute Gemälde?

Ich weiß nicht. Ich seh' sowas nicht. Er kauft sie von Straßenkünstlern und auf Flohmärkten. Nur Aquarelle. Wegen des Papiers. Papier ist wertvoller als Leinwand. Es gibt tausende Jahre altes Papier, aber keine tausende Jahre alte Leinwand.

Das ist gar nicht so dumm, musste Kopp anerkennen.

Als Folge davon warf auch er mal einen Seitenblick auf die Arbeiten der Straßenkünstler. (Man sagt: *Arbeit*, nicht Bild o. ä.) Eventuell könnte man eine davon mit einem unserem Herzen nahestehenden Motiv erwerben. Von *a Muntagna* zum

Beispiel. Es war sogar eine kurze Phase mit Herzklopfen dabei, bei der Vorstellung, jemand könnte zufällig *Floras Baum* gemalt haben. Aber nein. Nach wenigen Tagen ließ er das wieder sein.

Dann, eines Morgens, kündigte Itzehoe an, nach Lampanella fahren zu wollen. Und zwar mit Lorelei. Ihr das Meer, den Strand und sein Haus zeigen.

Ich frage, ob ich frei haben kann, sagte Kopp. Dann können wir alle zusammen fahren.

Itzehoe ist oft genug wie ein Kind, es war nicht sicher, dass er auf eine Erlaubnis von Darius Kopps Arbeitgebern warten konnte. Bei denen es grundsätzlich so lief: Du fragst Luisa, sie bespricht es mit Salvatore, sie streiten sich oder auch nicht, dann kommt sie wieder und überreicht dir das Ergebnis, stets mit einigen Drohungen gespickt, wonach es sich nur um eine Ausnahme handeln dürfe, und wenn du darum gebeten hast, die Frühschicht am Montag nicht machen zu müssen, dann bieten sie dir an, die Spätschicht am Dienstag nicht machen zu müssen usw. (Ich glaube nicht, dass sie darüber lange nachdenken. Als Geschäftsleute müssen sie so etwas im Blut haben: Gib ihnen, aber nicht soviel und nicht genau das, was sie wollen. Versteht sich von selbst.) Bis jetzt hat das Kopp wenig ausgemacht, bis jetzt war er, was die Nichtversicherten anbelangt, auch immer am besten dran. Zu ihm sagte Luisa höchstens einmal: Weil du es bist, *partigiano*.

Jetzt also war Kopp etwas nervös und wütend, weil er nervös war, in die Enge getrieben, von Itzehoe, Lore, Matteo, den *Padroni*. Aber dann klappte es wider Erwarten nach Wunsch, und sie konnten schon am übernächsten Tag fahren.

Und zwar zusammen mit Matteo. Wie er das geschafft hat, weiß kein Mensch, vielleicht war es Zufall, andererseits ist es auch schon lange her, dass er auf der Straße schlafen musste, er hat also einiges gelernt, und nicht nur, wie man Pizza macht.

Kopp fuhr, Itzehoe, weil er alt ist, saß vorne neben ihm, Matteo mit Lore hinten. Auf Vulkaninseln gibt es keine Straße, die nicht kurvenreich wäre. Auf halber Strecke wurde Lore schlecht. Man kann hier nirgends richtig anhalten, es gibt nur die nicht sehr breite Straße und gleich am Rand die zu Mäuerchen aufgestapelten Feldsteine oder jemandes Tor, aber auch davor gibt es keine Einbuchtung. Irgendwann dann doch, vor dem großen Eisentor einer Villa. Das Auto passte fast vollständig hinein. Die Villa schien verlassen zu sein. Jemand hat eine Villa an die Landstraße gebaut und dann verlassen. Aus den Fenstern hätte man manchmal sogar einen Blick auf den Ätna. Kopp war der Einzige, der sich für das Gebäude interessierte. Lore war über das Mäuerchen auf der anderen Straßenseite gestiegen und beugte sich nun über die Blumen auf dem Feld. Lila, gelb und struppig, Kopp kennt die Namen nicht, bald werden sie verdorrt sein. Lore musste nicht erbrechen, sie beugte sich nur vor, weil es so besser war. Die Pause dauerte zwanzig Minuten. Itzehoe ertrug sie nur schwer, er schmollte: er könne trotzdem nicht hinten sitzen.

Es geht schon wieder, sagte Lore, und es konnte weitergehen.

Itzehoe führte sie nicht zur felsigen Küste, an der Kopp und er sich kennengelernt hatten, sondern zum gepflegten zentralen Sandstrand. Anfang August ist er natürlich gerammelt voll. Kopp, den sie zurückgelassen hatten, damit er das Auto parkte, musste sie eine ganze Weile suchen.

Sie standen alle drei mit nackten Füßen aber ansonsten vollständig angezogen am Rande des Wassers. Den gestrandeten Seelenverkäufer sieht man von hier aus nicht. Schade. Kopp hätte ihn seiner Nichte gerne gezeigt.

Hast du Wasser dabei? fragte Itzehoe, und Kopp ging wieder, um an den Strandbuden Wasser zu kaufen.

Hier, sagte er und drückte Itzehoe die Flasche in die Hand. Mit der nächsten Bewegung fing er schon an, sich auszuziehen.

Kopp besitzt lange keine Badehose mehr, er ging (nicht, weil es ihm ein Bedürfnis war, sondern aus Rücksicht) in seinen schwarzen Unterhosen schwimmen. Er sah nicht zurück, sollen sie machen, was sie wollen. Er schwamm mit großen Zügen hinaus. Dabei mag ich das Meer gar nicht. Nicht zum Schwimmen. Egal. Die Handlung eines freien Menschen, das ist es, was mir daran gefällt.

Als er sich nach einer Weile umdrehte, sah er, dass Matteo sich auch ausgezogen hatte. Er trug offenbar Badeshorts unter seinen Klamotten, aber er ging nur langsam hinein, sah sich immer wieder zu den anderen beiden um. Sein breites Grinsen sieht man bis hierher. Matteo kann, wie Kopp weiß, nicht schwimmen. Das kommt häufiger vor, als man denkt. Kopp drehte sich wieder weg vom Ufer und schwamm weiter hinaus. Weil ich es kann. Ein Streifen kälteren, dunkleren Wassers kam, strich über die Unterseite seines Körpers. Im linken Oberarm meldete sich ein kleiner Krampf. Das kennen wir schon. Zum Beispiel war ich nie in der Lage gewesen (selbst als ich dazu noch hätte in der Lage sein müssen), in Turnen eine Kerze zu machen (von einem Pflug ganz zu schweigen), ohne einen Krampf in der Unterseite eben dieses Oberarms zu bekommen. (Wie heißt der Muskel? Ist das der Trizeps? Der mich dazu nötigt, zur Seite zu kippen und minutenlang mit reißenden Krampfschmerzen liegen zu bleiben?) Wenn dir das in der Turnhalle passiert, ist das unangenehm (manche johlen, manche sind erschrocken, der Sportlehrer ist meist wenig beeindruckt, beugt sich über dich wie über eine sowieso schon bald vertrocknende struppige Wiesenblume), aber wenn dir das im Meer passiert, wenn du am weitesten von allen vom Strand weggeschwommen bist …

Vielleicht geht's gleich vorbei, dachte er und atmete ein, um die Luft anzuhalten. Als ob das helfen würde. Er hatte noch gar nicht fertig eingeatmet, da packte ihn der Schmerz, als wäre er etwas außer ihm, das legendäre Meeresungeheuer, und zog ihn in die Tiefe. Kopp riss den Mund auf, wie man das eben macht, wenn einen der Schmerz überrascht. Aber hier, natürlich, nur: Wasser. Salziges, kaltes Wasser, das gegen den Gaumen prallt, während dein Arm zur Gänze von einem elektrischen Aal verschlungen wird. Vom Maul bis zur Schwanzspitze hat er sich dich einverleibt, und jetzt krepiert er selbst daran, gemeinsam zuckt ihr in die Tiefe. Darius Kopp trat um sein Leben, versuchte, sich gegen die Drehung zu wehren, in die ihn seine linke Hälfte zwang. Es gelang ihm, die Nase über Wasser zu halten, auch wenn er sich nicht traute, durch sie einzuatmen. Man saugt dann doch nur Wasser an. Er röhrte und röchelte, als wäre er in der Tat zwei, er und das Monster, die gegeneinander kämpften. Und niemand bemerkt etwas. Kein Boot kommt vorbei, kein anderer Schwimmer. Wir sind allein hier draußen. Gottlob hat Darius Kopp noch einen rechten Arm und zwei Beine, die ihre Arbeit tun und nicht verkrampfen und nicht vor Schreck wie gelähmt sind. Er ruderte so lange, bis er es schaffte, sich auf den Rücken zu manövrieren. Er hielt sich so lange auf dem Rücken, bis der steif nach unten zeigende linke Arm sich endlich löste und ebenfalls Richtung Oberfläche driftete. Bewegen ließ er sich weiterhin nur um den Preis großer Schmerzen und der Gefahr eines erneuten Krampfs. Es war auch fürchterlich kalt, wurde immer kälter, nur der Kopf war heiß. Ist das gut, dass mein Kopf heiß ist?

Frag nicht, wie er es zurück ans Ufer schaffte. Er schwamm auf dem Rücken, in die Richtung, aus der er die Stimmen hörte. Irgendwann tauchten neben ihm Leute auf, erst welche auf einer Gummimatratze, später auch welche, die standen. Da stellte er sich auch auf die Füße und zog seinen Arm aus dem Wasser.

Na, wie war's? fragte Itzehoe fröhlich.

Ich wäre fast verreckt, antwortete Darius Kopp, seinen linken Oberarm knetend.

Itzehoe nickte lachend. Matteo lag auf dem Rücken und ließ Sand durch seine Finger rieseln. Es roch von fern nach gebratenem Pulpo. Lore holte sich schon wieder einen Sonnenbrand im Gesicht.

Später saßen sie alle vor Itzehoes Hütte, im Schatten der großen Pinie, zu ihren Füßen das wilde Gras und die beiden Aloes. Itzehoe machte etwas zu essen. Er gab sich viel Mühe, das ist sein Ding, sehr gutes Essen an seinem sehr großen Tisch zu servieren. Er hatte Kopp dazu genötigt, Pulpo kaufen zu fahren und die zwei alleine im Garten zurückzulassen. Als sie wiederkamen, saßen die beiden brav nebeneinander auf der Treppe zum Garten. Matteo rauchte Gras.

Itzehoe kicherte.

Matteo reichte ihm die Kippe, und er nahm sie. (Das fehlt mir noch. Itzehoe, wenn er bekifft ist.)

Glaubst du, ich mach das zum ersten Mal? Itzehoe zog und reichte die Kippe an Kopp weiter. Kopp schüttelte den Kopf, weil seine Nichte dabei war. (Wobei es für den Arm vielleicht ganz gut wäre. Mist.) Itzehoe reichte den Joint daraufhin Lore, aber auch sie lächelte und schüttelte den Kopf, so dass die Kippe wieder bei Matteo landete, und da fiel bei Kopp endlich der Groschen.

Die mit 14 Kette geraucht hat!

Allein mit ihr sein. Aber es ergab sich keine Gelegenheit. Sie saß zwischen Matteo und Itzehoe, als wäre das ihr angestammter Platz. Andererseits, wenn du gegenüber sitzt, kannst du sie besser sehen. Darius Kopp konnte nicht anders, als während des ganzen Essens ausschließlich seine Nichte anzustarren. Was sie machte. Sie aß, aber nur wenig, wieder nur Brot und Oliven, einen winzigen Schluck Weißwein. Itzehoe animierte sie, mehr zu trinken, Kopp sagte streng: Verführe meine Nichte nicht, und trank selbst auch nur wenig. Betrunken zu werden ist jetzt nicht angezeigt.

Itzehoe fragte das Mädchen aus, wie denn heutzutage die Partys unter jungen Leuten seien, ob Alkohol und Kiffen tatsächlich gerade aus der Mode seien. Oder gehöre sie vielleicht sogar der Jungen Gemeinde an?

Lore lachte und erzählte von einer Klassenfahrt, bei der sie ich weiß nicht wie viel Gramm Gras dabei hatten (viel) und Tequila und Bier im Supermarkt kauften, und am Ende ist es auch ziemlich außer Kontrolle geraten.

Was bedeutet das? fragte Itzehoe. Hat sich jemand nackt ins

Hotelfenster gestellt mit einer Schleife um die Nudel? Oder hat jemand die Wand im Hotelflur angekotzt?

Sex und Handyvideos, sagte Lore.

Oh.

Wir müssen, sagte Kopp. Ich habe morgen wieder die Frühschicht.

Itzehoe schaute etwas betreten drein, weil er als Einziger zurückblieb. Das Auto ist seins, er begleitete sie zur Bushaltestelle.

Mit dem Bus dauert es eine Stunde bis in die Stadt. Wieder wurde Lore auf halber Strecke schlecht. Tut mir leid, ich muss raus, ich muss raus.

Kopp versuchte, Matteo abzuwehren, er müsse nicht mit ihnen aussteigen, aber natürlich stieg er mit aus. Laut Plan verkehrte an der Landstraße zwischen 05:45 und 21:45 ein Bus. Keine näheren Angaben. Der Nächste kommt, wenn er kommt. Lore hatte unverdautes Brot und Oliven an den Stamm eines Baumes erbrochen, unter demselben wollten sie nicht stehen. Sie setzte sich in den Schatten eines Busches, einfach auf die Erde.

It's the climate, sagte Matteo. Das Klima auf Sizilien im August. It's not for everybody.

Die Sonne ging gerade unter. Die Zeit, wenn die Hitze aus der Erde kommt, der Staub steigt, die Luft weniger wird. Wenn die Sonne dann ganz untergegangen ist, wird es wieder besser.

Matteo, sagte Kopp. Kannst du schauen, ob du hier irgendwo eine Flasche Wasser organisieren kannst? Gekühlt, am besten?

Matteo ging. Kopp wartete, bis er außer Hörweite war und fragte dann seine Nichte:

Wie weit bist du?

Sie ließ den Kopf hängen, sah in den Staub zwischen ihren Füßen. Heißer, roter Staub.

Lore?

Keine Antwort.

So wie ich das sehe, bist du entweder krank oder …

Er konnte es nicht aussprechen. Du kannst einer Frau nicht ins Gesicht sagen, dass du denkst, dass sie schwanger ist. Ist so etwas je gut ausgegangen?

Sie sah weiterhin nur nach unten. Ein Speichelfaden löste sich aus ihrem Mund. Sie versuchte, ihn zurückzusaugen, aber er fiel in den Staub und wurde zu einer Kugel.

Scheiße, sagte Kopp.

Jetzt sah sie ihn an, mit gerunzelten Augenbrauen.

Sie hat ein herzförmiges Gesicht, wie ihre Mutter. Die in genau diesem Alter zum ersten Mal schwanger war, mit ihr. Ihre Wangen waren rosig, und sie lächelte in einer Tour, hielt die Hände immer auf dem Bauch, als noch gar keiner da war. Zog sofort zum Kindsvater und bereitete sich auf ein Leben als Mutter und Hausfrau vor. Dieses Kind und dann noch eins, und in der eigenen kleinen Küche eigene kleine Gerichte kochen und so weiter. Während sie hier? Ihr Haarrand ist ganz verschwitzt. Sie legt den Kopf in den Nacken. Wie hat sie es in diesem Zustand überhaupt bis hierher geschafft?

Bis jetzt war es nicht so schlimm, sagte sie, als hätte sie es gehört.

(Scheiße, dachte Darius Kopp. Weiß es deine Mutter?)

Sie hielt die Augen geschlossen.

Matteo erschien wieder in Kopps Blickfeld, näherte sich, er hatte eine Flasche dabei, er hatte es also wirklich geschafft. Kopp hätte noch gerne etwas gefragt, nach Möglichkeit etwas nicht Indiskretes, nicht Beleidigendes und nicht Panisches, etwas, worauf sie hätte antworten können, aber bevor er geschafft hatte, so einen Satz herzustellen, war Matteo schon wieder da. Die Flasche war noch beschlagen. Er hielt sie nahe an ihre Wange, damit sie die abstrahlende Kälte spürt. Sie öffnete die Augen.

Danke, sagte sie und strahlte ihn an.

In der nächsten Minute kam auch schon der Bus, Kopp zumindest schien es so. Ganz betäubt von dem, was er gesagt und nicht gesagt, und was sie nicht gesagt hat. In seinem Kopf ging es hin und her. Wieweit bist du, weiß es deine Mutter, wie hast du es hierher geschafft, in diesem Zustand, und wieso, wieso hierher, was hast du dir dabei gedacht, was soll jetzt werden, siebzehn und schwanger, es gibt Schlimmeres, aber warum hierher, muss ich es deiner Mutter sagen, bist du deswegen hier, wieso ich, wie bin ich da hineingeraten, oder hat sie vielleicht einen Sonnenstich und verarscht mich nur, willst du es behalten, geht dich einen feuchten Kehricht an, wie bin ich da reingeraten, du kennst mich doch gar nicht, gibt es einen Kindsvater, natürlich nicht, Itzehoe ist weg, Matteo wird wieder einziehen, ich werde ihm sagen, dass er nicht wieder einziehen kann, solange meine Nichte da ist, ich werde ihm sagen, dass sie schwanger ist von einem Anderen, bist du denn vollkommen bekloppt, das ist doch alles Wahnsinn, du musst ihre Eltern anrufen, vielleicht wissen die was, du hast versprochen, es nicht zu tun, ja, aber die spinnt doch, es geht ihr nicht gut, aber du musst vorsichtig sein, wenn sie dir davonläuft, was sagst du dann ihren Eltern, gar nichts, ich werde so tun, als hätte ich sie nie gesehen, aber dann kannst du endgültig nicht wieder nach Hause zurück, dann musst du dich den Rest deines

Lebens verstecken, das ist doch absurd, warum sollte ich mich verstecken, ich habe kein Verbrechen begangen, mein Ausweis ist abgelaufen, und ich habe keine Versicherung, wie die Mehrheit der Menschheit, war das dein Ziel, wie die Mehrheit der Menschheit zu werden, wolltest du nicht immer zur Elite gehören?, fuck die Elite, fuck you all, little asses, ich musste mir 3 Jahre lang keine solche Gedanken machen, siehst du, das passiert, wenn die Familie auftaucht, du fängst an, in Kategorien zu denken und so einen Mist; jetzt steht sie auf der Treppe vor der Tür, wo man nicht stehen soll, aber Matteo hat es dem Fahrer erklärt, ihr sei schlecht, und der Fahrer ist nett, er lässt sie dort stehen und lässt Matteo neben sich stehen, mitten im mittleren Rückspiegel, aber der ist sowieso nur für den Fahrgastraum, und sie unterhalten sich, Matteo und der Fahrer, Matteo Metin, der Standhafte, kann nicht nur gut Italienisch, er ahmt auch das Sizilianische nach, er ist ein Nachahmer, ein Anpasser, warum bist du eigentlich nicht schon weiter, mit all deinen charmanten Fähigkeiten, und verdammte Scheiße Itzehoe, bin ich vielleicht froh, den los zu sein, der ist vielleicht eine Nervensäge, er hat vollkommen recht, wieso wohne ich nach einem Jahr immer noch in seinem stinkenden Schimmel-und-Mäuse-Lager, so ist es, wenn die Familie auf der Bildfläche erscheint, alles bricht zusammen und keiner räumt für einen auf, wenn du noch leben würdest, wäre alles viel klarer, du würdest mich bei der Hand nehmen, und wir würden nach Hause gehen, aber du bist tot, mit Blick zur Straße von Messina, und dieser vom Blitz getroffene Baum ist so schön, dass ich weinen könnte, und ich dachte immer, ich muss warten, bis noch ein Blitz herabfährt und ihn vernichtet oder ein Ausbruch ihn begräbt oder er einfach so umfällt, damit er weg ist, damit er nur noch vor meinen inneren Augen steht, vorher kann ich hier nicht weg, tut mir leid, aber so ist es, das musst du verstehen, Lore, Lorelei, verdammte Scheiße, wieso regt mich das jetzt so auf?

Hier kam der Bus am Busbahnhof an, und sie stiegen alle aus. Lore lächelte wieder, sie lächelte den Busfahrer an und Matteo, Kopps Blick wich sie aus. Und was soll man davon halten, dass sie sich gut hielt, bis sie Matteo bei der Pizzeria ablieferten, aber kaum waren sie um die Ecke gebogen, erbrach sie sich in einen Blumenkübel? Kopp reichte ihr das Wasser, sie bedankte sich, und sie sahen sich endlich wieder an.

Soll ich ein Taxi rufen, fragte Darius Kopp, oder kannst du laufen?

Laufen ist besser, sagte sie, und sie liefen stumm nebeneinander her bis zu Itzehoes Wohnung.

Das Schlafzimmer roch nach Itzehoe. Kopp wechselte die Bettwäsche. Lore saß solange auf dem Sofa.

Das Bett ist fertig, meldete Kopp.

Danke, sagte Lore und legte sich ins Bett.

Kopp blieb in der Tür stehen und sah dorthin, wo sie war.

Können wir morgen reden?, murmelte sie.

Klar, sagte er und schloss leise die Tür.

6.

Das Klima in Catania im August ist in der Tat nicht jedermanns Sache. Kopp öffnete für die Nacht die Fenster, dennoch erwachte er am nächsten Morgen schweißgebadet und beinahe schon zu spät. Die Sonne traf bereits an den Rand der Fensterscheibe. Kopp wankte zu den Spaletten, um sie eilig zu schließen. Genauer gesagt, er wollte zu den Spaletten wanken, um sie eilig zu schließen, wäre aus der Küche nicht ein Lärm gedrungen, ein tiefes Röhren und Röcheln, als ginge dort gerade ein größeres Tier, ein Hirsch oder ein Wildschwein, getroffen in die Knie.

Wie kann ein so schmaler Körper solche Töne produzieren? Als Kopp in der Küchentür erschien, konnte er gerade noch sehen, wie ein Streifen Galle durch den Abfluss der Küchenspüle floss.

Sorry, sagte sie. Ich hab mich in der Tür geirrt.

Er ließ die Spaletten offen, die Zugluft trug die meisten Gerüche hinaus und trocknete das nasse Haar rund um ihr Gesicht.

Alles in Ordnung?

Das war Matteo. Kopp hatte nicht damit gerechnet, dass er auch da sein würde. Wo hast du gelegen? Offenbar auf dem Sofa. Wie kann ich ihn übersehen haben? Egal. Natürlich wollte er behilflich sein, aber Kopp sagte, er solle lieber gehen. Du musst mich heute vertreten, sag ihnen, meine Nichte ist erkrankt.

Sie sagte, es ginge ihr schon wieder besser, aber was stimmte, war das genaue Gegenteil. Kopp und Matteo öffneten und schlossen die Spaletten und boten ihr Eiswürfel aus verdünntem Orangensaft und sogar Sekt an, aber drei Tage später war sie kaum mehr ansprechbar. Ein Wimmern, bei geschlossenem Mund, mit geschlossenen Augen, aber so, als hätte sie ihr jemand zugeklebt. Die Lippen waren rissig und ein säuerlichbitterer Geruch, den Kopp selbst in der Tür des Schlafzimmers stehend wahrnehmen konnte, entströmte ihrer Haut. Darius Kopp neigt nicht zur Panik angesichts der miesen körperlichen Verfassung anderer, aber *das* war sicher nicht gut.

Er rief Dora an und sie, nach einem Blick auf das Mädchen, einen Arzt, dank dem Darius Kopp auch endlich eine Bestätigung für seine Vermutung bekam (denn auf seine unausgesprochene Frage gab es weiterhin keine Antwort): sie war tatsächlich schwanger. Schwangerschaft heißt *Gravidenza. Gravidenza vomito*: Schwangerschaftserbrechen. *Iperemesi*: schweres, unstillbares Schwangerschaftserbrechen. *Insaziabile.* Ist das das dasselbe »unstillbar« wie in unstillbare Sehnsucht? So etwas kannst du in so einer Situation nicht fragen. Dora?

Dora dolmetschte die Ansicht des Doktors, wonach eine Behandlung mit Infusionen im Krankenhaus das Beste wäre. *Maternità, ginecologica, neonatologica.*

Ich bin nicht versichert, sagte Darius Kopp.

Erste Hilfe muss man jedem leisten, sagte Dora.

Aber auch Lore wollte nicht ins Krankenhaus. Darius Kopp und seine Nichte waren hier absolut synchron. Als wären wir eine Familie Assis, die nicht wissen, was gut für sie ist. Dora redete und redete, bis der Arzt schließlich fortging und mit einem Tropfbeutel wasserklarer Flüssigkeit wiederkam. Einen Tropfständer gab es nicht. Kopp und Dora saßen abwechselnd auf dem Sofa neben Lore und hielten den Beutel hoch. Der Arzt kam eine Dreiviertelstunde später wieder mit noch einem Beutel, dieser war gelb. Er war mürrisch, aber dann doch wieder nicht. Er blieb in der Küche sitzen und unterhielt sich mit Dora, damit er am Ende der Prozedur die Nadel ziehen konnte.

Gib ihm 250 Euro, sagte Dora. Das ist wenigstens nicht unfair.

Die Infusion verbesserte Lores Zustand für die nächsten paar Tage, aber sie verließ die Wohnung nicht mehr, höchstens frühmorgens und spätabends, um aufs Dach zu gehen. Wenn einem so übel ist, heißt das, dass das Kind besonders stark ist, sagte Dora. Das ist schön, aber was soll nun werden? Eins ist sicher: allein sollte sie nicht bleiben, wenn sie allein bliebe, wäre alles möglich, auch, dass sie irgendwo dehydriert liegen bleibt. Man muss ihre Mutter anrufen. Jetzt ist *mir* schlecht.

Was soll das Theater? Sie hat dir schließlich nichts getan.

Nein, sie hat mir nicht besonders viel getan, darum geht es nicht.

Worum dann?

Ich will nicht, dass sie mich sehen.

Wer?

Alle, die mich früher kannten. Also nicht nur die Familie. Die Familie nervt, aber auch die anderen nicht. Niemand.

Warum nicht?

Ich will nicht, dass sie meine geheime Identität kennen.

Deine was?! Was bist du, Superman?

Fuck you, sagte Darius Kopp zu seiner inneren Stimme.

Rede mit *ihr*, erwiderte diese mit all der ihr gegebenen Gelassenheit. Solange die Infusionen noch wirken.

Lore entschuldigte sich abermals für die Umstände, die sie machte. Wirklich nicht mit Absicht.

Das war allen klar.

Im zweiten Trimester wird es angeblich besser.

Und wann wäre das?

Keine Antwort. Sie weiß es selber nicht oder will es nicht sagen. Ein Trimester sind drei Monate. In drei Monaten ist …

Sie sagte, im Grunde müsse sie nur bis Ende des Monats durchhalten.

Wieso, was ist am Ende des Monats?

Dann ist September. Und ab September würden eine gewisse Lena und ein gewisser Kajetan in Berlin eintreffen, ihre guten, bzw. besten Freunde, die sie in Venedig verloren, aber mittlerweile wiedergefunden hat, sie halten sich gegenwärtig in Basel auf. Lena und Kajetan sind bereits volljährig und haben Geld (*er* hat Geld). Er wird in Berlin studieren, sie werden eine Wohnung nehmen, in der auch Lore wohnen kann. Bis dahin waren es noch 3 Wochen.

Ich bin verwirrt, sagte Darius Kopp. Das sind eine Menge neue Informationen. Wer ist diese Lena, was ist Kajetan für ein Name, was machen sie in Basel, war das von Anfang an der Plan, und, schließlich, das können wir nicht nicht fragen: Was sagen deine Eltern zu all dem?

Meine Mum hat mich schon vor einem Jahr rausgeschmissen, teilte Lore mit. Sie kann mich nicht leiden, und ich kann sie nicht leiden. Tommy bin ich egal, meinem Erzeuger bin ich egal, seine Tussi kann mich nicht leiden. Als ich zu meiner

Mum zurückwollte, sagte sie: Du hast dich für deinen Vater entschieden, jetzt sieh zu, wie du klarkommst. Also bin ich klargekommen.

Als sie ankündigte, sie würde den Sommer über mit ihrer guten Freundin Lena unterwegs sein, hatte keiner etwas dagegen einzuwenden, im Gegenteil. Sie waren so erleichtert, dass man es sehen konnte. Auch er habe das so gemacht, sagte ihr Vater, seine Eltern hätten ihn zwischen letztem und erstem Unterrichtstag nicht *ein*mal zu Gesicht bekommen. Wobei er damals 20 und Student war, aber Schwamm über solche Details. Sie versicherten sich gegenseitig ihrer ehrlichen Vorfreude darüber, dass sie sich mit einem Rucksack und guten Freunden aufmachen würde, Europa und seine Musikfestivals zu erkunden, eventuell sogar zu jobben (aber das sagte sie nur, um etwas tüchtiger zu erscheinen), und bis Venedig lief es auch mit Lena, Kajetan und ihr, bis sie sich auf diesem Campingplatz gegenüber der Stadt aus den Augen verloren. Es ist ein großes Gelände, trotzdem, sie spürte deutlich, dass die beiden lieber ein wenig für sich sein wollten, so ist es nun einmal. Da kam ihr die Idee: wenn ich schon so weit gekommen bin, wer hindert mich daran, weiterzufahren? Die Freiheit, das Abenteuer, aber sie war auch neugierig auf ihn, auf Darius Kopp persönlich. Sie hatte gute, wenn auch recht vage Erinnerungen an ihn, und teils waren es vielleicht gar nicht ihre eigenen, sondern die ihrer Mutter, die ihr einmal unter Tränen erzählte, dass sie in ihn verliebt gewesen sei, in ihren großen Bruder, und nicht nur als Vierjährige, sondern auch später, als Teenager, so etwas passiert, wenn man nicht wirklich zusammen aufwächst, weil zum Beispiel der Altersunterschied zu groß ist. Du warst ihr ferner Geliebter, sie hat dir Briefe geschrieben auf rosa Briefpapier, mit lila Herzen in der rechten oberen Ecke, du hast nie geantwortet, sie hat deine zurückgelassenen Klamotten getragen, Pullover, Hemden, sogar Hosen, obwohl alles zu groß war, sie hat sich eingebildet, da wäre dein Duft darin, dabei war es nur das Waschmittel und der Schrank, ja, sowas hat sie ihrer Tochter erzählt und sie, Lore, fand das wunderbar, eine wunderbar romantische Geschichte, sie war noch klein und wusste nicht, dass das nicht in Ordnung ist, sie war erst sieben und verliebte sich daraufhin ebenfalls in den fernen Jüngling mit den großen blauen Augen. Das war nur eine Figur, das weiß sie heute, aber damals war sie ganz schockiert, wie schmerzhaft es war, als sie einmal zu Besuch kamen und sie mit seiner Frau Telefonieren spielte, sie war so anders, diese Frau, sie wusste, so kann sie niemals werden, und Tommys T-Shirts sind riesig, und er hat sofort bemerkt, dass sie sich eins zum Schlafen ausgeliehen hatte und nahm es ihr gleich wieder weg, dabei war es doch nur ein altes, verblasstes Ding, aber sie solle gefälligst die Finger von anderer Leute Sachen lassen, und ganz besonders soll sie aufhören, einem ständig etwas ins Ohr flüstern zu wollen, dieses Atmen und Sabbern am Ohr, ohne dass auch nur das Geringste zu verstehen wäre, ist ekelerregend. Ohne Lena wäre sie vermutlich schon längst eingegangen. Pech und Schwefel, seit ihrem neunten Lebensjahr. Ab dreizehn liefen sie unter dem Namen »die Hürchen«, aus keinem anderen Grund als dem, dass Lena schon früh große Brüste hatte und sich die Haare blau färbte, und als man es ihr in der Schule verbieten wollte, sie sich zwei Millimeter kurz schnitt, so dass nur noch der braune Ansatz da war, und Lore schnitt sich dann die Haare aus Solidarität ebenfalls, wenngleich nicht ganz so kurz und färbte sie neonweiß, und beide umrandeten ihre Augen kohlschwarz, all diese harmlosen Teenagersachen eben, aber soviel reichte schon, dass sie uns vollkommen aufgaben, aus denen wird eh nichts, angeblich huren sie allabendlich vor dem Moritzkino herum, dabei sahen sie sich nur manchmal einen Film an und tranken noch nicht einmal Alkohol, trotzdem waren sich alle einig, dass sie nichtsnutzige kleine Schlampen und für die Menschheit verloren waren, aber Lore war das ganz egal, sie war glücklich, weil sie jemanden hatte, mit dem sie ein Herz und eine Seele war, und Darius Kopp ist schon ganz verwirrt, was sie da die ganze Zeit faselt, es kommen nur noch Fetzen bei ihm an: Lena, Moritzkino, Schlampen, denn er ist hängen geblieben bei seiner Schwester, die seine Klamotten trug, Schwamm drüber, aber warum erzählt sie ihrer kleinen Tochter so einen Blödsinn, dass sie in ihren Bruder verliebt gewesen sei, oder ist sie selbst es, die keinen Unterschied zwischen vermisst, umschwärmt, geliebt und verliebt machen kann? Aber ich bin unschuldig, ich habe davon nichts gewusst. Lore hat das mit der Schwangerschaft erst am Tag vor ihrer Abreise nach Italien zu ahnen begonnen, aber da war es ihr noch nicht schlecht und sie dachte, dass es vielleicht auch gar nicht stimmt, und sie kann es immer noch nicht richtig glauben, während sie gleichzeitig weiß, spürt, dass es stimmt. Aber das braucht Darius Kopp nicht zu tangieren, er könne ganz beruhigt sein, sie habe hier nichts von langer Hand geplant, dass sie sich etwa gedacht hätte: mit den Eltern läuft es Scheiße, ich bin schwanger, der Typ zählt nicht, ich wollte nur meine Jungfräulichkeit verlieren, wir hatten nur dreimal Sex, und er ist auch schon längst weg, nirgends länger als ein Jahr, das hat er sich vorgenommen, sonst verspießt man, das war sein Wort: man verspießt. Ihr sei klar, dass das nicht seine Probleme seien, er, Kopp, habe sein eigenes Leben, jeder habe sein eigenes Leben, nur sie und das Baby hätten zur Zeit ein gemeinsames Leben, aber er brauche sich keine Sorgen zu machen, sie komme schon klar, ihr ginge es schon viel besser, diese Übelkeit wird in wenigen Wochen vorbei sein und in wenigen Monaten wird sie volljährig sein und dann kann ihr sowieso keiner mehr reinreden, und bis dahin komme sie schon klar, sie sei nicht allein, sie habe Freunde und überhaupt.

Scheiße, sagte Darius Kopp und schaute sich um, bevor er sich in den anderen Liegestuhl setzte. Das muss ich jetzt erst mal verdauen.

Hing erschöpft im Liegestuhl, sie ebenso in dem daneben. Alles war rot, die halbe Stunde, bevor die Sonne endgültig verschwindet, rot und glühend heiß. Er sah verstohlen zu ihr. Im Profil sieht sie noch mehr aus wie ihre Mutter in ihrem Alter. Als sie zehn war, fiel die Mauer, und jeder ging seiner Wege, besonders die Männer der Familie. Und warum auch nicht? Es war die Wende, und ich war ein unabhängiger junger Mann mit einem frischen Universitätsabschluss. Mittlerweile bin ich genauso alt wie mein Vater damals, als er beschloss, seinem Leben eine radikale Wendung zu geben. Die dann so radikal nicht wurde, nur Frau und Kinder spielten dabei keine Rolle mehr. So etwas kommt vor. Nichts davon war oder ist meine Verantwortung. All das liegt sowieso in der Vergangenheit. Aber was nun?

Er schlief eine Nacht nicht und dann noch eine zweite nicht, nachdem sie noch einmal die unangenehme Sache mit den Eltern hin und her gewendet hatten: dass er sie nicht informieren dürfe, das musste er versprechen, wenn du mit ihnen sprichst, bin ich weg.

Kopp hatte keine Zweifel, was ihre Entschlossenheit und ihr Durchsetzungsvermögen anbelangte. Sie kommt zwar im Moment kaum die Treppen aufs Dach hoch, aber wenn es darauf ankäme, würde sie es noch ganz woandershin schaffen, Adrenalin ist eine starke Droge, sobald sie etwas erregt, geht es ihr sofort besser, also reize sie nicht, erwähne die Eltern nicht, jedes Mal, wenn du das Wort in den Mund nimmst, explodiert sie förmlich, ihre Ohren werden ganz rot, das ist beinahe komisch, aber du lache nicht.

Also schön, sagte Darius Kopp schließlich. Aber ich will diese sogenannten Freunde mal persönlich sprechen.

Einen Tag später hatten sie eine Fünf-Personen-Videokonferenz: am jenseitigen Ende Lena und Kajetan, an diesem Kopp, Lore und Matteo. Weil Matteo immer dabei ist. Kümmert sich um sie, als wäre das seine tägliche Pflicht. Bringt ihr zu trinken, hilft ihr hoch, erkundigt sich, ob sie etwas braucht. Er hat Foccaccia aus dem Restaurant mitgebracht, seine Kreation mit Sesam, Rosmarin und Parmesan, berauschend gut, geben wir zu, er hat Talent.

Die beiden in Basel schienen auch nette Kinder zu sein. Freundliche junge Menschen mit Lidstrich. Als ich jung war, war das unter Männern auch schon einmal Mode. Lidstrich und Aknenarben bei ihm, tomatenrote Haare und Nasenring bei ihr. Ein Mädchen mit einem Gesicht wie ein Rettich: sehr runde, rote Bäckchen und ein spitzes Kinn. Eine fröhliche, gesprächige, gewandte Person. Sie hier wirkt dunkel und schweigsam dagegen, wieder das vierzehnjährige androgyne Wesen, als das er sie zuletzt gesehen hatte. Diese Lena hingegen ist ein properes Kind, das türkisfarbene Shirt mit der gelben Aufschrift spannt über ihrem Busen. Kopp sieht eine umlaufende Falte an ihrem Hals, es gibt solche Hälse, mit einer umlaufenden Hautfalte, dort, wo sie in den Rumpf übergehen.

Freut mich, dich kennenzulernen, sagte Lena. Ich habe schon viel von dir gehört.

Ach so?, sagte Darius Kopp. (Das sollte wohl Vertrauen bilden. Gehen wir nicht weiter darauf ein.)

Lena und auch Kajetan bestätigten alles, was Lore gesagt hatte.

An der TU, sagte Kajetan auf Nachfrage. Physikalische Ingenieurswissenschaft. Mein Vater muss mir jeden Monat zweitausend Franken überweisen. Damit kann man, denke ich, klarkommen. Besonders in Berlin.

(Er *muss*? Frag nicht.)

Also gut, sagte Darius Kopp schließlich, wir machen alles so, wie du es willst. (Wissen sie eigentlich, dass du schwanger bist? Habe vergessen zu fragen. Es ist auch möglich, dass sie es nicht wissen. Alles ist möglich. Und alles nicht mein Business. Drei weitere Wochen in Catania, das ist alles, was ich beisteuern soll. Also schön.)

Und so öffneten und schlossen sie die Spaletten und hantierten mit Eiswürfeln, trotzdem zeichnete sich jeden Morgen der Umriss ihrer Körper in Salz auf den Laken ab, aber sie hielten die drei Wochen durch, was sollten sie auch sonst tun. Als die Zeit dafür war, kaufte Darius Kopp zwei One-Way-Tickets, Economy, Catania-Berlin, denn sie konnte natürlich nicht alleine reisen.

Sie kann nicht allein reisen, sagte Matteo und sah Kopp bedeutungsschwer an.

Natürlich nicht, sagte Darius Kopp. Ich bin ja nicht ganz dumm.

Sie hatten beide nur Handgepäck. Er wies sich mit seinem Pass aus, der, anders als sein Personalausweis, noch fast sechs Wochen gültig war.

7.

So kam es, dass Darius Kopp am Vormittag des 2. September das erste Mal seit 3 Jahren wieder auf dem Alexanderplatz stand. Heiß, wie mitten im Sommer. Berlin riecht auch, du hast es nur vergessen. Die Bäume riechen, die Autos, die Steine. Die Menschen natürlich. Und, ebenfalls natürlich, die Hunde. Die ersten Blätter werden schon gelb. Die Linden kommen als Erste und gehen als Erste. Es gibt viele von ihnen. Das ist schön.

Drei Jahre. Nur drei. Nichts Wesentliches hat sich verändert. Die Stadt ist nicht untergegangen und ist auch nicht zu einem neuen Utopia aufgeblüht, es ist alles, wie es war, bekannt und unbekannt. Am Alexanderplatz fahren die Elektrischen einfach so, mitten durch die Massen. Dass es nicht täglich Tote gibt, ist das reinste Wunder. Der Krieg hat das Gesicht des Platzes zerschlagen, davon hat er sich nie mehr erholt, eigentlich kein Platz mehr, eine steinwüstene Mitte, dennoch ist es hier immer voller Leute. Touristen, Ein- und Verkäufer und Umsteiger wie du selbst. Im Bratwurstgeruch. Von dort aus, wo er stand, konnte Kopp zwei mobile Würstelmänner sehen. Einer vor dem Kaufhaus, einer vor dem Eingang zur S-Bahn. Einer saß im Rollstuhl, der andere stand. Wenn man will, hat hier vor drei Jahren meine Reise begonnen. Als ich mich in der Unterführung mit einem Zwerg prügelte. Darius Kopp denkt daran nur noch wie an eine Bagatelle, die jemand anderem widerfahren ist. Laut Statistik wird hier mindestens einmal im Monat jemand viel ernsthafter verletzt, und nicht von der Straßenbahn. Er rieb die Fingerspitzen gegeneinander, um zu spüren, dass er wirklich hier war. Sie fühlten sich an wie von jemandem, der mit Teig arbeitet.

Er nahm die Straßenbahn, die den Berg hinauffuhr. Was man hier so Berg nennt. Die Sonne knallte gegen die Scheibe, Kopp ließ sich blenden. Zwischen den Wimpern schauen, wie als Kind. (Droht uns etwa Ergriffenheit? Nein, ich würde sagen, es ist eher Lampenfieber.) Natürlich erkannte er auch so jedes einzelne Haus auf dem Weg, und als sie in den Schatten der Kirche einfuhren, der zu dieser Tageszeit genau auf die Haltestelle fällt, musste er nicht nachprüfen, ob er richtig ausstieg. Wo es sich verdunkelt, dort musst du raus.

Von der Mitte der vielbefahrenen Straße auf den Gehsteig zu kommen verlangt einiges an Geduld, aber einmal dort angekommen, muss man nur noch eine kleine Seitenstraße überqueren. Dort liegt noch Kopfsteinpflaster, gesäumt von zwei Reihen sehr alter wilder Birnbäume. Der Geruch der zermatscht auf dem Boden liegenden, nie reif werdenden, nur irgendwann gärenden Birnen. Von dort aus sind es noch vier Häuser, dann stehst du davor.

Die Kneipe gibt es auch noch. *Fuchs und Storch.* Die bodentiefen Fenster zur Straße stehen offen, man kann bis hinten durchschauen, wo es dunkel ist und der Wirt als Einziger etwas kramt. Es ist auch noch derselbe Wirt. Er trägt seine Schlüssel sichtbar an einem großen Ring und einer Kette am Gürtel, wie ein Gefängniswärter. Sie klappern bei jeder Bewegung.

Darius Kopp seinerseits musste nur einen einzigen Schlüssel bei sich tragen, der Tor, Briefkasten, Fahrstuhl, Müllhäuschen, Keller- und Wohnungstür öffnete. Zumindest war das vor drei Jahren so. Außer diesem Schlüssel hatte Darius Kopp noch den zur Wohnung seines Freundes Juri in seinem Besitz, bei dem er gerade wohnte, als er sich damals dazu entschloss, ohne ein Wort des Abschieds zu verschwinden. Juris Schlüssel lag, zusammen mit dem Zündschlüssel zum Auto, das schon vor zwei Jahren in Griechenland verschrottet worden war, sowie den zuletzt auf Sizilien gesammelten Ersparnissen, unten in der Reisetasche, die im Hotel geblieben war. Er hatte also die Hände frei. Er holte den Schlüssel aus der Hosentasche, steckte ihn ins Haustürschloss, aber anstatt ihn zu drehen, sah er doch lieber erst auf die Klingeltafel.

Im Haus wohnen 30 Parteien. Das weiß ich noch, weil sie von hinten unten nach vorne oben gezählt haben und unsere Wohnung somit die Nummer 30 war. Weißt du noch Namen von damals? Scheinbar nicht. Keiner der Namen auf der Klingeltafel kam Kopp bekannt vor. Könnte es sein, dass sämtliche ehemalige Bewohner aus und lauter neue eingezogen waren? Durchaus. Er trat einen Schritt zurück, um sich der Hausnummer zu versichern. Aber doch, doch, ich erkenne auch die Tür, Form und Farbe, und auch die Klingeltafel, aber wie es aussieht, kann man mit dem Knopf, mit dem man früher bei Kopp/Meier klingeln konnte, nun bei jemandem namens Fröhlich klingeln. *Sei immer schön fröhlich, nur so bleibst du Könich*? Darius Kopp sah sich sicherheitshalber auch alle anderen Namensschilder an, aber sein Name war nicht woanders hingerutscht. (Auch das wäre möglich, wieso nicht? Aber: nein.)

Der Schlüssel steckt, das heißt noch nicht, dass er sich auch drehen lässt. Aber er ließ sich drehen. Eine Vierteldrehung und Kopp stand vor den Briefkästen. Unserer war der ganz links, ganz oben. Auch dort steht jetzt »Fröhlich« und sonst nichts. Er konnte wieder nicht anders, als auch auf allen anderen Briefkästen nachzuschauen. Nirgends stand Kopp. (Zum Glück auch nicht Meier. Das wäre gruselig. Selbst Meyer oder Maier. Aber, gottlob, nichts.)

Der Hausflur ist schmal und einfach, die Bodenfliesen sind noch Original 1903. Nicht wirklich schön. Blassblau-blassgelb-gebrochenweiße kleine Fliesen, das Licht fällt durch die verglaste Haustür auf sie, außer dort, wo jetzt Darius Kopps Schatten ist. Den braun gepinselten Handlauf der Treppen erkenne ich auch wieder. Den roten Kokosläufer. Die vorletzte Messingstange zur Fixierung des Teppichs ist vor dem ersten Treppenabsatz rechts aus der Halterung gerutscht. Herzklopfen. Jetzt erst. Beim Anblick dieser losen Halterung, die, frag mich nicht auf welchen verschlungenen Wegen, wieder das Bild in Kopps Vorstellung lebendig werden ließ, mit dem er hierhergefahren war. Von der Wohnung dort oben, im vierten und fünften Stock, so, wie er sie zuletzt gesehen hatte: leergeräumt. Das Licht von der Straße fällt ungehindert durch die Zimmer, durch die verglasten Zimmertüren auf den Flur, wo ebenfalls nichts ist, außer den nackten Glühbirnen an der Decke. Eine immer wieder erstaunliche Menge Staub wälzt sich durch die Luft. Das lässt sich nicht verhindern. Das ist die Welt, die durch dich hindurchzieht, und das bist du selbst. Es werden vielleicht sogar noch Zellen von *ihr* dort schweben. (Denk nicht daran.) Aber jetzt sind ja die Fröhlichs da. Oder ein Fröhlich. Eine. Eine Frau. Lass es eine Frau sein. (Warum? Es gibt absolut schreckliche Frauen.) Aber nein, es ist wahrscheinlicher, dass es mehr als einer ist. Es ist eine große Wohnung. Wer weiß, vielleicht haben die Fröhlichs endlich die Lampen gefunden, die beiden gefallen (oder: *allen*, vielleicht ist es sogar eine Familie) und hausen nicht mehr unter nackten Glühbirnen, wie wir es 10 Jahre lang getan haben. Als Kopp die leere Wohnung verließ, blieben diese Glühbirnen unverändert zurück, und das verlieh der Wohnung in seinen Augen etwas Unangetastetes. Als wäre gar nicht so viel anders.

Aber es ist anders. Die Fröhlichs werden da oben vielleicht nicht mit Lampen (Lampen sind schwierig), aber sicher nicht ohne Betten und Schränke und anderem Kram wohnen. Das weiße Ledersofa, für das Kopp den Preis eines Kleinwagens ausgegeben und dann im Storage zurückgelassen hatte, wäre heute sowieso nichts mehr wert. Alles ist weg, damit ist zu rechnen. Nur dieser Schlüssel ist geblieben. Ob man uns so abgeschrieben hat, dass er auch noch den Briefkasten öffnen würde? Das wäre unverantwortlich, aber Trägheit siegt meistens, wie wir das sehr gut aus eigener Erfahrung wissen. Du darfst trotzdem nicht in anderer Leute Briefkasten schauen. Was hätte das auch für einen Sinn? Wenn dein Name nicht dran steht, wird da wohl auch keine Nachricht mehr an dich liegen. Du hast seit 3 Jahren auf keine Anfrage mehr reagiert, und als du dich aus deinem Handy ausgesperrt hast und als es dann schließlich auch physisch kaputtging, warst du erleichtert. Den Laptop hast du noch, aber du hast ihn nie wieder so benutzt, wie du es früher gewohnt warst, und schließlich hast du ihn Matteo quasi geschenkt. Nicht wirklich geschenkt, aber irgendwann benutzte nur noch er ihn. Du hast dir nicht einmal die Mühe gemacht, das Tagebuch deiner Frau vorher zu verschlüsseln, wozu, Matteo kann weder Deutsch noch Ungarisch. Der Laptop lag jetzt ebenfalls in der Reisetasche, aber am Mangel an einem geeigneten Gerät hatte es ohnehin nie gelegen. Schon lange bevor er vollkommen pleite war, hatte Darius Kopp aufgehört, seinen Konto- und sonstigen Status zu kontrollieren. Wozu. Sie werden gemahnt haben, einmal, vielleicht dreimal, danach folgen Mahnbescheid und Vollzugsbescheid, vielleicht aber auch nicht. Mich deucht, ich habe bereits beim Abschluss des Kreditvertrags meine Einwilligung zur sofortigen Zwangsvollstreckung gegeben. Die Mitarbeiter der Bank in Begleitung eines Vollstreckungsbeamten werden mit Freuden festgestellt haben, dass die Wohnung, dank der Umtriebigkeit unserer Freunde, sogar frisch renoviert war. Wofür wir ebenfalls nie gezahlt haben. Wir haben einfach alles zurückgelassen, wir haben unseren besten Freund Juri, der wirklich alles für uns getan hat, mit unseren ungeordneten Verhältnissen sitzengelassen. Nicht zuletzt schulden wir ihm ein kleines Vermögen für die Beschaffung von Floras Urne.

Du solltest ihn anrufen.

Ja, das sollte ich.

Er ging an den Treppen vorbei in den Innenhof hinaus, wo man in den Fahrstuhl steigen kann. Der Schlüssel funktionierte auch hier. Die Fahrstuhltür ging auf und das Lied »Je ne veux pas travailler« erklang. Gesungen mit der Stimme meiner Frau. Also nur in der Vorstellung. Wie sehr du diese hässliche, enge Edelstahlbox gehasst hast. Wenn man Angst hat, soll man singen. Man kann nicht gleichzeitig singen und in Panik sein. Deswegen gibt es in so vielen öffentlichen Fahrstühlen Musik. Man kann auch pfeifen, aber du sangst lieber. *Ma chambre a la forme d'une cage.* Dabei kann ich gar nicht Französisch.

Weil nichts Wahrnehmbares geschah, ging die Fahrstuhltür wieder zu und damit verstummte auch der Gesang. Darius Kopp drehte sich um und ging wieder hinaus.

Du kannst also weder den Fahrstuhl noch die Treppen benutzen, aber vielleicht kannst du einen Klingelknopf drücken? Er konnte es. Mit Herzklopfen. Der Knopf ist nur eine kleine Erhebung im Metall, etwas rutschig. Man spürt nicht, ob man richtig gedrückt hat. Drück besser noch einmal. Er beugte sich mit dem Ohr nahe an den Lautsprecher der Wechselsprechanlage. Wenn der Verkehr rollt, hört man zartere Stimmen sonst nicht.

Aber nichts. Niemand da. Oder sie machen nicht auf.

Er wartete, bis die Ampel vor der Kirche wieder rot und es also etwas leiser wurde und klingelte ein drittes Mal. Halt die Luft an, dann hörst du mehr. Das leise Rauschen der riesigen Linde vor dem Haus, die alle Wohnungen bis auf die oberste (unsere bzw. Fröhlichs) beschattet.

Man könnte einen Zettel schreiben. Hast du einen Zettel dabei? Natürlich nicht.

Vor dem *Fuchs und Storch* saßen mittlerweile an zwei Tischen Gäste. Kopp setzte sich an einen dritten. Der Wirt kam heraus, nickte ihm zu. Ob er mich erkannt hat? Oder das Nicken galt einfach einem potentiellen Gast. Wirte müssen so etwas beherrschen.

Er bestellte ein Bier. Saß mit dem Bier auf dem Gehsteig. Das *Fuchs und Storch* setzt neuerdings Gartenbambusse gegen den Staub der Straße ein. Eigentlich ist das gar nicht so eine gute Gegend, wie ich immer dachte. Die Terrasse der Wohnung liegt zum Glück auf der Rückseite des Hauses, dort ist es fast still.

Man hört Vögel zwitschern. Dort trank ich morgens Espresso in Filterkaffeegröße und sah zu den schön begrünten Trümmerbergen hinüber. Die Einflugschneise gibt es immer noch. Heute starten sie Richtung Westen.

Das Flugzeug war laut, er hatte nicht gehört, dass der Wirt herangekommen war. Nicht einmal das Klopfen des Glases auf dem Tisch. Dann war das Flugzeug vorbeigezogen, und er hörte, dass der Wirt fragte: Und? Wie geht's?

Erkennen Sie mich wieder?

Sie haben mal hier im Haus gewohnt. Aber Ihren Namen weiß ich nicht mehr. Wie geht's der Frau?

Fast hätte Kopp gesagt: Danke, gut. (Er weiß offenbar gar nichts!) Um es nicht zu sagen, trank er erst einen Schluck vom Bier. Mit der Vorstellung von Espresso im Mund schmeckte es ganz absurd.

Sie ist vor drei Jahren verstorben.

Oh. Na dann, herzliches Beileid.

Sagte der Wirt ohne die kleinste Regung im Gesicht.

Danke, sagte Darius Kopp.

Die drei Euro auf den Tisch legen, da ist das Trinkgeld für den hervorragenden Service schon drin, unverzüglich, und gehen. Aber Darius Kopp blieb sitzen. Trink aus, wenn du es schon gekauft hast. Und mach den Leuten keine Vorwürfe. Sie können nichts dafür. Das Gesicht dieses Wirts hat sich noch nie besonders viel bewegt. Und überhaupt. Was hast du dir vorgestellt? Dass du einfach wieder in die Wohnung würdest einziehen können?

Warum nicht, es gibt Fälle, in denen eine Wohnung 25 Jahre einfach nur so dasteht. Oder 200, wie neulich geschehen, von jedem unbehelligt, als wäre sie auf einer geheimen halben Etage gelegen, und wenn man sie irgendwann doch findet, kommt es in den Nachrichten, weil eine inzwischen untergegangene Epoche darin konserviert ist. Aber in unserem Fall ist das nicht so. Unsere untergegangene Epoche wartet nicht voll ausgestattet und unbehelligt auf unsere Rückkehr. Die eingelagerten Möbel und Etcetera sind mittlerweile, davon ist auszugehen, versteigert oder was auch immer. Einschließlich der Urkunde, die bewies, dass wir Besitzer dieser Wohnung waren, ebenso wie sämtliche andere Papiere: Geburt, Eheschließung, Schulen. Warum hast du die auch ins Storage gebracht, warum hast du sie nicht ins verdammte Bankschließfach gelegt?

Weil dort das Geld liegt, und ich wollte nicht, dass sie zusammen …

Das Geld. Vollkommen vergessen. Wie ist das möglich? Alles ist möglich, wenn man nur will. Ich wollte niemand sein und dazu gehörte, nichts zu besitzen, aber nun bin ich wieder da.

Bankschließfächer lösen sich nicht so einfach auf wie andere irdische Besitztümer. Menschen sterben, ohne dass jemand überhaupt weiß, dass sie Schließfächer hatten, keiner zahlt für sie, trotzdem bleiben sie mitunter jahrelang geschlossen, bevor die Bank sich einen Beschluss besorgt und sie öffnet und Fotos eines unbekannten Kindes oder den Koh-I-Noor darin findet. Oder eine größere Summe Bargelds, das Darius Kopp jemand vor Jahren zur Aufbewahrung gegeben hat. Eine zwielichtige Type. Kopp hatte versucht, das Geld dessen rechtmäßigem Besitzer, Kopps ehemaligen Arbeitgeber, zukommen zu lassen – ohne Erfolg. Das war nicht meine Schuld, ich habe ihnen lange Tage hinterhertelefoniert, sie waren einfach verschwunden. Und haben mich sitzengelassen. Im Netz sind sie im Übrigen immer noch Darius Kopps Arbeitgeber, zumindest, was sein eigenes Businessprofil anbelangt. Auch das haben wir niemals geändert. Als Netz-Existenz ist Dipl-Ing. Darius J. Kopp immer noch bei Fidelis Wireless beschäftigt und wohnt in der Schönholzer Allee Nummer 8, was unsere Lieblingszahl war, deine und meine, so eine schöne, runde Form, so eine Stehauf-Unendlichkeit. Nun saß Darius Kopp da, dürftig geschützt von einer Reihe Gartenbambusse, mit dem bislang heftigsten Herzklopfen dieser Rückkehr. Denn: Ich kenne die Kombination fürs Schließfach und kann sie auch nicht vergessen, *lazy IT-nerd's password* ist leider unvergessbar, aber deswegen klopft das Herz nicht, sondern weil Darius Kopp ebenso sehr sofort das Geld an sich reißen wollte – das ist meins, das habe ich schon seit einer Weile beschlossen. Ihr könnt mich mal, ich bedeute euch doch auch nicht das Geringste, ob ich lebe oder krepiere, ihr wisst doch gar nicht mehr, wer ich bin, wer ich war – aber ebenso heftig wünschte er sich auch, er hätte doch alles vergessen. Wenn nicht die Existenz des Geldes, dann wenigstens den Code. Alles vergessen, was einen zurückzieht. Zurück? Wohin? Dorthin, wo die Dinge so kompliziert werden, dass ich nicht mehr weiß, was ich tun soll, und das weiß ich doch so leicht nicht, verdammte Scheiße, der Verkehr macht vielleicht einen Wind, die Gartenbambusse zittern, absurd, es müsste doch möglich sein, einen klaren Kopf zu bewahren, es sind doch nur Dinge und Geld, das du verlierst oder doch nicht verlierst, all diese Mafiosi sind doch selbst schon längst über alle Berge. Alle sind wir über alle Berge, es gibt solche Zeiten. Aber dann kehrt doch einer wieder heim.

Die Ampelphase ging zu Ende, das Flugzeug zog vorbei, es

kehrte wieder ein wenig Ruhe ein. Kopp blickte in sein Glas. Da war noch ein letzter Schluck drin. Er zwang sich, langsam auszutrinken. Nicht zu viel Luft schlucken. Na also, schon ist auch das Herz ruhiger. Aber ich möchte gleich noch ein Glas, das ist das Problem mit letzten Schlucken Bier. Er kramte nach dem Kleingeld. Der aufmerksame Wirt war sofort zur Stelle, um noch etwas zu seinen Gunsten aus der Situation herauszuschlagen:

Noch eins?

Nein, danke, sagte Darius Kopp.

Er legte drei Münzen auf den Tisch und ging zügig davon. Ihm war, als hätte der Wirt hinterm Verkehrslärm noch »Tschüss!« gesagt, aber das müssen wir nicht gehört haben.

Er kam eine Stunde später, als er es angekündigt hatte, wieder im Hotelzimmer an. Ein billiges Hotel in der Nähe der S-Bahn. Man konnte es vom Flughafen aus mit dem Bus erreichen. Zwei Einzelbetten an je eine Wand gerückt, ein Badezimmer ganz aus Plastik.

Das Mädchen saß im Bett linker Hand, die halbleeren Hotelkissen im Rücken, gegen die Wand gelehnt. Das Gebläse im Bad war an, und alles darin war nassgespritzt, bis oben hin an die Decke. Etwas vom Geruch war noch da. Sie hatte wieder erbrochen.

Vor dem Abflug hatten sie sich noch einmal Infusionen geleistet, aber sie erbrach schon während des Fluges das erste Mal und dann noch einmal, kaum, dass sie das Hotelzimmer betreten hatten. Vielleicht nur wegen der Reise. Kopp gab ihr sein Kopfkissen, damit sie in halb sitzender Position schlafen konnte.

Aber sie sagte, ihr ginge es ganz gut.

Warst du mal draußen?

Nein.

Hast du was gegessen?

…

Soll ich was holen?

Sie nickte.

Im Zimmer wies ein Extrazettel darauf hin, man solle keine Speisen von draußen hereinbringen, das ziehe Ungeziefer an, aber darauf können wir keine Rücksicht nehmen.

Das Übliche?

Ja.

Grapefruit, Salzstangen, Wasser. Was anderes aß sie seit Wochen nicht.

Ihr Handy lag neben ihr auf der Matratze.

Haben sie sich schon gemeldet?

Wer?

Wer?! Deine besten Freunde. Haben sie sich schon gemeldet?

Ja.

Und?

… Sie sind in Zürich.

Aha. Wann geht die Maschine?

…

Wann die Maschine geht?! Das Flugzeug.

Weiß ich nicht.

Wieso weißt du es nicht?!

… In einpaar Tagen.

Wie: in einpaar Tagen?

Sie hat gesagt, sie kommen in einpaar Tagen!

Und wann konkret?

…

Für wann haben sie das Ticket?

Ich weiß es nicht.

Kopp spürte, wie eine Wut in ihm hochstieg, die mehr war, als nur der Ärger über die Idiotie hier und jetzt (Sag mal, bist du dämlich, oder was?! Wie kannst du das nicht gefragt haben?!), die ganze Anspannung des Tages bisher steckte mit drin. Du hast vergessen, den Wirt um Zettel und Stift zu bitten! Du hast vergessen, eine Nachricht zu hinterlassen! Ausgerechnet jetzt musste ihm das auch noch einfallen. Er presste die Lippen aufeinander. Nicht, dass ich noch etwas sage. Ich weiß, wie ich sein kann.

Sie schloss die Augen und ließ sich etwas tiefer sinken.

Und Kopp entfuhr leider doch noch ein: Na toll!!!

Aber damit nicht genug, er schlug auch mit der Hand gegen die offenstehende Tür der Nasszelle. Ein lautes Poltern, die Tür schwankte, ging aber nicht zu. Sie riss die Augen auf.

Verdammte Fotzenscheiße!, sagte Darius Kopp, weil er sich an der Hand weh getan hat. (Ja, schau mich nicht so an, so rede ich, na und?) Er schnaufte, schüttelte die Hand.

Ich hab mich an der Dreckstür gestoßen.

(Ihr Gesicht. »Wie ausfallend wird das noch werden?« – Tut mir leid.)

Kopp atmete groß aus.

Egal. Ich geh dann mal. Ich geh und hol was. Und du rufst sie bitte an und fragst, wann sie *genau* ankommen. Machst du das? Ja?

Ja, sagte sie.

Ich glaube, diesen Klang nennt man wohl tonlos.

Wegen der Grapefruit musste er extra einen richtigen Laden suchen, an Tankstellen wird so etwas nicht verkauft, aber das war ihm auch ganz recht. Sich auf der Straße herumzutreiben ist allemal besser, als im stinkenden Hotelzimmer zu sitzen. Kaum war er allerdings draußen, vergaß er das mit der Grapefruit fast schon wieder. Ihm fiel die Wohnung ein. Du musst heute nochmal hin. Wie früher, als wir keine Telefone hatten. Unangekündigte Besuche macht man am besten am nicht zu späten Abend. Davor muss Lore was essen und vor allem trinken. Wasser aus dem Hahn verträgt sie nicht. Mineral, oder besser Tee. Aber in solchen billigen Hotels gibt es außer der Reihe keinen Tee. Irgendwelche Leute, die sie ausbeuten, kommen morgens das Frühstück machen und sind dann weg. Man muss rausgehen, in ein Café. Ein Teehaus. Warum hast du sie nicht mit rausgenommen? Sie muss sich auch bewegen. Mit ihr in ein Teehaus gehen. Als ob es hier Teehäuser gäbe. Nichts. Nur schlammfarbene Häuser. Plötzlich ist es auch bedeckt. Der gute, alte, verhangene Berliner Himmel. Ein grauweißer Baldachin, 300 Tage im Jahr.

Es dauerte eine ganze Weile, bis er einen Supermarkt fand. Die Grapefruit und die Flaschen wogen schwer. Wasser für sie, Bier für sich. Mit eingezogenem Hals an der Rezeption vorbei. Als wäre die Tüte so weniger zu sehen. Als wäre die Rezeption überhaupt besetzt.

Im Zimmer gab es keinen Kühlschrank und natürlich auch keine Eiswürfel, er legte die Grapefruit und jeweils eine Flasche ins Handwaschbecken und ließ kaltes Wasser darüber laufen. Ich hätte auch Klopapier kaufen sollen. Er nahm welches aus der Toilette im Eingangsbereich.

Vom Geruch seines Biers wurde ihr schlecht. Sie sagte nichts, sie hielt sich nur die Decke vor die Nase.

Verzeihung. Kopp öffnete das Fenster zum Parkplatz. Rülpste bei der Gelegenheit verstohlen hinaus. Später mussten sie das Fenster wieder schließen, weil es jemand mit dem Einparken sehr genau nahm und die Abgase hereinzogen. Wenig später schlief sie zum Glück ein, und auch er wurde von einer Müdigkeit übermannt, die es ihm unmöglich machte, wie ursprünglich geplant wieder zur Wohnung zu fahren.

Morgen. Und morgen auch daran denken zu fragen, was die Schweizer Gören gesagt haben. Immer vergisst du alles.

Zu müde, um zu tun, was er sich vorgenommen hatte, aber einschlafen konnte er auch nicht gleich. Halb schlafend, halb wach sah er noch lange fern. Lange keine synchronisierten amerikanischen Krimiserien mehr gesehen. Er hangelte sich von der einen zur nächsten, bis eins, bis zwei in der Nacht. Ein seltsam heimeliges Gefühl. Früher habe ich auch so ferngesehen, während eine Etage tiefer eine junge Frau schlief. Als es auf drei zuging, wurde er traurig. Wenn es auf drei zugeht, heißt das, dass du tot bist. Als du tot warst, habe ich bis mindestens drei, aber eher bis um vier ferngesehen und manchmal bis zum Beginn der Frühstückssendungen, da schaltete ich aus bzw. manchmal auch nicht, ich ließ es laufen und wachte in einer Kochsendung auf, als Zeichen dafür, dass der Vormittag also auch schon auf sein Ende zuging. Ich sah zu, wie sie Fleische auf den Punkt garten und bestellte mir eine Pizza. Er bekam Appetit auf die Grapefruit, aber das war kompliziert. Das Geplätscher, das Gegurgel, der Kampf mit der Schale hätten sie sicher geweckt, also drückte er schnell den Ausschaltknopf, schloss die Augen und schlief ein.

Wie sich später herausstellte, wachte Lore vom Ausschalten des Fernsehers auf und nutzte die Stunden bis zum Morgengrauen, um eine Unterkunft für die inkriminierten drei Tage zu besorgen, die sie laut nachgeholter Information noch überbrücken mussten.

8.

Was für eine Unterkunft? (Ist dir das Hotel nicht gut genug?)

(Nein. Es ist Mist.) Bei einem Bekannten.

Was für einem Bekannten?

Einem, bei dem sie schon einmal übernachtet hatten. Sie und Lena. Als sie an den Wochenenden und den Ferien gemeinsam Ausflüge machten. In verschiedene Städte. Berlin, Hamburg, Köln, Greifswald, Jena und so weiter. Per Anhalter und auf Sofas der Couchsurfing Community. Eine süße, pummelige Rothaarige und eine süße, dünne Blonde, das ging gut. Man kann quasi ohne Geld durchkommen, wenn man einigermaßen geschickt und flexibel ist. Sie haben viel erlebt. Einen Klassenkameraden zu einem Judo-Wettkampf begleitet, an einer Manga-Messe teilgenommen, ein Konzert besucht, geshopt, was eben anfiel. Lena redet viel und vermag zu überzeugen, während man den Schweigsamen wie Lore oft mit Misstrauen begegnet. Nicht einmal ihre eigene Mutter hält besonders viel von ihr, aber Lena, die mit ihren Eltern nicht in einem Haushalt bleiben konnte, hielt sie für einen guten Umgang, und das war sie auch. Es ist ihnen nie etwas Schlimmes passiert, sie waren nie auch nur so betrunken oder bekifft, dass sie nicht mehr ein noch aus gewusst hätten. Alle ihre Sexualkontakte gingen sie freiwillig und bei vollem Bewusstsein ein. (Wie sich das ein alter Mann mit schmutziger Phantasie so vorstellt. Dass sie mit ihrem Körper für Kost und Logis bezahlt haben. Die gegenseitige Vorteilsnahme knackiger Schlampen und Lustmolche aller Couleur. Nur gut, dass dich keiner hören kann.)

Olli ist nett, sagte sie. Und es ist umsonst. Eine richtige Wohnung.

(Scham, Neid, Neugier. Eine richtige Wohnung. Sag nichts. Ich könnte auf einem Seil schlafen, wenn es sein müsste, aber sie braucht ein gutes Bett. Das sehe ich ein.)

Sie brauchten fast eine Stunde, bis sie mit den Öffentlichen durch die Stadt geschaukelt waren. Standen schwer atmend vor einer Tür im zweiten Stock. Es dauerte ziemlich lange, bis ein sehr dicker junger Mann mit zerzaustem, schütterem Vollbart öffnete. Hinter ihm tat sich einer der hier üblichen schmalen Flure auf, den er in der gesamten Breite ausfüllte. Er stützte sich links und rechts mit den Fingern an der Wand ab und atmete ebenfalls schwer.

Oh, sagte er. Ihr seid zu zweit.

Hast du ~~dumme Nuss~~ vergessen, das zu erwähnen? Oder sie hat es absichtlich nicht gesagt? Setzt sich, wie beim Trampen, als Lockvogel ein. Die gegenseitige Vorteilsnahme von wem nochmal?

Das ist Darius, sagte Lore.

(Sie sagt nicht, in welchem Verhältnis wir zueinanderstehen. Absichtlich? Ich werde rot.)

Olli seinerseits hielt sich nicht lange mit der neuen Situation auf.

Aber ihr müsst in einem Bett schlafen, sagte er und wandte sich schon um, um sie in die Wohnung zu führen.

Das geht nicht, dachte Darius Kopp.

Klar, sagte Lore und folgte Olli.

(Wir können ein dickes Kissen zwischen uns legen. Es wird wohl ein dickes Kissen geben.)

Alte Wände, alte Dielen, Knarzen. Olli tastete sich durch den fensterlosen Flur. Trotz der zu schwachen, orangefarbenen Beleuchtung sah Darius Kopp die beiden verwischten Streifen an den Wänden, dort, wo er sich immer mit den Fingern abstützt. Die Versuchung, sich hinzubeugen und an den Streifen zu *riechen*. Den Geruch seiner Finger an der Wand zu riechen.

Als Olli links in ein Zimmer abbog, ging im Flur die Beleuchtung aus. Als Lore ihm folgte, ging sie wieder an. Als schließlich Kopp ebenfalls den Flur verließ, ging sie wieder aus.

Sieh an! sagte Kopp. Bewegungsschalter.

Ja, sagte Olli. Wenn man gerade ist, geht's nicht immer auf.

Kopp grinste anerkennend. (Die Wahrheit ist: ich liebe Verrückte.)

Sobald er die Schwelle zum Zimmer übertreten hatte, ließ sich Olli auf einen Bürodrehstuhl fallen und rollte mit diesem weiter. Die nächsten Tage wird Kopp ihn nie mehr woanders als auf diesem Stuhl sitzend sehen. Das Zimmer war groß und mit einem Sammelsurium alter Möbel (ich kenn mich nicht aus: vielleicht 1920er?, dunkles Holz), einem riesigen, schwarzen Computertisch, wie Kopp ihn noch aus den 80ern kennt und wackeligen Selbstbauregalen aus unbehandeltem Fichtenholz neueren Datums eingerichtet, darin Plastikboxen mit allem möglichen Kram und, sieh an, sogar einem 3D-Drucker, nicht angeschlossen. In der Mitte des Zimmers ein runder Tisch mit karamellfarbenem Furnier, an dem gegessen werden kann.

Sie bekamen Honigbrot angeboten, etwas anderes sei im Moment nicht im Haus. Etwas angetrocknetes Mischbrot, Rapshonig und Sprudelwasser.

Guter, alter, stinkender Raps.

Habe ich das laut gesagt? Offenbar ja, denn Olli und auch Lore schauten irritiert.

Verzeihung, sagte Darius Kopp, der sich mit einem Mal in sehr guter Laune wiederfand. Ich habe an den echten Raps gedacht. Das hier erinnert mich eher an den Kunsthonig, den es in der Zone gab. (Ich rede wie ein geselliger, vielsprechender Mensch.)

Und Olli stieg ein: War der nicht gelb?

Doch, der war gelb. Aber die Konsistenz. Wobei das hier glatt ist und Kunsthonig körnig. (Guter Gott! Kopp musste lachen.)

Und wonach schmeckt Kunsthonig?

Keine Ahnung, wir haben ihn nie gekauft. (Ich muss einfach lachen. Als wäre alles so witzig.) Als Student war ich einmal kurz davor, aber dann habe ich mich doch für Rübensirup entschieden. Der war richtig Scheiße.

Jetzt lachte auch Olli. Er selbst aß gerne Milchpulver aus der Dose. Das ist seins, das, was ihn an die Kindheit erinnert. Zu Hause gab es Milchpulver zur Sicherheit. Sollte es mal keine Milch geben.

Bist du auch Ossi?

Nein. Westberliner. Aber seine Mutter wurde noch in den 50ern geboren. In dieser Wohnung.

Verstehe.

Auch was?

Die Frage ging an Lore. Olli rührte Milchpulver in Wasser ein und darein dann Kakaopulver. (Ach so, Kakao gäbe es auch noch. Auch warm.) Sonst wird man ihn die ganzen Tage nichts essen sehen. Vielleicht war diese extreme Fettleibigkeit (ein Darius Kopp ist nur halb so breit und das will schon was heißen) eine Krankheit, die nichts mit Essen zu tun hatte?

Nein, danke, sagte Lore. Ich mag Milch weder trocken noch feucht. Auch wenn ich gerade nicht schwanger bin.

Dann bist du jetzt nicht mehr magersüchtig?

(Kopp: Was zur?! Sie reden so offen darüber?)

Es war mehr oder weniger ein fließender Übergang, sagte sie und beide lachten.

Und wer ist der Vater?

(Und darüber auch?) Kopp spitzte die Ohren, vielleicht erfahren wir auf diese Weise endlich etwas Relevantes. Aber sie sagte nur:

Der ist nicht wichtig.

Olli nickte, als hätte er verstanden.

(Warum fragst du nicht nach? – Warum fragst *du* nicht nach?)

Darf man fragen, was du machst? fragte Kopp.

Hm?

In deinem Leben. Beruflich.

Bachelor of IT-system-engineering. In der Ausbildung. Die Ausbildung umfasst 6 Semester, Olli ist im 4. Jahr dabei. Aus gesundheitlichen Gründen.

(Gesundheitlich … Kann man nicht fragen.)

Ich habe Agoraphobie, teilte Olli freimütig mit. Und Prüfungsangst.

Agoraphobie ist doch Angst vor Plätzen und Leuten.

Ja.

Und da machst du beim Couchsurfing mit?

Ich begegne gerne Leuten, nur eben nicht draußen. Hier drin

mach ich sogar Partys, das ist in Ordnung. Wenn es Freunde sind.

Krass, sagte Kopp, weil er sich eine Party vorstellte, bei der die Leute Körper an Körper die ganze Wohnung einnahmen. Und dann stellte er sich Olli vor, sich in seinem Drehsessel über den Alex schubsend.

Und was machst du, wenn du fertig studiert hast?

Wenn Olli fertig studiert haben wird, wird er vermutlich ein nächstes Studium anfangen, das macht er alles eher zu seiner persönlichen Vervollkommnung, denn Olli lebt bereits jetzt von seiner Online-Autorenschaft. Er bloggt und schreibt Artikel, berät und generiert Anzeigeneinnahmen. (Online-Olli. Ein guter Name, um ihn im Geheimen zu verwenden. Man gibt Leuten Spitznamen, die man mag, oder die man sich vom Leib halten möchte. Im gegenwärtigen Fall ist das noch nicht entschieden. Eifersucht spielt dabei auch eine gewisse Rolle. Was kennt sie für Leute, sie weiß vermutlich – natürlich – Dinge über diese Stadt, und generell, über die Welt, die mir vollkommen fremd sind, aber warum stört mich das? Weil dieser Typ stinkt. Ich meine das konkret. Online-Olli scheint ganz in Ordnung zu sein, aber er stinkt nach Verwesung, wieso merkt sie das nicht, wo ihr Geruchssinn doch neuerdings so überempfindlich ist?)

Dann wurde Darius Kopp befragt, und er erzählte den bewegteren Teil seines Lebens, also den in der jüngeren Vergangenheit (und zwar so, dass es möglichst interessant für Online-Olli war; hja): Erst war ich ein Mann in der Produktion. Bei international agierenden Firmen tätig. IT-Systeme, ja, tatsächlich, Netzwerk-Security, ja, wir sind quasi vom Fach (Und jetzt war es an Darius Kopp, die milde Eifersucht im Gesicht des anderen zu erkennen. Weil ich ein Diplom-Ingenieur TU bin und er ein Bachelor in the making, und schon fühle ich mich besser), aber dann ist meine Frau gestorben, und ich habe fast ein Jahr lang unsere Wohnung nicht mehr verlassen (und schon hat uns Online-Olli wieder verziehen). Danach war ich ein halbes Jahr durch Osteuropa unterwegs und schließlich habe ich die letzten zwei Jahre auf Sizilien verbracht, bis mich meine Nichte durch Zufall dort gefunden hat.

Du hast ihn durch *Zufall* gefunden?

Nicht ganz. Sie erklärten, wie es war.

Meine Oma hatte eine Schwester, sagte Olli, die hatte sieben Kinder, und drei davon sind verschwunden. Sie haben gesagt, sie wollen mit der Familie nichts mehr zu tun haben und sind untergetaucht.

Lore nickte.

Drei von sieben, sagte Olli.

Darius Kopp nickte.

Und jetzt? fragte Olli. Ihr seid nicht nur zu Besuch in Berlin, oder?

Nein, sagte Lore. Ich warte darauf, dass ich in meine WG einziehen kann.

Sie sahen zu Kopp. (Ich muss die Frage also auch beantworten?)

Ich … muss Sachen erledigen. Aber im Wesentlichen … Im Wesentlichen bin ich frei.

Das ist gut, sagte Online-Olli.

Ja, das ist gut.

Nachdem sie die Reste aufgegessen hatten, gab Olli Darius Kopp eine Liste der Dinge, die er einkaufen sollte. Haushaltswaren und Essen. Mieses Essen. Abgepackten Hefezopf und ähnliches. Offenbar ist es abgemacht, dass ich dafür bezahle. Das ist es also, was ein Mann jenseits des mittleren Alters zu solchen Arrangements beitragen kann.

Wie immer, wenn noch jemand anderes außer Kopp dabei war, ging es Lore etwas besser, aber seit der großen Übelkeit und der Hitze von Catania hatte sie nicht mehr viel Zeit außerhalb der jeweiligen Unterkunft verbracht. Sie blieb bei Olli im vollgeramschten Zimmer sitzen. Olli am Computer, Lore auf dem Sofa. Blätterte in Zeitschriften mit vielen Bildern oder löste die Kreuzworträtsel für Senioren, die Kopp ihr mitbrachte. Viel zu leichte, kurze Kreuzworträtsel mit großen Buchstaben, denn bei anhaltender Übelkeit helfen kleine Buchstaben nicht. Auch so musste sie alle paar Minuten die Augen ausruhen. Wie groß kann Übelkeit sein? Diese hier war so, dass bewegte Bilder, oder auch nur längere Beschäftigung mit dem Smartphonebildschirm sie bis zur Verzweiflung steigerten. Töne hingegen waren in Ordnung. Olli ließ bei der Arbeit ein englischsprachiges Webradio laufen. Kopp verstand so gut wie nichts davon, was da gesagt wurde, aber die Musik war gut, zugänglicher Jazz (erneuter Pluspunkt für Olli).

Wer ist das?

Chilly Gonzales. Ein Jazzpianist. Das Stück heißt Gogol.

Cool, sagten Lore und Kopp.

Kopp hätte sich dazusetzen können, drei im großen, vollgeramschten Zimmer, Olli hatte gutes WLAN, aber er ging lieber hinaus. Schließlich haben wir tatsächlich Sachen zu tun.

Ollis Wohngegend befand sich noch in einer frühen Phase der Gentrifizierung, aber Cafés mit WLAN gab es auch jetzt schon an fast jeder Ecke. Kopp entschied sich für eins gegenüber dem Eingang zu einem Park. Er setzte sich mit dem Rücken zum Gebäude und dem Gesicht zur Straße, denn das WLAN war so, dass man, wenn man draußen saß, sich dicht an der Hauswand halten musste, damit es noch reichte. Ich wüsste, wie man das richtig macht. Sie haben den Access point falsch platziert.

Sich vorstellen, wie sie schauen würden, wenn er das zur Sprache brächte. Also brachte er es nicht zur Sprache. Solange es einigermaßen funktioniert …

Er rief die Seite der Meldeämter auf und stellte fest, dass es erst Ende der nächsten Woche vereinzelte freie Termine gab, und das auch nur bei den Filialen am Stadtrand. Was zur Hölle? Und braucht man für eine Verlängerung wirklich, so wie es hier steht, noch einmal die Geburtsurkunde? Dass sich der Familienstand geändert hat, kann ich auch nicht belegen.

Und schon ist die Lust vergangen.

Er sah vom Bildschirm weg. Zu dieser Tageszeit (Mitte des Vormittags) saß nur eine andere Person vor dem Café: eine junge Frau mit einem glockenförmigen Strohhut und rotem Lippenstift. Sie arbeitete konzentriert an ihrem Laptop. Kopp sah zum Park hinüber, der von hier aus gesehen nur aus einem Tor in einer bunt angemalten Mauer bestand. Am Fuße der Mauer, genau gegenüber, das sah er erst jetzt, saß ein Mann mit Rauschebart auf dem Gehsteig, den Rücken gegen die Mauer gestützt. Seine Füße waren von Plastiktüten umgeben, aber sein Kopf von Plakaten mit Herzen: She Herz Him, He Herz Him, She Herz Her und so weiter. »Wir leben alle auf der Straße«, wo habe ich das gehört? Als wäre es in einem Film gewesen. Als wäre er sogar schwarzweiß gewesen. Als wäre er sogar von einer Frau gewesen. Oder ich habe es geträumt. Itzehoe. Wie er auf seinem Felsen am Meer sitzt oder auf der Schwelle seines Hauses. Die Pinie, die man von der Schwelle seines Hauses aus sieht. Diese Frau aus den Nachrichten neulich, die 30 Jahre ohne Ausweis lebte, und nicht in einer Waldhütte, sondern mitten in der Stadt. In der eigenen Stadt klandestin zu leben dürfte auch nicht schwerer sein als woanders. Im Gegenteil. Es müsste leichter sein.

Um an einen früheren Termin beim Amt zu kommen, musst du wahrscheinlich persönlich hin. So schlau bin ich schon. Also schloss Darius Kopp den Browser wieder und widmete sich seinen Mails. Mal sehen, ob sich in den Mails der letzten drei Jahre ein Hinweis darauf finden lässt, was mit der Wohnung geschehen ist.

Nachdem er den Laptop zwei Jahre lang weitgehend unbenutzt mit sich herumgeschleppt hatte, lieh Kopp ihn schließlich Matteo. Sind irgendwelche Spuren davon zu sehen? Nichts, was auffiele. Im Browserverlauf nur Hinweise auf die zuletzt gestreamten angeblich-historischen Folter-Fecht-und-Sex-Serien, die Matteo gerne schaute. Es gab eine Zeit, da saßt ihr in trauter Gemeinsamkeit auf Itzehoes Sofa, ein älterer Mitteleuropäer und ein junger Mann aus dem Mittelmeerraum, und schautet euch das an, den Einfallsreichtum der Methoden. Was uns verbindet. Das sogenannte Normalste der Welt: Sex, Schlacht, Folter.

Aber konkret: nichts, nichts zu finden. Abgesehen davon, dass Matteo die Symbolleiste (vermutlich unabsichtlich) winzig klein gemacht hat. Das Icon für das E-Mail-Postfach ist jetzt 2x3mm groß. Dass er offenbar nicht wusste, wie das rückgängig zu machen ist, Kopp aber schon, erfüllt uns wieder mit ein wenig Genugtuung. (Seit wann fühlst du dich von jüngeren Männern bedroht? Immer schon. Und wieso: jüngeren?)

Weil er so lange abwesend war, verlangte das System, dass er sein Passwort aktualisierte. Erneut ein Anflug von Unwillen. Als wäre es ein großes Ding. Er gab sich einen Ruck – Jedes Mal, wenn du auf »Eigene Dateien« klickst, lacht sich beim Geheimdienst einer tot, aber was soll's –, setzte all seine Routine ein und tippte blind einen Großbuchstaben, eine Handvoll Kleinbuchstaben und eine Zahl. Und jetzt merke dir einfach Iwelfkn8 und fertig. (Ich bin der Welfenkönig Nummer 8.)

Die meisten Nachrichten – die Werbung – wurden direkt in den Papierkorb verschoben. Der Papierkorb füllte und entleerte sich selbstständig. Dem Papierkorb bei der selbstständigen Arbeit zusehen. Als wäre da jemand, der tatsächliche Arbeit leistet. Dinge hin- und herschaufelt. Von Hin nach Her und sie dort dann anschaulich vaporisiert. Eigentlich keine Aufgabe, die besonders viel Arbeitsspeicher benötigte, der Laptop brauste dennoch, als wüteten Stürme darin. Lächerlich langsam ist er mittlerweile auch. Wie eine Spezies aus einem Sci-Fi-Universum, die normalerweise nur zwei oder drei Jahre lebt. Ich komme mir vor wie ein uraltes Wesen, so viele Generationen technischer Hilfsmittel habe ich schon überlebt.

Nachdem alles, was sofort als Müll identifizierbar war, vaporisiert war, waren noch 72 Seiten übrig, die er selbst durchsehen durfte.

Mitteilungen über Adressänderungen bei Firmen und Bekannten. Er übertrug sie nirgendwohin, aber er löschte sie auch nicht. Man weiß nie.

Ebenso löschte er die Mitteilungen über Businesslink nicht. Wer was wann in den letzten Jahren. Bzw. woher, wohin. Er löschte die Nachrichten nicht, aber er öffnete sie auch nicht, denn ein Brennen auf seinem Brustbein zeigte ihm an, dass ihn das im Moment vielleicht zu sehr angreifen würde. Zu sehen, wie sie alle zurechtkommen. Dabei ist es natürlich gut, dass sie zurechtkommen. Das bedeutet, dass die Lage so ist, dass man zurechtkommen *kann*.

Die letzten drei Newsletter der Branchenvertreter behalten, den Rest löschen.

Stunden und zahlreiche neue Unterordner später hatte er dann endlich etwas vor sich, das zum größten Teil aus tatsächlichen Nachrichten an ihn persönlich bestand. (Ach, die Zeiten, als ich noch dachte, *alle* Nachrichten aller Medien hätten etwas mit meiner Person zu tun! Als ich dachte, nichts verpassen zu dürfen, als ich dachte, es könnten dezente Hinweise darin stecken, die einem, wie einem talentierten Spekulanten, dazu verhelfen, einen Coup zu landen. Nicht unbedingt einen finanziellen, aber wenigstens einen professionellen. Oder wenigstens einen finanziellen.)

Um es kurz zu machen, fand er Folgendes heraus:

Erwartungsgemäß hatten Juri und noch einige andere Freunde versucht, Kontakt zu ihm aufzunehmen. Bei einigen Mails fungierten Freund Juri und Freund Potthoff gemeinsam als Absender. Die Renovierungsarbeiten an seiner Wohnung seien nun abgeschlossen. Danach noch drei, in denen sie ihm mitteilten, dass sich die Parkettschleifer wegen der unbezahlten Rechnung bei ihnen gemeldet hätten, er möge sich darum kümmern. Außerdem möge er sich darum kümmern, Freund Muck für die Malerarbeiten zu bezahlen. (Kopp wurde heiß.

Ich habe vollkommen vergessen, dass ich ihm auch noch Geld schulde!) Schließlich teilten sie ihm mit, dass er sich abschminken könne, dass sie die Rechnungen für ihn bezahlten.

Wenig später die Vorab-per-Mail eines Rechtsanwalts mit türkischem Namen, der die Parkettschleiffirma so und so vertrat.

Davon noch mehrere. Dann keine mehr.

Vor etwas mehr als einem Jahr: Marlene, nachdem sie ihn auf Sizilien getroffen hatte: »*Wenn Du keinen Kontakt zu der Familie haben willst, kann ich das verstehen ...*« Das löst Schmerz und Schuldgefühle aus, also: kümmere dich jetzt nicht darum.

Suche lieber nach Nachrichten von der Bank oder vom Gerichtsvollzieher. Nichts. Die Idioten kommunizieren offenbar ausschließlich auf Papier, und alles, was sie auf postalischem Wege geschickt haben, ist vermutlich schon zweimal durch die Papiermühle gelaufen. Sowas könnte mich aufregen. Auch nichts vom Storage. Wir wissen die wichtigsten Dinge also weiterhin nicht. Wir wissen nicht, was genau mit der Wohnung, dem Konto, dem Schließfach und den eingelagerten Sachen geschehen ist.

Er schloss die Augen. Sie taten weh. Als hätte jemand die Augäpfel in zu enge Körbchen aus Stroh gedrückt. Ich habe lange nicht mehr so ausdauernd auf einen Bildschirm gestarrt. (Beinahe sechs Stunden. Wie nichts.)

Er kreiste den Kopf, um den Nacken zu lockern. Schmerz. Das Café um ihn herum war mittlerweile voll besetzt. Die junge Frau mit dem Glockenhut war verschwunden (schade), jetzt saßen zwei junge Männer an dem Tisch, und an anderen Tischen noch andere. Der Penner gegenüber war noch da. Hat er sich überhaupt schon bewegt? Muss er nicht mal aufs Klo?

Lebt er überhaupt noch? Als Kopp vom Klo wiederkam, saß der Penner immer noch da. Er hat einen Rauschebart wie ein in einem Erdloch hausender gefallener Diktator. Wenn ich mir einen Bart wachsen lasse, stehen die Haare selbst bei 3 Zentimetern Länge noch ab wie bei einem Igel. Ist mal ausprobiert worden. Während Darius Kopp der Ältere natürlich auch einen sehr schönen Kinnbart hat.

Was musst du auch wieder an die Familie denken. Wer alles kontaktiert werden könnte/müsste/sollte. Und die Freunde, die wir ebenfalls verlassen haben. Die freundlichen und die hilfreichen und diejenigen, denen wir was schulden.

Solange er das alte Handy hatte, telefonierte Juri Kopp noch eine Weile hinterher, aber er ging nicht ran und er hörte auch die Nachrichten nicht ab. Ich kann mir denken, was er erzählt hat. Aber Darius Kopp hat auch Freunde, die erfahrungsgemäß helfen, ohne ihn dabei ununterbrochen zu beschimpfen. Namentlich Rolf oder Muck.

So macht man es. Wenn man irgendwo ankommt oder irgendwohin zurückkehrt, sucht man nach den Leuten, die man kennt, oder, wenn man keinen kennt, dann sucht man nach Landsleuten. Wenn du nicht schon am Bahnhof, im Hafen, am Flughafen usw. Leute in deiner Sprache sprechen hörst, dann gehst du zum nächsten dir genehmen Gotteshaus. Hier zum Beispiel haben wir auch gleich eine Kirche, aber erstens schien sie geschlossen zu sein, zweitens ist das nicht Darius Kopps Weg (sondern Metins, wir kennen das nur aus Erzählungen) und drittens sprach hier fast jeder seine Muttersprache, denn das hier war seine Heimat. Fuck. (Warum denkst du das? Und warum dominiert die Scham und nicht die Freude beim Gedanken, nach Jahren einen Freund anzurufen?)

Schließlich rief er nirgends an. Er verließ das Café und ging – mit den schmerzhaften Abdrücken der harten Sitzbank auf seinem Rücken – zum zweiten Mal an diesem Tag einkaufen. Er dachte, er tut Online-Olli was Gutes, und kaufte Zutaten für Lasagne ein, aber Online-Olli sagte, er möchte nicht, dass in seiner Küche gekocht wird. Dann riecht die ganze Wohnung nach Essen.

(Wie ich jetzt schauen muss. Mit was für Augen. In dieser nach Schweiß und Milchpulver stinkenden ~~Hölle~~ Höhle.)

Verstehe, sagte Darius Kopp. Kein Problem.

Er ging auf den Balkon zur Straße, um zu telefonieren. Leider ließ sich die Tür nur schwer öffnen, Kopp rüttelte daran, alte Farbe rieselte herunter. Als hätte jemand bei geschlossener Tür einfach Farbe drüber gepinselt. Online-Olli war sein Vorgehen alles andere als recht. Auch Lore vom Sofa starrte ihn an, als würde er etwas völlig Undenkbares tun. Eine alte Balkontür öffnen.

Verzeihung, sagte Darius Kopp, bereit aufzugeben. Gehe ich halt auf die Straße hinunter. Aber da ging die Tür doch noch mit einem Krachen auf.

Auf dem nackten Beton des Balkons lag der abgerissene Flügel eines Vogels. Einer Taube, offenbar. Kopp starrte drauf, ein Bein drin, ein Bein draußen, die beiden drinnen starrten ihn an, was er da macht, also trat er ganz hinaus, zog auch das zweite Bein nach und stellte sich neben den Flügel. Ist nur ein toter Flügel.

Er rief die Nummer an, die ihm zuletzt von Rolf bekannt war.

Na, Hallöle, sagte Rolf. Wortwörtlich.

9.

Die Adresse war noch dieselbe wie vor drei Jahren, aber das Haus sah anders aus, als Kopp es in Erinnerung hatte. Genauer gesagt, hätte es ein jedes in der kurzen Straße am Klinikgelände sein können. Kopp musste sich an der Hausnummer orientieren. Ich weiß nicht, was in den unteren beiden Etagen vor drei Jahren war, jetzt sind es lauter Psychologiepraxen.

Psychologen und Anwälte, sagte Rolf. Die ganze Umgebung ist voll von denen. Wegen des Krankenhauses, nehme ich an. Traumata und Rechtsstreitigkeiten.

Kopp lachte pflichtschuldig.

Gut siehst du aus, sagte er zu Rolf, der viel schmaler als vor 3 Jahren war.

Und du bist braun, erwiderte Rolf.

Das ist nur die Haut.

Nach der Begrüßung gingen sie, wie es Tradition war, durch die Wohnung und gleich auf den Balkon hinaus, von dem aus man einen Ausblick auf das Krankenhausgelände hat. In einem Krankenhaus ist immer was los. Wie Kopp aus früheren Besuchen weiß, gingen dort nicht nur Mitarbeiter, Patienten und Besucher ein und aus, sondern auch Spaziergänger und welche, die auf dem Weg woandershin durch das Gelände abkürzen. Meist junge Männer auf Fahrrädern. Kopp und Rolf standen da und sahen sich all das an, bis eine junge Frau mit einem Hund an der Leine aus dem Haupttor kam. Sie winkte von der anderen Straßenseite zu ihnen herauf. Rolf winkte zurück.

Kennst du die?

Sie wohnt um die Ecke. Eine Polin, sagte Rolf und errötete.

Woher weiß du, dass sie Polin ist?

Wir unterhalten uns von Zeit zu Zeit.

Ich habe Zutaten für Lasagne dabei, sagte Kopp.

Cool, sagte Rolf. Aber ich esse kein Fleisch mehr.

Seit wann?

Seitdem manche tierische Eiweiße entzündliche Prozesse in meinem Körper befördern.

(Als wir uns das letzte Mal sahen, lag auf diesem Couchtisch ein aufgerüschtes Spanferkel. Als wir alle noch zusammen waren. Gar nicht so lange her. Selbst den blaugrünen Staub auf den fehlgebrannten CDs, die Rolf seit den Neunzigern als Untersetzer benutzt, kenne ich noch.)

Hm. Hast du Zucchini?

Wo denkst du hin?

Spinat?

Nein.

Ein Vegetarier, der kein Gemüse mag.

Kartoffeln und Möhren sind da.

Na bitte, geht doch.

Also machte Darius Kopp eine Gemüselasagne mit Möhren und Kartoffeln in der Rolle des Gemüses.

Seit wann kannst du sowas?

Ich weiß auch nicht, wie es dazu kommen konnte.

Ich bin nach Ungarn gefahren, gleich in der Slowakei hat man mir einen Reifen aufgestochen, deswegen bin ich immer noch sauer, aber in Österreich hat man ihn wieder repariert. Ich habe das Dorf gesehen, in dem meine Frau aufgewachsen ist. Juri hat mir geholfen, die Urne nach Budapest schicken zu lassen, aber ich habe sie nicht dort beerdigt, sondern bin weitergefahren nach Kroatien. In Kroatien war es irre heiß, ich bin weiter nach Albanien, ich war noch nie in Albanien gewesen, es ist sehr schön, von dort nach Bulgarien, ins Kloster, in dem ich einmal als Student war, von dort in die Türkei, durch die Türkei nach Georgien, ich war auch noch nie in Georgien, es ist sehr schön, von dort nach Armenien, dazu kann ich wenig sagen, weil es die ganze Zeit schneite, ich habe den Ararat nicht gesehen, den Ararat sieht man ohnehin nur an 100 Tagen im Jahr. Von dort geht es zur Zeit nicht weiter, also bin ich wieder zurückgefahren, bis nach Griechenland, wo mein Auto zertrümmert worden ist, nichts Persönliches, ich bin in eine Demo geraten, also bin ich nach Sizilien geflogen und habe die Asche meiner Frau auf dem Ätna verstreut, und seitdem habe ich dort gelebt, habe Pizzabacken gelernt und auch noch einpaar andere Sachen.

Nicht schlecht, sagte Rolf.

Die Lasagne war ein wenig fad. – Weil du keine Gewürze im Haus hast. – Aber, doch, eigentlich ganz gut. Glück ist etwas mit Käse Überbackenes, da gibt es nichts dran zu rütteln.

Die Wohnung ist wahrscheinlich weg, sagte Kopp. Ich hatte noch keine Zeit herauszufinden, wie und wann, aber es wohnen jetzt irgendwelche Leute drin, die ich nicht kenne.

Krass, sagte Rolf.

Kopp zuckte die Achseln.

Ich habe zuletzt vor 3 Jahren eine Rate gezahlt.

Rolf nickte.

Ist alles rasend schick und teuer geworden in den letzten Jahren. Ich kann die Wohnung hier auch nur halten, weil ich behindert bin. Und weil Herr Müller bei mir wohnt.

Wer ist Herr Müller?

Mein ehemaliger Zivi. Du kennst ihn.

Rolf errötete wieder ein wenig. Vielleicht hat dieses ständige Erröten auch etwas mit seiner Krankheit zu tun.

Kopp konnte sich an keinen Herrn Müller erinnern.

Herr Müller ist der junge Mann, dem es so schwerfällt, seinen Weg zu finden. Mittlerweile drei abgebrochene Ausbildungen, jedes Mal mit einem Nervenzusammenbruch. Und obwohl er noch lebende Eltern hat, hat sich Rolf als die Person erwiesen, mit dem sie sich gegenseitig eine Stütze sein können. Offiziell ist er mein Pfleger.

Ist doch schön, sagte Kopp.

Inoffiziell leben wir jetzt zusammen, sagte Rolf und errötete erneut.

Abgefahren, sagte Kopp. Beziehungsweise: gratuliere.

Danke, sagte Rolf.

Und wo ist er jetzt? Der Herr Müller?

Bei Bekannten im Brandenburgischen, die ein schwules Festival in ihrer Kleinstadt ausrichten.

Ein schwules Festival in ihrer Kleinstadt im Brandenburgischen?

Offiziell ist es nicht schwul. Es geht darum, den Kleinstädtern Kunst und Musik von LGBT-Künstlern unterzujubeln, ohne, dass sie es gleich merken.

Sie lachten.

Mein letztes Konzert war das zur Ehren des Erdbebens in

Armenien Ende der 80er, sagte Kopp. (Stimmt das überhaupt? Nein. Es ist dir wegen Armenien eingefallen. Egal. Klingt gut.)

Dein Ernst?

Ja. Die Gitarreros haben gespielt.

Krass.

(Das Mädchen, mit dem ich dort war, hieß Annkatrin. Das stimmt. Sie trug eine Latzhose.)

Und du?

Letzten Sommer, in der Waldbühne.

Nein, ich meinte, was du so machst?

Immer noch dasselbe.

(Und das wäre?)

Softwarear*sch*itekt, die meiste Zeit von hier aus. Obwohl er seine Hände immer schlechter benutzen kann, aber da musst du durch. Er trainiert die Hände mit physiotherapeutischen Trainingsgeräten.

Was ist mit Sprachsteuerung?

Solange das Sprechen noch funktioniert …

Oh, sagte Kopp.

(Wir waren bei der Beerdigung seiner Mutter, die wir nicht kannten. Den Vater gab es da schon lange nicht. Rolf ist ihr einziges Kind. Einen proletarischen Cousin gibt es wohl noch, irgendwo im Umland. Rolf konnte damals noch gehen, sogar ohne Stock. Wie lange ist das her? Keine zehn Jahre.)

Cooler Rollstuhl, übrigens.

Danke. Hab ich mir für eine Reise nach Island gekauft. Mit 16 000 bist du dabei.

16 000?

Umsonst ist nicht der Tod. Mit dem Teil war ich sogar auf dem Gletscher.

Cool, sagte Kopp.

Mit Herrn Müller und noch zwei anderen. Das Leitungswasser auf Island schmeckt besser als hier jedes Mineral. Als würde man direkt aus einer Vulkanquelle trinken. Und der Salzfisch riecht zum Gotterbarmen, schmeckt aber ganz vorzüglich.

Nach Salz und trockenem Fisch, nehme ich an.

Man muss dabei gewesen sein, sagte Rolf.

Und die anderen? Was ist aus der Bande geworden? Besteht noch Kontakt?

Ja, aber nicht mehr so wie früher. Die regelmäßigen Zusammenkünfte bei Rolf oder in der Henne gibt es nicht mehr, seitdem Kopp verschwunden und Potthoff nach Brüssel gezogen ist.

(Seitdem ich weg bin? Ist das schmeichelhaft oder nur Zufall?) Potthoff ist in Brüssel?

Ja. Hört sich nach Aufstieg an, aber wir sind erfahren genug zu wissen, dass ebensogut auch das Gegenteil der Fall sein kann. Potthoff stand die ganzen letzten Jahre immer mit einem Bein draußen aus seinem Job, und wenn es einmal so ist ... Sie sehen es dir an. Oder, wer weiß, vielleicht riechen sie es.

(Wie ich wohl rieche? Nach 3 Jahren Woanderssein. Die Gewürze, die Waschmittel, all das. Was eine andere Sonne aus deiner Haut hervorlockt.)

Muck kommt manchmal einfach so vorbei. Die anderen beiden aus dem sogenannten Freundeskreis, Juri und Halldor, sind, wie sie immer schon waren: Wenn man sie ruft, kommen sie, wenn nicht, nicht. Was Rolf weiß, ist, dass Halldor seine versiffte Wohnung mit Blick zur Bahn verlassen hat und nun mit Blick zum Fluss wohnt, im Regierungsviertel, also gar nicht weit von hier, aber Rolf ist noch nie da gewesen. Halldor sagt, die Wohnung sei nicht interessant. Es sei wie immer: ein Bett, ein Regal, ein Tisch, ein großer Bildschirm zum Spielen.

(Einmal war Kopp in Halldors alter Wohnung, als dieser sich ein Sternrohr gekauft hatte. Der Bettkasten war frisch auseinandergefallen, das Regal schon vor einer Weile zusammengesackt. Ist egal, sagte Halldor. Die Bücher waren eingeklemmt. Er konnte sie nicht mehr aus dem Regal nehmen. Ist doch egal, sagte Halldor. Ich lese sowieso nicht mehr, und das Wichtige an einem Bett ist bekanntlich die Matratze. Beim ersten Mal haben sie versucht, mit dem Sternrohr durch die Fensterscheibe den Mond heranzuholen. Als sie ihren Fehler bemerkten (So wird es natürlich nie scharf!), war es ihnen beiden so peinlich, dass sie nicht einmal darüber lachen konnten.)

Juri könnte etwas wissen, sagte Rolf jetzt. Was deine Wohnung anbelangt.

Ja, ich weiß. Ich ruf ihn an. Ich bin noch nicht dazugekommen.

...

Tust du mir einen Gefallen? Falls du ihn vorher siehst: sagst du ihm noch nicht, dass ich da bin?

Falls ich ihn *vorher* sehe?

Vor morgen. Übermorgen.

OK, sagte Rolf. Vor übermorgen wär's eh unwahrscheinlich.

Man kann nie wissen.

Klar.

Nach dem Essen gingen sie wieder auf den Balkon, um sich die Klinik bei Nacht anzusehen. Darius Kopp atmete tief ein. Kein Meer, kein Vulkan, keine Marsala-Seife. Der Fluss ist gar nicht so weit weg, trotzdem kann man ihn nicht riechen. Selbst die dem Asphalt entströmenden Abgasreste riechen hier anders. Die Klinik riecht überraschenderweise nach nichts Besonderem. Die Bäume, die Sträucher, die schon unsichtbar gewordenen Gräser duften jedoch ganz vorzüglich, wenn auch etwas verdorrt.

Leider überkam Kopp schon nach wenigen Atemzügen ein Husten. Ambrosia, Nessel, Holunder verteilen Pollen auch noch im September. Ebenso der Raps. Das nächste Rapsfeld ist vermutlich weit weg, aber einzelne Pflanzen dringen bis in die Hinterhöfe der Städte vor.

Scheiße, nieste Darius Kopp ins Echo der Straße hinein.

Rolf lachte.

Kopp kam das alles ungeheuer laut vor, aber die Wachleute am Kliniktor, die er in Hörweite vermutete (schließlich höre ich sie auch murmeln), sahen nicht auf. So schlimm kann es also nicht gewesen sein.

Wie spät? Erst zehn. Aber ich muss jetzt. Ich will sie nicht wecken.

Hier gibt's übrigens auch eine Couch, sagte Rolf. Solange Herr Müller verreist ist. So zwei, drei Nächte. Das macht mir nichts aus.

Danke, sagte Kopp. Du bist ein wahrer Freund.

10.

Fuck you, dachte Darius Kopp. Fuck you very much. Laut sagte er, als hätte er nicht richtig verstanden:

Erster was? *Oktober*? Und welches *Jahr*?

Lena in Loreleis Handy wusste, was sich gehört: sie lachte nicht, sie verzog nur ein wenig den Mund und kippte den Kopf zur Seite. Ihr Haar war diesmal lila, ihre Augenumrandung blau, als sie sich näher an die Kamera beugte, sah man, dass sie einen Pickel an einem Nasenflügel hatte. Rechts ein Nasenring, links ein Pickel. So welche seid ihr. Offenbar saß sie in einem Café, ein Getränk mit geschäumter Milch stand im Bild, aus der nach und nach die Luft entwich, während Lena redete. Sie redete und redete, nicht allzu betrübt, aber doch mit Verständnis auch für anderer Leute Situation, entschuldigte sich, es tat ihr wirklich leid, das sei zum einen ein Missverständnis gewesen, zum anderen müsse ihr Freund noch bürokratische Sachen erledigen, aber, dass sie kommen, sei garantiert, sie kommen garantiert zum 1. Oktober, vielleicht sogar einige Tage eher, das Semester beginnt Mitte Oktober, Kopp brauche sich keine Sorgen zu machen, es wird alles gut, sie senden Grüße und Küsse aus Basel, denn sie sind im Moment in Basel, dieses Café ist in Basel, kennen Sie Basel?, ein ziemlich cooles Café.

Darius Kopp atmete lange aus. (Das freut mich. Dass das Café so cool ist.)

Es tut mir leid, sagte Lore, nachdem sie aufgelegt hatten.

(Dafür kann ich mir viel kaufen.)

Was ist passiert? fragte Olli.

Sie kommen erst Ende des Monats.

Wie Olli schaut.

Es tut mir leid, sagte Lore immer wieder.

Ihr Gesicht wie erfroren. Kalt erwischt worden.

Es tut mir leid. Verrat mich nicht.

Was?

Verrat mich nicht.

Wovon redest du?

Du hast versprochen, mich nicht zu verraten.

Was?! Wovon redest du?!

(Wie Olli schaut. Wir schreien hier herum.)

Keine Panik, sagte Darius Kopp schließlich. Ich meine: das ist Mist (Sie lässt ihre schwangere Freundin hängen. Fotze), aber … (Ich hab ja auch noch nichts erledigt …) Was soll's. Wir finden eine Lösung. Das heißt: ich hab schon eine. (Eine vorläufige. Aber das brauchst du nicht zu sagen. Als hätte jemand hier eine andere.)

Sie waren ohnehin schon den dritten Tag bei Online-Olli. Sie bedankten sich für die Gastfreundschaft, packten ihre Sachen und zogen aus dem Verwesungs-und-Milchpulver-Geruch aus und bei Rolf ein.

Trotz aller Vorsichtsmaßnahmen nahm die Fahrt durch die Stadt Lore wieder ziemlich mit, sie hinterließ einen großen Schweißfleck auf der Stahlwand, als sie sich im Fahrstuhl anlehnte, aber als sie Rolf in seinem Rollstuhl an der Wohnungstür sah, kam sie innerhalb eines Augenblicks wieder ins Leben zurück. Stellte sich auf die Füße, ließ die Augen aufleuchten, wie sie es macht, wenn sie jemandem zum ersten Mal begegnet. Kopp wusste mittlerweile, dass dieses Aufleuchten wie das des Aprilhimmels ist. Wie es kommt, verschwindet es auch wieder. Aber vorerst war die Situation noch neu, noch galt es, sich schnell anzupassen, jemanden für sich einzunehmen, und sie macht das gut. Schon waren sie ein Herz und eine Seele. Standen nebeneinander auf dem Balkon, sahen aufs Klinikgelände und führten das Gespräch, das man hier führt: die Blutboten, die Spaziergänger, der Hexenkreis.

Was ist ein Hexenkreis?

Eine Kolonie Pilze.

Dort, wo sie im Herbst herauskommen, im kleinen Stück Park direkt unter dem Fenster, saß diesmal ein junger Mann auf einer Bank. Er trug einen Kapuzenpullover, einen Mundschutz und Einweghandschuhe.

Wieso ist er so vermummt?

Vermutlich eine Transplantation.

Oh.

Selbst zwischen Mundschutz und Kapuze und selbst aus dieser Entfernung sah man, wie blass der dünne junge Mann dort unten war. Er mochte nicht sehr viel älter als Lore sein, die jetzt eine Hand auf ihren Bauch legte und schwankte.

Ist dir schlecht?

Mir ist immer schlecht, sagte sie. Besonders, wenn ich schwanger bin.

Sie bekam Herrn Müllers Zimmer, Kopp das Ledersofa mit den zusammengesackten Kissen im Wohnzimmer.

Rolfs Tag ist genau eingeteilt: Wann er aufsteht, von wann bis wann er arbeitet, wann er seine Medikamente nimmt, wann und was er isst, wann er trainiert, wann er hinausgeht. Ein Mangel an Sonnenlicht und Vitamin D ist bei MS zu vermeiden, aber ebenso große Hitze, deswegen fährt er zu dieser Jahreszeit einmal am frühen Morgen und einmal zum Sonnenuntergang spazieren. Die Batterien in seinem geländetauglichen Segway-Rollstuhl würden es bis zum Tiergarten und zurück schaffen, aber meist fährt er nur bis zum Fluss und dort am Ufer entlang, bis es zu warm oder zu kalt wird, dann kehrt er nach Hause zurück. Auch Rollstuhlfahrer können nicht den ganzen Tag sitzen, wie Kopp lernen muss, nach vier Stunden vor dem Computer und einer Stunde Spazierfahrt muss Rolf sich für zwei Stunden hinlegen. Ich lebe das Leben eines Spitzensportlers, hähä. Je nachdem, wie gut austariert der Tag ist, gestaltet sich die aktuelle Fitness.

Ich bewundere deine Disziplin, sagte Kopp.

Das ist keine Disziplin, sagte Rolf. Und zu Lore: kommst du mit?

Und sie, die sich seit Anfang August praktisch kaum mehr bewegt hatte, ging mit. Natürlich. Darius Kopp wurde nicht extra gefragt, aber er schloss sich ihnen an.

Die Klinik grenzt im Norden an die S-Bahn, dort geht es den Hügel hinauf. Hier war früher das Strandcafé, in dem Flora gearbeitet hat. Jetzt wird irgendein großes Gebäude gebaut. (Was empfindest du? Nichts.) Alles in allem ist der Anstieg vielleicht hundert Meter lang, aber bevor sie oben waren, musste Lore dreimal anhalten, um sich auszuruhen. (Das Sirren und Ersterben des Segways, wenn Rolf anhält, um auf sie zu warten.) Dabei hat sie noch gar keinen Bauch, aber der Vagus-Nerv, der

Wandernde, der mit allen inneren Organen verbunden ist, ist bei dauernder Übelkeit beeinträchtigt, was es dem Patienten schwierig macht, sich aufrecht zu halten, und das trotz der Antiemetika, die ihrerseits auf andere Weise die Beweglichkeit und das Gleichgewichtsgefühl einschränken. Die Wahl zwischen Pest und Cholera.

Rolf wartete geduldig. Es dauert, solange es eben dauert. Er passte sich ihnen an, als wäre es das Selbstverständlichste. Ich werde schon nicht daran sterben, wenn ich mich für eine endliche Zeit für einen anderen einschränke, nicht daran, nicht so bald, und wenn, dann war da sowieso nicht mehr viel zu holen gewesen, nicht wahr.

Hast du wirklich gar keine Angst?, hätte Darius Kopp ihn gerne gefragt. Wenn er sich so etwas traute. Er ging hinter ihnen, als würde er ihnen den Rücken freihalten, und während sie diese kleine Rampe wie einen mittelgroßen Berg erklommen, dachte er über die neue Frist nach, die ihm und ihr gegeben wurde: die nächsten drei Wochen. In deren Verlauf man endgültig entscheiden müsste, wohin mit wem. Was, wenn die auch in drei Wochen nicht kommen? Dann rufe ich ihre Eltern an, was sollte ich sonst tun? Drei Wochen sollten auch reichen, um sich die Papiere gültig machen zu lassen und herauszufinden, wie verschuldet man zur Zeit ist. (Denn um nichts anderes kann es in unserem Fall gehen.)

Sie erreichten die Spree. Kopp sah sie sich an, wie er sie nie angesehen hatte, als er noch hier wohnte. Dafür ist sie zu klein, zu versteckt, zu umbaut. Die Steine sind exakt einer neben den anderen gelegt worden, wie es in der repräsentativen Mitte wohl Pflicht ist. Bei der Planung von Städten ist auf Frischluftschneisen zu achten. Wenn du Gebäude in die Flussbiegung stellst, wird der Wind dort schneller, dahinter entsteht allerdings ein stiller Winkel. Gut für die Obdachlosen, die ihre Zelte gerne unter wettergeschützten Rampen aufstellen. Selbst sie achten darauf, dass es davor ordentlich aussieht, aber auch so muss man sich wundern, dass sie in dieser fotografisch wertvollen Perspektive geduldet werden. Oder gerade. Sie gehören ins Bild. (Mittlerweile, muss ich gestehen, traue ich jedem jeden Zynismus zu. Ganz abgesehen davon, dass wir, einzeln und als Institutionen, sehr viele Dinge nur auf der Ebene von Notlösungen geregelt kriegen. Sieh dich doch nur selber an.) Weiter hinten, »in der Ferne«, der Potsdamer Platz. Kopp befiel ein Frösteln, wie des Öfteren in den vergangenen Tagen. Lange werden unsere Klamotten für dieses Klima nicht reichen. Der Wetterbericht sagt für die nächste Woche eine deutliche Abkühlung voraus, und Rolf ist seit zu langer Zeit viel zu schmächtig, als dass er uns etwas leihen könnte.

Abgesehen von diesem ersten Mal ging Darius Kopp seine eigenen Wege. Er erledigte, das verstand sich von selbst, die Besorgungen, die sonst Herr Müller erledigt hätte, und verbrachte ansonsten seine Zeit am Laptop, um nach der nächsten vorübergehenden Bleibe zu suchen. Für die es reicht, wenn der Pass und der Führerschein gültig sind. Oder, noch besser, für die man nichts anderes als Bargeld braucht. Ferienwohnungen sind teuer, möblierte Zwischenmieten ebenfalls, trotzdem verlangen sie nach PA, Schufa, Einkommensnachweis, Kaution. Alle wollen deine Papiere sehen. Und du? Willst sie ihnen nicht zeigen. Jedes Mal, wenn mich jemand nach meinem Ausweis fragt, überkommt mich ein derartiger Widerwille … (Angst und Wut. Das ist doch nur natürlich!) Aber, schau, das Meldeamt wird doch wohl zu bewältigen sein. Du bist weiß, ein Mann und Inländer. Dass dort einem jeden, der einzutreten wagte, sozrealistisch der Kopf abgerissen wurde, ist mittlerweile auch schon 30 Jahre her. Ich weiß. Darum geht's nicht. (Das besondere Vergnügen, den Zerberus am Empfang mit einem Extrastrahlen deiner freundlichen blauen Augen zu beschenken.)

Rolf (der im Übrigen zum 1. Oktober soviel sagte: Wenn Herr Müller kommt, sehen wir weiter) war der Meinung, die wissen nicht, ob du Schulden hast oder Schufa-Einträge. Sie sind nicht so miteinander vernetzt. Es herrscht Ausweispflicht und fertig.

Bei den Angelsachsen nicht.

Tja.

Was meinst du, wie viele Leute gibt es ohne Papiere? Ich meine: Inländer?

Rolf wußte es natürlich nicht, aber einige Hundert oder Tausend werden's sicher sein. Aussteiger, Drogensüchtige, Obdachlose.

Woraufhin Darius Kopp nichts mehr sagte. Irgendwann merkte er, dass Rolf ihn ansah.

Was ist?

Nichts. Ich schau dir zu, während du versuchst, dich in eine Kategorie einzuordnen.

Was ist los? fragte Lore, die gerade aus der Küche zurückkam. Was für Kategorien?

Ach, nichts, sagte Kopp. Nerdkram.

Sie fragte nicht weiter. Sie ging auf den Balkon hinaus und roch dort an dem Früchtetee in ihrem Becher. (Nur riechen, nicht trinken. Zu säuerlich.) Kopp ging ins Bad und sah in den Spiegel: Wie sehe ich eigentlich aus? Was sieht, wer mich ansieht? Die Bräune war noch da, aber alles in allem sah er schon wieder fast so gehetzt und zerzaust aus wie früher: die zu lang gewordenen Haare wippten an beiden Seiten der Stirnglatze wie Eulenohren.

Kopp glaubte sich zu erinnern, dass es einen Barbier in der Nähe gab. So einen heutigen Yuppie-Barbier. Nicht, als ob wir jemals bei einem alten Schlags gewesen wären. Noch nie. Die Kopf- und Gesichtsmassage, die wir uns vorstellen. Dampfende Tücher und so weiter. Rolf wusste nichts von einem Barbier. Obwohl er auch im Internet nicht zu finden war, lief Kopp dorthin, wo er sich seiner Erinnerung nach befunden hatte. Aber entweder hatte es ihn tatsächlich nie gegeben oder der Laden war mittlerweile zu einem Reisebüro geworden. (Wann war ich je in einem Reisebüro? Noch seltener als beim Barbier.) Im Schaufenster Werbung für die Kanaren, die Malediven, Thailand und Irland. Auch dort war Darius Kopp noch nie. Gibt es auf Irland Ausweispflicht?

Schließlich und endlich fand er sogar drei Friseurläden in unmittelbarer Nähe der Klinik. Er entschied sich für den billigsten, einem Cut-and-Go. Drei sehr junge Frauen arbeiteten dort. Ihr solltet euch *Die drei Schwestern* nennen. Supername für einen Friseurladen. Meine Meinung. (Und im Übrigen fiel es Darius Kopp so ein: i tri sori. – Mir ist tatsächlich etwas zuerst auf Sizilianisch eingefallen.) Die Friseurinnen waren sehr wahrscheinlich keine Schwestern, aber jede von ihnen war zauberhaft, Darius Kopp verstand sich sehr gut mit ihnen, nur mit den Eulenohren hatten sie erwartungsgemäß große Schwierigkeiten. Es dauerte sehr lange, seine Friseurin war leicht verzweifelt, eine andere musste ihr zur Hilfe kommen.

Am Ende bekamen sie etwas hin, mit dem Kopp beschloss, sofort zum Fotografen zu gehen. Er überlegte, 20 statt der geforderten 14 zu geben, aber das können wir uns nicht leisten, also blieb es bei 15 und einem Lächeln. Die Friseurin lächelte erschöpft zurück.

Einen Fotografen für eine biometrische Abbildung zu finden, solange die Frisur noch hielt, erwies sich als deutlich schwieriger. Friseure viele, Reisebüros weniger, Fotografen kaum mehr. Eine Gruppe Touristinnen stand kichernd vor einem Fotoautomaten. Irische Mänaden mit langem, lockigem Haar. Die Mädchen, die Mädchen ja, die reizenden Mädchen vom Strand. Mit Bier und Miniflaschen Hochprozentigem in der Hand. »Let's play a drinking game!« rief die eine aus, und alle schallten wie aus einer Kehle: »Yeah!« Kopp ging weiter. (Und ihre Arme, und ihre Schenkel, sie haben keine Ahnung, wie sie aussehen, was sie ausstrahlen, sie sind zu jung, um es zu wissen, diese geballte Sexualität, dieser Lockruf im Chor. Geh schnell weiter.)

Schließlich fand er doch jemanden, der ihn in eine Ecke stellte und ihn bis auf die Knochen durchleuchtete. Kaninchen vor Schlange. Außerdem trage ich meine Brille nicht. Ich habe sie bei den drei Schwestern liegen gelassen.

Er ließ kein zweites Foto machen, es war wichtiger, die Brille so schnell wie möglich abzuholen. Natürlich wurde so die Zeit knapp, er kam 5 Minuten nach Beginn seines Termins im Bürgeramt an, aber das machte am Ende gar nichts, man war ohnehin im Verzug. Er wartete 40 Minuten. Bevor er eintrat, fiel ihm zum Glück noch ein, die Brille abzunehmen – nicht, dass es noch Probleme mit dem Foto gibt. Das Touchscreen, auf dem man unterschreiben soll, werde ich wohl auch so treffen.

Gottlob teilte der Zufall Darius Kopp einer Sachbearbeiterin zu, die ihm nicht viele Blicke schenkte. Sie schaute auf den Computerbildschirm vor sich, schaute und schaute, was sieht sie da, was muss sie sich so genau anschauen, meine Daten oder was. Kopp sah sich im Raum um. (Vorsichtig. Warum vorsichtig? Man *darf* sich umsehen.) Es war alles so, ganz genau so, wie es immer und überall ist: die Pflanzen, vor allem die Pflanzen, die machen es, der Zierspargel, die fast kahlen Birken- und mickrigen Drachenpalmen, alles ganz genauso, dieses langsame Sterben, aber ohne das wäre alles noch viel deprimierender.

Die Frau hatte fertig geschaut und fragte nicht einmal, ob alles noch stimmte, die Adresse und der Familienstand, sie fragte nichts, sie nannte einfach den Preis. Sie hatte auch ein Lesegerät für EC-Karten da, aber Kopp sagte, er habe seine Karte leider nicht dabei, ob auch Bargeld ginge. Und auch das ging, man musste bloss wieder raus, zur Kasse, mit der Quittung wieder rein, und dann durfte Kopp auf dem Touchscreen unterschreiben und ihm wurde mitgeteilt, dass die Bearbeitungszeit gegenwärtig leider 5 Wochen betrage.

5 Wochen? Wer hat heutzutage soviel Zeit?

Sie sind nicht der Einzige, den es nach Berlin zieht, um es mal so auszudrücken. Wenn es dringend ist, könne er sich einen vorläufigen Ausweis holen, der ist immerhin auch drei Monate gültig.

Was, wenn ich weder den vorläufigen nehmen, noch fünf Wochen warten kann? fragte Darius Kopp.

Die Frau sah ihn an. Sie hat hässliche Augen. Muss man leider so sagen. Schmutziggraue Iris, schmutziggraue Wimpern. Sie zuckte mit den Achseln.

(Ihr Ernst? Sie zucken einfach mit den Achseln?)

Gibt es gar nichts, was man tun kann?

Die schmutziggrauen Augen bekamen winzige Lachfältchen.

Ich kann auch drei Wochen sagen, sagte die Frau.

(Die verarscht mich doch.) Also schön, sagte Darius Kopp. Was soll's. Kann ich eine andere Adresse für die Benachrichtigung hinterlassen?

Sein Herz hämmerte. Die hässlichen Augen sahen weg, wieder zum Computer:

Ich höre.

Er gab Rolfs Adresse an. Sie tippte sie ein. Sie sah nicht wieder zu ihm.

Danke, sagte Kopp.

Keine Reaktion.

Stand im Flur. Quasi vernichtet. Ich kann auch drei Wochen sagen. Zurückgehen und sie fragen: Wieso haben Sie das gesagt? Sind Sie etwa diejenige, die darüber entscheidet? Sie sind doch nicht die, die darüber entscheidet! Sie haben sich doch nur lustig gemacht. Sie haben sich doch gerade lustig gemacht über mich oder nicht? Geben Sie es zu!

Sie würden die Polizei rufen. Man darf Beamtinnen nicht laut ansprechen. Auch nicht, wenn sie vielleicht gar keine Beamtinnen mehr sind. Du kannst nichts ausrichten, soviel steht fest. In fünf Wochen ist schon Mitte Oktober, das Semester beginnt. Die Lenas werden kommen. Hoffentlich werden die Lenas kommen. Die Lenas und die Ausweise, alle zur gleichen Zeit.

Der Geruch von Himbeerbonbons stieg in Darius Kopps Nase. Er sah sich auf dem Amtsflur um, aber er wusste schon, dass dieser Geruch nur eine Vorstellung war. Wie du, ausgehend von ihrem Bild im Telefon, dir vorstellst, dass Lena riecht. Vergiss das lieber.

Auf dem Treppenabsatz des Hochparterres blieb er noch einmal stehen, weil man durch ein Fenster in einen Innenhof schauen konnte, in den man als Besucher nicht kam. Dort standen Rosen. Ein Beet mit Rosen. Im September schon vollständig abgeblüht. Das Beet war ungepflegt, so wie auch der Rest des Innenhofs. Hohes Gras und Unkraut. Sie müssen am Gärtner sparen. Vermutlich. Oder es ist ihnen egal.

Als er sich wieder der Treppe zuwandte, kollidierte er beinahe mit jemandem.

Oppardon. … Und dann: Oh, guten Tag!

Die junge Frau schaute irritiert.

Verzeihen Sie. Sie kennen mich ja gar nicht. Ich bin ein Freund von Rolf. Vom Balkon. Verzeihen Sie, ich wollte nicht … (Wie dumm!)

Aber ihr Gesicht hellte sich auf.

Ach, Rolf! Sie sind ein Freund von Rolf!

Ja, ich war auf dem Balkon … neulich.

Sie lächelte. Was kein Hinweis darauf war, ob sie wusste, welches neulich gemeint war. (Als Sie gewunken haben. Ich habe aus Reflex auch zurückgewunken. Und dann sprach er es auch laut aus:) Ich habe auch zurückgewunken. … Ich bin Darius. Kopp.

Sie nahm die ihr angebotene Hand und sagte: Katharina Zybowski. Mit I hinten, weil ich hier geboren worden bin.

Ihre Eltern sind aus Polen?

Mein Vater. … Sie sind auch Informatiker wie Rolf?

Von Haus aus, ja. Was machen Sie?

Dolmetscherin. Ich habe eine Arbeit hier.

Sie deutete mit dem Kopf die Treppe hoch.

Ah!

Ja. Ich mache viel in Ämtern und Gerichten und so. Im Gefängnis auch.

Im Gefängnis?

Ja.

Spannend.

Na ja … Manchmal versteht mich keiner der Seiten. »Sie benutzen so Ausdrücke«, sagen sie. Aber ich muss die Ausdrücke benutzen, weil die Behörden sie benutzt haben, und dann muss ich das den Leuten erklären, und dann sagen die etwas und ich muss es den Behörden erklären. Na ja.

Stehen da, lächeln. Sie ist höchstens Mitte 30. Überschminkt ihre Aknenarben, lässt ihr Haar aber so mausfarben, wie es von Natur ist. Ein süßes Ding. (Wortwörtlich, so. Wenn auch nur in Gedanken.)

Na dann …

Na dann, sagte Darius Kopp.

…

Wie geht's dem Hund?, rief er ihr noch hinterher.

Sie war schon auf den Treppen nach oben: Gut, danke!

Viel Spaß! rief Kopp, aber da war sie vielleicht schon durch die Tür.

Jetzt war Darius Kopp doch ein wenig beschwingt.

Ich habe deine Nachbarin getroffen, sagte er zu Rolf.

Welche?

Katharina. Die mit dem Hund.

Ah, ja. Die ist süß. Sie hat Silberfischchen in der Wohnung und ihr Exfreund holt dreimal die Woche den Hund ab, um mit ihm spazieren zu gehen.

Was?

Das ist das, was ich über die weiß. Sie hat Silberfischchen in der Wohnung und der Exfreund holt dreimal die Woche den Hund ab.

Darüber mussten sie ein wenig lachen.

Kopp kochte Spaghetti Puttanesca, sie gelangen gut, sogar Lore konnte etwas essen, mit viel Oliven dazu, das beste Mittel gegen Übelkeit.

Früher fand ich Oliven eklig.

So kann es gehen.

Später streamte Rolf einen Film über einen weiblichen Roboter, der so unfassbar schön war, dass sie einfach nur stumm nebeneinandersaßen, Rolf und Lore auf dem Sofa, Kopp in einem Sessel, und ihr fasziniert zusahen.

Lore schlief mitten drin ein, Rolf hielt gerade so bis zum Ende durch, Kopp war die ganze Zeit und auch hinterher so hellwach, wie insgesamt nur selten in seinem Leben. Diese Frau war so schön, und dass sie künstlich war, machte sie nur noch schöner, dass du nicht darüber nachdenken konntest, was wohl in Wirklichkeit ihre schärfste Waffe war. Du hast es, wie der Typ im Film, erst gemerkt, als es zu spät war.

Mutter, Schwester, Gabriella, das waren die gefährlichen Frauen in Darius Kopps Leben, an die er sich spontan erinnert, und keine wegen ihres Aussehens. (Abgesehen von der Sachbearbeiterin heute. Vergiss sie. Vergiss sie einfach und für immer. Denk an die Polin.) Die Polin, die gerade nur so attraktiv ist, dass man keine Hemmungen hat, mit ihr zu sprechen. Die

Erinnerung an die schöne Roboterin und an die nette, durchschnittliche Dolmetscherin vermischten sich in Darius Kopp. Sie vermischten sich und keiner widerfuhr dadurch ein Abbruch. Eine schwedische Schauspielerin, eine polnische Übersetzerin mit mausbraunem Haar. So etwas salbt meine kleine Seele.

Der Bildschirm war noch an, warf bläuliches Licht in Lores Gesicht, die auf dem Sofa schlief. So ist sie eigentlich auch ganz hübsch. Aber das spielt keine Rolle. Ich kenn mich nicht aus mit ihr, das macht die Beunruhigung. Dass man über Frauen nichts herausfindet, ist wirklich frustrierend. (Und über Männer schon?) Lore schnarchte leise. Das ist rührend. Auch wie sie die Oliven isst. Ihr gute Oliven besorgen. Aber wie bekomme ich sie vom Sofa? Sie tragen. Dazu musst du sie anfassen.

Er ging auf den Balkon hinaus. Er sah nicht zur Klinik hinüber, sondern hinunter zur Straße. Obwohl sie um diese Zeit wohl kaum spazieren gehen würde. Beziehungsweise: warum nicht? Die Nacht fing doch gerade erst an. Man muss nur bis zum Fluss gehen und schon ist es hell und laut genug, dass sich ein Stadtmensch in seinem Element fühlen kann, und Darius Kopp hätte auch noch genügend Mittel, sich an beinahe allem, was hier geboten wurde, zu beteiligen. Sogar eine Nacht im Casino wäre – mit etwas Glück – drin. Du siehst, unsere Möglichkeiten sind mannigfaltig. Von hier aus könntest du in so viele verschiedene Richtungen losgehen. Du könntest tot sein bis zum Morgen oder reich oder beides. Eine Frau treffen. Einen Mann. Eine Person, die dir einen entscheidenden Hinweis gibt, oder du könntest nach noch so vielen Begegnungen doch nur feststellen, dass du auf dich allein gestellt bist, es beginnt und endet mit dir.

Dieser letzte Gedanke erschreckte ihn so sehr, dass er den Balkon schnell verließ. Er entschied sich dagegen, Lore umzubetten. Er legte sich lieber selbst in Herrn Müllers Bett. Erst konnte er nicht einschlafen, dann doch, dann wachte Lore auf und kam ins Zimmer, er entschuldigte sich und zog zurück aufs Sofa. Schaltete den Fernseher wieder ein, traute sich aber nicht, ihn auf eine normale Lautstärke zu stellen, um die Schlafenden nicht zu wecken. So war allerdings gar nichts zu verstehen, und er schlief wieder ein. Er wachte am sehr frühen Morgen mit Halskratzen auf. Er gurgelte mit lauwarmem Wasser. Vergebens. Als die Anderen aufstanden, hatte er bereits eine Erkältung. Willkommen zurück.

11.

Die Menschheit strömt in die Städte, zum Überleben oder zum reinen Vergnügen, und wer schon da ist, aber zwischendurch mal für 10 Tage wegfährt, vermietet seine Wohnung. Nicht, um sie nicht allein zu lassen, durchaus für Geld. Weil er es braucht oder will. 10 Tage nahe Bernauer Straße für 600 + 550 Kaution sind weg, bevor wir uns den Schlaf aus den Augen gerieben haben.

Spandau, 28 Tage, 60 pro Tag = 1260. Warum haben wir da eigentlich nicht angerufen? (Weil wir, unerfahren wie wir waren, dachten, es fände sich noch etwas Besseres.)

Kreuzberg, erst ab 1. Oktober (und PA, Schufa und so weiter)

Pichelsberg (Wo ist das überhaupt?): zu teuer

Schöneberg, englischsprachige Anzeige, 1 Monat, 1200, aber auch schon weg.

Angeblich werden sogar Zelte auf Balkonen vermietet, aber das ist wahrscheinlich nur eine urbane Legende. (Einmal habe ich auch auf einem Dach geschlafen. Auf einem geteerten Dach, nach einer Studentenparty. Selbstverständlich war ich auch besoffen. Ein Wunder, Lore, dass ich überhaupt noch lebe. Ich könnte gut und gerne dein legendärer Onkel sein, der in jungen Jahren besoffen von einem Dach fiel. Mein Foto aus dieser Zeit, das mich in sehr ausgeblichenen Jeans und einem sehr grauen Pullover zeigt, hänge eingerahmt an der

Wand eines weiblichen Familienmitglieds.) Darius Kopp ist mittlerweile zu alt, als dass ihn jemand (angeblich zwei junge Frauen) in einem Zelt auf seinem Balkon schlafen ließe, aber das ist vorerst auch nicht notwendig. Er konnte das Strömen herein und hinaus einige Tage lang aus der relativen Bequemlichkeit von Rolfs Wohn- und Arbeitszimmer beobachten, bevor er aus dem Internet in die physische Realität wechselte, sprich, zu einer Besichtigung ging. (Bewegen sich die Anderen tatsächlich schneller als früher oder bin ich selbst langsamer geworden? Und wenn Letzteres: wieso? Ist das schon das Alter?)

Während Rolf und Lore sich durch den Tag bewegen, als verginge die Zeit für sie langsamer. Vorsichtig, von Pause zu Pause, so gehen sie spazieren. Und dabei unterhalten sie sich auch zweifellos.

Worüber redet ihr so? fragte Darius Kopp seine Nichte. (Ja, ich bin etwas eifersüchtig.)

Über seine Reisen und über das Leben in der DDR.

Das Leben in der DDR?

Ja. Er war drei Jahre bei der Armee. Als er noch gesund war.

Fuck, sagte Darius Kopp.

Wie lange warst du?

Gar nicht. Ich wurde wegen meines Asthmas zurückgestellt und dann kam die Wende und ich war zu alt und zu sehr Ossi für die Bundeswehr.

Hm.

Ja, sagte er, so kann es gehen.

(Du solltest dankbarer sein. Du solltest viel dankbarer sein. – Aber das bin ich doch!)

Die Wohnung, die er für erreichbar (und für praktisch, mit Schlafgalerie) hielt, lag in einem Parterre im Tiergarten: Als Kopp dort ankam, war das Happening bereits in vollem Gange. Ströme hinein, Ströme heraus. Jeder dort war jünger als unser Held und entweder paarweise da oder in Begleitung der Eltern, Englisch, Spanisch und Deutsch sprechend, und Kopp verstand endlich: na klar, das sind Studenten, die noch vor Semesterbeginn unterkommen wollen. Er machte einige Schritte in den Hausflur hinein und dann wieder heraus, blieb vor dem Haus stehen, den Fenstern, die zur Wohnung gehörten. Man konnte nicht ins Innere sehen, nur, dass es dort dunkler war, als hier draußen. Die Wohnung lag ein wenig unter dem Bürgersteig. Also eigentlich im Souterrain. Jemand öffnete von innen eines der Fenster. Vielleicht war wegen der Menschenmassen drinnen die Luft knapp geworden, aber auch abgesehen davon war das schlau: so konnten auch diejenigen, die draußen auf dem Gehsteig standen, also Darius Kopp, die Raucher und diejenigen, die viel Zeit hatten, einen Blick hinein werfen. Tatsächlich: eine Schlafgalerie und darunter ein Sofa, dort würde sie liegen, damit sie nicht mitten in der Nacht die Leiter hoch- und runtersteigen müsste, aber sie wird da niemals liegen, das ist vollkommen klar.

Kopp sah sich das Gewusel noch eine Weile an, solange, bis er herausfand, wer die Hauptmieter waren (zwei junge Männer, die die Stadt für ein Jahr verlassen wollten, um woanders ihren Master zu machen). Sie unterhielten sich jeweils mit Englisch sprechenden Paaren, während sie die jungen Studentinnen, die in Begleitung ihrer Eltern kamen, mit Miss- und/oder Verachtung straften. Ein Spanisch sprechendes Paar stand praktisch Schlange, um sich ebenfalls vorstellen zu dürfen. Sein Name war Jaime – die Frau rief ihn: Jaime! –, er trug ein Heisenberg-T-Shirt. Ich würde die beiden nehmen. Der Mann namens Jaime bemerkte, dass Kopp ihn vom Gehsteig aus anstarrte und zwinkerte ihm zu. Darius Kopp grinste, und dann drehte er sich um und ging. Too old for that shit.

Zu einer zweiten, zeitgleich stattfindenden Besichtigung hätte er es nur mit dem Taxi geschafft, aber er rief kein Taxi. Er ließ sich durch die Straßen treiben, wie neuerdings jeden Tag. Er verbrachte mehr Zeit draußen als jemals zuvor in dieser Stadt. Wieso hält es mich nicht mehr in Innenräumen? Dabei gehe ich ungern. Es waren die kürzeren Beine des Neandertalers, die ihm den Garaus machten, ich schwöre euch. Ein moderner Mensch joggte vorbei. Das kommt für uns nicht in Frage, aber ein Fahrrad könnte sich Darius Kopp vorstellen. Es ist Jahrzehnte her, dass ich Fahrrad fuhr. Selbstverständlich hatte ich ein teures, gutes Fahrrad, und es wurde kaum benutzt. Wer meinen Storage ersteigert hat, kann sich freuen. Oder nicht.

Die Studentenwohnung wäre, wenn auch völlig lichtlos, nicht schlecht gelegen gewesen. Selbst wenn man so ineffektiv (mehr zur Seite als nach vorne) läuft wie Darius Kopp, kommt man innerhalb weniger Minuten in das ehemalige Jagdgebiet des Kurfürsten von Brandenburg, mit heutigem Namen dem Tiergarten. Flora liebte Bäume, einzeln wie in Hainen und riesigen Wäldern. (Denk nicht an den Wald! Das ist schmerzlich. Der Geruch des Harzes, die Ameisenhügel, Stopp, Mückenschwarm, Tierkot, Pillendreher, Spinnweben, Stopp, ein verlorener Kinderschuh, gruselig, Pilze, gruselig, hör auf damit!) Kopp überkam wieder ein Frösteln. Die riesigen Wasserstrahlen der Gießanlagen, mit denen sie versuchen, die Bäume vorm Austrocknen zu bewahren, verströmten Kälte. Kopp blieb stehen, wartete, bis der Wasserstrahl vom Weg wieder ins Dickicht gewandert war. Er wurde von zwei Radfahrern überholt, denen es scheinbar nichts ausmachte, nass zu werden oder die einfach nicht warten konnten. Zwei junge Männer, natürlich. Der eine trug einen Rucksack, darauf einen Aufnäher in Form eines durchgestrichenen Hakenkreuzes. Leider war die Durchstreichung nicht dick genug, als Erstes fiel das Hakenkreuz ins Auge. Anderen gelingt auch nicht alles. Dachte Darius Kopp, und sein Groll, den er gegen die jungen Männer hegte, weil sie so schnell und ungeduldig waren, ebbte wieder ab. Dann kam auch noch eine Frau, die dem inzwischen wieder zurückgekehrten Strahl auszuweichen versuchte, indem sie auf den Rasen neben dem Weg fuhr. Das Rad wurde zu stark abgebremst, fast wäre sie gestürzt. Sie stellte sich in die Pedale und rettete sich, und Darius Kopp verlor den Rest des Beleidigtseins, das er seit der gescheiterten Besichtigung mit sich herumtrug. Du kannst nicht schon nach einer Woche wie ein Einheimischer reagieren.

Er schritt etwas schneller aus (vor Wasserstrahlen hielt er aber weiterhin inne), dorthin, wo er das Ende des Parks vermutete. Und tatsächlich. Keine zehn Minuten später stand er am Rande eines Platzes, den er sehr gut kannte. Ich kenne ihn sogar so gut, dass ich das Ziergras in der kleinen Parkanlage vor dem ersten Bürohaus am Rand erkenne. Das gottverdammte Ziergras am gottverdammten Potsdamer Platz!

Er ließ eine Touristengruppe auf Segway-Rollern vorbei und ging weiter, bis er vor dem Gebäude stand, in dem er einst ein Büro unterhielt. In dem einst die Firma, für die er arbeitete, ein Büro unterhielt. Einen 12qm-Raum zwischen weiteren 11 der gleichen Größe (12x12, Spieltrieb oder Zufall?), die sich ein gemeinsames Vorzimmer teilten, weil es doch nach mehr aussieht, wenn die Leute einen über ein Vorzimmer erreichen können. Dort, im ersten Stock, mit Blick zum ehemals verkehrsreichsten Platz Europas mit der ersten Verkehrsampel und so weiter.

Das Foyer war immer noch schick und dunkel glänzend, es fühlte sich nicht schlecht an, dort zu sein. Etwas Herzklopfen beim Blick zur großen Tafel mit den Namen der Mieter. Denn, stell dir vor, da stünde immer noch Fidelis Wireless. Als die Dependance in Europa vor 3 Jahren geschlossen wurde, war das nicht das Ende der gesamten Firma, soviel wissen wir. Was allerdings seitdem genau passiert war, wusste Kopp nicht. Stell dir vor, sie wären immer noch in diesem Gebäude, immer noch im ersten Stock. Könntest du widerstehen und nicht hochfahren und nachschauen, was für ein Name auf dem wechselbaren Schildchen neben der Tür steht? Stell dir vor, es ist jemand, den du kennst. Wie in einem Traum, in dem du zurückkehrst und ein anderer deinen Platz eingenommen hat. Was die Wohnung anbelangt, stimmt das schon mal.

Aber hier: nicht. Kein Fidelis Wireless auf der großen Tafel. Das ist eine kleine Erleichterung.

Can I help you?

Der Concierge. (Sehe ich wie ein Ausländer aus?)

Oh, hellou! sagte Darius Kopp. (What the …?) I'm just looking for … Fidelis Wireless.

(Herrje, du hast einen starken deutschen Akzent! Und überhaupt, was soll das? Aber nun war es zu spät. Notfalls geben wir uns als Schweden aus. Der Dreißigjährige Krieg hat durchaus seine Spuren in unserer Familie hinterlassen.)

Der Concierge sah hilfsbereit in seinem Computer nach.

Fidelis, sagte Kopp. With an F like Friedrich.

Und während der nette Junge nachsah, klopfte Darius Kopps Herz wieder heftig, aber nicht mehr wegen Fidelis, sondern wegen des verräterischen »Friedrich«. Du bist einfach nicht fürs Hochstapeln geboren.

Der nette Portiersjunge ließ sich nichts anmerken, er sagte einfach nein, so eine Firma gäbe es hier zur Zeit nicht. Zum Dank schenkte ihm Darius Kopp ein breites Lächeln und ein Thank you!, und sah zu, dass er wieder aus der kühlen, schwarzen (das ist kein Marmor, aber irgendein anderer harter, glänzender Stein) Vorhalle wieder auf die Straße hinauskam. (Zieh den Hals nicht ein!)

Er ging gleich auf die andere Straßenseite, in das Hochhaus gegenüber, bei dem man wie ein verdammter Tourist für einen nicht mehr ganz so geringen Geldbetrag wie noch zu meiner Zeit mit dem Fahrstuhl direkt aufs Dach fahren kann, und er tat all das, und er bereute es nicht, denn die Aussicht war wirklich grandios, viel schöner, als ich sie in Erinnerung hatte. Wie die Hochhäuser im Osten im Lichte der langsam müder werdenden Sonne glänzen. Das berauschende Gefühl von Heimatlichkeit überkam Darius Kopp dort oben auf dem Turm, umgeben von lauter Touristen, die bestimmt gar nicht sehen, wie schön es hier wirklich ist, sie sind nur hochgekommen, weil man das eben so macht, wenn man schon irgendwo ist. Im Gegensatz zu ihnen erkenne ich Gebäude und Straßen wieder. Ich erkenne sogar einen Bildausschnitt wieder, den ich zuletzt als 15jähriger Klassenausflügler gesehen habe. Damals war es auch warm, ich trug Shorts und dachte, das Internationale Handelszentrum wäre ein Wolkenkratzer.

Er blieb dort oben, bis der Durst und das brennende Gefühl im Gesicht (die Sonne, der Wind) zu quälend wurden. Da fuhr er wieder hinunter und ging in den nächstbesten Biergarten im Schatten einer großen Filmleinwand. Die kenne ich auch noch. Die mochte ich immer schon. Er blieb lange dort sitzen und genoss den Ausblick, bis das Licht allmählich abnahm und es schnell kälter wurde und Darius Kopp wieder mörderisch zu frösteln begann. Besser, du gehst jetzt nach Hause. Hier fiel ihm – darum hatte er nun wirklich nicht gebeten – seine Wohnung wieder ein. Wieder dieses Bild: leer. Als ich geheiratet habe, wurden meine schwarzen Möbel gegen weiße getauscht, als ich Witwer wurde, wurden diese Möbel und auch alles andere, was sich angesammelt hatte, eingelagert, und mittlerweile ist das alles mutmaßlich versteigert, aber das ist kein großer Verlust. Es würde mich vollkommen glücklich machen, mich einfach aufs Parkett legen zu können. Oder auf die Holzdielen auf der Terrasse. Wenn es sehr heiß war, schlief ich manchmal dort. Wenn ich die Fenster aufließ, bekam Flora Mandelentzündung.

Er fühlte wieder das Kratzen im Hals. Mist. Familie Fröhlich mit ihren eigenen zehntausend Gegenständen hat die guten Plätze auf dem Parkett eingenommen. Du hättest dich von dort niemals vertreiben lassen dürfen. Juri verdient es, gehasst zu werden. Mein Freund hat mich hinausgejagt in die Wüste. Nicht ganz. In die schöne Welt. Er legte den Kopf in den Nacken. Durch die Öffnung in der Mitte des Stahl-und-Glas-Zeltdachs über ihm konnte er auf den Himmel hinaussehen, auf rosa-orange eingefärbte Quellwölkchen. Früher hätte ihn das dazu veranlasst, so zu bleiben und so lange Alkohol nachzufüllen, bis er in eine andere Realität hinübergewechselt wäre, aber im Verlaufe unserer Reise haben wir gelernt, unsere frühere Maßlosigkeit zu zügeln. Du kannst maßlos sein, wenn du ein eigenes Zuhause hast oder gar nichts, als Gast musst du die Form wahren.

Er ging so schnell er konnte, um das Frieren loszuwerden, aber es klappte nicht richtig: er geriet ins Schwitzen und davon fror er wieder. Es verlangte ihn nach einer sengend heißen Dusche. Wie gut, dass wir Freunde haben, die uns ein Dach über dem Kopf geben.

Es kam natürlich anders. Schon als er vor der Tür stand, hörte er das Dröhnen, wie von einer unterirdischen Fabrik, aber er ging davon aus, dass das nur von einem Nachbarn kommen konnte. (Und gewiss keine Fabrik, sondern irgendein Stück Unterhaltungselektronik.) Als er dann die Tür öffnete, fiel der Lärm mit einer nahezu schockierenden Wucht über ihn her. Was zur Hölle?

Er saß in dem Sessel, in dem die letzten Tage Kopp gesessen hatte: ein dürrer, blonder Junge mit Kratzspuren im Gesicht, oder den Spuren von Rasierklingen geköpften Pickeln, und steckte den Kopf beinahe in den auf voller Lautstärke brüllenden Fernseher hinein.

Hallo! sagte Kopp, aber nicht einmal er selbst konnte sich hören. Er wiederholte es, lauter. Er schrie. Rolf drehte den Kopf zu ihm, Lore, die in eine Ecke des Sofas gekauert saß, ebenfalls, der dürre Typ im Sessel rührte sich nicht. Er hatte die Ellbogen auf die Knie gestützt, schlabberte Cornflakes aus einer Müslischale und hielt die Augen starr auf den Bildschirm gerichtet. Es lief ein Sportsender.

Mach mal leiser, rief Rolf, aber der Andere schien auch das

nicht gehört zu haben. Rolf rollte von seinem Schreibtisch weg, um das Sofa und den Sessel herum, zur Fernbedienung auf dem Glastisch. Er stellte den Fernseher leiser.

Sven? Das ist Darius. Ihr kennt euch sicher noch.

Immerhin warf Sven, genannt Herr Müller, jetzt einen Blick dorthin, wo Darius Kopp stand. Er hatte winzige, gerötete Augen. Nach-Festival-Gesicht: Drogenkater, Restalkohol, irgendwas in der Art, aber ist da Müsli mit Milch wirklich das richtige?

Ich glaube, sagte Darius Kopp freundlich lächelnd, wir sind uns noch nicht begegnet. Herr Müller sah Rolf an, schüttelte den Kopf, sah Kopp an, nickte andeutungsweise und drehte sich wieder zum Fernseher zurück. Suchte mit dem Blick die Fernbedienung und schlabberte weiter, aber so laut, dass man sich fragen musste, ob er das absichtlich machte. Oder etwas an den Ohren hatte. Oder wortwörtlich in einem Schweinestall aufgewachsen war. Vielleicht waren es doch die Ohren, denn offenbar verstand er bei normaler Lautstärke nicht, was das Sportfernsehen Wichtiges zu sagen hatte. Er sah sich erneut nach der Fernbedienung um, aber Rolf hatte sie im Schoß behalten und fuhr jetzt mit dem Rollstuhl ein wenig zurück, damit Herr Müller nicht ohne aufzustehen drankommen konnte.

Was deeennn?

Es ist zu laut, sagte Rolf. Wir haben Gäste. Und mir ist es auch zu laut.

Herr Müller schnaubte etwas Unverständliches und stand auf. Rolf wich einen weiteren halben Meter zurück. Mehr Spielraum hatte er jetzt nicht mehr, aber Müller ging nicht ihm hinterher, sondern trampelte in die Küche, wo er geräuschvoll mit irgendwas hantierte und dabei vor sich hinschimpfte. Gedämpfte »Scheiße«-s drangen ins Wohnzimmer.

Tut mir leid, sagte Rolf. Wenn er konsumiert hat, kommt dieses zügellose Arschloch aus ihm heraus. Er ist nicht gewalttätig oder sowas, nur eben eine Ausgeburt an Rücksichtslosigkeit. Solange, bis er völlig abstürzt und gar nichts mehr ist. Danach ist er wieder ein Engel.

(Zügelloses Arschloch – Nichts – Engel. Und was sind deine Erscheinungsformen?)

Jetzt endlich sah Kopp zu Lore, die in der Ecke des Sofas saß, als hätte sie der Lärm dort hineingedrückt. Nichts an ihr rührte sich auch nur einen Millimeter.

Ist dir nicht gut? fragte Kopp.

Der Mund ging eine Winzigkeit auf: Bisschen schlecht.

Sie schälte sich aus dem Sofa, mit den übersparsamen Bewegungen, von denen man bei Übelkeit denkt, sie würden helfen. Sie schaffte es ins Bad. Kopp hörte, dass sie es nicht mehr schaffte, abzuschließen. Günstig, falls sie Hilfe brauchte, aber der wenig kontrollierte Herr Müller erschien Kopp jetzt eine reale Gefahr zu sein. Und tatsächlich: er kam aus der Küche und ging stracks auf die Badtür zu.

Warte, sagte Rolf.

Er wartete nicht, er schlug quasi auf der Tür auf, schon stand sie offen. Kopp und Rolf konnten nicht sehen, was drinnen vor sich ging, Müller blieb in der Tür stehen und verkündete:

Ich muss mal kacken!

Ihre Stimme, irgendwas, vielleicht »gleich« oder »sofort«.

Müller drehte sich heraus und fragte: Wie lange bleiben die?

Wieso hast du mich nicht angerufen, fragte Kopp Rolf. Der ihn nur ansah, als hätte er die Frage nicht verstanden. (Was verstehst du nicht?! Was ist los mit dir?! Hat der dich irgendwie unter der Fuchtel? Seit wann siehst du diesem Toben zu?)

Lore kam aus dem Bad. Als hätte sie Tränen in den Augen.

Ich glaube, sagte Darius Kopp, es ist wohl besser, wenn wir gehen.

Sah zu Lore (Immer noch wie erstarrt), sah zu Rolf.

Muck hat bestimmt was für euch, sagte Rolf. Wofür arbeitet er bei einer Hausverwaltung.

Dass er sie nicht zum Bleiben bewegen wollte, tat etwas weh. Andererseits wäre das wohl auch kaum vernünftig gewesen. Lore bewegte sich weiterhin wie in Zeitlupe, Kopp sammelte auch ihre Habseligkeiten in Müllers Zimmer ein. Es war nicht viel, aber Kopp hatte noch Sachen im Bad, und Müller war immer noch drin. Wenn es nur die Zahnbürste wäre, würde ich sagen: vergiss es, aber es war das Asthmaspray.

Die Dusche ging an. Kopp setzte sich auf Müllers Bett. Lore stand vor ihm. Wenn er geradeaus schaute, sah er direkt auf ihren Bauch. Immer noch ganz flach.

Tut mir leid, sagte er zum Bauch.

Er versuchte, das Zittern zu unterdrücken, das sich seiner seit der Begegnung mit Herrn Müller bemächtigt hatte. Er nahm am Rande wahr, dass sie den Kopf über ihm schüttelte. Eine Träne fiel aus ihrem Auge auf sein Knie und versickerte im Stoff seiner Hose. Da sah er endlich zu ihr hoch. In ihrem Hals Sehnen und Adern, zwei Muttermale auf der Haut. Sie roch nach Schweiß und immer leicht nach Erbrochenem.

Es wird alles gut, sagte Darius Kopp mit fester Stimme. Ich bringe dich woanders hin, ja?

Sie nickte. Sie presste sich den Handrücken gegen die Nase, weil sie angefangen hatte zu laufen. Keiner von uns hat ein Taschentuch parat. Aber Darius Kopp, der jetzt wieder mehr von Entschlossenheit und Ruhe durchdrungen war, hieß sie, sich hinzusetzen, ging selbst ins Wohnzimmer und holte aus Rolfs Zupfbox auf dessen Schreibtisch drei dünne Taschentücher.

Du musst nicht weinen. ... Arschlöcher gibt es.

Die Wochen, die noch zusammen zu überbrücken waren, kamen Kopp nun sehr lang vor. Scheiß auf die Wohnungen, bring sie in ein Hotel. Gib all dein Geld aus, ist egal. Ein wenig Ruhe und Würde braucht der Mensch.

Irgendwann kam Kopp die Idee, dass die Mistmade vielleicht gar nicht abgeschlossen hatte. Und tatsächlich. Also ging er ins Bad, krallte sich die Zahnbürste und den Inhalator. Müller reinigte hinter dem Duschvorhang gerade Rachen und Nebenhöhlen und bemerkte es vermutlich gar nicht. Nun hoffte Kopp, sie würden es aus der Wohnung schaffen, bevor er wieder aus dem Bad gekommen wäre, aber sie hatten kein Glück. Lore brauchte lange, bis sie umständlich in ihre Schuhe gestiegen war. Müller kam wieder hervor. Immerhin nicht nackt, er wußte also durchaus noch, was er tat. Lediglich mit freiem Oberkörper, und das war ein schöner Körper, ganz glatt, fest und weiß, Alabaster, er weiß es, er zeigt ihn absichtlich, die Schlüsselbeine, die Rippen, die Zeichnung des Bauches, während er alle demonstrativ ignoriert. Er pflanzte sich wieder vor den Fernseher. Er hatte auch die Fernbedienung wiedergefunden, er stellte wieder sehr laut.

Machs gut, sagte Lore und beugte sich hinunter, um Rolf zu umarmen.

Es hat mich gefreut, dich kennenzulernen, sagte Rolf.

12.

Kopp dachte an die schönen, glatten Hotels am Bahnhof, für eine Nacht können wir uns etwas Norm und Ordnung leisten. Wir könnten uns hier und heute sogar eine Nacht im Adlon leisten. Das wäre mal stilvoll. Komm, würde Darius Kopp zu seiner Nichte sagen, du und ich, wir haben Besseres verdient als diesen Wahnsinn, ein Luxushotel nämlich, das sogar so nah ist, dass wir zu Fuß hingehen könnten. (Wie das wäre. Es wäre möglich. Wir sehen wie ganz normale arme Leute aus. Ein vollendeter Page hält uns die Tür auf.)

Nur, dass Lore nicht hätte zu Fuß hingehen können. Sie wankte sogar im Stehen. Zudem hatte Rolf schon bei Muck angerufen, sie wurden erwartet, also nahmen sie eines der Taxis, die immer vor der Klinik warten. Während der halben Stunde, die die Fahrt dauerte, wurde es endgültig Nacht. Catania ist 1700 km näher am Äquator als Berlin. Das heißt, die Dämmerung ist ca. 10 Minuten kürzer. Du hast es erst bemerkt und dann berechnet. Eine der seltenen Gelegenheiten, zu denen Darius Kopp in den letzten zwei Jahren das Internet benutzte. Fast ausschließlich, um sich mit Zahlen zu beobachteten Naturphänomenen zu versorgen. Und nun, da er aus dem Fenster des Taxis schaute, dachte er daran. Und daran, ob es wohl jemanden auf der Welt gab, der nicht wenigstens einmal im Leben bei oder nach Einbruch der Dunkelheit überstürzt eine Unterkunft gegen eine andere tauschen musste. Beide Gedanken brachten ein wenig Erleichterung, so dass ihm einfallen konnte, dass er nicht alleine war. Er hätte gern festgestellt, ob es Lore auch schon etwas besser ging, aber sie saß neben dem Fahrer und hielt den Blick gerade nach vorne gerichtet.

Es wurde also erst etwas besser, und dann wieder schlechter. Bei Muck brüllte nämlich auch der Fernseher. Was ist los mit euch, seid ihr alle taub und/oder zugedröhnt? Das vielleicht nicht, aber Mucks älterer Bruder (den Namen vergesse ich immer), von dem im Freundeskreis gemutmaßt wird, er habe sein Dasein als Invalidenrentner alkoholinduzierten Erkrankungen zu verdanken, öffnete die Tür tatsächlich mit einer deutlichen Bierfahne.

Oh, Hallo!, rief er und blieb mit ausgebreiteten Armen in der Türöffnung stehen. Der Bieratem kam mit etwas Verspätung, traf Kopp ins Gesicht. Kopp bekam einen steifen Nacken. Noch einen enthemmten Mitparasiten verträgt dieser Tag nicht, fürchte ich. Oder der Tag vielleicht schon, so ein Tag verträgt so manches, anders als ein Darius Kopp, der, seitdem ihn Wut, Angst und Empörung über Herrn Müller nicht mehr anheizten, nicht mehr aufhören konnte zu frösteln, und nun auch Hunger hatte und möglicherweise bald auch Kopfschmerzen bekommen würde.

Steht da, mit ausgebreiteten Armen, hinter ihm, in den Tiefen der Wohnung, Fernsehgebrüll, erwartet er etwa eine Umarmung? Nein.

Kommt herein! Kommt herein!

Mucks Bruder trat einen großen Schritt beiseite und presste sich, so flach er konnte, an die Wand im Flur, damit Kopp bequem an ihm vorbei passte. Ein etwas burlesk geratener Page ohne Livree. Zum Glück betrat jetzt auch Muck selbst die Szene, nachdem er offenbar den im Wohnzimmer einsam brüllenden Fernseher ausgeschaltet hatte, und er umarmte nun tatsächlich (Kopp, Lore gab er die Hand) und rief sie in die Küche, wo es eine Theke mit Barhockern gab. Die Lampen darüber waren leider etwas zu hell, aber dafür gab es doch tatsächlich Leberkäse, es war noch Leberkäse übrig. Leider keine Bratkartoffeln mehr, aber Brot, saure Gurken und Bier. Lore wurde gegen ihre Blässe ein Grappa angeboten.

Danke, nein. Ich bin schwanger.

Oh, sagte Mucks Bruder. Wir haben auch Amaro.

(Wie heißt er nur? Und wieso heißt Muck eigentlich Muck? Er ist nicht klein, im Gegenteil.)

Die nächsten Minuten konzentrierte sich Darius Kopp, ein wenig mehr, als es höflich gewesen wäre, auf das Essen: stummes Schaufeln, Leberkäse, Brot, Gurke, Bier, Leberkäse, Brot, Bier, schnell den Blutzucker heben und die Abneigung senken, die Darius Kopp leider weiterhin Mucks Bruder gegenüber empfand. Ein wenig wurde es besser, aber ganz befreien konnte er sich nicht, denn je klarer er im Kopf wurde, umso deutlicher erinnerte er sich, dass ihm Mucks Bruder immer schon auf die Nerven gegangen war. Dabei hat er mir nichts getan und vermutlich anderen auch nicht. Es ist einfach dieses offensichtliche, irritierende Losertum, das er ausstrahlt. Mucks Loserbruder. Für den er sich nicht schämt, warum sollte er? Muck ist ein Mann mit Würde, das unterscheidet ihn von seinem Bruder und, geben wir es zu, von den meisten von uns. Selbst als er nach dem Zusammenbruch der Firma anderthalb Jahre lang krank geschrieben war und sich einen Vollbart wachsen ließ (nicht so einen gepflegten, wie er jetzt wieder Mode geworden ist), wirkte er nicht wie einer, der etwas Wesentliches verloren hatte. Er kehrte der Branche den Rücken und nahm zunächst einen Job als Schulhausmeister an. Mittlerweile ist er zum Koordinator aller Hausmeister bei einer Hausverwaltung aufgestiegen.

Ließ sich nicht vermeiden, sagt er und lächelt bescheiden. (Also, eigentlich: stolz.)

Dabei hatte er gerne Lampen repariert und Laub gefegt. Gefegt, ja, mit einem *Besen*, er weigerte sich, einen Laubbläser anzufassen und versuchte, das auch den jüngeren Kollegen einzuschärfen: Staubsaugen OK, Akkubohrer OK, Hochdruckreiniger gegen den grünen Belag auf den Steinen meinetwegen (Wobei: Schrubber ...), aber ein Laubbläser ist schlicht und ergreifend eine Obszönität, und er fuhr nicht mit dem Kastenwagen der Firma, sondern mit dem Fahrrad zwischen den Objekten hin und her, wie ein waschechter Sonderling, trotzdem fiel jemandem auf, dass er erstens Grips und zweitens Führungsqualitäten besaß, und seitdem sitzt er die meiste Zeit in einem Büro und koordiniert hin und her und vermisst, ehrlich gesagt, das Fegen. Aber was soll's. In 10 Jahren darf ich sowieso aufhören.

Darius Kopp nickte. Der Leberkäse war mittlerweile vollständig vertilgt. Er kaute noch an einem Stück Brotrinde. Mischte es in seinem Mund mit Bier. Zehn Jahre. Ich höre es, aber es sagt mir nichts. Ich muss mich erst wieder daran gewöhnen, in solchen Zeiträumen zu denken.

Während Kopps Fressdeliriums stand Lore Rede und Antwort. Mucks Bruder tat nicht so, als wäre er nicht heiß auf intime Details aus anderer Leute Leben. Lore war inzwischen wieder auf dem Damm, sie antwortete offen und ruhig. Erzählte, wie die Lage war.

Dass sie der Grund dafür sei, dass Darius Kopp wieder hier ist. Weil er sie begleiten musste. Oder wollte. Denn ihre Situation sei so und so. Sie wolle nicht mehr bei ihren Eltern leben, und nun wolle sie das halbe Jahr, das ihr noch bis zur Volljährigkeit fehlt, bei Freunden verbringen.

Und das Baby kommt vorher oder nachher?

Vorher. Zwei Monate vorher.

Nicht schlecht, sagte Mucks Bruder.

Ihr habt nicht zufällig eine Wohnung frei? fragte Darius Kopp.

Was ist mit deiner?

Die habe ich wohl verloren.

Muck nickte, ja, natürlich, das war zu erwarten. Aber leider, leider hatten auch sie nichts frei. Wir sind eine Genossenschaft. Bei 5 Euro pro Ku-Emm bleibt jeder, wo er ist.

Auch Mucks Bruder bestätigte, dass die Wohnraumsituation in Berlin zur Zeit nicht die rosigste sei. Konservativ gerechnet fehlen hunderttausend bezahlbare Wohnungen. Etwa so viele, wie es zu Zilles Zeiten Kellerwohnungen gab.

Jetzt schaut sie wieder mit großen Augen. Kopp kennt das schon. Zille, Kästner, Döblin, das ist Mucks Bruders Leidenschaft. Stefan. Oder Peter. Verdammt. Hauptmann, Benjamin und Brecht. Fallada, natürlich.

Ja, sagte Darius Kopp. Ich habe heute früh so eine gesehen. Quasi.

Und?

Ich hätte sie sowieso nicht bekommen. … Es wird schon irgendwie. … Zu Muck: Ich schulde dir übrigens noch Geld.

Muck winkte ab. (Denn so ist er.)

Ach, das war die Wohnung! rief Mucks Bruder, bei dem jetzt erst der Groschen fiel. An der habe ich mitrenoviert!

Dann schulde ich wohl auch dir was, sagte Kopp.

Mucks Bruder ahmte das Abwinken nach und lachte. (Der Speichel an seinen Zähnen.)

Natürlich kamen jetzt auch die Fragen, die unvermeidlichen: Du suchst also eine Wohnung, du bist also wieder da, sowie: was sind deine Pläne?

Kopp wand sich. Nicht, dass irgendwas peinlich gewesen wäre, nicht vor den Brüdern, aber *sie* war auch dabei. Als dürfte sie seine Pläne nicht kennen. Respektive, dass er keine hatte. Aber am Ende kam doch alles heraus: dass er vielleicht blieb und vielleicht nicht, und er vielleicht wieder einen Job annehmen würde, aber mal sehen, was für einen.

Pizzabäcker, sagte Mucks Bruder. Cool.

Hier schwiegen sie ein wenig.

Hausmeisterstellen werden immer wieder frei, sagte Muck, und sie lachten. (Wieso eigentlich?)

Dann wären wir Kollegen, rief Mucks Bruder fröhlich.

Du bist auch Hausmeister?

*Hilfs*hausmeister! 15 Stunden die Woche. Reicht mir völlig.

Kopp wurde rot. (Nie im Leben. Der Gedanke an einen Job als Hausmeister löst Widerwillen in dir aus. Fegen, Saugen, Schrubben – nein. Akkuschrauber, Glühlampen, wenn es sein muss. Aber Mucks Bruder Peter oder Stefan in einem Overall, erneut: nein. Stattdessen was? Saufen, ich möchte mich besaufen. Soviel zur Verachtung von anderer Leute Bierfahne. Herr Müller, dieses Arschloch. Was, wenn er Rolf umbringt in der Nacht? Ihn anrufen. Übertrieben? Fürsorglich?)

Er fragte die Anderen. Lores erschrockener Blick. Du hast das Mädchen erschreckt.

Ihr könnt ja anrufen und Bescheid geben, dass ihr gut angekommen seid, sagte Muck, und rief gleich selbst an.

Nur die Mailbox.

Das war jetzt keineswegs beruhigend.

Er schläft früh ein. Wegen seiner Medis.

Das ist wahr.

Lore stieg sehr vorsichtig vom Barhocker.

Oje, sagte Mucks Bruder. Du bist aber müde, was?

Muck machte ihr eine Schlafgelegenheit im Wohnzimmer fertig. Während der Bruder sich in Darius Kopps Gesicht beugte und, zurück zum Thema, ihn zu weiteren Details seiner Reise ausfragte, als müsste er gleich am nächsten Morgen irgendwo einen minutiösen Bericht dazu abliefern.

In welchen Ländern er unterwegs gewesen sei?

Was er dort gesehen habe?

Wo es ihm am meisten gefallen habe?

Mucks Bruder hat es sehr gefallen, als er einmal im Kaukasus war. Im Gegensatz zu Kopp sozusagen direkt. In und auf den Bergen. Es fallen Namen, die Darius Kopp nicht mehr erfassen kann. Er denkt darüber nach, wie es möglich wäre, ohne wie ein totaler Hysteriker zu wirken, wieder zurück zu Rolf zu fahren und nach dem Rechten zu sehen. Am besten nicht allein. So etwas macht man mit Verstärkung. Muck würde sicher mitkommen. Nachdem er einen erst mit vernünftigen Argumenten davon abzubringen versuchte. Aber wenn alle Stränge reißen, würde er mitkommen. Ebenso sein besoffener Bruder, und das ist es, was wir nicht wollen. Wie spät ist es überhaupt? Kann es schon auf elf zugehen? Irgendwann war es dann schon nach Mitternacht, der Bruder redete immer noch, für Kopp stand mittlerweile auch ein Lager bereit, unweit von seiner Nichte, leider nur auf einer Luftmatratze auf dem Boden, aber das macht gar nichts, Danke.

Nichts zu danken, sagte Muck und ging ins Bett, während Mucks Bruder fragte:

Machen wir eine Flasche auf?

Rotwein. Bier, Grappa, Rotwein. Irgendwas stimmt mit der Reihenfolge nicht.

Entschuldige, sagte Darius Kopp. Ich hatte einen langen Tag.

Ist der nicht immer gleich lang? fragte Mucks Bruder mit der Pfiffigkeit von Betrunkenen. Na gut, dann ziehe ich eben allein um die Häuser, sagte er fröhlich. Sicherheitshalber nahm er die Weinflasche mit.

Der Grappa zeichnete schwarze Kreise hinter Darius Kopps geschlossenen Augenlidern und brennende in seinem Magen, vielleicht hatte er Letzteres auch nur geträumt. Er konnte sich später nicht mehr erinnern, gehört zu haben, dass sich die Wohnungstür hinter Mucks Bruder geschlossen hätte. Ihm war auch etwas übel. Das Gute daran war, dass er körperlich nicht mehr in der Lage gewesen wäre, wohin auch immer zu fahren und bei wem auch immer nach dem Rechten zu sehen. Während des Einschlafens dachte er immer wieder an Rolf. Konnte nicht entscheiden, ob er noch am Leben war oder nicht. Dann ging zum Glück alles in tiefem Schwarz unter.

13.

Sie verbrachten die nächsten fünf Tage bei Muck. Das Schwierige ist nicht, die Räume miteinander zu teilen, sondern die Zeit. Wer wann einschläft und erwacht. Wenn Muck das Haus um sieben Uhr dreißig verlässt, ist Lore im Schnitt schon seit drei Stunden wach. Sie sieht mich also auch schlafend. Mein aufgedunsenes Gesicht, meine behaarten Knie. Auf der Luftmatratze zwischen Sofa und Fenster, bis die Sonne hereinscheint. Die Straße, in der Muck wohnt, ist nach einem Schriftsteller benannt. Sie ist nicht von wilden Birnen, sondern von Linden gesäumt. Die Sonne kann einem nur ins Gesicht scheinen, wenn mindestens die Hälfte der Blätter schon gefallen ist. Am Morgen nach ihrer Ankunft erwachte Kopp mit Katerkopfschmerzen und verstopfter Nase. (Habe ich geschnarcht?) Im Allgemeinen dauert es morgens eine ganze Stunde, bis Darius Kopp ansprechbar ist. Inzwischen hat Lore meist schon ihren morgendlichen Spaziergang absolviert. Allein? Natürlich. Die Hasenheide ist ganz nah. Wir gehen nicht sonntags zum Schwofen dahin, sondern morgens zum therapeutischen Spaziergang, bei dem man, auch wenn man allein ist, nicht allein ist. Hunde, Jogger, Alte, Kinder, Kranke und ihre Aufsichtspersonen sowie die Beschäftigungslosen, wie wir selbst, halten sich ebenfalls gerne unter Bäumen auf. An guten Tagen schafft sie es bis dorthin, wo die Wohnmobile stehen.

Was für Wohnmobile?

Sieht aus wie von Hippies oder Huren.

Hippies oder Huren?

Das nächste Mal ging Darius Kopp mit, um es zu sehen.

Zigeuner und Saisonarbeiter könnten es auch sein. (Und warum empfinde ich dabei ganz überraschend heftigen Neid? Man könnte sich auch einen Van kaufen und sich so wieder auf den Weg machen. Wenn ich dann wieder allein bin. Und an mein Geld gekommen bin. Ich muss endlich den Anwalt anrufen.)

Auf dem Rückweg schnaufte Lore immer lauter, die gelaufenen Strecken zwischen den Pausen wurden immer kürzer, bis zu dem Moment, da sie sich, jeder für sich, fragten: Wird sie es überhaupt zurück zur Wohnung schaffen? Aber sie schaffte es, sie schaffte es auch wieder in den zweiten Stock und zum Sofa, und dort blieb sie dann den Rest des Tages.

Während Darius Kopp gleich wieder hinausging, um zu telefonieren. Bevor das Vorhaben wieder für Tage oder Wochen aus dem Fokus geriet.

Der Name des Anwalts war Oliver Nort. Wie der amerikanische General, nur ohne H.

Darius Kopp:???

Flora: Ich würde nicht unbedingt mit der Iran-Contra-Affäre für mich werben. Andererseits habe ich mir so tatsächlich gemerkt, wie er heißt.

Darius Kopp, grunzend: Müller wie Meier.

Flora:???

In 15 bis 20 Jahren ist die Wohnung unser! Hoch die Tassen! hatte Kopp ausgerufen. Das ist jetzt 13 Jahre her. Verdammte

Scheiße. Sie haben mich gezwungen, eine Risikolebensversicherung abzuschließen, damit meine Frau im Falle meines Todes abgesichert war. Eine Absicherung für mich im Falle ihres Todes war nicht Teil der Rechnung. Verdammte … Aber egal. Spielt eh keine Rolle mehr. Aufgelöst, alles aufgelöst. Aber Oliver Nort gab es noch, er war nicht verschwunden, sogar die Adresse und die Telefonnummer waren noch dieselben.

Ob sich Oliver Nort wirklich an Kopp erinnerte oder nur geschickt darin war, so zu tun, wer weiß. Da es schon Freitagnachmittag war, verabredeten sie sich für nächste Woche.

Wann es Ihnen passt, sagte Darius Kopp und rührte mit dem Fuß im Mulch. Er saß am Rande des Parks auf einer Drehscheibe, einem Kinderspielzeug, das sich manchmal mit ihm in Bewegung setzte. Er ließ sich tragen, bis ihm schwindlig wurde, dann stemmte er die Füße in den Mulch unter der Scheibe. Wann es Ihnen passt. Ich bin Zeitmillionär.

Oliver Nort lachte mit etwas Verzögerung. Man muss dieses Wort erst verstehen. Ich habe es von meiner Frau gelernt.

Der Zeitmillionär hob auch Darius Kopps Laune ein wenig, obwohl kleine, stechende Partikel aus dem Mulch in seine Schuhe, durch die Socken bis in die Haut vorgedrungen waren. Das ganze Wochenende über ging bei jedem Schritt ein Nadelstich durch seinen großen Zeh. Als wäre ich die kleine Meerjungfrau. Dazu brachte Muck, um seinen ersten freien Morgen seit fünf Tagen zu zelebrieren, am Samstagfrüh auch noch die Wochenendausgabe einer großen, überregionalen Zeitung mit und reichte Kopp einen Teil davon über die Frühstückstheke, und ausgerechnet jenen, in dem die Stellenanzeigen waren.

In überregionalen Zeitungen werden die hochangebundenen Jobs annonciert. Nicht die ganz hohen, natürlich, die mittleren. Wo du für dein Geld ranklotzen musst, aber wenigstens wirst du in einem nicht demütigenden Ausmaß dafür entlohnt. Es ist interessant zu beobachten, dass sich Darius Kopps Herzfrequenz beim Betrachten solcher Anzeigen erhöht. Weil ich alles verstehe, was dort steht. Ich kann zwar nicht alles, was sie verlangen, aber zumindest weiß ich, was ich davon nicht kann. Ich weiß nicht, was das Ergebnis ist, aber es ist eins möglich, wie es im guten, alten Mathematikerwitz heißt. »Warum geht ein Huhn über das Möbiusband?« ist auch einer. (Es will auf dieselbe Seite kommen.) Einmal haben wir mit Flora durch Zufall einen Film im Fernsehen gesehen, da fuhr eine U-Bahn plötzlich über ein Möbius-Band. Ein argentinischer Film mit Untertiteln. Der Schauspieler sprach Möbius' Namen als Mo-e-bius aus. Wie auch immer. Ich spreche diese Sprache noch. Ich habe also nicht gänzlich die Verbindung verloren.

Hier zum Beispiel sucht man einen (senior) system engineer im Großraum Frankfurt. Aber wieso haben sie den senior in Klammern gesetzt?

Weil sie die Erfahrung eines Seniors für die Bezahlung eines Juniors haben wollen. Logisch.

Enterprise Networks? Ja.

MS Windows? Oh Gott, nein, ich meine: ja.

Wireless LAN Enterprise Lösungen und Ipv6? Und wie!

Cisco und Weitverkehrsnetzwerke? Ja. Ehrlich gesagt bin ich, was das anbelangt, sogar so kompetent, dass ich vermutlich jeden einzelnen Ihrer Leute schulen könnte.

Er wäre also alles andere als aussichtslos, sich dort zu bewerben, aber Darius Kopp schloss den Anzeigenteil und legte ihn beiseite. Sport interessiert mich nicht. Politik und Wirtschaft: eventuell später. Sogenannter Lifestyle. Hm. Die Reiseseite. Auch hier wieder: Irland. Es werden mir Zeichen gegeben.

Warst du schon mal auf Irland, Muck?

Ja.

Wie war es?

Schön grün, sagte Muck.

Die Abbildung in der Zeitung zeigte auch schöne grüne Hügel. Die Erinnerung an sie schwebte noch eine ganze Weile vor Darius Kopps Augen, während sie Muck durch sein Viertel führte.

Wie fröhlich er dabei ist. Freundlich ist er immer, aber am Wochenende nahezu euphorisch. Muck liebt das Wochenende, er blüht auf, er führt sie herum, zeigt, wo er lebt. Keine sogenannten Sehenswürdigkeiten, einfach nur die Gegend. Und hier kaufe ich Brot, und hier kaufe ich Buletten. Muck und Lore gingen nebeneinander, Darius Kopp zwei Schritte hinter ihnen, das ist mein Platz. Vor seinen Augen zog Neukölln vorbei, und hinter seinen Augen die letzten paar Tage. Was war wie.

Das Bürogebäude am Potsdamer Platz (↔), der Ausblick vom Turm (↑), die Rosen im Meldeamt (↔), die Polin (↑), die Sachbearbeiterin im Meldeamt (↓) Herr Müller, halb nackt und sabbernd vor dem Fernseher (↓↓), die aggressiv dreinschauenden Proleten auf der Straße (↓), die Schönheit der irischen Mädchen (↑), die Schönheit der irischen Landschaft (↑), die Schönheit der sizilianischen Landschaft (↑), die Anzeigen in bürgerlichen Blättern (↓), sie würden mich eh nicht nehmen, weil ich alt (↓) und hässlich (↓) und schlecht gekleidet (↓) und zu lange raus (also vermutlich unzuverlässig) (↓) bin. Und ich will es auch nicht (↓), ich bin angewidert, wenn ich auch nur daran denke (↓), aber ich bin auch angewidert von dieser Gegend hier (↓), die Muck nicht müde wird anzupreisen. Wenn noch jemand anderes dabei ist, ist Lore gleich viel fitter (?), offener (?), interessierter (?). Muck, der sich zum Proletarischen hingezogen fühlt (↓) und Worte wie »authentisch« im Munde führt (↓). Während ich skeptisch gegenüber allem bin, dem Bekannten (↓) und dem Fremden (↓). Cafés (↔), Spätis (↓), Wettbüros (↓), Handyläden (↓). Und wer alles auf der Straße herumlungert (↓). Wir leben alle auf der Straße. Ich aber nicht. Würde ich sagen, wenn das nicht vollkommen falsch wäre. Ein völliges Verkennen. Irland ist schön, man könnte sich einen Wohnwagen kaufen, aber ich will meine Wohnung zurück. Du wirst deine Wohnung nicht zurückbekommen (↓). Schließe damit ab. Ernsthaft. Morgen sind Wahlen. Tatsächlich. Überall Plakate und das Datum darauf ist morgen. Muck hat schon gewählt, per Brief, macht er immer so, lässt sich seinen Sonntag nicht von denen einteilen, aber er hat seine Stimme verplempert (↓) an irgend eine Spaß- oder Protestpartei. Um seine Unzufriedenheit mit der Regierung zu zeigen. Kannst du mir eine nennen, mit der du nicht unzufrieden warst? Ein Zettel an einer Straßenlaterne preist einen leicht verständlichen (?) Vortrag (↓) aus spiritueller (↓) Sicht an. Zukunftsangst (↓), und wie wir damit umgehen, von Shantimay Dhana. Eintritt frei (↑). Der auf der Straße liegende Müll (↓) riecht (↓) hier anders (↔) als in Catania. Eine Blumenverkäuferin wischt sich die Augen (?). Vielleicht hat sie nur eine Allergie. Ein Mann (etwas jünger, dicker, dunkler als wir selbst) verkauft grüne Paprikaschoten auf dem Gehsteig. Wo hat er sie her? Hat irgendwo ein Gewächshaus. Verkauft sie für Pfennige. Kann sich doch unmöglich lohnen (?). Eine Gruppe Umzugshelfer kommt schnaufend aus einer Ausfahrt. Zwei unglaublich dicke Türken oder Kurden und zwei flinke, schlanke Araber, die offenbar das Sagen haben. Der eine mit Werkzeugkasten. Das wird der Monteur sein. Staucht gerade die schnaufend schleppenden Fettsäcke zusammen (↓), in einer Sprache, die wir nicht verstehen (↓), bis auf das eine Wort: »Fettsack« (↓). Das hat er nämlich auf Deutsch gesagt. Dass er sagt, was wir gedacht haben: (↓). Wie Luisa mit ihren Angestellten umgegangen ist (↓). Immer noch besser als Salvatore (↓). Und Gabriella (↓). Die Frage der Macht (↓). Du hast es versäumt (↓), genügend Macht für einen 50jährigen zu sammeln. Ja, ich weiß. Seitdem ich den Anzug abgelegt habe, wurmt mich das aber kaum mehr. Ist das der Punkt? Wenn ich den Anzug wieder anlege, wird es mich wieder wurmen (↓)? Kann man es wirklich vermeiden, dass einen etwas wurmt? Wäre das wünschenswert? Oder wäre es …? Was ist hier das richtige Wort? Muck lacht schon wieder – worüber? Hast du wieder nicht aufgepasst (↓). Ein Laden mit hässlichen (↓) Anzügen (↓). Pflaume (↓), Rotwein (↓) und Pfau(↓). Beim Gedanken, einen neuen Anzug kaufen zu müssen, kommt mir alles hoch. Beim Gedanken, es nicht zu tun, ebenfalls (↓).

Ich weiß, was das ist. Nicht Müdigkeit, obwohl ich das auf Nachfrage behaupten würde: Ich bin müde. Aber in Wahrheit ist es Widerwillen. Seit dem Müller-Zwischenfall hatte sich Darius Kopps Laune nicht mehr richtig erholt. Alles nervt. Diese Anzeigen. Was musstest du auch hineinsehen. (Und Muck. Hat er sie mir mit Absicht gegeben? Ausgerechnet er?) Aber du hast hineingesehen. Weil du wissen wolltest, wie es steht. Bzw. ob da was steht. Nach dem Crash stand da nichts. Jetzt steht da wieder was. Als ob du jemals einen Job anhand einer Zeitungsannonce bekommen hättest. Überhaupt: steht das zur Debatte? Wovon wir leben werden? Natürlich. Aber wir haben doch noch gar nicht entschieden, *wo* wir leben werden. Ich spreche noch die Sprache, na und? Was heißt das schon? Wie du sie benutzt bzw. wozu, ist die Frage. Das erfordert Entscheidungen. Einst war das mein Leben. Ich war gerne Diplom-Ingenieur für Datenverarbeitung. Oder ich dachte, dass ich es gerne war. Spezialisiert auf Netzwerksicherheit. In der Tat kein unwichtiges Thema. Allerdings war ich auch gerne Aussteiger. Ich vermisse das Meer. Das Dach und das Meer und die Marsala-Seife. Und den Vulkan. Den Geruch des Vulkans. Die Lava von 51, die Lava von 71. Ich werde nie wieder zu diesem Vulkan kommen. Und wenn ich doch wieder dorthin komme, komme ich nicht mehr von dort weg. Wie der Magnetberg im Märchen. Sindbad. Als ich noch gerne las. Als Kind.

Ein wenig Nostalgie also. Siziliensehnsucht, wie es sich gehört. Aber empfandest du nicht erst vor zwei Tagen auch Berlin gegenüber so? Ja. Das war ein Moment. Seitdem geht es hin und her. Oder nein, eigentlich nur noch in eine Richtung. Eine Spirale der schlechten Laune. Du sprichst gar nicht mehr, du knurrst nur noch. Sie schaut dich ganz verstört, ja ängstlich an. Tut mir leid. Dass in unserer Familie niemand normal spricht. Klagt, kreischt, brummt, schweigt, grunzt, erzählt dämliche Witze. Tommy wirkt wie ein netter Kerl, aber er ist dumm wie Stroh, und er wählt weit rechts. Also ist er doch kein netter Kerl. Tut mir leid. Einer pro Klan sollte wenigstens ansprechbar sein.

Ich bin nicht gut drauf, sagte Darius Kopp schließlich zu Muck. Wo kaufst du dein Bier? (Ach was, Bier! Whisky, Wodka, Tequila!)

Das kann ich verstehen, sagte Muck. Lass uns Pingpong spielen.

Und sie spielten Pingpong, Lore schaute zu. Anschließend tranken sie Bier: Muck eins, Darius Kopp drei. Er hätte auch die restlichen zwei trinken können, die noch vom Sixpack übrig waren, wenn es nur Muck gewesen wäre, der ihn dabei gesehen hätte, aber *sie* war auch noch da. Ob du nun tatsächlich eine Person mit Vorbildfunktion für sie bist oder nicht.

Er wartete bis zum Abend, bis sie eingeschlafen war, und trank dann erst die restlichen zwei Biere und etwas Rum. Muck saß bei ihm, als wäre das seine Aufgabe. Er hat das gelernt bei seinem Bruder. Wenn du ihn nicht abhalten kannst, dann bleib wenigstens bei ihm, damit du bei Bedarf seinen Kopf zur Seite drehen kannst.

Hast du deinen Traumjob gefunden? fragte Darius Kopp. Ist Hausmeister dein Traumjob?

Nein, sagte Muck. Aber er ist OK.

Ist OK OK?

Wie schon der Name sagt, sagte Muck.

Und EDV?

Nein. Deswegen habe ich auch aufgehört. Mein Vater war Mathe-Physik-Lehrer. Manchmal denke ich, ich hätte Mathe-Physik-Lehrer werden sollen. Aber ich wollte nicht dasselbe machen wie mein Alter. Weil er ein Arschloch war.

Was hat er gemacht? Muck erzählte lange, Kopp konnte sich nicht konzentrieren. Manchmal kam das Wort »Peter« vor. Irgendwann erschloss sich Kopp, dass das der Bruder war. Und Muck heißt Stefan. Stefan Mazurek, genannt Muck. Der Peter, der studierte Lehrer für Deutsch und Geschichte, hat aber den Beruf nie ausgeübt. In irgendwas verwickelt gewesen als Student. Und als ob es auch einen Prozess gegeben hätte oder fast einen Prozess, den sicher nicht der Vater gegen Peter führte, aber offenbar benahm er sich dabei auch wie ein Arschloch. Aber weißt du was, Muck, weißt du, was ich mich frage? Keiner von uns hat eine Frau. Oder einen Partner. Keiner von uns hat eine Frau. Wieso nicht? Nun gut, Halldor ist ein Sonderling, und Rolf ist auch ein Spezialfall, aber was ist mit uns anderen los? Hattest du nicht eine Frau, als ich los bin?

Ja, sagte Muck. Und jetzt nicht mehr.

Was ist geschehen?

Sie ist gegangen.

Warum ist sie gegangen?

Sie wollte es so. Sie hat jemanden kennengelernt. … Ich habe immerhin Kinder, sagte Muck und kicherte.

Zwei Töchter, die beide bald 30 werden.

Habt ihr Kontakt?

Klar. Die eine ist so groß wie ich.

Er zeigt es: Mitte Einsachtzig.

Und die andere so: einen Kopf kleiner.

Merkwürdige Information, dachte Darius Kopp, der schon sehr betrunken war. Ich weiß, wie groß seine Töchter gewachsen sind, aber nicht, wie sie heißen. Peter. Merk dir Peter.

Den größten Teil des nächsten Tages, des Sonntags, verbrachte Darius Kopp dann mit Restrausch im Gras des Tempelhofer Felds liegend. Einst war ich Passagier einer der letzten Maschinen, die hier landeten. Damals, noch als Businesskasper. Hätte den Hinflug beinahe verpasst. Tut mir leid, dass ich keinen Helikopter fliege, sagte der Taxifahrer. Mir auch, sagte Darius Kopp. Danach schwiegen sie beide und stellten sich vor, wie es wäre, mit dem Helikopter zum Flughafen zu fliegen. Nachdem sie es sich vorgestellt hatten, waren sie wieder versöhnt. Nun lag Darius Kopp auf einem großen Tuch mit irgend einem indischen oder nepalesischen oder afrikanischen Muster, einem nach Rauch oder Räucherstäbchen riechenden Tuch, das die Muck-Brüder ausgebreitet hatten. Sie hatten Fertigbuletten, Kartoffelsalat aus dem Supermarkt und Bier dabei. Lore konnte nicht davon essen, aber das schien ihr nichts auszumachen. Sie lächelte in die Sonne. Kopp öffnete nur manchmal die Augen. Von links Feldlerchen, von rechts Schwaden von Holzkohlerauch. Die Sohlen von Lores Sneaker lösen sich an der Seite, stellte er fest. Neue Schuhe brauchen wir auch.

14.

Zwei Tage später, am Dienstagmorgen, stand Darius Kopp wieder am Rande des Tempelhofer Felds, in der Nähe des Südeingangs, auf der kleinen Anhöhe. Er konnte den Fleck im Gras sehen, an dem er am Sonntag gelegen hatte. Keine Spuren mehr davon, natürlich, er wusste nur, wo der Fleck war. Ein Typ auf Inlinern und ein anderer auf einem Fahrrad mit sehr dicken Rädern zogen Kreise über die ehemaligen Startbahnen. Die dicken Räder dröhnten laut. Es war noch nicht ganz 9 Uhr. Du musst warten.

Am Montag war Kopp bei seinem Anwalt vorstellig geworden, das ging ganz schnell. Oh, sagte Oliver Nort, mein Beileid, nickte verständnisvoll und nahm den Auftrag zur Nachforschung an. Natürlich erkundigte auch er sich, was es sonst noch gab, was Darius Kopp heutzutage so machte und Kopp antwortete wahrheitsgemäß:

Das hängt maßgeblich davon ab, was Sie herausfinden, Herr Nort.

Herr Nort lachte pflichtschuldig und versprach, sich die größtmögliche Mühe zu geben.

In einer halben Stunde war das durchgestanden. (Abgerechnet wird natürlich eine ganze. Denk nicht daran. Hilft ja eh nicht.)

Herr Norts Büro liegt in einer touristisch relevanten Gegend, so dass Darius Kopp, kaum war er aus der Haustür getreten, an die Hauswand gepresst stehen bleiben musste, um Klassenausflügler vorbeiziehen zu lassen, die gekommen waren, um die letzten Graffiti in den Höfen des Kino Central zu fotografieren. Einmal habe ich hier einen Film gesehen. (Mit dir, natürlich.) Eine Dokumentation über einen hundertjährigen Mann. Als er so alt war wie ich jetzt, stand er also auf halbem Wege seines Lebens. Auf dem Gipfel, sozusagen. (Hja.) Klassenausflügler sind belastend. Einfach, weil sie einen großen Körper bilden. Halte dich flach an der Wand. Als sich endlich eine Lücke auftat, gelang es Darius Kopp, die Straße zu überqueren, ohne von einer Straßenbahn in zwei Teile geschnitten zu werden. Dort, wo sie um die Kurve fährt, habe ich dich kennengelernt. Den Bagel-Laden gibt es nicht mehr. Neuerdings ist alles voller Klamotten. Im Bekleidungsgeschäft an der Ecke verscherbelt man die letzten, vom Sommer übrig gebliebenen Leinenhemden. Mit 40 Euro bist du dabei. Aber nicht heute.

Er wollte nicht bis zum Alex laufen (wir wollen uns nicht schon wieder in die Stadt verheddern, nicht heute), aber dann lief er doch bis zum Alex.

Es ist amtlich: ich hasse diesen Platz. Leider hatte er Hunger, also kaufte er sich eine Bratwurst. Stand auf dem Platz, den er nicht mag, sah sich das sinnlose Gewusel an. Die Musik ist allerdings gut. Ein junger Rastafari mit Gitarre. Die Kerle mit den Ponchos sieht man seit einer Weile nicht mehr. Die Moden in der Straßenmusik. Falsche sowjetische Uniformmützen bleiben aber offenbar ewig aktuell. Kopp dachte an die Leinenhemden. Die Leinenhemden wollten ihm nicht aus dem Kopf gehen. Bis er sich, eigentlich war er schon fertig, doch noch mit Ketchup von der Wurst bekleckerte. Soviel zum Thema Hemden.

Als er wieder bei Muck ankam, war die Wohnung leer. Zeit, Gelegenheit, in Ruhe das Hemd und noch so manch anderes zu waschen, nach Wohnung oder Jobs zu suchen, sich also zu sortieren, aber er zog das Hemd nicht einmal aus, er ging so, wie er war, wieder hinaus.

Wieso werde ich neuerdings von unguten Annahmen getrieben, sobald ich nicht weiß, wo sie ist? Wenn ich sie verliere, wenn ihr etwas zustößt, bin ich erledigt. Dann sieh zu, dass du auch verschwindest. Wenn sie verschwindet, muss ich verschwinden. (So ist das in Wahrheit gar nicht. – Ich weiß.)

In der Haustür stolperte er fast über den Zeitungsjungen. Das ist nur ein Wort, das übrig geblieben ist. Was Kopp in Wirklichkeit sah, war ein untersetzter Mann Mitte fünfzig mit einer praktischen, vieltaschigen Weste über einem kurzärmeligen Shirt, der die kostenlosen Zeitungen, die keiner will, in die Briefkästen stopfte. Das könntest du sein. (Nein.) Sie gingen aneinander vorbei, ohne einander anzusehen.

Kopp ging in den Park, lief die Morgenrunde bis zu den Wohnmobilen. Ein purpurner Bus, ein silberner Bus mit Solarzelle, ein orangefarbener Bus, ein königsblauer Bus. Ein weißer Truck, ein gelber Kleinbus, ein roter Bus. Ein blauweißer Bus mit geöffneten Türen an Fahrer- und Beifahrerseite, aber kein Mensch.

Er kehrte um und nahm den Weg Richtung Freilichtbühne. Ein Mädchen saß dort auf einer Bank, zusammengesunken, das Haar im Gesicht. Aber das ist sie nicht. Nur irgendein Mädchen. Warum sitzt du mitten am Tag zusammengesunken oder sogar schlafend auf einer Bank im Park? Neben der Bank stand eine Bierflasche auf der Erde. Nicht sicher, ob es ihre war. Sie weinte nicht, stank nicht, wankte nicht, sie saß nur da, die Ellbogen auf die Knie gestützt, das Haar verdeckte ihr Gesicht. Du bist nicht mein Mädchen, und du scheinst nicht in Gefahr zu sein. Müde vielleicht nur oder traurig oder verzweifelt, aber wir können nicht alle retten. Ich bin ein Mann mittleren Alters, ich kann nicht einfach ein fremdes Mädchen im Park ansprechen.

An der Freilichtbühne kein Mensch, nur zwei Plakate, die bereits zurückliegende Ereignisse (zwei Retrokonzerte) ankündigten. Dass sie in ihrem Zustand weiter als bis hierher hätte laufen können, war unwahrscheinlich, Kopp lief dennoch weiter und weiter, solange, bis er am anderen Ende wieder herauskam. Dort stand ein Hindutempel. Tatsächlich ein Hindutempel. Was es nicht alles gibt. Der erste Hindutempel, den ich je sah, steht in Berlin. Aber da war er schon zu müde, um wirkliches Interesse dafür generieren zu können. Sehr müde und davon wieder etwas wütend: zu weit gegangen, sinnlos, blind. Als er sie schließlich doch erblickte, hielt er es erst für eine Halluzination.

Sie saß auf einem Sofa. Einem richtigen Polstersofa, wie es sie früher in guten Stuben gab, aber dieses stand auf dem Gehsteig, in der Sonne. Dort saß sie und lächelte von einem Ohr zum anderen. Sie trug eine sehr dunkle Sonnenbrille, die Kopp noch nie an ihr gesehen hatte, deswegen war er für einen Moment unsicher, ob sie es wirklich war. Aber dann setzte er die anderen Details zusammen: doch, das ist sie. Das ist ihr Körper, das ist nicht ihre Sonnenbrille, aber ich kenne diese Sonnenbrille, und da sitzt er ja auch, neben ihr, etwas seitlich, deswegen nicht gleich zu erkennen, deswegen hat er mich noch nicht gesehen, sie hat mich auch noch nicht gesehen, sie sind mit sich selbst beschäftigt, sie setzt die Brille ab und gibt sie ihm, er setzt sie sich ins Haar, sein leicht schiefer Schneidezahn blitzt.

Matteo.

Er musste sich direkt vor sie stellen und sie deutlich artikulierend ansprechen.

Matteo. Metin!

Dario!

Er sprang auf und stürzte sich förmlich auf ihn, um ihn zu umarmen. Als hätte er sogar versucht, Kopp ein wenig anzuheben. Was natürlich nicht ging.

Non te l'aspettavi, eh? Da staunst du!

(In der Tat. Das heißt: so sehr nun auch wieder nicht.)

Setz dich, setz dich! Siediti!

Das Sofa gehörte zu einem Café, dem Augenschein nach als einziges bequemes Sitzmöbel. Sonst nur knarzige Holzstühle.

Ich habe kein Geld dabei … (Tatsächlich nicht. Wie kann man das Haus ohne einen Pfennig verlassen?)

Brauchst du nicht, ich bin hier, sagte Matteo und schob Kopp einen Sperrmüllstuhl in die Kniekehlen. So saß er etwas höher als die beiden auf dem Sofa. Die Sonne schien ihm auf den Rücken.

Was soll ich dir bringen?

Wasser, sagte Kopp, denn seine Kehle war wirklich sehr ausgetrocknet. Und Kaffee.

Sie haben auch Anici, sagte Matteo.

Wenn das so ist, sagte Kopp und bestellte einen Espresso mit Anisschnaps.

Sobald sie allein waren, schloss Lore wieder die Augen und hielt das Gesicht in die Sonne. (Ist es dir zu hell, ohne Sonnenbrille?) Kopp sah sich die geschlossenen Augenlider an. Wie glänzende Muschelschalen. (Wusstest du, dass er kommt?)

Matteo brachte die Getränke, ging noch einmal, brachte Zitronenbaiserkuchen und fing auch gleich an, sein Stück zu verschlingen.

Iss! sagte er zu Kopp, und Kopp nahm die kleine Gabel und fing zu essen an, obwohl er erst dachte, das habe ich nicht bestellt, das esse ich nicht. Lore nahm immerhin eine Gabel voll zu sich, während Kopp schon den Rand seines Stücks in drei Teile zerbrach, um ihn schneller verschlucken zu können und endlich zu fragen:

Wann? Und wie?

Gestern. Mit der Fähre in der Fahrerkabine eines Lkw, und dann einfach getrampt, es war nicht schwer, einmal hat ihn sogar eine Frau mitgenommen, eine Österreicherin, die vom Klettern kam. Sie haben sich übers Klettern unterhalten, dabei weiß Matteo gar nichts darüber.

(Natürlich nicht. Natürlich hat er doch mitgeredet.)

Und die Sonne schien nur und schien, um sie herum saßen immer mehr Leute auf dem Gehsteig, und alle waren so überaus fröhlich, dass sich Kopp fragte: wurde hier vielleicht ein Fest gefeiert, ein hinduistisches oder italienisches Fest, nur wir wissen es nicht? Nein, ein ganz gewöhnlicher Montag nur, Leute, die offenbar nirgendwo sonst hinmüssen, sitzen auf alten Sofas und wackeligen Stühlen auf dem Gehsteig, so lange, dass Darius Kopp richtig hungrig wurde, aber er wollte nicht noch mehr bestellen, das er nicht selbst bezahlte. Matteo ging und brachte Foccaccia-Sandwiches, aus denen Rucolablätter ragten. Aber, nun ja, das Brot, das können wir besser, nicht, Dario? Kopp aß auch das Sandwich auf. Noch etwas später schloss Lore wieder die Augen, vielleicht war sie müde geworden, sie schloss die Augen und ließ ihren Kopf auf Matteos Schulter sinken.

Die Mucks agierten auch so, als hätten sie nur auf Matteos Eintreffen gewartet. Als sie sich später am Abend auf das Sofa in Mucks Wohnzimmer umsetzten, war natürlich auch Mucks Bruder wieder dabei und wollte wieder alles wissen, und Matteo ist einer, der gern antwortet, broken English und sogar deutsch. Verfiel er ins Französische, konnte Muck helfen, wenn ins Italienische Kopp, und sie redeten und redeten und waren fröhlich, als wäre eine ganz große Sache passiert, Matteo ist angekommen!, endlich ist er da! Dabei war davon nicht die Rede gewesen. Jedenfalls nicht zwischen uns. Kopp hatte sich noch nicht einmal bei ihm gemeldet, dass sie angekommen waren. Warum sollte ich das auch getan haben? Aber das schließt natürlich nicht aus, ganz und gar nicht, dass die beiden kommuniziert haben, womöglich die ganze Zeit. Angeblich hat er sich heute früh gemeldet, dass er da sei, und das mag auch sein, aber das bedeutet noch lange nicht, dass er sich auch schon gestern gemeldet hatte und vorgestern und so weiter. Dass sie das von Anfang an so geplant hatten. Lass dir vom Alten den Flug bezahlen, ich folge dir dann nach. Den Flieger konnte er mit seinem kopierten Ausweis sowieso nicht nehmen. Schließt die Augen und lässt ihren Kopf auf seine Schulter fallen. Im übrigen war es Limonenbaiser. Mit kleinen, grünen Einsprengseln. Kopp aß halb blind vor lauter gefallener Groschen. Metin bezahlte wie ein Gentleman.

Normalerweise schläft Lore schon abends um 9 ein, diesmal hielt sie sich bis kurz vor Mitternacht wach, als Matteo schließlich ging. Musste sich am nächsten Morgen für einen Job vorstellen. Pizzabacken in Potsdam. Kaum angekommen hat er hier fast schon einen Job. Er könnte Kopp dort vielleicht auch unterbringen. Oder in einem anderen Laden von dem Typen. Kein Italiener, ein Türke.

Mal sehen, sagte Kopp.

Oder wir eröffnen zusammen eine Pizzeria!

Hm.

Eine Kneipe eröffnen, das wollte auch Mucks Bruder Peter immer! Er hätte sie Petuschki genannt. Nach der Reise nach Petuschki. *Ju nou die tschörni tu Petuschki?* Matteo küsste Lore auf die Wangen, bevor er ging, Kopp gab er erneut eine lange Umarmung. Es fühlte sich unbekannt an. Ich erkenne diesen Körper nicht mehr. Deinen Geruch. Es ist nicht, als würde ich einen Bekannten wiedersehen. Es gibt diese Krankheit – wie heißt sie –, wenn du siehst, dass Leute aussehen, wie sie immer aussahen, aber du glaubst zu wissen, dass sie nicht sie sind.

Kopp legte sich auf seine Luftmatratze und tat so, als schliefe er. Am nächsten Morgen ging er noch vor dem Frühstück los zum Tempelhofer Feld.

Der Radfahrer brauchte 5 Minuten für die große Runde, der Skater 10. Die dicken Räder des Rads dröhnten so laut, wie es Darius Kopp bei einem Fahrrad noch nie gehört hatte. Sie fuhren und fuhren ihre Runden, in hohem, gleichmäßigem Tempo, junge Männer, die trainieren.

Wer sein Geschäft um 9 Uhr öffnet, ist normalerweise einige Minuten früher da, aber Darius Kopp kannte seine Schwester:

ans Telefon wird sie sicher keine Minute eher gehen. Er wusste ihre letzte Handynummer nicht mehr (sie ändert sie sowieso ständig), er suchte in den goldenen Seiten der Stadt Maidkastell nach dem Wellness-Salon Marlene K. (Marlene Kah, tatsächlich.) Öffnungszeiten von 9 bis 19 Uhr. 09:03 könnte zu fordernd wirken, 09:15 zu spät sein. Er rief 09:10 an. (Sie wird den Anrufbeantworter rangehen lassen. Sie will immer erst wissen, wer es ist. Ich bin's.)

Diesmal allerdings ging jemand schon nach dem dritten Klingeln ran. Eine gewisse Dschordan.

WellnesssalonMarleneKahDschordanamApparatwaskönnenwirfürSietun?

Darius Kopp stellte sich vor (Kopp wie Kah) und sagte, er möchte seine Schwester sprechen. In einer dringenden Familienangelegenheit.

Das tut mir sehr leid, leierte Dschordan. Die Chefin ist gegenwärtig in einer Behandlung.

Wie gesagt, sagte Darius Kopp. Es handelt sich um eine dringende Familienangelegenheit.

Man würde denken, soviel würde reichen, wenn man es mit einer gewissen Dringlichkeit in der Stimme vorträgt, aber diese Dschordan sagte erneut, dass die Chefin in einer Behandlung sei, ob sie etwas ausrichten könne.

Ja, sagte Kopp. Sie können ihr ausrichten, dass ich sie dringend sprechen muss. Dringend bedeutet: jetzt gleich. Ich bin ihr Bruder.

Ich habe verstanden, sagte Dschordan. Aber ich habe Anweisung.

Sie haben Anweisung?

Ja, sagte Dschordan.

Verstehe, sagte Kopp, legte aber nicht auf. Mal sehen, was passiert.

Eine Weile gar nichts, dann sagte Dschordan: Oder Sie rufen zwischen 10:20 und halb elf wieder an.

Kopp war so, als wäre an dieser Stelle eine Stimme im Hintergrund zu hören gewesen. Als hätte jemand, eine Frau, etwas gesagt.

Woraufhin Dschordan »Auf Wiederhören« sagte und auflegte.

Darius Kopp stand am Rande des Felds, vor ihm die große Leere. Der mit den dicken Rädern kam nicht noch einmal vorbei, der Skater auch nicht, neue Leute mit verschiedenen Gefährten fuhren jetzt herum. Auf dem begrünten Hügel neben ihm waren die ersten verschleierten Frauen mit Kleinkindern eingetroffen. In den Gemeinschaftsgärten, die man am Südende der ehemaligen Startbahnen installiert hat, leuchteten noch einige Kirschtomaten.

Zwischen zehn-zwanzig und zehn-dreißig hieße, eine und eine Viertelstunde warten. Sie kann mich unmöglich eine und eine Viertelstunde hier warten lassen! Bzw. ich kann unmöglich eine und eine Viertelstunde hier warten! Aber sie konnte es (ich weiß, das kann sie), und er konnte es. Geh zu deinem Fleck und leg dich solange hin. Oder geh einmal herum. Du bist noch nie einmal um einen ehemaligen Flughafen herumgegangen. Nein, wer tut so etwas schon. Die Sonne war noch nicht sehr hoch, allerdings hatte Kopp irgendwann in den letzten Tagen seine Sonnenbrille verloren. Die Sonnenbrille in seiner Sehstärke, wo war das, das muss schon hier gewesen sein, auf Sizilien hatte er sie noch, jetzt hatte er sie nicht mehr. Was tun arme Leute, die Sonnenbrillen in ihrer Sehstärke brauchen?

Er hielt die Augen auf den Boden gerichtet, während er herumwanderte. Sonnenbeschienene Bodenstücke, die sonnenbeschienene Bodenstücke meiner Kindheit heraufbeschwören. Während in Höhe der Ohren schon kühler Wind weht. Die Schule fängt an. Oder die Ferien. Warum erinnere ich mich am deutlichsten an Asphalt- und Grasstücke? Was haben die an sich? Er wanderte und wanderte, Wind in den Ohren, manchmal unterbrochen von Surren und Vogelstimmen. Ob das die ominösen Feldlerchen sind? Wie seltsam das ist. Ich musste von einer Schautafel lernen, dass es hier Feldlerchen gibt. Ich habe keine Ahnung von Feldlerchen, und sie interessieren mich auch nicht. Scheißfeldlerchen. Darius Kopp bekam plötzlich Sehnsucht nach Berlin. Dabei ist das hier Berlin. Aber als wäre vor der Stadt noch eine andere, eine Vor-Version von ihr und er wäre erst in dieser angekommen. Einer, in der man lange, lange über offene Felder wandern muss, bis man den nur für den wahren Insider erkennbaren Übergang in die richtige gefunden hat. Aber war ich jemals ein Insider? Spontan: ja, aber das war nicht hier, sondern noch in Maidkastell, als Jugendlicher. Fuck. Du musst es irgendwie schaffen, in die richtige Stadt zu kommen. Wo es, und das ist es, was sie vor allem auszeichnet, weder einen Metin noch eine Lorelei gibt. Soviel ist mal sicher.

Was denkst du da zusammen? Beziehungsweise: *Warum* denkst du es?

Weil sie mich nerven. Das heißt: weil ich mich betrogen fühle.

Es ist nichts erwiesen.

Nein, es ist nichts erwiesen.

Geh langsamer, dann bekommst du nicht so gehetzte Gedanken.

Aber er konnte nicht mehr wesentlich langsamer werden. Einmal rundherum, das sind 6 km, zum Schluss musste er sich sogar ein wenig mehr beeilen, um wieder rechtzeitig am Ausgangspunkt anzukommen. (Als ob das notwendig gewesen wäre. Er war schon außer Atem gekommen, als ihm das einfiel. Dass das nicht notwendig gewesen wäre.) Konzentrier dich. Sie machen bestimmt nicht länger als 10 Minuten Pause. Sieh zu, dass du einigermaßen normal atmest, wenn sie ans Telefon gehen.

Aber ob sie die Pause ausfallen ließen oder ob sonst irgendwas war, jedenfalls ging diesmal nicht einmal Dschordan ans Telefon. Nur der Anrufbeantworter.

Beim ersten Mal war Kopp zu perplex, um etwas zu sagen.

Beim zweiten Mal sagte er: Ich bin's. Darius. Es ist 10 Uhr 25. (Was bist du, die Zeitansage?)

Beim dritten Mal sagte er endlich etwas Sinnvolles. Was ich sagen wollte: Lore ist bei mir. Es geht ihr gut, aber wir müssen reden.

Er hinterließ seine Nummer nicht. Ehrlich gesagt, weiß ich sie gar nicht aus dem Kopf. Er sah nach und rief wieder an. Der Anrufbeantworter. Diesmal hinterließ er doch die italienische Prepaid-Nummer, aber danach rief er doch wieder an. Wenigstens ein paar Mal müssen wir versuchen aufzulegen, bevor die Maschine rangeht. Wegen der Kosten. Leider geht sie schon beim dritten Klingeln ran. Trotzdem müssen wir es klingeln lassen. Soll es klingeln. Soll jemand rangehen. Wobei ihr auch zuzutrauen wäre, dass sie einfach den Stecker zieht. (So wie du die letzten Jahre, nicht wahr? Ja, darin sind wir gut.) Es so lange klingeln lassen, bis die Prepaid-Karte alle ist.

Vielleicht kannte sie ihn doch besser, als er dachte, und vielleicht war sie als Geschäftsfrau verantwortungsbewusst genug, nicht einfach ohne Telefon zu bleiben oder sich den Anrufbeantworter vollspammen zu lassen, jedenfalls schnappte sie sich doch irgendwann den Hörer, bevor es das dritte Mal geklingelt hätte. Sie schnaufte wutentbrannt.

Musst du mich vor meinen Mitarbeitern und den Kunden blamieren?

Grüß dich auch, sagte Darius Kopp. Ich wollte einfach, dass du rangehst.

Ich habe hier zu arbeiten!

(Sie redet, als wäre sie meine geschiedene Ehefrau.)

Lore ist bei mir, sagte Kopp.

Hab ich gehört.

Und … was denkst du darüber?

Was soll ich darüber denken?

… Ich frage *dich*.

Sie atmete genervt aus.

Was soll ich sagen? Bis eben dachte ich, sie wäre bei ihrer Freundin. Micha hat gesagt, sie ist bei ihr.

Wer ist Micha?

… Sie antwortete nicht. Ihm fiel es ein: der leibliche Vater.

Nein, sie ist nicht bei denen, sie ist bei mir. Sie hat mich auf Sizilien gefunden.

Aha.

Aber jetzt … (Er zögerte, ob er ihr sagen sollte, dass sie mittlerweile in Berlin waren. Aber natürlich musst du es ihr sagen, wenn du willst, dass sie etwas tut.) Aber jetzt sind wir in Berlin.

Aha.

Es ist so: Sie will eigentlich nicht, dass ich dich anrufe …

Wieder dieses Ausatmen. Dann sagte Marlene: Wenn du sie nicht mehr willst, ruf ihren Erzeuger an. Sie lebt jetzt offiziell bei ihm.

Ich kenn den Typen doch überhaupt nicht!

Sie kennt ihn. Sie soll ihn anrufen.

Aber du bist ihre Mutter!

Ja, aber sie lebt nicht mehr bei mir.

Du bist trotzdem …

Marlene seufzte.

Kopp wartete, ob vielleicht noch was kam, aber sie sagte nach einer Weile nur noch, dass sie jetzt weiterarbeiten müsse. Lass uns später reden. Wir machen heute bis acht.

Was soll das heißen, ihr macht heute bis acht? Das sind noch fast zehn Stunden!

Ja, sagte Marlene. Ich muss hier heute noch zehn Stunden arbeiten.

Aber das sind ernsthafte Angelegenheiten! Du kannst nicht einfach …

Doch, das muss ich, sagte Marlene. Ich habe eine Kundin, die wartet. Wir reden später.

Aber sie ist schwanger!, wollte Darius Kopp anheben, aber er kam nur bis »Aber sie« oder vielleicht auch nur »Aber«, da hatte Marlene schon aufgelegt.

Darius Kopp verfluchte den Tag seiner Geburt.

Man muss die Polizei anrufen, das Jugendamt, sie vor ihren Kunden und Mitarbeitern blamieren, die spinnt doch bzw. was in aller Welt ist mit der los? Was ist nur los? Was stimmt nicht? Das müsste doch stimmen. Unsere Mütter und Väter, unsere Kinder und Nichten. Das müsste doch stimmen. Wir sind doch auch nicht asozialer als andere Familien. Oder doch? Die Familie als Terrorgemeinschaft. Flora hat das irgendwo gelesen. Kopp fand es damals übertrieben. Diese Formulierung. Als es für mich noch gut lief, fand ich all sowas übertrieben. Große Worte. Als ob die kleinen soviel besser wären. Wir machen heute bis acht. Wer ist Micha? Ich weiß nicht einmal seinen Nachnamen. Tommy. Das ist der Vater des zweiten Kindes. Mittlerweile auch schon ein Ex. Mit Nachnamen Sander. Oder nein, Sattler. Tommy Sattler. Aber was hätte er damit zu tun? Jemanden anrufen, der wenigstens ein bisschen in Ordnung ist. Haben wir denn so jemanden? Haben wir denn so jemanden in dieser gottverdammten Familie? Ich sag's Mama. Nein, das wäre die größtmögliche Katastrophe. Mama wurde verlassen, Mama ist krank, Mama mag niemanden mehr, seit einem Vierteljahrhundert jedermanns verlassene Ehefrau.

Er zog die Nase hoch. Das Feld vor ihm vibrierte, als wäre es tatsächlich nur ein Abbild von einem anderen Feld.

Langsam verstehe ich dich. Deine Erwachsenen scheinen alle miteinander Arschlöcher zu sein. Einer von ihnen steht gerade auf dem Tempelhofer Feld wie am Rande einer Wüste, nah am Verdursten. Ich habe mein rotes Partisanentuch vergessen. Meine Glatze brennt. Recht geschieht mir. (Auch wenn ihr mich ausgetrickst habt. Ihr habt mich doch ausgetrickst, oder? Gib es zu!)

Er setzte sich wieder in Bewegung. Mit großen, großen Schritten, schnell weg hier. Der Schweiß rann ihm an den Seiten und in der Mitte des Rückens hinunter. Durch die Kuhle in der Mitte meines fleischigen Rückens.

An den Straßenecken hinter dem Feld gab es sogar zwei Cafés, aber er wusste, dass er seinen Durst jetzt unmöglich dort stillen konnte. (Sitzen. Oder auch nur: stehen.) Er ging stracks zu Muck nach Hause, in die Küche, und trank Leitungswasser direkt aus dem Hahn. Kostet nichts, aber selbst bei der kältesten Einstellung kam es ihm noch lauwarm vor. Das müsste kälter sein, eisig kalt, um meine Stirn zu kühlen. Er trank lange, hatte aber das Gefühl, immer nur noch durstiger zu werden. Hör auf, bevor du dich verschluckst, aber da war es schon geschehen. Er hustete heftig. Nicht einmal trinken kann ich mehr.

Bist du okay? fragte Lore.

Oh, verdammt, dich habe ich gar nicht gesehen …

Alles gut, röchelte er über die Spüle gebeugt, alles gut.

Er nahm eine Dusche, um den Schweiß des Marsches, des Hustenanfalls und der Schande abzuwaschen. Den Rest des Tages starrte er in den Laptop (Als würde ich etwas tun, als wäre also alles in Ordnung), aber mehr als die Überschriften konnte er nicht erfassen.

Manchmal muss man sich die Ohren zuhalten
Ist zahlungsunfähig und beantragt Insolvenz
Fordert mehr Transparenz
Immer mehr gegen Syrien-Angriff
Muss NPD-Plakate aufhängen
Mit der Zeit gehen
Mit neuer Gelassenheit
Kehrtwende oder Bluff
Drei verschiedene Feldfrüchte als Zwang
Vier Monate lang Verschollener gerettet

Und wie immer verstehe ich das meiste davon nicht. Lore saß neben ihm auf dem Sofa und tat das übliche. Löste Kreuzworträtsel, ruhte sich aus, holte Eiswürfel. Einmal hob er andeutungsweise den Kopf und fragte: Kommt Metin heute?

Ich glaube nicht, sagte sie.

Um 18:30 (Noch anderthalb Stunden bis acht) stand Lore auf und ging auf den Balkon. Langsam, wie sie sich immer bewegt. (War sie früher schneller? Auch das weißt du nicht.) Kopp spitzte die Ohren. Sie telefonierte mit jemandem. Mit herzlicher Stimme. Als sie wieder hereinkam, übermittelte sie Grüße von Rolf.

Oh, sagte Kopp. Danke. Wie geht es ihm?

Gut. Herr Müller will mal Abendessen für uns kochen.

(Fuck him.) Aha.

Um 19:55 Uhr sagte Darius Kopp, er ginge noch eine Runde um den Block.

Sie fragte, ob sie mitkommen könne. Bis zum Kiosk. Sie hatte Lust auf ein Eis am Stiel bekommen.

Ich bringe dir eins mit, sagte Darius Kopp und eilte aus der Tür.

(Und wenn sie trotzdem rausgeht?) Er sah sich alle zwei Schritte um, während er auf die Straßenecke zuhielt. (Man weiß nicht, wie die akustischen Verhältnisse in der Straße sind. Falls sie nicht auf die Straße hinunter, aber vielleicht wieder auf den Balkon geht, könnte sie einen telefonieren hören.) Die Zeit, die er dafür brauchte, um bis zur Ecke zu kommen, hatte er natürlich nicht einkalkuliert. Wieder musste er rennen (Was bist du auch für ein Idiot!), wieder kam er außer Atem. Er lehnte sich gegen die Holzkiste mit dem Löschsand, die neben dem Eingang des Kiosks stand, der Deckel mit Abdrücken von Getränkeflaschen übersät. 20:03. Er behielt den Eingang von Mucks Haus und den Balkon im Blick, während er anrief.

Und dann noch einmal um 20:10, (Lore kam nicht) 20:15 (Jetzt kommt sie bestimmt nicht mehr), 20:20, 20:25 (Diese miesen Schlampen!), 20:30. Miese Schlampen! Schlampen, Schlampen, Schlampen!, atmete er, während er um den Block marschierte, weil er einfach nicht mehr länger dastehen konnte. Marschierte um den Block, und jedes Mal, wenn er wieder an der Kiste mit dem Löschsand und den Flaschenabdrücken ankam, flammte seine Wut neu auf. Nachdem man das dreimal gemacht hat, wird es anstrengend. Er blieb stehen. Es ist schon ganz dunkel geworden. Die erleuchteten Fenster, der erleuchtete Kiosk. Ein Mann, eine Frau, ein Hund an der Leine. Es wird kalt. Kopp ging wieder in die Wohnung hoch.

Lore schlief schon. Ich habe das Eis für sie vergessen! Wieder runter, eins holen, ins Eisfach legen? Nicht nur eins, sondern mehrere, zur Auswahl? Wie es ~~Matteo~~ ein Gentleman machen würde? Aber Kopp ging nicht wieder hinunter. Er setzte sich mit seinem Laptop an die Küchentheke. Auch dort war es kalt.

Muck kam um 23:30 und schaltete die sehr helle Beleuchtung in der Küche an.

Huch? Wieso sitzt du hier im Dunkeln?

15.

Am übernächsten Tag zog Darius Kopp mit seiner Nichte in eine Ferienwohnung an den Stadtrand mit »Dorf« im Namen.

Sie fragte: Wieso?

Weil man länger als drei Tage nicht bleibt, und das waren schon fünf.

Die Fahrt mit der S-Bahn dauerte 40 Minuten. Lorelei saß in Fahrtrichtung, Darius Kopp gegenüber. Sie schauten aus dem Fenster. (Sie schaut nicht her. Kein einziges Mal. Pokerface. Als wäre sie wütend. Als wäre ich wütend.)

Die Unterkunft war in einem Einfamilienhaus in einer kurzen Sackgasse hinter der ehemaligen Post.

Schau, sagte Kopp, das war mal die Post.

Jetzt waren dort Wohnungen, aber die Bewohner oder der Besitzer des Hauses hatten die alten Neonröhren behalten. Dahinter also unsere Straße. Mit einer riesigen, zweistämmigen Linde in der Mitte.

Schau, sagte Darius Kopp.

In der Straße fünf Häuser, das Zimmer lag im Erdgeschoss des mittleren Hauses, gegenüber der Linde. Zwei Einzelbetten, mit roten Decken abgedeckt. Ausgang in den Garten mit – Schau – zwei Liegestühlen (roter Stoff) auf einem gepflasterten Viereck vor der Terrassentür, dahinter gepflegter Rasen.

Darf man die Linie überschreiten? fragte Lore.

Natürlich, sagte der Vermieter.

Lore setzte sich in einen Liegestuhl.

Die Sonne ist noch nicht rum. Wenn einem die Sonne zu viel wird, kann man die Stühle umdrehen und Richtung Haus schauen.

Cool, sagte Lorelei.

Der Schlosspark ist auch nicht weit.

Sehr gut, sagte Darius Kopp.

Vögel zwitscherten. Eine Gegend, wie sie Flora gefallen hätte. Abzüglich des Rasens. Der Rasen ist da, damit kein echter Garten da ist. So ist es, hättest du gesagt. Wenn das überhaupt ein Thema gewesen wäre. Wenn Darius Kopp so eine dörfliche Stadtgegend früher überhaupt in Erwägung gezogen hätte. (Tut mir leid.)

Lore schloss die Augen.

Brauchst du was? fragte er.

Sie wollte das übliche. Grapefruit, Salzstangen, Wasser. Er ging los, um es zu besorgen.

Er musste bis zur S-Bahn zurück und über die Schienen in das eigentliche frühere Dorf, denn in diesem, an das Schloss heran gebauten und dann von der Stadt eingeholten Ortsteil gab es nichts Geschäftsähnliches. Einen Schnellkauf und einen Asia-Imbiss direkt am Bahnhof, aber Grapefruit gab es dort nicht. Immer Probleme mit den Pampelmusen. Gut, dass er das dachte, so konnte er ein wenig lachen. Es ist völlig überflüssig, sauer mit ihr zu sein, weil sie den Wunsch nach etwas geäußert hat, das nicht ohne Mühe zu haben ist. Während sie uns, von ihrer Seite, vermutlich nicht glaubt, dass wir deswegen aufs Dorf ziehen mussten, weil in der Innenstadt nichts zu finden war. Wobei wir überhaupt nicht mit Sicherheit wissen, ob sie sauer ist oder nicht. Darüber wurde nicht gesprochen. Sie ist mitgekommen, nicht enthusiastisch, aber brav, das muss für den Moment reichen.

Überhaupt: als ob Darius Kopp derjenige wäre, der andere am laufenden Band mit vollendeten Tatsachen konfrontiert. Das war die *erste:* Wir ziehen nach -dorf. Wo die Vögel zwitschern, und es nicht weit bis zum Schlosspark ist. Ich lege dir das zu Füßen. Es sind *deine* Mauscheleien, die dein Vertrauen in mich erschüttern. Und eventuell die letzten zwei Tage bei Muck, in denen Darius Kopp kaum mehr ein Wort sprach und definitiv niemandem mehr in die Augen sah. Er hielt alles und jeden an der Peripherie, als wäre da etwas anderes, Wichtiges, auf das er sein Hauptaugenmerk richten musste, als wäre da etwas vor ihm, aber in Wahrheit starrte er nur in einen schwarzen Nebel, hauptsächlich bestehend aus Schuldzuweisungen. Ja, ich habe deine Mutter angerufen (was du gar nicht weißt) und ja, sicher hast du etwas Besseres verdient als so eine Egoistenschlampe als Mutter, aber du hast mich auch belogen, und er auch, grins nicht, Arschgeige, wieso musste es vor mir geheim gehalten werden, dass du nachkommst, wofür haltet ihr mich, für den bösen, weißen Wolf? Und was ist mit Muck los, wieso bemerkt er nicht, wie beschissen berechnend alle sind, sie und er und der Bruder erst, und ich auch, ja, fuck you all, der Anwalt soll zurückrufen, und dann bin ich raus hier, was geht's euch an, wohin.

Hm? fragte Muck.

Offenbar hatte er irgendetwas zu Kopp gesagt, was der nicht gehört hatte, weil es in ihm so laut rauschte.

Entschuldige, sagte Kopp und sah zu Muck, und da fiel ihm auf, dass er seit Tagen in niemandes Gesicht mehr gesehen hatte. Muck hat kleine, braune Augen. Den Vollbart hat er seit dem Firmenkrach vor 10 Jahren, als wir aufhörten, Kollegen zu sein. Ich kannte ihn also auch schon ohne Bart, aber ich kann mich nicht mehr an jenes Gesicht erinnern.

Entschuldige, sagte Kopp. Ich war zu tief.

»In Gedanken« wollte er noch sagen, aber das kam nicht mehr raus. Muck lachte, als würde er ihm Tiefsinnigkeit tatsächlich zutrauen.

Er fand einen Supermarkt, kaufte die Grapefruit und was sie sonst noch brauchten, und kehrte gleich um. Alles in allem war er nur eine Dreiviertelstunde weg. Als er in die Unterkunft zurückkam, wurde ihm klar, dass er den einzigen Schlüssel mitgenommen hatte. Für einen Moment hatte er deswegen ein schlechtes Gewissen. Andererseits habe ich sie nicht eingesperrt, ich habe den Schlüssel lediglich in die Hosentasche gesteckt, wie ich alles in die Hosentasche stecke, und nicht mehr daran gedacht. Sie konnte immerhin raus, wenn sie das wollte.

Was sie offenbar auch getan hatte, denn die Unterkunft war leer. Und wieder: erst Schrecken, dann Erleichterung (ihre Sachen sind noch da), dann Ärger. Das macht sie doch absichtlich.

Natürlich. Schließlich ist sie ein freier Mensch.

Man müsste sie dazu überreden, ihr Handy für die Ortung freizugeben.

Oder du fragst sie einfach, wo sie ist.

»Schlosspark«, simste sie zurück.

Einmal rechts, einmal links, keine zweihundert Meter. Tatsächlich. Ein kleines Schloss in einem kleinen Park. Rosen und Lavendel in einem Beet links und rechts der Freitreppe. In einem Schloss wohnen. Nein, das habe ich mir nie vorgestellt. In einem futuristischen Gebäude an einer hohen Klippe mit Blick aufs Meer. Oder in einem Bunker, der in Wahrheit – wenn seine Zeit kam – ein Raumschiff war. Im Sommer kam auch das am besten getarnte Baumhaus in einem Dschungel in Frage. Sowas. Sich verstecken wie die Räuber. Oder vor Räubern. Aliens. Den Russen. Der Atombombe. Sie fragen, ob die Atombombe für sie noch eine Bedeutung hat. (Nein, das wäre doch zu schräg.)

Um was auch immer fragen oder sagen zu können, musst du sie natürlich erst finden. Der Park war nicht groß, allerdings größer, als dass man ihn hätte überblicken können. Nahe am Eingang gab es einen Teepavillon aus Holz, scheunengroß, grob gezimmert und leer. Hat dennoch etwas. Kopp lief durch den Pavillon hindurch, durch eine Allee, an einer Freilichtbühne vorbei (geschlossen), durch eine zweite Allee (oder der Fortsetzung der ersten), und stand wieder vor dem Schloss. Er musste ihr wieder eine SMS schicken.

Sie antwortete: »Unter den Bäumen 10.50 bis 10.55.«

??

Tatsächlich. Die Bäume haben Nummern. Kleine, runde Plastikplättchen mit Nummern, in die Rinde genagelt. Du bist bei den 12er Bäumen, dort fangen die 13er an, also geh zurück. Schickt mich auf eine Schnitzeljagd. Gib zu, das hat einen gewissen Charme. Wenn *du* das gemacht hättest, wäre ich glücklich hechelnd über die Pfade geschnürt.

Die Bäume 10.50 bis 10.55 standen in einem Halbkreis auf einer kleinen Anhöhe, zu der Treppen hochführten. Darunter lag wohl einst ein Vorratskeller oder so etwas. Man geht daran vorbei, wenn man nicht sehr aufmerksam ist, wie an einem geheimen Raumschiff. Gut gemacht. Oben standen zwei Bänke und man konnte auf einen kleinen Teich sehen, den Kopp, als er unten ging, ebenfalls nicht gesehen hatte. Ein trickreicher kleiner Park ist das. Am Ufer des Teichs ein älteres Ehepaar. Die Frau im Rollstuhl. Außer ihnen, Darius Kopp und seiner Nichte war nur noch eine alte Gärtnerin zu sehen. Eine uralte Frau mit grauen Schnittlauchhaaren, in einem grünen Overall. Hob mit einer Mistgabel abgeschnittene Pflanzenteile in eine Schubkarre. Eine wirklich uralte Gärtnerin. Unwahrscheinlich, dass sie diesen ganzen Park hier alleine bearbeitete. (So wirst *du* nicht mehr aussehen.)

Und? fragte Darius Kopp (er war etwas außer Atem). Ist doch schön hier, oder nicht?

Mhm, sagte sie.

Magst du lieber die Stadt oder das Land? fragte Darius Kopp in einem neckischen Ton. (Die Stimmung muss gelöst werden.)

Die Stadt, sagte sie ohne zu zögern.

Wegen der vielen Möglichkeiten? (Die jemand mit Dauerübelkeit nur sehr eingeschränkt nutzen kann.)

Ja.

Dafür ist hier die Luft besser. Schau!

Er atmete einpaar Mal tief ein, um zu zeigen, wie gut die Luft hier war und was man mit ihr machen musste.

Sie lächelte ein wenig. Dann sagte sie:

Ich kann nicht mehr so tief einatmen.

Echt wahr?

(Am Bauch konnte es nicht liegen. Er war immer noch nicht zu sehen.)

Ja. Wenn ich tief einatme, bekomme ich einen Würgereiz.

Tut mir leid.

Sie zuckte die Achseln.

Vielleicht solltest du dir einen Arzt suchen.

...

Braucht man nicht ... nicht sowas wie einen ... Gynäkologen?

Sie zuckte die Achseln.

Die meisten Babys auf dieser Welt kommen ohne einen Arzt zur Welt.

(Und schon ist es wieder vorbei. Die Idylle. Die Pyramidenpappeln 10.50 bis 55, mit der Sonne zwischen ihren silbergrünen Blättern. Wie mit einer Axt. Zack, sitzen wir auf einer leeren Anhöhe und schauen rundherum ins Nichts, und ich sage zu ihr:)

Die meisten Babys in diesem Teil der Welt nicht.

Und sie: zuckte wieder die Achseln, lächelnd.

(Der Arzt in Catania war auch so entspannt. Selbst wenn die Mutter sechs Monate lang nur Salzstangen und Wasser zu sich nehmen würde, hätte der Embryo genug Nahrung. Dauert eine Schwangerschaft nicht neun Monate? fragte Kopp. Und er? Lachte, als hätte Kopp das nur gesagt, um geistreich zu sein.)

In Afrika, sagte Kopp, essen die Schwangeren Sand, wenn sie merken, dass ihnen Mineralien fehlen. Nehmen eine Hand voll Sand von der Erde und kauen darauf herum. Ich geh davon aus, dass sie darauf achten, ihn von einer Stelle zu nehmen, die weder Mensch noch Tier vorher als Toilette benutzt hat.

Jetzt ist das Lächeln doch weg. Wieder dieser winzige Mund. Wir haben dasselbe Kinn, aber das kann nur ich an ihr sehen, meins ist unter Fleisch verborgen. Das trapezförmige Kinn von Darius dem Älteren.

Es ist natürlich deine Entscheidung, sagte Kopp. Du bist die Mutter.

(Und dieses Wort hast du auch deswegen ausgesprochen, um ihre Reaktion darauf zu sehen. Das Zucken in ihrem Gesicht.)

Eine kurze Weile saßen sie noch da, schweigend, dann stand sie auf, und sie gingen nach Hause. Sie setzte sich nicht wieder in den Liegestuhl, sie legte sich ins Bett und schlief.

Ich habe Grapefruit mitgebracht, hätte Darius Kopp noch sagen wollen, aber es war schon zu spät.

Ist diese Woche hier vorbei, brauchen wir noch für eine weitere eine Unterkunft. Aber die Internetverbindung, mit der die Hausherren für dieses Zimmer warben, war so schlecht, dass man praktisch gar keine Recherchen machen konnte. Die Wirte wohnten mit im Haus, ihr Pech, so konnte Kopp sie direkt darauf ansprechen.

Der Wirt sagte etwas darüber, dass es sich nicht lohne, eine größere Bandbreite zu kaufen. Die Leute streamen dann doch nur ohne Unterlass.

(Und das stört Sie, weil?) Um die Bandbreite geht es gar nicht, sagte Darius Kopp. Ich denke, die Access points sind falsch positioniert. Das ist mein Beruf, wissen Sie.

Hm. Den Wirt interessierte das nicht die Bohne. Nein, er war auch nicht daran interessiert, dass Darius Kopp einen Blick auf die Installation warf. Es soll alles so bleiben, wie es ist.

Sie bieten die Unterkunft mit WLAN an, aber man kann nicht einmal eine einfache Internetrecherche durchführen.

Woraufhin der Wirt: mit den Achseln zuckte.

Fick dich, dachte Darius Kopp, drehte sich grußlos um und ging zurück in die Unterkunft. (Ich hasse diese Stadt. Die stoffeligen Leute. Wenn mir noch einer mit den Achseln zuckt!) Um sich nicht vorstellen zu müssen, was er dann täte, legte er sich lieber auch schlafen. Für den Liegestuhl war es zu kalt, also ins Bett.

Sie wurden durch Metins Ankunft geweckt. Draußen war es schon dunkel. Metin hatte Pizza mit scharfer Salami und Speck für Kopp und knusprig dünn gebackenen Teig nur mit Salz und Olivenöl für Lorelei dabei. Er hätte gerne auch Eiswürfel dabei gehabt, aber die lassen sich von so weit her schlecht transportieren. Eine Stunde und fünfzehn Minuten hat er von Potsdam bis hierher gebraucht.

Wir haben selbst ein Eiswürfelfach, sagte Kopp.

Ein leeres. Er füllte es mit Wasser auf, aber nun war es natürlich zu spät. Sie tranken den von Metin mitgebrachten Amaro ohne Eiswürfel.

Metin erzählte von der Arbeit. Wo alles zum Feinsten stand. Er hat innerhalb von zwei Tagen einen neuen Freund gewonnen, den palästinensischen Koch, der jeden »Bruder« nennt. »Bruder, Spinat!«, wenn er zum Beispiel will, dass man ihm den Spinat bringt. Der eine Leidenschaft für gegrillten Fisch hat und jedes Mal vor Freude aufjauchzt – »Bruder, de Fisch!« –, wenn jemand Fisch bestellt. Was nicht sehr häufig vorkommt. Der palästinensische Koch ist offenbar auch ein sehr humorvoller Mensch, der das trotz Zwei-Wort-Sätzen zum Ausdruck bringen kann. Mit dem Rollen seiner Augen, dem Schnalzen seiner Zunge. Seine Reaktionen zeigen, dass er alles oder zumindest vieles von dem, was um ihn herum gesagt wird, versteht, egal, in welcher Sprache, wer weiß, vielleicht ist er am Ende noch ein Spion. Metin lachte.

Hast du ein Foto von ihm? fragte Lore.

Hatte er nicht, aber er versprach, das nächste Mal eins mitzubringen. Zu Darius Kopp sagte er: Bruder, lass uns unseren eigenen Laden aufmachen. É il momento giusto. The right time. I feel it.

Du *fühlst*, dass die Zeit reif ist?

Sí! You don't feel it? Lo sento! It's time to: blossom!

Er zeigte es mit den Händen: wie etwas aufblüht. Er zwinkerte dabei Lorelei zu.

Ich warte noch darauf, dass sich mein Anwalt meldet, sagte Darius Kopp. Und dann … Ich bin mir noch gar nicht sicher, ob ich hier bleibe.

Du bist nicht sicher?… Gehst du wieder zurück?

Wohl eher nicht.

Zwei Paar Augen, neugierig auf Darius Kopp gerichtet.

Vielleicht versuche ich es in einem englischsprachigen Land, sagte Kopp. Das wollte ich immer schon.

Amerika?

Oder England. Oder Irland. In Irland war ich noch nie.

Ich war auch noch nie in Irland, sagte Metin.

Ich auch noch nie, sagte Lore.

Und wieder lächeln sie. Einander an.

Wollen wir spazieren gehen? fragte Metin.

Er meinte Lore, aber Kopp war es, der antwortete: Jetzt? Es ist dunkel.

Na und?

Darius Kopp wartete neunzig Sekunden, bevor er sich zu ihrer Verfolgung aufmachte. Er blieb in der Deckung der Haustür stehen, bis sie am Ende der Straße umgebogen waren, in den Fußgängerweg, der zu den S-Bahn-Schienen führt. Es gibt dort auch eine Fußgängerbrücke, etwas versteckt im Gestrüpp, auf der man stehen und auf die Schienen schauen kann. Aber sie gingen nicht zu dieser Brücke, sie blieben auf dieser Seite der Schienen. Unter der Laterne an der Ecke hielten sie an. Was machen sie? Umarmen sie sich? Nein. Sie schauen gemeinsam auf ein Handy, offenbar.

Kopp musste warten, bis sie wieder abgebogen waren, sonst hätten sie ihn gesehen. Selbst an der Ecke angelangt musste er dann raten, wohin sie wohl gegangen sein mochten: Richtung Bahnhof, wo es hell war, oder Richtung Park, wo es dunkel war. Kopp entschied sich für die dunkle Option. Hauptsächlich, um selbst nicht gesehen zu werden. Am Ende jage ich ihnen noch Angst ein, und er entledigt sich meiner mithilfe seiner jugendlichen Kraft und Unerschrockenheit. Oder jemand anderes, der denkt, dass ich ihn, Böses im Schilde führend, verfolge. Das wäre vielleicht eine beschissene Scheiße. Daran blieb er hängen, beschissene Scheiße, b-sch-sch-sch Sch, b-sch-sch-sch Sch, so stolperte er über die Unebenheiten des alten Pflasterwegs, der auf den Park zuführte. Mann, 49, bei Suche nach seiner Nichte, 17, irrtümlich aufgemischt. Oder nur gegen einen Stein getreten, auf die Fresse gefallen, sich zwei Zähne ausgeschlagen. Nein, das wäre wohl keine Nachricht wert.

Als er am Tor zum Park ankam, war dieses verschlossen. Natürlich. Nachts ist der Park geschlossen. Dort sind sie also nicht. Er kehrte um. Der Rückweg war leichter, er ging auf die beleuchtete Straße zu, er stolperte nicht mehr so oft.

Er fand vor ihr nach Hause. Beziehungsweise: hoffentlich war es so, denn erneut hatte er den Schlüssel eingesteckt.

Tatsächlich kam sie etwa eine Viertelstunde später und fragte gerade heraus:

Überwachst du mich?

Sie haben dich also gesehen. Sie zumindest.

Nein, sagte Darius Kopp. Ich habe die Sache nur zu Ende gedacht und wollte nicht, dass du alleine durch das Dunkel nach Hause gehen musst.

Du dachtest, er würde mich allein zurückgehen lassen?

So etwas ist schon mal vorgekommen, sagte Darius Kopp.

Aber nicht bei ihm.

(Das stimmt.)

Seitdem er hier ist, bist du komisch.

Erst seitdem er hier ist?

(Versuchst du witzig zu sein? Ja. Was weiß die Göre schon über mich? Plötzlich scheint sie gar nicht mehr krank zu sein. Aufrechtstehen, den Blick halten, genügend Luft zum Sprechen zu haben, scheint ihr keine Mühe zu bereiten.)

Ja, sagte sie. Auf Sizilien wart ihr doch Freunde.

Na ja, Freunde … Kollegen. Mitbewohner.

Ich dachte, ich wärt Freunde gewesen.

Seid *ihr* Freunde?

Ja. Er ist nett. Er ist sogar der netteste Kerl, der mir in meinem Leben begegnet ist, wenn ich so darüber nachdenke.

So viele werden's ja wohl nicht gewesen sein.

Sie spießte ihn mit ihrem Blick auf und lächelte dann verzeihend.

Du traust wohl auch Leuten nicht, die nett sind?

Wieso, wer noch nicht?

Oma.

(Ausgerechnet.) Oma traut Leuten nicht, die nett sind? (Als ob das eine Frage wäre.)

Nein. Wenn jemand nett ist, führt er laut Oma etwas im Schilde.

Manchmal stimmt das ja auch.

Unweigerlich fiel sein Blick auf ihren Bauch, und natürlich bemerkte sie es. Ihre Wangen wurden rot. (Ich habe deine Mutter angerufen. Sie will dich tatsächlich nicht. Sag das nicht. Was sollte das Gutes bringen?)

Er sagte: Um Metin geht es hier überhaupt nicht. Ich möchte einfach nicht, dass dir was zustößt.

Sie stand da: Augen, Wangen, Lippen. Hände auf dem Bauch.

(Das ist die Wahrheit. Ich möchte das tatsächlich nicht.)

Danke, sagte sie.

Dafür nicht. Das ist das Minimum.

Das kam wieder mürrisch heraus. Aber sie lächelte wieder ein wenig.

Das Minimum? Und was wäre das Maximum?

(Was musstest du auch so ein Wort in den Mund nehmen!)

Keine Ahnung, sagte Darius Kopp. Das Minimum zu bestimmen ist leichter. Bis zu einem Maximum kann man meist gar nicht denken … (Tatsächlich habe ich mir schon seit einer ganzen Weile kein Maximum mehr vorgestellt. Was sollte das auch sein? Ob eine Pizzeria zu eröffnen wirklich sein Traum ist?) Was ist dein Maximum?

Ein Kind haben und Visagistin werden.

(Das ist es? So einfach?)

Na, dann weiß wenigstens einer von uns, was er will.

Sie fing an, sich für die Nacht vorzubereiten.

Wie lange bleiben wir hier? fragte sie.
Ich habe bis Sonntag gebucht.
OK, sagte sie.

Sie schlief ruhig, er sah ihr dabei zu. Ich werde sie am Ende tatsächlich noch liebgewinnen. Was wird aus Irland, wenn ich sie liebgewinne? Während mir egal ist, was aus Metin wird. Ich bin nicht für ihn zuständig. Mehr noch: Wenn ich es mir aussuchen könnte, soll er lieber jemand anderes Nichte bezirzen, um endlich an seinen Pass zu kommen. Ja, möglicherweise bin ich doch ein Arschloch. Wobei nicht klar ist, ob ich ein rassistisches oder nur ein snobistisches Arschloch bin. Ist mir der Muslim suspekt oder der statuslose jüngere Mann? Bettler nerven auch. Mein Bauch wächst auch wieder. Das hast du schon gesagt. Gut, dass sie mit dem Gesicht zu mir liegen muss. Sie kann nur noch auf einer Seite liegen, auf der anderen wird ihr übel und ihr bleibt die Luft weg. Am Ende gewinne ich sie noch lieb. Was wird aus mir, wenn ich sie liebgewinne?

16.

Ich habe eine gute Nachricht und eine schlechte, sagte Muck am Telefon. Die gute ist: meine Tochter Alexandra weiß von einer Wohnung in Friedrichshain.

Was daran ist die schlechte Nachricht? fragte Darius Kopp. (Alexandra. Welche ist das? Die Große oder die Kleine? Und wie heißt die andere?)

3 Zimmer, für 3 Monate.

Ist doch gut. (Guter, alter Luxus.)

800 im Monat, ein Schnäppchen.

OK, sagte Darius Kopp. (Kopfrechnen.)

Die schlechte Nachricht ist, dass Juri Bescheid weiß.

Was? Worüber?

Dass du hier bist.

Herr Müller, offenbar. Man hatte sich getroffen, zu Grillhuhn und Sauerkraut, wie früher. Kopp hatte keiner Bescheid gegeben, weil es Juris Idee war, und wir sollten ihm doch nichts sagen, und so waren sie also zu sechst da, Muck, sein Bruder, Halldor …

Halldor auch?

Juri, Rolf und Herr Müller.

Das Arschloch. Das hat er doch absichtlich gemacht.

Lässt sich nicht beweisen, sagte Muck. Juri hat uns jedenfalls zur Sau gemacht, Bande von Verrätern, aber zum Glück konnte Halldor sagen, dass er auch nichts gewusst hat, so war Juri wenigstens nicht der Einzige. Summa summarum, du solltest ihn anrufen.

Fuck, sagte Darius Kopp.

Irgendwann musste es ja dazu kommen.

(Und Leute, die 70 Jahre in derselben Stadt leben und sich nie begegnen? Schwamm drüber.)

Was ist los? fragte Lore.

Nichts weiter, sagte er und lief bis zum Teehaus im Schlosspark, um Juri anzurufen. (Wie sie schaut, weil ich sie schon wieder angeknurrt habe. Warum müssen Frauen auch so empfindlich sein. Egal jetzt.) Du musst ihn gleich anrufen, sonst machst du's vielleicht doch nicht, und an seinem Arbeitsplatz, um es uns allen leichter zu machen, die Form zu wahren. Ich, weil mich keiner sieht, er, weil ihn alle sehen.

Du Arschloch, sagte Juri, der offenbar ein Büro mit Tür für sich allein oder aber keine Hemmungen hat. 10 000, du Arschloch. Ich musste mir Geld von meinen Eltern leihen! Kannst froh sein, dass ich dir nicht Interpol hinterhergeschickt habe, du Wichser! Warum habe ich dir eigentlich nicht Interpol hinterhergeschickt? Zehntausend, machst du dir eine Vorstellung?

Ja, sagte Kopp. Danke. Du bist ein wahrer Freund. (Es wird Herbst. Innerhalb und außerhalb des Teehauses wird es eindeutig Herbst. Der Wind. Kopp fröstelte schon wieder.)

Scheiß auf deinen wahren Freund! Zahl's mir zurück, noch diese Woche, oder ich zeige dich an, Arschgeige! Ich kenne Leute in der Inkassobranche, die reißen dir den Arsch auf, das ist kein Scherz!

Leute, die Leute in Branchen kennen. Sechs Schritte oder weniger bis zum nächsten Verbrechertypen. Wobei es schwerfällt, sich vorzustellen, Juri würde ihm wirklich irgendwelche Schläger an den Hals schicken, aber man kann nie wissen. (Aber warum werde ich jetzt beinahe fröhlich? Liebe ich denn Schimpfwörter so sehr? Habe ich deine Stimme vermisst, mein lieber Freund? Deine unnachahmliche Art und Weise, mit mir zu sprechen?)

Noch einmal, sagte Kopp. Ich danke dir für alles, was du getan hast. Du kriegst dein Geld.

Wann?

So schnell wie möglich.

Bullshit, sagte Juri. Ich gebe dir eine Woche.

Eine Woche?

Lass dir was einfallen!

In Ordnung, sagte Kopp. Ich lass mir was einfallen.

Bullshit, sagte Juri.

Woraufhin Kopp nichts sagte. Da haben wir uns wohl vergaloppiert. Denn, was denn nun? Willst du, dass ich mir was einfallen lasse, hältst es aber nicht für möglich, aber wenn du es nicht für möglich hältst, was hat es dann für einen Sinn, dass du es willst?

Ich besorge das Geld, sagte schließlich Darius Kopp. Ich kann nicht versprechen, dass ich in einer Woche schon alles habe, aber einen Teil, und dann machen wir einen Zahlungsplan aus.

(Du redest wie einer, der in irgendeiner Position ist. Wie ein Businessman. Was gar nicht so schlecht ist. Wenn er dich für einen Loser hält, lässt er dich vielleicht wirklich aufmischen.)

Darius Kopp versprach, sich in einer Woche wieder zu melden und bedankte sich noch einmal. Juri knurrte etwas Unverständliches und legte auf.

Er hat meine Nummer nicht. Das wird ihm in den nächsten Minuten klar werden. Oder später am Abend. Er wird sich zweifellos die Haare raufen. Man könnte ihn noch einmal anrufen, und ihm die Nummer geben.

Oder nicht.

Gab es einen Grund für Darius Kopp, frohgemut aus diesem Gespräch hervorzugehen? Nicht wirklich, aber er war es trotzdem. In einer Woche könnten die Lenas fast schon hier sein. Wir haben immer noch fast 2000 Euro. Einen Tausender könnten wir Juri tatsächlich geben, aber wo werden wir dann wohnen?

Hier fiel ihm die Wohnung in Friedrichshain wieder ein, und er rief auch dort an. Ein freundlicher Mensch mit französischem Akzent (ein gewisser Fabrice aus Canada) teilte ihm mit, dass es die Wohnung, von der ursprünglich die Rede war, nicht mehr gab, respektive, sie war nicht mehr frei, aber dafür eine andere, etwas kleinere, doppelt so teure.

Danke für Ihr Lockangebot, sagte Darius Kopp im grob gezimmerten, scheunengroßen, vor nichts schützenden Teehaus im Park und legte auf. Nun rede ich auch schon wie ein echter Einheimischer.

Am übernächsten Tag fand er aus eigener Kraft eine Unterkunft. Ein Zimmer, im Wedding, für 10 Wochen, 1200. Wer weiß, wo wir in 10 Wochen sind und 2000 minus 1200 sind 800, aber egal. 1000 an Juri nächste Woche hätte das Problem sowieso nicht wirklich gelöst.

Die Wohnung im Wedding war beinahe so vollgestellt wie Itzehoes muchtige Bleibe in Catania, aber hier war alles klein und leicht, Puffs und Rattantischchen, alles weiß, alles, alles weiß, und jede Fläche vollgestellt mit irgendwelchen hübschen, kleinen Sachen. Das Puppenstübchen einer, wie man erfuhr, 37jährigen Frau. Frauen, die Prinzessinnenwohnungen in dunklen Hinterhofparterres einrichten. Mit Gitter vor dem Fenster, zu ihrer eigenen Sicherheit. Das weiße Eisenbett stand quer im Zimmer. An der Wand ein Bord nur für weiße, schöne kleine Dinge. Außerdem gab es noch eine gleichgroße Wohnküche und ein Duschbad mit Waschmaschine. Mehr braucht kein Mensch. Das stimmt.

Oh, sagte Lore und stellte sich auf die Zehenspitzen, um einem Vogel aus weiß bepinseltem Treibholz in die Augen sehen zu können, der auf einem Wandbord stand. Anschließend ließ sie sich aufs Bett gleiten. Mit weißer Bettwäsche und einem weißen Betthimmel. Leider werden wir beide darin schlafen müssen. Kurzzeitig hatte Kopp überlegt, ob er eine der Matratzen aus dem Rahmen nehmen und in der Küche hinlegen sollte, aber es gab nur eine Matratze. Sie sagte nichts dazu, sie verschränkte die Hände über dem Bauch und lächelte in den Betthimmel. Der einzige schwarze Fleck in diesem weißen Zimmer.

Wie zufrieden sie aussieht. Solche Zimmer gefallen dir?

Das Schlafzimmer hatte ein Fenster zur Straße, die Küche eins zum betonierten Innenhof. Das einzige Grün war das Moos auf den Betonplatten. Und natürlich die Topfpflanzen, die die Hauptmieterin rund um ihren Eingang aufgestellt hatte. Was offenbar verboten war. Es wurde ihnen aufgetragen, diese Pflanzen zu verteidigen. Sie notfalls in die Wohnung hereinzuholen bzw. sie, wenn die Kälte kam, ohnehin hereinzuholen. (Solange ich kein Tier am Leben erhalten muss …)

Einen Festnetzanschluss gab es nicht, aber brauchbares Internet, im Preis inbegriffen. Zum Telefonieren ging Darius Kopp hinaus auf die Straße. Wegen des besseren Empfangs, aber auch wegen der Diskretion. Seitdem ich hier bin, telefoniere ich nur noch auf der Straße. Hat sich so ergeben.

Die drei Tage, die seit dem Gespräch mit Juri vergangen waren (7 minus 3, bleiben noch 4), hatte er damit verbracht, seine nicht gerade zahlreichen Möglichkeiten durchzugehen. Wen könnte man anpumpen, um die Schulden bei Juri zu begleichen? Einst hatte ich 4000 Kontakte in meinem Telefonverzeichnis, aber das bedeutete schon damals in Wahrheit nicht besonders viel, und heute und vor allem im gegebenen Fall zählen nur noch Beziehungen, in denen es möglich ist, um eine vierstellige Summe zu bitten. Also wahre Freunde oder die Familie.

Von den Freunden kam ihm als Erstes Halldor in den Sinn, weil er erstens sonderlich genug ist, so dass man sich vor ihm für nichts zu genieren braucht, und zweitens, weil er vermutlich als Einziger von den Freunden etwas übrig haben könnte. (Tatsächlich: Wie wenig doch jeder von uns besitzt. IT-Ingenieure. Von Zelten und Herden wenig, von Frauen und Kindern ganz zu schweigen. Das war so nicht zu erwarten. Waren die Erwartungen unrealistisch, oder sind wir einfach nur eine Gruppe von Losern, die sich gefunden haben? War es etwa unser latentes Losertum, das uns zu Freunden machte?)

Hier kam er am Ende ihrer kleinen Straßen an, dort war ein dreieckiges Stück Grünfläche und dahinter, sieh an, der Fluss, oder nein, der Kanal, das ist ein Kanal. Man kann sich auf ein

Geländer stützen und die Böschung hinunter auf das Wasser und auf eine Brücke und dahinter auf die Schornsteine eines Kraftwerks schauen. Der Anblick von Wasser erfüllt jeden auf dieser Welt mit Hoffnung, ebenso der Anblick von Brücken und Schornsteinen. Als wäre etwas möglich. Für einen kurzen Moment vergaß auch Darius Kopp die zerstörerischen Gedanken von vorhin. Solange, bis er merkte, dass er nicht allein war. Eine kleine Gruppe Jugendlicher saß unten, am Rand des Wassers. Wieso denkst du, sie wären Schulschwänzer? Ihre Rucksäcke liegen hinter ihnen im Gebüsch. Vielleicht ist es auch schon spät genug. Um zwei. Das ist spät genug. Die Jugendlichen machten gar nichts, sie saßen nur da, aber das setzte bei Kopp das Grübeln wieder in Gang. Halldor, es bleibt nur Halldor, denn in der Familie hat auch keiner was. Aus so einer Familie kommst du. In der keiner etwas hat. Du warst derjenige mit dem Geld. Als Darius Kopp noch einen Job hatte, überwies er jeden Monat Geld an seine Mutter, damit sie über die Runden kam. Seit drei Jahren also nicht mehr. Hast du dich jemals gefragt, wie es ihr damit erging? Nein. Ehrlich gesagt, ist es mir jetzt erst wieder eingefallen. Mit rotem Kopf lehne ich an einem Geländer und schaue in grünliches Kanalwasser. In gleichgültiges, träges Kanalwasser. Du bist gar nicht schön.

Man müsste sie anrufen. Wie Kopp von seiner Nichte erfuhr, wurde er in jedem Familiengespräch erwähnt. Sie reden nicht die ganze Zeit über mich, aber sie erwähnen das eine oder andere. Wie es damals war. Über die Zeit vor meiner Ehe reden sie gern, über die danach nicht so gern. Die Zeit, in der ich verheiratet war, erwähnen sie nie. Als hätte es diese zehn Jahre, als hätte es *sie* niemals gegeben. (Lores Gesicht auf dem Dach in

Catania, als sie darüber berichtete. Sie schämt sich nicht für sie, sie verurteilt sie nicht. Sie sagt es, wie es ist. Danke dafür.)

An diesem Punkt war Darius Kopp endlich wieder trotzig genug, sich erst vorzustellen, seine Schwester anzurufen: OK, deine Tochter willst du also nicht zurück, aber könntest du mir zehntausend Euro leihen?, und es dann tatsächlich bei seinem Vater zu versuchen.

Das letzte Mal haben wir uns vor 2,5 Jahren bei einem Sängerwettstreit in einer Hotelbar in Kroatien gesehen. Durch Zufall. Was uns beide peinlich berührte oder nur verwirrte. Jedenfalls hat keiner von uns auf die erwachsenste Weise reagiert, die möglich gewesen wäre. Nichts gefragt, nichts gesagt. Gesungen haben wir. Er singt mit Soul, ich wie eine Glocke. Als Junge habe ich mich für meine schöne Stimme geschämt. Und später? Auch.

Hallo?

Die Stimme von Darius Kopp dem Älteren, oder das, was davon durch das Telefon kam, war heiserer oder dünner geworden. Der Alte wird alt.

Hallo, sagte Darius Kopp. Ich bin's, Darius. Dein Sohn. Ich bin wieder da.

Aha?

Ich war auf Reisen. Weißt du noch?

Ja …, du warst eine Weile weg …

Ja, und jetzt bin ich wieder da. … In Berlin.

Natürlich hätte Darius Kopp seinen Vater nach einer so langen Zeit lieber persönlich gesprochen, aber im Moment war es ihm leider nicht möglich, an den Rand der niedersächsischen Kleinstadt zu reisen, wo der Vater seit der Wende lebte. Es gibt hier ziemlich viel Bürokratisches zu erledigen, wenn man so lange weg war.

Ja, sagte Darius Kopps Vater Darius Kopp, ich kann auch nicht mehr so viel reisen. Wegen dem Parkinson.

Wegen wem?

Parkinson! Ich habe Parkinson.

Oh. Das wusste ich nicht.

Es hatte wohl recht lange gedauert, bis man sich zu der Diagnose durchgerungen hatte. Ab einem gewissen Alter heißt es in den ersten drei Runden meist: Sie werden halt alt. Aber nun steht es fest. Es gibt die zittrige Form von Parkinson und die steife, Darius Kopp der Ältere hat die steife, er findet, das ist ein bisschen besser. Auch wenn ich zehn Minuten brauche, um mich aufzurichten, wenn ich mir die Schuhe binden muss.

Kopp fiel die rot gefärbte Frau ein, mit der er ihn zuletzt zusammen gesehen hatte. Ob die wohl noch da ist oder jemand anderes? Frag doch einfach!

Hast du jemanden, der dich unterstützt? Im Alltag, so?

Ja, sagte der Alte heiser. Die Karola.

Ist die Karola die Frau, die wir gesehen haben? Keine Ahnung und der Alte sagt es nicht. Die Zeit ist also gekommen, dass wir von unserer Seite sagen, weshalb wir wirklich angerufen haben. Kopp hat seinen Vater noch nie um Geld gebeten. Bei der Währungsunion parkten seine Eltern Geld auf seinem Konto, das er dann einfach nicht zurückgab (das hätte er auch gar nicht gekonnt, denn er hatte sich bereits ein gebrauchtes Auto und eine Stereoanlage davon gekauft) und jedes Jahr zu seinem Geburtstag und zu Weihnachten bekam er je 50 Einheiten der gerade aktuellen Währung überwiesen, damit er sich selber kaufen konnte, was ihm gefiel. (Ob das auch so war, als ich verschwunden war? Interessante Frage.)

Wie es sich nun herausstellte, war der Alte, so steif er in der Konversation (und neuerdings also auch in seinen Bewegungen) war, was das Verleihen von Geld anbelangt, beinahe ein Mann von Welt. Er fragte nur: Wie viel brauchst du?

Wie viel kannst du mir geben?

… Reden wir von Hunderten oder von Tausenden?

Tausenden.

Schweigen. Dann sagte Darius Kopp der Ältere: 5000. Mehr geht im Moment nicht. Den Rest brauche ich vielleicht noch für meine Pflege.

Das verstehe ich, sagte Kopp. Das ist großartig. Danke. (Ehrlich gesagt hätte Kopp damit gerechnet, dass sein Vater, wenn es um Tausend*e* geht, den niedrigst möglichen Betrag nennen würde. Andererseits: er war immer ein großzügiger Mann. »Ein Mann mit Geste«, wie seine Exfrau, unsere Mutter, dazu sagt. Darius Kopp der Jüngere, von seiner Seite, ist stolz, so einen Vater zu haben. Ich möchte, was das anbelangt, wie mein Vater sein.)

Danke, sagte er noch einmal, und dann fragte er doch nach der Karola. Ob das die ist, die er auch kennt.

Ja, sagte Darius Kopp der Ältere. Sie hat sich die Zähne machen lassen müssen. Hat auch 10 000 gekostet.

Man müsste wirklich hinfahren. Hinfahren und ihn umarmen, nicht, weil wir so eine Familie wären, in der man sich häufig, selten oder überhaupt mal umarmt, sondern um festzustellen, in welchem Zustand er ist. Rein körperlich. In welchem Zustand sich der Körper befindet, den ich als Junge bewundert habe. Ich habe nie mit meiner bulligen Statur gehadert, weil sie wie seine war. Ich habe den Knochenbau meines Vaters geerbt, aber nicht sein Haar und nicht sein Interesse an körperlicher Ertüchtigung, weswegen er stets ein muskulöser Mann mit wallender Mähne war und ich ein Fettwanst mit Halbglatze. So kann es gehen. (Angeblich) Schlauer und (sicherlich) fauler. Am Ende kann er mir 5000 leihen und nicht ich ihm. Er ist 77, ich quasi 50. (Das heißt: ich werde es nächste Woche. Darüber haben wir nicht geredet. Wahrscheinlich ist es ihm so wenig eingefallen wie mir. Und das wiederum bedeutet, dass meine Mutter dieses Jahr 80 wird. Großer Gott.)

17.

Es dauerte eine Weile, bis der Alte begriffen hatte, wie er Bargeld versenden konnte, aber drei Tage später war es da. Ein Tag von Juris Frist war noch übrig. Darius Kopp nutzte diese Zeit, um shoppen zu gehen. Zunächst kaufte er eine billige Jeans und ein Hoodie. Später am Tag dann doch lieber ein Hemd, auch das gab es billig, das braune Cordsakko allerdings nicht, aber es passte einfach zu gut zu den neuen Schuhen, die ebenfalls braun waren und aussahen, als wären sie aus altem, abgewetzten Leder. Dem Aussehen nach eine Kreuzung aus Anzugschuhen und Trainers, ziemlich cool also. Sie taten auch nicht weh. Als die ihm gesetzte Frist von 168 Stunden schließlich abgelaufen war, und zwar auf die Minute genau (Warum konntest du nicht widerstehen?), rief er Juri an.

Komm zum Wittenbergplatz, sagte Juri.

Offenbar hatte er ohnehin etwas in der Nähe zu tun.

Geld übergeben an einem belebten öffentlichen Platz. Kopp trug die neuen Sachen: Cordsakko, Hemd, Jeans, Schuhe, das verleiht einem ein Gefühl einer gewissen Konsolidiertheit. Um nicht zu spät zu sein, verdoppelte er die berechnete Fahrzeit von 30 Minuten auf eine Stunde. Am Ende brauchte er 40 Minuten.

Juri kam mit 20 Minuten Verspätung. Hättest du wissen können. Sackgesicht. Was musstest du auch zu früh sein. In deinem früheren Leben warst du nie zu früh, im Gegenteil. Ja, aber das war nicht absichtlich. Ich kam immer gerannt, es reichte bloß meistens nicht. Während er: schlendert. Mit einer Hand in der Tasche. Die Sonne blitzt auf seinem glänzenden, rotblonden Haar. Als er ihn sah, steckte Darius Kopp beide Hände in die Taschen seiner Jeans.

Keine gute Idee. Der Bauch. Nimm sie wieder raus. Lass sie einfach hängen. Lockerer wird's nicht. Das ist dir einfach nicht gegeben. Immer ist etwas verrutscht. Wo du auch immer stehst, ganz an der Stelle stehst du nie. Für manche macht dich das liebenswert (man braucht keine Angst vor dir zu haben, dafür bist du nicht gesammelt genug), den allermeisten allerdings bist du egal. *In my generation, you don't give a fuck about me, I don't give a fuck about you …* Das habe ich mal – im Stau stehend – durch jemandes Autofenster gehört. Warum muss dir das jetzt einfallen, während der Mann, dem du etwas schuldest, auf dich zuschlendert, als würde er rückwärtsgehen? Zufällig weißt du, dass du ihm nicht egal bist. Deswegen ist er so wütend. Und wegen des Geldes, natürlich. Darius Kopp hob eine Hand und winkte Juri zu: hier bin ich. Winkte ihm zu und lächelte sogar. Dir werd' ich's zeigen. Ich werde dir lächelnd zuwinken. Der andere verzog keine Miene. Ich kenne dich. Du tust nur so. Ich war lange genug Fake-Jungpionier, um das zu wissen. Damals mussten wir auch viel zu lange in der Sonne stehen. Oder im Nieselregen. Das waren im Grunde die Möglichkeiten. Fake-Pionier, dann Fake-Funkmechaniker (Wessen bekloppte Idee war das wieder? Die der Eltern, natürlich. Als ob dir was Besseres eingefallen wäre), aber danach: ein echter EDV-Student. Noch zu Zeiten der Lochkarten und des Endlospapiers. Der Sound des Nadeldruckers und der sich einwählenden Modems. Das waren schöne Zeiten. Das Erwerbsleben, ja, das reibt den Menschen auf. Dass du etwas darstellen musst, bevor du es bist, damit sie dir erlauben, es irgendwann auch zu sein, that's the name of the game, das war also nicht ausschließlich meine Schuld. Dann traf ich Flora, auch das war echt, das Echteste, auch, wenn ich nicht alles verstanden habe, auch, wenn es gescheitert ist, noch bevor der Tod uns schied. Ich erinnere mich deutlich an Momente, als wir, da bin ich mir hundertprozentig sicher, beide anwesend waren. Das alte Handy ist in Athen kaputtgegangen. Mit dem Foto ihrer Brüste. Darum tut es mir jetzt doch leid. Vielleicht hätte man es noch retten können. Sobald ich wieder Geld habe, werde ich nach solchen Brüsten suchen. Nach einem *Bild* solcher Brüste. Einem echten Bild, einem Kunstwerk, nicht irgendeinem billigen Pin-up. Ich werde mir das leisten, es finanzieren, wie andere ein Auto oder ähnliches.

Der Gedanke an den perfekten Halbakt, dass er ein Mann sein würde, der sich mit demütiger Ausdauer auf die Suche nach einem Kunstwerk macht, das ihn an seine Frau erinnert, war endlich derjenige, der es Darius Kopp noch viel länger ermöglicht hätte, mitten auf dem Platz zu stehen und zu warten, aber hier kam Juri bei ihm an.

Siehst scheiße aus.

Danke, du auch, sagte Darius Kopp.

Juri trug einen hellgrauen Anzug mit dünnen rosa Streifen, ein blassrosa Hemd, keine Krawatte. Ein hübsches Ensemble. Schade, dass die orangefarbenen Sommersprossen nicht ganz passen.

Wenn du jemals wieder einen Job finden willst, musst du dich besser kleiden, sagte Juri mit Grabesstimme.

Lass das meine Sorge sein, sagte Darius Kopp mit liebenswürdigem Lächeln, langte in die Innentasche des neuen Sakkos und holte das Geldkuvert heraus.

Für Ihre Dienste.

Da ..., sagte Juri und brach ab. Er wird einen Teufel tun und sich bedanken.

Den Rest bekommst du auch noch.

Ok. Wann? Ich meine: melde dich in einer Woche.

In Ordnung, sagte Darius Kopp. (Whatever. Der Typ ist doch verrückt. Eine Woche.)

Juri nickte, drehte sich auf dem Absatz um und ging davon. Diesmal etwas schneller, natürlich. Entschieden und dynamisch, so geht man von einer Geldübergabe weg.

Kopp blieb stehen, wo er schon die ganze Zeit gestanden hatte, und sah ihm hinterher. Juri ging ins KaDeWe. Was er hier zu tun hatte, war also shoppen oder essen, das ist so typisch für ihn. Oder es ist eine bewusste Demonstration. Der Ort, an dem ich das erste Mal in meinem Leben Austern gegessen habe. Mit ihm. Shoppen waren wir nie zusammen, aber unsere kulinarisch motivierten Zusammenkünfte waren uns ein gemeinsamer Quell der Freude. So wie auch die ganze Freundschaft, auch wenn er mich immer schon gepiesackt hat, das versteht vermutlich auch nicht jeder, was daran Freundschaft sein soll, wenn man so gepiesackt wird, aber das ist eben seine Art. Im Moment ist er wütend, aber das wird schon wieder. Ich werde alle meine Schulden abtragen und wieder ein anerkanntes Mitglied meiner Gesellschaft werden. Denn so läuft es doch, oder? Halte deine Loserhaftigkeit in einem erträglichen Rahmen, sei keine große Last, sei, im Gegenteil, auch mal zu was zu gebrauchen, sei kein habituelles Arschloch (zumindest kein großes), achte auf Körperpflege, und du wirst nicht gänzlich ohne eine Beziehung zu einem anderen Menschen bleiben müssen. Wer weiß, vielleicht wirst du sogar noch einmal der sozialen Gruppe der Ehemänner angehören. Andere schaffen das doch auch. Finden eine zweite, eine dritte Person im Leben. Keine Ahnung, wie sie das machen, denn ich hatte vor dir niemanden von Bedeutung, aber das heißt noch nicht … Das heißt noch gar nichts.

Als er nach Hause kam, war Metin da, wie jeden Abend nach der Frühschicht und jeden Morgen vor der Spätschicht. Er brachte Essen mit, am Abend aus der Pizzeria, am Morgen von der türkischen Bäckerin, die ein Rezept für Kartoffelbrötchen hatte, die Lore bei sich behalten konnte. Kopp brachte er Kaffee mit und süße Teilchen, und es kam der Morgen, an dem Darius Kopp die Augen aufschlug und an Metin dachte, ob Metin heute am Morgen kommen würde (muss ich mir selbst einen Kaffee machen?) oder am Abend (es spart in der Tat Geld, wenn ein anderer regelmäßig was zu Essen mitbringt). Auf diese Weise erhellte Metins Eintreffen Tag für Tag unsere dunkle Unterkunft am Grunde der Stadt. (Am Ende schließe ich auch ihn wieder ins Herz. Er brauchte nur einige Wochen Essen mitzubringen und freundliche Konversation zu führen. So sind wir.)

Metin erzählte jedes Mal von seinem Tag, als müsste er ihnen, die zu Hause bleiben müssen, berichten, wie es draußen, in der großen Welt ist. Dabei erlebte auch er jeden Tag das Gleiche. Die Leute in der Bahn, auf der Straße, die Gäste, die Kollegen. Von einem eigenen Laden sprach er nicht mehr, dafür fragte er Darius Kopp, was er an dem Tag getan hätte, respektive, worum es eigentlich ging: was er in Zukunft zu tun gedachte. Als wäre er mein besorgter Vater.

Ich schaue mich in der Branche um, sagte Kopp, worüber er seit der Begegnung mit den Annoncen bei Muck tatsächlich nachdachte, und strich durch seinen Haarschnitt. Er trug jetzt ständig dieses Sakko. Ich mag dieses Sakko.

Oh, sagte Metin. Etwas enttäuscht. Dann grinste er wieder.

Dann kannst du vielleicht stiller Teilhaber sein.

Silent partner? Wobei?

Immer noch in seiner Pizzeria. (Also doch.)

Es steht dir nicht zu, seine Entscheidung zu kommentieren, du kannst nur für dich selbst sprechen. A very silent partner, indeed, sagte Darius Kopp und lachte. Ich fürchte, ich bin im Moment genauso pleite … (wie ihr auch) … wie jeder andere auch. Had everything, lost everything.

Jetzt schauen sie ihn so interessiert an, wie bisher noch nicht. Er dazu etwas ungläubig, sie mitleidig. Als würde sie mich jetzt eine Spur mehr mögen. Magst du mich also mehr, wenn ich arm bin?

That's the way it goes, sagte Darius Kopp und zuckte fröhlich die Achseln. Wohnung, Auto, Ersparnisse. Wobei ich gar keine Ersparnisse hatte. Man kann auch auf großem Fuß von der Hand in den Mund leben.

Über das Schließfach schwieg er sich aus. Natürlich schwieg er sich über das Schließfach aus.

Allerdings fing er jetzt tatsächlich an, sich umzusehen. Und zwar online, denn, wer inseriert heutzutage schon in einer Zeitung? Die stilgerechte Bewerbung eines Network-Nerds erfolgt zur Gänze papierlos. Zum einen. Zum anderen findet man im Netz auch viel mehr. Als sich Kopp am nächsten Morgen mit seinem Laptop an den Küchentisch setzte, sah er sich die ersten

Sekunden noch von außen: wie es aussieht, wie ich hier sitze, wie sehe ich in den Augen meiner Nichte aus. Wie einer, der etwas tut. Sich ernsthaft in eine Recherche hineinbegibt. Denn man muss sich ernsthaft hineinbegeben, in was auch immer. Wenige Augenblicke später vergaß er das, denn er war wirklich drin, und zwar, weil es tatsächlich einiges zu finden gab. Netzwerkdesign und -sicherheit sind gottlob ein ewiges Thema.

Es ist natürlich nicht alles gleich. Je mehr Anzeigen man sich anschaut, umso weniger schmerzlich wird es, aber beim Wort *sales* zum Beispiel kommt es uns, überraschend heftig, hoch. Das ist gut, somit wissen wir, dass wir das nicht mehr wollen. *Operator* oder *Administrator* zu werden reizt uns auch nicht. Immerhin sagen die Leute, die danach suchen, wenigstens ehrlich, was sie wollen. *Ingenieur* und *Manager* hingegen sind zu allgemein, man muss die ganze Anzeige durchlesen, um zu sehen, um was es sich ungefähr handelt. Gut ist, dass sich überhaupt was finden lässt. Schlecht ist, dass kaum in Berlin. Das stößt uns sauer auf. Eine Metropole aus Hilfsjobs.

Wären das also die Kriterien? Kein Sales, kein Operator, in Berlin? Definitiv und nein, nicht unbedingt, wobei, natürlich: doch. Berlin oder das Ausland, so haben wir es uns zurechtgelegt. Die grünen Hügel Irlands, die grünen Hügel Englands. Große internationale Firmen haben ihre europäischen Sitze mehrheitlich in Irland oder England, wer wüsste das besser, als der ehemals einzige Mann auf dem Kontinent. Sowohl Apple, als auch Pear und Peach (Scherz). Applepie und Pumpkin. Am besten, man gibt gleich »Wireless Network Engineer Ireland« ein, und wenn man schon dabei ist, kann man auch gleich »Executives« anklicken, denn erstens gibt es dafür ein Kästchen und zweitens reduziert man das Angebot damit auf

132 Anzeigen, was durchaus ausreichend ist für den heutigen Tag. Hier, zum Beispiel ein Senior IT Sales Executive. Leider Sales, aber für 80 bis 100 Tausend Pfund im Jahr lassen wir mit uns reden, und es gibt sogar einen Button, über den man sich mit nicht mehr als seinem BusinessLink-Profil direkt auf der Seite der Company bewerben kann. Mit Sitz in Cork. Suche: Cork, finde bunte Häuser vor dem Hintergrund einer neugotischen Kathedrale und dem Meer. Nahezu pervers schön. Mit einem grünen Hügel links.

Darius Kopp kicherte. Er spürte den Blick seiner Nichte auf sich, aber er sah nicht auf. Er fing in der Früh an und war noch dabei, sich Anzeigen, Firmenseiten, Adressen, Landkarten und Bilder von Ortschaften anzusehen, als es schon wieder dunkel wurde. Die Topfpflanzen vor dem Küchenfenster sahen schlafend aus, und auch Darius Kopp träumte: Wie er nicht nur noch einmal durchstartete, sondern de facto wieder jünger wurde. Ich sah mich dort, bei Currant, Plum and Gooseberry und war wieder 35. Mehr will ich gar nicht. 35, das sind nur 15 Jahre zurück in der Zeit. Das wird doch wohl nicht so schwer sein? (Wie alt wäre sie vor 15 Jahren? Zwei. Guter Gott.) Aber eigentlich schaust du dir das alles seit geraumer Zeit wie ein Tourist an. Nicht, dass Hügel und Häuser unwichtig wären, aber das, was nicht unmittelbar sichtbar ist, das Netzwerk dahinter, darauf solltest du dich konzentrieren, und das tust du bereits seit einigen Stunden nicht. Du hast keinen einzigen Bewerbungsbutton geklickt.

Ja, weil mein BusinessLink Profil immer noch nicht aktualisiert ist. Dort, wo die Zeit stillsteht, stehen auch wir, seit sage und schreibe 7 Jahren in Diensten von Fidelis Wireless. 6 years, 11 months, um genau zu sein. Wenn man sich natürlich auskennt oder sich auch nur die Mühe macht, auf deren Website nachzusehen, dann sieht man, dass das nicht mehr stimmt. Du musst dir also für die letzten drei Jahre etwas Plausibles und vor allem Vorteilhaftes ausdenken, aber dafür war Darius Kopp an diesem Tag schon zu müde geworden. Er hob den Kopf, mehr oder weniger das erste Mal an diesem Tag, um sich aktiv nach Lore und dem Rest des Tages umzusehen. Sein Nacken: als wäre er aus einer tausendjährigen Druideneiche geschnitzt (schmerzhaft).

Warst du heute eigentlich schon draußen? fragte er das Mädchen.

Nein.

In der Tat konnte Kopp sich nicht einmal daran erinnern, ob sie aus dem Bett aufgestanden und in die Küche oder ins Bad gegangen war.

Wollen wir?

Weiß nicht.

Kopp wusste es auch nicht. (Nein. Ich will das immer noch nicht. Ich will die ganze Nacht durch die Gefilde von Cantaloupe and Pomegranate streifen, wie ich es tat, als ich noch jung und stark war.) Andererseits merkte er, dass ihm vom langen Sitzen auf dem harten Küchenstuhl nicht nur der hölzerne Nacken sondern sämtliche Knochen im Leib weh taten, also sagte er: Ich muss. Mir tut alles weh.

(Hat sie daraufhin mit den Achseln gezuckt? Bestimmt ein Versehen.)

Hast du den Kanal schon gesehen?

Welchen Kanal?

Ich glaube, er heißt Nordkanal. Er ist ganz nah.

Sie schüttelte den Kopf.

Ganz nett. Wie ein Fluss. Also nicht wie ein Abwasserkanal oder sowas.

Sie schaute irritiert. (Warum sollte es ein Abwasserkanal sein?)

Vor Darius Kopps überanstrengten Augen tanzten Sterne durchs Zimmer. Sie war irgendwo weit dahinter, kaum zu sehen. Es ist nicht hell genug hier, billige Energiesparlampe, oder es ist etwas anderes: als wäre es ihre Haltung, die sie so weit wegrückt.

Ist irgendwas? fragte Darius Kopp.

Sie schaut nur. (Was sollte sein?)

Kommt Metin heute?

Monotone Stimme: Weiß nicht.

… Bist du melancholisch?

Nein.

Du wirkst melancholisch, rief Darius Kopp in die Tiefen des Zimmers. Es kam keine Antwort zurück.

Gibt es Neues von den Lenas?

Ja.

Oh! Und was?

Sie kommen. In drei Tagen.

Sie kommen in drei Tagen?!

Mhm.

Wieso sagst du nichts?

…

In drei Tagen: also genau am Ersten? Oder am zweiten?

… Am zweiten.

(Hier verschwanden die Sternchen und ein Pochen hob in Darius Kopps Ohren an. Wenn dich die Ahnung einkreist.)

Und, fragte er, wo ist die Wohnung?

…

Die WG. Wo liegt sie? In welchem Stadtteil?

Kreuzberg.

Und wo dort?

Wiener Straße.

… Das ist, wo Olli wohnt.

Ja. In der Nähe von Olli.

Und da wusste er endgültig, dass sie log. (Aber das denkst du doch von Anfang an. Bisher konntest du ihr nur noch nichts nachweisen. Höchstens, dass sie nicht gleich alles sagt. Gibt nur zu, was sie nicht mehr leugnen kann. Wie vor Gericht.) Seine Kehle schnürte sich zu. Er sah es vor sich: wie ein Strohhalm. Aus echtem Stroh. So trocken auch. Er dachte an die beiden Lokale an den Straßenecken nahe dem Kanal. Dort ein Bier trinken. Aber du kannst jetzt dort kein Bier trinken. Du musst diese Unterhaltung zu Ende bringen.

Und? … Holen sie dich ab? Oder soll ich dich hinbringen?

… Das sagen sie noch.

(Wie schaffst sie es nur, dass du ihr Gesicht nicht richtig sehen kannst? Ihr seid in demselben Zimmer!)

Ich muss was trinken, sagte sie und stieg aus dem Bett. Sie ging an ihm vorbei in die Küche und von dort aus, ohne etwas getrunken zu haben, gleich ins Bad. Sie blieb lange drin.

Kopp horchte, hörte aber nichts. Wieso hört man nichts? Sonst hört man doch immer alles. Sie hört, wie ich morgens unter der Dusche meine Nebenhöhlen reinige und ich, wie sie sich erbricht und auch sonst alles, so ist es, wenn man so eng zusammenlebt, denk einfach, es sind die Rohre, die gibt es überall, selbst in den Häusern der Reichen gibt es Rohre …

Alles OK? rief Darius Kopp.

Ja, sagte sie hinter der Tür.

Außer diesem Ja: kein Ton.

Brauchst du Hilfe?

Nein.

Wir haben auch gekühltes Wasser. In Flaschen.

Er holte eine Flasche aus dem Kühlschrank und stellte sich mit ihr vor die Badtür. Die Flasche beschlug, die Tropfen rannten ihm übers Handgelenk.

Danke, sagte sie, als sie herauskam. Hab schon aus dem Hahn getrunken.

Sie ging ins Schlafzimmer und legte sich hin. Er stand da mit dem Wasser in der klitschnassen Hand. Schließlich trank er selbst. Das Wasser schmeckte bitter. (Das ist nur dein Mund.) Er stellte die Flasche weg.

Ich geh nochmal raus.

OK, murmelte sie. Vielleicht. Vielleicht sagte sie auch nichts. Sie hatte das Licht im Zimmer gelöscht. In der Küche stand der erleuchtete Laptop auf dem Tisch und rauschte. Irgendwas stimmt nicht.

18.

Er hatte schließlich nicht nur ein Bier, sondern drei, und das war gut, das brachte Erleichterung. Es gelang ihm, die Verkrampfungen und Beklemmungen zu lösen, die sich gegen Ende des Tages eingestellt hatten. Die des Körpers und die der Gedanken. Saß im Außenbereich des volkstümlicheren der beiden Lokale, ließ den Kopf kreisen (Knirschen, Knacken) und registrierte mit Wohlgefallen, dass es Baumkronen gab, Lichter, Himmel und sogar ein oder zwei Sterne, und was die Anderen anbelangt, sollen sie doch machen, was sie wollen, ich verstehe es eh nicht, und sie verstehen nicht, was ich mache.

Das erste Bier trank er schnell, das zweite moderat und das dritte sehr langsam, während er mit den Gedanken wieder zu den Anzeigen zurückkehrte, denn: konzentriere dich aufs Wesentliche und Positive. Was diesmal wäre, dass dein Interesse geweckt und deine Phantasie angeregt ist, du kannst dir eine Zukunft vorstellen, das ist gut. Dass etwas anderes da ist als nur Vergangenheit und Gegenwart. Ich spüre, wie das gut ist. Und weil es so war, konnte er auch für Lore mehr Verständnis generieren. Sie lügt oder mauert zumindest, das ist sicher. Natürlich, wie denn auch nicht. Sie ist ein Teenager. Ein schwangerer Teenager, der sich vor seinen Eltern versteckt. Natürlich spielt sie auf Zeit. So wie du auch bis jetzt. Dann kannst du jetzt auch noch die drei oder vier Tage warten, bis neue Informationen kommen. Bis dahin: kümmere dich um deine eigenen Angelegenheiten.

Hinter den Baumkronen, am anderen Ufer des Kanals, stiegen drei weiße Dampfsäulen aus den Schornsteinen des Kraftwerks auf. Erstens, sagte Darius Kopp zur linken Säule, die Entscheidung ist gefallen. Unsere ersten Klicks werden wir nach Cork schicken. (Herzklopfen.) Nein, ich war noch nie da, ich habe kein Wissen, nur eine Vorstellung (Herzklopfen), aber das gilt schließlich für die meisten Dinge. An diesem Punkt brauchen wir auch nicht mehr. Außer, zweitens, einen aktualisierten Lebenslauf.

Mein Name ist Darius Kopp, sagte Darius Kopp zur mittleren Dampfsäule. Mein Werdegang bis zu meinem Ausscheiden als Region Manager für Fidelis Wireless ist lücken- und bruchlos, liegt aber nach heutigem Maß weit, weit in der Vergangenheit. Worum wir uns also kümmern müssen, sind die letzten drei Jahre. Es braucht eine gute Story.

Zum einen (Kehrt man jetzt wieder zur ersten Dampfsäule zurück oder bleibt man bei der zweiten? – Er kehrte zur ersten zurück. Das ist einfacher), zum einen, sagte Darius Kopp in Gedanken wieder zur linken Dampfsäule, könnten wir sagen, wir wären im Dienste eines befreundeten Unternehmens, wie zum Beispiel der *IT-Rarelist* unter Leitung des Wholesale Professionals Aris Stavridis unterwegs. Wie haben »End of life-Produkte, Restposten, Remarketing-Ware und Vorführgeräte« und so weiter verkauft. Im Rahmen dieser Tätigkeit war ich in erster Linie in Osteuropa unterwegs gewesen, bis hin nach Armenien. Was sich wie Schrotthandel in der zweiten Welt anhört – was es ja auch ist. Respektive war. Respektive wissen wir überhaupt nicht, was daraus geworden ist. Aber Stavridis, als solcher, könnte ein Weg sein. Stavridis hilft, wo er nur kann. Man kann ihn ja mal fragen.

Zweitens (wieder bei der mittleren Säule, Erleichterung, als wäre jetzt alles wieder in der Reihe), zweitens könnten wir sagen, dass wir selbstständig waren. Selbstständig kann man immer gewesen sein. Unser eigenes Ding auf Sizilien gemacht. Haussklave und Pizzabäcker, nein, Beratung und Verkauf, nein Consulting für WIFI-Lösungen. Schulung und Planung. Ich kann eine Website programmieren, auf der das alles steht. Mit hübschen Grafiken, Beschreibungen, Zitaten, was es braucht. Referenzen stellt man heutzutage nicht mehr auf die Seite, aber wenn Sie das Kontaktformular ausfüllen, gebe ich Ihnen gerne Auskunft über alles, was Sie wissen wollen. Die Details arbeiten wir unterwegs aus, aber dafür dann umso präziser. Vor allen Dingen bräuchte man einen Namen für das Kind. Dafür gibt es Agenturen, aber man kann auch einfach nach drei Bieren in die mittlere Dampfsäule über einem Stadtkraftwerk schauen und sagen: zum Beispiel »Work-a-wave«.

Bamm!

Work-a-wave! Eine ganze Weile saß Darius Kopp nun mit weit aufgerissenen Augen und vollkommen steifem Körper auf seinem Biergartenstuhl, als hätte ihn ein Blitz getroffen, als wäre er zur Salzsäule erstarrt, von außen also etwas erschreckend anzusehen, aber das war nur, weil alle Energie nun im Inneren war, wo dieses neue Wort gefeiert wurde: Work-a-Wave! Work-a-Wave WLAN consulting! Work-a-Wave WLAN consulting Darius Kopp, das ist ab nun unser vollständiger Name. Bau und Technik Kopp, nein, das ist etwas anderes. Du hast deinen Vater nicht gefragt, ob es seine Firma noch gibt. Wahrscheinlich nicht. Work-a-Wave gibt es auch nicht, aber es kann sie noch geben. Abgekürzt: W-a-W. Weh-a-Weh. Nein, dann doch lieber nur Waw. Wir von WAW freuen uns darauf, Ihnen bei diesem und jenem mit Rat und Tat und so weiter.

Ein Kichern brach aus Darius Kopp heraus und löste die Erstarrung des Körpers auf. Er sah sich um. Dunkler Biergarten, eine der letzten lauen Nächte. Da sind Leute, mindestens paarweise, sie sind mit sich selbst beschäftigt. Hier kannst du keinem erzählen, worüber du gerade gelacht hast, oder fragen: Wie findet ihr das? Work-a-Wave. Ist das nicht ein Klassename für eine erfundene Firma? Über so etwas tauscht man sich mit Freunden aus, aber dafür war es schon wieder zu spät. Lore und Rolf schliefen bestimmt schon. Die anderen hätten noch wach sein können, aber Darius Kopp rief schließlich keinen mehr an.

Er bezahlte und ging bis zum Geländer direkt am Kanal vor. So konnte er die dritte Rauchsäule besser sehen. Sie war, so schien es ihm, die ruhigste von den dreien.

Drittens, sagte Darius Kopp zu ihr, drittens könnte man natürlich einfach die Wahrheit sagen. Ich war auf Reisen. Mit 50 ist es im Grunde egal, ob du nach drei Jahren Selbstständigkeit oder nach drei Jahren Herumreiserei wieder in einen Job einsteigen willst. Nein, ich habe keine Erholung gebraucht, sondern einen Neustart. Eine Bildungsreise. Drei Jahre? Warum nicht? Es gibt so viel zu lernen, und Zeit vergeht so schnell. Und was haben Sie gelernt? Das lässt sich schwer in drei Sätzen zusammenfassen. Darauf bin ich jetzt, ehrlich gesagt, nicht vorbereitet. Vielleicht, welche Teile der Realität man durch Willen verändern kann und welche nicht. Was gegeben ist und was nicht. Was Leute motiviert, überhaupt weiterzumachen. Meiner Erfahrung nach ist es der Hunger. Immer, wenn ich dachte, ich mach jetzt gar nichts mehr, bekam ich Hunger, und war motiviert, etwas zu tun, damit dieser gestillt wurde. Hier musste er wieder lachen. Weil er tatsächlich wieder Hunger hatte. Ich hätte Appetit auf Kalbsleber mit Salbei und Rucola.

Das machte ihn wieder etwas trauriger. Nicht, weil Kalbsleber mit Salbei und Rucola zu nachtschlafender Zeit ein Teil der Realität war, dem man mit Willen oder Wünschen allein nicht beikommen konnte. Nicht ohne Vorbereitung. Sondern weil er merkte, wie er schon wieder dabei war, sich auf einem Umweg zu verlaufen. So kann man nicht auftreten. Hunger als Motivation. Da muss ~~mehr~~ was anderes her, aber du hast nichts in der Hand. Als wärst du über das Meer hergeschwommen. Alle deine Zeugnisse zum Beispiel sind nicht auf dem Laptop eingescannt, sondern auf dem externen NAS, und das NAS war natürlich im Storage und ist jetzt wer weiß wo. Man müsste bei den ursprünglichen Ausstellern der Zeugnisse nachfragen, wie nach einer Naturkatastrophe oder einem Krieg. Aber eigentlich ist auch das alles Vergangenheit. Keiner wird nach Zeugnissen fragen, nicht auf dieser Ebene. Wenn du wieder Funkmechaniker werden wolltest, dann vielleicht, aber fürs Management brauchst du vor allem Empfehlungen. Riekommändäischns. Und *Recommendations* bekommst du von deinen Business Buddies. Das ist der nächste Schritt!

Und damit war auch klar: er würde auch diese Nacht nicht schlafen.

Der Laptop auf dem Küchentisch fing zu rauschen an, sobald er die erste Taste gedrückt hatte. Als würde er immer lauter. Im Schlafzimmer rührte sich zum Glück nichts.

Drei Sätze, nicht zu verzweifelt, nicht zu nonchalant. Liebe Freunde, ich war weg, jetzt bin ich wieder da, ich suche nach einem Job, könnt ihr mich empfehlen? Eigentlich ist das nicht schwierig. Ein schreibkundiger Mensch braucht dafür nicht mehr als eine halbe Stunde, und auch Darius Kopp brauchte nicht wesentlich mehr. Der Rest der Nacht verging mit der Auswahl jener zwei Dutzend Leute, denen man das, sie namentlich ansprechend, schicken konnte. Man hätte es natürlich an alle in der Kontaktliste schicken können (Die Responsrate bei Marketingaktionen liegt in der Regel bei 1%), aber unser Gefühl sagt uns, vorerst nur die anzuschreiben, an die wir uns deutlich erinnern können, bei denen also die Chance besteht, dass auch sie sich an uns erinnern. Lieber Thomas, lieber Marcus, lieber Soundso.

Er erwachte, weil der Boden knackte, als sie aus dem Zimmer kam.

Hi, sagte sie und ging ins Bad.

Zu seiner Erleichterung konnte er sehen, dass er erst eingeschlafen war, nachdem er alle 18 Nachrichten (zwei Dutzend bekam er nicht zusammen) verschickt hatte. Er taumelte hoch und öffnete die Tür zum Hof. Es stinkt hier nach durchgearbeiteter Nacht.

Im Hof war es schon hell, also war es schon weit nach 07:00. Kalt. Die Pflanzen vor der Tür klapperten. Das sind die trockenen Blätter. Kopp hatte gewissenhaft gegossen, trotzdem wird das meiste eingehen. Das ist der Herbst. Ob er die Pflanzen nun gleich hereinholte oder in einer Woche. Da wird nicht mehr viel zu machen sein. In dieser Wohnung überlebt ja keine Fliege. Dennoch überlegte er kurz, ob er es vielleicht doch machen sollte, stellte sich noch vor, wie es wäre, sich zu bücken und den ersten Blumentopf hochzuheben, aber dann ging er (nicht ausgeschlossen, dass mit geschlossenen Augen) einfach ins Schlafzimmer, stürzte aufs Bett und schlief ein.

Als er wieder aufwachte, war sie weg. Zettel hinterlassen? Nein. Hier gibt es überhaupt keine Zettel. Er ging ins Bad und genoss es, sich gründlich reinigen zu können. Erst danach sah er nach, ob es schon Antworten auf seine nächtlichen Anfragen gab.

Nein.

Das war ein wenig enttäuschend. Was ist schon ein Vormittag im digitalen Zeitalter? Ein Vormittag ist alles!

Übertreibung. Aber selbst, wenn es stimmte. Eine gewisse Schamfrist musst du einhalten, bevor du nachfragst. Wenn du überhaupt nachfragst. Doch, einmal kann man das schon machen. Aber nicht gleich heute. Heute kannst du höchstens die anrufen, die tatsächlich Freunde sind. Halldor. Der noch dazu nicht offiziell, also nicht von Darius Kopp informiert worden ist, dass er wieder in der Stadt war.

Als hätten die Pflanzen angefangen lauter zu klappern, sobald er zu telefonieren anfing. Er konnte Halldor kaum hören. Oder der machte nicht richtig den Mund auf.

Hi, sagte Halldor mit halb geschlossenem Mund. Ja, hab schon gehört.

(Du bist doch nicht etwa beleidigt?)

Bin noch bei der Arbeit, sagte Halldor.

(Natürlich. Ist ja noch mitten am Tag.) Wann hast du Schluss?

Um fünf, aber ich treffe mich mit den Studenten.

Mit was für Studenten?

Die was für uns programmieren. Ich bin deren Projektleiter.

Cool.

Na ja, sagte Halldor Rose.

… Und was programmieren sie für euch?

Physikzeug, sagte Halldor. Es sind Physikstudenten.

(Also nichts, was wir auch könnten.) Verstehe, sagte Kopp. Na dann, ein anderes Mal.

Ja, sagte Halldor und legte auf.

Lore war immer noch nicht zurück.

~~Wo bist du?~~ (Gelöscht.) Alles OK bei dir?

Ja.

Nur soviel. Ja.

Für diese Unterkunft hatten sie zwei Schlüssel, also beschloss Darius Kopp, dass er sich von all dem (kein Respons, Halldor ist beleidigt oder nur wieder der Menschen im Allgemeinen überdrüssig, Lore schreibt nur »Ja« in ihrer SMS) nicht würde die Segel aus dem Wind … Nein, umgekehrt. Dass er sich also den neu gefundenen Elan nicht würde … (Was? Nehmen wir: abkaufen) lassen. Und ebenso würde er ihr diesmal nicht hinterherlaufen. Das wäre wirklich zu schräg. Sie kann anrufen, wenn was ist. Da aber vom Nachmittag noch eine ganze Menge übrig war, beschloss er, noch etwas Sinnvolles zu tun, und zwar zum Outlet zu fahren, dessen Adresse er schon vor eine Weile recherchiert hatte, und sich einen Anzug zu kaufen. Heutzutage bewirbt man sich nicht mehr mit Foto (Gender, Race, Age usw.), aber einen Anzug sollte jemand, der ab Halbleiterposition und aufwärts denkt, schon besitzen.

Die Aufgabe war zum Glück einfach: von Größe 27 Comfort fit in Anthrazit gibt es in jedem Laden dieser Welt 0 bis maximal

3 Stück. Außer, dass sich herausstellte, dass er mittlerweile 26 trug. Sieh an, sieh an. Das ist eine kleine Freude. 269 Euro sind zwar ein Drittel der Barmittel, die wir noch besitzen, aber man muss investieren, denn aus nichts wird bekanntlich nichts. Von der Aktion »50% auf den 2. Anzug« können wir dieses Mal leider nicht profitieren, aber ein zweites neues Hemd werden wir uns leisten. Bleiben 500. Rechnen wir mit 10 Euro am Tag für Lebens- und Antibrechmittel, haben wir noch 50 Tage, an denen wir ohne Job, Darlehen oder Schließfach überleben können. Das müsste doch zu machen sein.

50 Tage. Die Zahl berauschte ihn geradezu. Dabei steckte doch nichts dahinter. Kein Versprechen, schon gar keine Garantie. 50 Tage, na und, sie werden vorbeigehen und dann wird etwas anders sein oder auch nicht. Aber Darius Kopp fühlte sich mit einem neuen (nach Outlet riechendem) anthrazitfarbenem Anzug der Größe 26 in einer großen Tüte so leicht, so wendig, ja stromlinienförmig, wie seit langen, langen Jahren nicht mehr. Er genoss sogar den Berufsverkehr, in den er auf dem Rückweg geriet. Wie er mit all diesen anderen mitschwamm, dabei stießen manche sogar gegen die Tüte in seiner Hand, aber er genoss selbst den knisternden Aufprall und das anschließende Baumeln und das Einscheiden in sein Handgelenk. Wie eine kleine Achterbahn, die man in der Hand hält. 50, 26, 8, lauter schöne Zahlen. In der U8 zum Beispiel gibt es die allerschönsten Frauen. Gleich drei von ihnen tragen kirschroten Lippenstift und Jacken mit Leopardenmuster, und eine trägt eine lederne Thälmann-Mütze und eine hat die Haare in derselben Farbe wie die Handyhülle in ihrer Hand (Apricot), und sogar die Männer sind schön und wohlriechend, mit glänzendem Haar, nur wenn sie mit den Beinen zittern, ist das

unangenehm, während das Dreieck im Schoß der Mädchen, wenn sie sitzen, aber selbst wenn sie stehen so unglaublich, unglaublich …

Irgendwo hier war er wieder eingeschlafen. Saß im ratternden, zu lauten, zu hellen, überfüllten Wagen und schlief. Er erwachte, weil der Zug an der Endhaltestelle stand und der Fahrer ihn ansprach, er möge aussteigen. Er hörte sich selbst, wie er röchelnd aufwachte.

Beeilen Sie sich, der Zug hinter uns kommt gleich.

Kopp taumelte auf den Bahnsteig hinaus. Und registrierte erst, als der Zug schon hinausfuhr, dass er die Tüte mit dem Anzug und dem zweiten Hemd nicht bei sich hatte.

Die folgende Stunde verging damit, dass er die Mitarbeiter am Bahnhof versuchte, dazu zu bringen, im Zug nachzusehen, ob die Tüte noch dort lag.

Aber falls ja, wieso hat der Fahrer dann nicht gleich was gesagt?

Die Tüte war nicht im Zug. Sie sagten, sie hätten nachgeschaut. Sie war nicht mehr da.

Auch Kopp glaubte nun, sich zu erinnern, dass da keine Tüte mehr bei ihm war, als er aufwachte.

Er glaubte sogar, sich zu erinnern, im Schlaf hinter all dem Rattern and Rhabarbern ein Kichern gehört zu haben.

Er glaubte sich zu erinnern, dass er von Mädchen geträumt hatte, von einem Mädchen, das vielleicht Marlene war in jüngeren Jahren und vielleicht Lore und Lena, vielleicht aber auch Mädchen, die er kannte, als er ein Junge war, oder vielleicht war es ein vollkommen fremdes Mädchen, das er gerade erst gesehen hatte, eins mit apricotfarbenen Haaren oder einer Ledermütze und rotem Lippenstift und einem Dreieck im Schoß, aber nun dachte er, dass das sicher das Lachen der Diebe war.

Vielleicht haben sich nur irgendwelche Jugendliche einen Spaß erlaubt. Was sollen junge Mädchen mit einem XXL-Anzug anfangen?

Die Leute vom Sicherheitsdienst nahmen ein Protokoll auf. Dass sie nichts tun werden, ist klar. Kopp knüllte sein Exemplar in die Innentasche des braunen Sakkos (Immerhin habe ich das noch) und lief eine weitere Stunde auf dem Platz über der U-Bahn-Station herum und schaute, ob er vielleicht die Tüte oder den Anzug oder die Hemden irgendwo sah. Ob vielleicht jemand eine Vogelscheuche daraus gebaut hat zur Belustigung des Volkes an diesem aufgedrehten Donnerstagabend. Vielleicht brauchten sie eine Verkleidung für eine Party. Oder sie haben sie einem Obdachlosen geschenkt. Oder ihrem Vater. Vielleicht sehen wir uns in einem Vorzimmer während einer Bewerbung wieder, und ich sage: Das ist mein Anzug!

Er lief zigmal den Platz ab und sah nichts, keinen Anzug, kein Hemd, noch nicht einmal eine Tüte, die ähnlich gewesen wäre. Nur ein Paar riesengroße Stiefel standen neben einem Mülleimer. Als es vollständig dunkel geworden war und außer ihm nur noch die Obdachlosen und junge Männer mit Bierflaschen übrig waren, fuhr er nach Hause.

Im dunklen Hinterhof blieb er stehen und sah durch das erleuchtete Küchenfenster hinein. Sie saßen um den Tisch herum und aßen. Metin, Lorelei und noch einer. Kopp sah sie, als wäre es von sehr weit weg. Eine Küche, darin drei Leute. Im stehenden Zigarettenrauch. Der Kopf des Mädchens war zur Seite gesackt, genauer gesagt lag er auf der Schulter des jüngeren, hübscheren Mannes, seine Hand war dadurch blockiert, er bewegte nur die andere, in der er sowohl die Kippe hielt, als auch mit den Finger im Essen wühlte, das zwischen Einwickelpapieren auf dem Küchentisch lag. Der andere Mann, der auf dem Stuhl saß, der sonst von Darius Kopp benutzt wurde, hatte lückig stehende Zähne und eine lange Nase, deren Spitze sich beim Lächeln über das Lippenherz bog. Er rauchte eine Selbstgedrehte. War das der vielbesungene palästinensische Koch? (Und wenn schon. Ist mir egal. Alles, was ich will, ist vergessen.)

Dario, mein Bruder!

(Er strahlt mich an. Ich spüre, wie ich mit erfrorenem Gesicht dastehe. Er stellt mich vor. Präsentiert mich enthusiastisch. Ich spüre, wie ich mit erfrorenem Gesicht dastehe. Könnt ihr gehen? Kann ich gehen?)

Wie sich herausstellte, war der dritte Mann tatsächlich ein Kollege Metins aus dem Pizzaladen, aber nicht der Koch, sondern der erste Pizzabäcker, ein Algerier, der täglich aus Frankfurt/Oder pendelt, wo er Frau und zwei Kinder hat. (Und was macht er noch hier? Wie spät ist es? Vielleicht noch gar nicht so spät. Nur ganz und gar dunkel.)

Kopp atmete tief ein und fing zu husten an. Der Rauch.

Können wir …?

Und öffnete bereits selbst das Fenster Richtung Hof.

Das Fenster schwingt beim Aufgehen über den Küchentisch, was draufsteht, fällt um, so auch diesmal. Mit einem ziemlichen Krach. Zum Glück nur der Deckel des Pizzakartons. Kälte stürzte herein, direkt auf diesen Menschen aus Oder, der rasch zu blinzeln anfing, als würde ihm die frische Luft in die Augen steigen, aber sonst rührte er sich nicht, er blinzelte nur und lachte, als hätte jemand einen guten Witz gemacht. Während sich die

Rauchwolke in den Innenhof hinauswälzte und sich nach oben ausbreitete. Langsam nur, die Luft ist schwer hier. Der Rauch bestand zu einem erheblichen Teil aus Marihuana.

Hoffentlich riecht das keiner, dachte Darius Kopp und hielt nun die Gefahr für real, einer der Nachbarn könnte sie deswegen anschwärzen.

Macht mal lieber die Kippen aus!

Schauen nur und tun nichts.

Metin? Macht die Kippen aus! Die Nachbarn … Und überhaupt: sie ist schwanger.

Er deutete mit dem Kopf Richtung Lore.

Endlich hörten zwei von drei zu lächeln auf. (Mein erfrorenes Gesicht.) Metin drückte seine Kippe aus, der aus Oder nicht. Das wird er bis zum Schluss nicht tun.

Hattest du einen harten Tag? fragte Metin.

In der Tat, sagte Darius Kopp, der weite Teile seines Gesichts weiterhin nicht bewegen konnte, und ging ins Bad.

Er duschte so lange, dass er sich fragte, ob das warme Wasser nicht irgendwann alle sein müsste. Früher war immer irgendwann das heiße Wasser alle.

Als er aus dem Bad kam, saßen sie immer noch da. Das Fenster hatten sie geschlossen. Metin rauchte nicht mehr, der andere schon. Was soll's. Kopp ging ins Schlafzimmer und legte sich ins Bett.

Die anderen drei saßen in der Küche, als wäre nichts. Als wäre es nicht mitten in der Nacht. Es ist ja auch nicht mitten in der Nacht. Nur du bist so müde. Während es gleichzeitig so ist, als wären hinter deinen Augen noch ein Paar weit aufgerissene Augen, die immer noch nach dem Anzug suchen. Immer noch zählen: wie viele Minuten kann ich in der U-Bahn geschlafen haben? Unmöglich mehr als eine Viertelstunde. Und die? Sitzen und reden. Als wär's arabisch. Oder französisch. Kopp lag in seinen Klamotten auf der Bettdecke, weil er nicht nur keinen Anzug, sondern auch keinen Schlafanzug besitzt, und er sich nicht bis auf die Unterwäsche ausziehen wollte, solange die noch da waren.

Schließlich und endlich wälzte er sich wieder aus dem Bett und bat sie zu gehen. Könnt ihr gehen?

Sie hob den Kopf von Metins Schulter. Schaute, als könnte man so etwas nicht verlangen. Der Typ aus Oder grinste, mehr noch, kicherte, hielt seine verdammte Kippe und kicherte, dass seine Schultern bebten. (Dieses Lippenherz, diese Nasenspitze, diese Zähne. Der Mensch aus Frankfurt/Oder hatte keine kleinen Schneidezähne, wurde Kopp endlich klar. Das war so merkwürdig an ihm. Nur die großen und dann gleich die Eckzähne. So etwas kommt vor, kein Grund jemanden deswegen widerlich zu finden, und deswegen finde ich ihn auch nicht widerlich, es ist einfach alles zusammen, das Ganze.) Metin war, wie immer, brav, er schälte sich aus Lores Nähe und begann, sich hochzuhieven. Klar, wenn du müde bist.

Thanks, sagte Darius Kopp. Er wollte es nicht, aber es hörte sich an, als hätte er nur ausgespuckt. (Könnt ihr endlich gehen? Könnt ihr gehen? Könnt ihr euch mal bewegen?)

Metin machte sich anheischig, Ordnung in die auf dem Tisch durcheinanderliegenden Einwickelpapiere und Lebensmittel zu bringen, Kopp sagte, das sei nicht nötig, aber Metin machte es trotzdem. Das, was für Kopp gedacht war, war noch übrig. Er zeigte es ihm: etwas Pizza und Balsamicozwiebeln.

Danke, sagte Kopp mechanisch. (Könnt ihr gehen?! Könnt ihr gehen?! Könnt ihr gehen???!!!)

Als sie endlich gingen, war von der Kippe des Frankfurters immer noch was übrig. Metin ließ es sich nicht nehmen, Kopp zu umarmen, bevor er ging. Kopp stand nur da. Der Frankfurter lächelte. Er trug die Kippe, die ihm fast schon auf den Nägeln brannte, hinaus. Kopp konnte nicht anders, als nachzuschauen, ob er sie nicht im Hinterhof oder in der Toreinfahrt oder direkt vor der Haustür zertreten hatte. Es war nichts zu sehen.

Auf dem Tisch war ein sichtbarer Ölfilm geblieben. Der Laptop: nirgends.

Wo ist mein Laptop? fragte (nein, kreischte) er.

Unter dem Bett, sagte Lore.

Wieso ist er unter dem Bett?!

Weil sie ihn benutzt hatte, natürlich. Und jetzt hatte er nur noch 5% Batterieladung. Können keinen Tisch abwischen und keine Steckdose bedienen. Und eine Empfehlung schreiben oder wenigstens eine Nachricht können sie auch nicht. Er starrte auf den Bildschirm. Würde es helfen, noch eine Nacht durchzumachen? Sinnlos. Wenn du dir noch einen Anzug kaufst, kannst du nur noch 3 Wochen ohne ein Einkommen überleben.

Er nieste einen Fluch heraus.

Sie fragte nichts, sie sagte nichts, sie ging einfach ins Bett. Als wäre sie auch ein wenig beleidigt. (Wieso bist du beleidigt? Hä?! Was hast du jetzt für einen Grund, beleidigt zu sein?!) Er hatte keine Lust, sich neben sie zu legen. Dieses gemeinsame Bett geht mir auch auf die Nerven. Aber es gab keine andere Möglichkeit. Alles in der Küche war zu hart, als dass man hätte darauf schlafen können. Beschissenes Leben!

19.

Als er wieder erwachte, früh oder spät, hell oder dunkel, egal, es war irgendwas dazwischen, lag sie nicht mehr neben ihm im Himmelbett. Das war gut. Sie macht ihr Bett nie, sie knüllt die Decke nur zum Fußende. Einzelheiten des Lakens sind bei diesem Licht nicht zu erkennen, aber als hätten sich kleine, schwarze Fusseln gebildet. Sie hat auch keine Nachtbekleidung. Sie sitzt und liegt immer in ihren schwarzen Tagesklamotten in diesem Bett. Schließ die Augen, dann siehst du's nicht. Der säuerliche Geruch, den du spürst, ist dein eigener, in deinem eigenen Kissen. Es gibt Schlimmeres. Zum Beispiel, dass Darius Kopp an diesem Morgen keinen Zweifel daran haben konnte, wie es um ihn stand. Sie haben mir den Anzug geklaut, und jetzt will ich nicht mehr aufstehen. Eigentlich wollte ich das noch nie. Solange ich mich zurückerinnere: noch nie. Selbst den sehr fetten Mann in Mexiko (ich weiß sogar seinen Namen: Manuel Uribe) habe ich beneidet, weil er nicht mehr aufstehen konnte, also musste. Und was ist geschehen? Sie haben ihn zu einer Diät überredet, und er ist gestorben. Du stirbst nicht. Das ist nicht gesagt. Es käme auf einen Versuch an. Mal sehen, ob mich der Hunger wirklich immer hochtreibt. Oder ob der Punkt erreicht ist, an dem er mich nicht mehr hochtreibt.

Lore war im Bad, in der Küche, im Hof. Er konnte sie hören.

Sie ging hin und her. Das war eine Hürde. Würde er es schaffen, liegen zu bleiben, obwohl sie da war? Obwohl sie ihn sehen konnte, wie er nicht aufstand?

Es wäre besser, du wärst weg. Du sollst nicht sehen, wie ich nicht aufstehe. Geht dich nichts an. Keiner soll es sehen. Weil es keinen Sinn hat.

Das sagt Halldor immer. Hat keinen Sinn. Warum habt ihr das und das Projekt eingestellt? Hatte keinen Sinn. Oder: wir haben jetzt ein neues Soundso, obwohl es keinen Sinn hat. Und natürlich stellt sich später heraus, dass er recht hatte, und es hatte keinen Sinn. Das war gestern am Telefon in seiner Stimme. Nicht Darius Kopp, der sich erst meldet, wenn er etwas will. Halldor Rose ist sich unabhängig davon mal wieder der Sinnlosigkeit allen Tuns gegenwärtig geworden. Aber er lebt auch weiter. Die Obdachlosen leben weiter. Gestern auf dem U-Bahnsteig hatten sich welche um eine Bank versammelt. Sie waren fröhlich. Sie freuten sich, einander zu sehen. Einer saß im Rollstuhl. Sie alle leben weiter. Mucks Bruder. Unsere kranken und verbitterten Eltern. Und Lore summt. Tatsächlich, sie summt. Der gestrige Abend ist ihr also nicht so alptraumhaft in Erinnerung geblieben, wie er Darius Kopp nun vor Augen stand. Könnt ihr gehen, könnt ihr gehen, könnt ihr gehen? (Sie ist also nicht böse?)

Hier war es, dass sein Telefon losschrillte. Kopp hatte einen altmodischen Klingelton eingestellt, so einen, der einem durch Mark und Bein geht, und nun erschrak er auch entsprechend. Sein Herz pochte in Panik.

Hallo?

Es hörte sich an wie ein Hauchen und Ächzen, wie er das aussprach.

Guten Morgen, sagte Rechtsanwalt Oliver Nort mit frischer, warmer Stimme. Ich störe doch hoffentlich nicht? Ich hätte da etwas für Sie.

Er schlug die Decke zurück, er schwang die Beine zur Seite, er stellte sich auf die Füße – leicht, ganz leicht, kaum ein Fünftel Uribe, den Darius Kopp in Bewegung halten muss.

Hi, sagte sie und lächelte.

Hi, sagte er.

(Nein, sie ist nicht böse. Und plötzlich ist der Anzug auch nicht mehr schwer. Im Gegenteil. Federleicht. Als hätte es ihn nie gegeben. Als hätte ich es nur geträumt. Später, wenn ich das erzähle, werden wir lachen. Uns gruseln und lachen.)

Zwei Stunden später war er bei Oliver Nort in dessen Kanzlei. Der Anwalt rieb die Hände aneinander. Schöne, Honig-und-Rosé-farbene Hände. Das Gesicht auch. Wie kommt er zu dieser Farbe? Als wäre er übertrieben gesund. Oder das Gegenteil. (Hör lieber zu. Er betont einzelne Wörter, extra für dich. Damit du besser zuhören kannst.)

Also (Aal-so), sagte Oliver Nort frohgemut, die Hände aneinander reibend, *hier* ist, was ich *heraus*gefunden habe. *Nummer* eins: *die* Wohnung. Die Wohnung *ist*, in der Tat, vor etwa *einem* Jahr zwangsversteigert worden.

(Wumms! Das war zu ahnen, dennoch: wumms. Wenn dein Herz fällt. Das ist ein Anglizismus. Egal. Hör zu.)

Dazu (Dah-zu!) bedurfte es tatsächlich *keiner* weiteren Aktion Ihrerseits, *Sie* hatten, in der Tat, einen *Kredit*vertrag unterschrieben, bei dem *Sie* nach dem *dritten* Verzug *automatisch* aus dem *Spiel* genommen werden, sozusagen. *Aber* (Ah-ber!), um das *Positive* hervorzuheben: *Dank* der *günstigen* Marktlage und der Tatsache, dass Sie *Drei*viertel des Kredits schon zu*rück*gezahlt hatten, hat sich aus *dieser* Zwangsversteigerung so*gar* ein geringes *Plus* für Sie ergeben, das Ihrem *Giro*konto gutgeschrieben wurde. Das Girokonto *ist offenbar nicht* gesperrt. Wenn ich also *Sie* wäre, würde ich da *ein*fach mal *nach*sehen.

Bitte, was? fragte Darius Kopp.

Der Anwalt wiederholte es.

Darius Kopp saß nur da und schaute. (Er nimmt entweder Kortison oder irgendein anderes Zeug. Sein Kopf ist nicht nur rosa leuchtend, sondern auch ein wenig zu groß für seinen Körper.)

Herr Kopp?

Ja, sagte Darius Kopp. Ich weiß nicht, was ich sagen soll.

Der Anwalt lachte. Das ist ein *Schock*, was?

In der *Tat*, sagte Darius Kopp.

Der Anwalt lachte erneut.

Ich habe also keine …

Nein, sagte Oliver Nort Sie haben *keine weiteren Verpflichtungen* aus diesem Kredit. *Allerdings* haben Sie auch die Wohnung nicht mehr.

(Null. Dachte Darius Kopp. Das ist dann also: null. Ist null gut? Kommt drauf an, ob sie vor oder hinter dem Komma steht, nicht wahr.)

Kommen wir nun zum *zweiten* Punkt, fuhr Oliver Nort fort. *Das* Bankschließfach.

(Und schon ist mein Kopf röter als seiner.)

Die *Miete* dafür wurde *ein* Jahr lang nicht gezahlt, was *manche* Banken bei der vorherrschenden *hohen* Nachfrage nach

Schließfächern bereits *dazu* veranlasst, sie *öffnen* zu lassen. In *unserem* Fall kam noch die *Zwangs*versteigerung der Wohnung dazu, und *weil* es ein und dieselbe Bank war, bei der Sie den Kredit *und* das Schließfach hatten, hat man, *um* es kurz zu machen, *tatsächlich auch* die *Voll*streckung des *Schließ*fachs beantragt.

(Wann hatte ich zuletzt – jemals? – so ein Pochen in meinem Körper? Riesige Pumpen und Trommeln.)

Man *hat* das Schließfach *am* Soundsovielten des Jahres Soundso (Wo war ich da gerade? Keine Ahnung) geöffnet *und Bar*geld in Höhe von 39 950 *Euro* gefunden, *das* man allerdings wegen *unbekannter* Herkunft *nicht* vollstrecken, also *nicht* zur Tilgung des Kredits ver*wenden* konnte. Das *Vorhandensein* des Geldes wurde vorschriftsgemäß dem *Finanz*amt gemeldet *und* das Geld wurde auf ein Sperrkonto eingezahlt.

(Unbekannter Herkunft. Sie wissen nicht, welcher Herkunft es ist. Auch wir wissen das im Grunde nicht, nur, wer es überbracht hat, Sasha Michalides, diesen Namen werde ich mein Leben lang nicht vergessen, und auch nicht, für wen es eigentlich bestimmt war, wir haben es für die Firma entgegengenommen und aufbewahrt, bei der wir damals angestellt waren, Fidelis Wireless mit Namen, aber mittlerweile könnte man wohl sagen, dass wir es unterschlagen haben, das heißt, dass wir es unterschlagen haben werden, wenn wir jetzt nicht ins Licht treten. Du könntest immer noch zum ehrlichen Dummen werden. Die Runde, die du damals versucht hast zu laufen, noch einmal von vorne antreten. Ihnen hinterhertelefonieren, mailen, Briefe schreiben, ihnen die gottverdammten 39 950, für die es nicht einmal eine Quittung gibt, mit Gewalt in ihr gottverdammtes Krokodilsmaul stopfen, ob das gerecht ist oder nicht, ist eine lächerliche Frage, komm damit ja keinem, der mit Rechtssprechung zu tun hat, es sei denn, du willst unbedingt sein wahres (johlendes) Gesicht erblicken …)

… und *nun,* sagte Oliver Nort, müssen wir von *unserer* Seite auftreten *mit* dem Wunsch, die *Her*kunft des Geldes zu *klären. Wenn* die Herkunft des Geldes aus einer *legalen* Quelle nachgewiesen ist, haben *Sie* als ehemaliger Mieter des Schließfachs einen *An*spruch darauf, selbstverständlich *nach* Abzug der Steuern und Gebühren.

Und weil Kopp erneut selbst nach einer ganzen Minute noch keinen Laut hervorbringen konnte (Warum hast du nicht wenigstens nach diesem Michaelides recherchiert, bevor du hierhergekommen bist, du Trottel?), stellte schließlich Oliver Nort die nächste Frage für ihn:

Und *wie* kann man das? Die *Her*kunft des Geldes klären? Zum *Beispiel* mit Hilfe von *Bele*gen, *Qui*ttungen *oder* Verträgen. *Oder* einer *Schenkung*serklärung. *Zum* Beispiel wird innerhalb der Familie *oft* Geld verschenkt. *Manche* halten es *auch* für eine gute Idee, ihre Ersparnisse zu Hause im *Sparstrumpf* aufzubewahren, und deponieren sie *dann*, wenn sie verreisen oder renovieren, in einem *Schließ*fach. Allerdings *steht* bei so etwas immer der Verdacht der *Steuer*hinterziehung in Raum. Der Steuerhinterziehung? Ja. Denn auch, wenn etwas steuer*frei* ist, wie zum Beispiel *gering*fügige Geschenke *unter* Verwandten *ersten* Grades, *muss* es ge*mel*det werden. Wenn man den Sparstrumpf der verstorbenen Tante *oder* auch des Ehepartners *findet,* kann man ihn *nich*t unangemeldet ins Schließfach tun. Aus *Sicht* der Erben *ist* es allerdings der ärgerlichere Fall, *wenn* sich im Erbe ein Schließfachschlüssel *findet,* den man *keinem*

Schließfach zuordnen kann. Manche verbringen ein halbes *Leben* damit, danach zu fahnden.

An dieser Stelle brach Oliver Nort, der schon im Laufe seines Monologs einige Male gekichert hatte, in schallendem Gelächter aus.

(Ja, das ist lustig. Das ist wirklich lustig.)

Wie auch immer. *Sie*, Herr Kopp, *hatten*, wie *ich* Sie kenne, *zeit* Ihres Lebens das Be*dürf*nis, *sicherheits*halber *größere* Mengen Bargeld *bei* sich zu haben. Oder Ihre *Frau* hatte das Bedürfnis, *ohne*, dass *Sie* das gewusst hätten. *Als* Sie Ihre Wohnung haben *renovieren* lassen, *haben* Sie das Geld gefunden, hatten *dann* aber *keine* Gelegenheit *mehr*, die *Her*kunft zu klären, was Sie hätten *tun* müssen, *hätten* Sie es auf ein Konto einzahlen wollen. Sie *hatten* keine Gelegenheit mehr, *weil* Sie sich auf den *Weg* machen mussten, um ihre Frau zu beerdigen, *also* haben Sie es in Ihr schon *lange* be*stehend*es Schließfach getan, *mit* dem Plan, sich *wenig* später darum zu *kümmern*, *aber* durch die *Verkettung* unglücklicher Umstände kehrten Sie erst *drei* Jahre später wieder zurück und *hier* sind Sie nun, Sie *können* nicht anders.

(Das ist wahr. Das ist wirklich: wahr. Hier bin ich nun.)

Herr Nort, sagte Darius Kopp, nachdem er nach und nach alles verstanden und halbwegs verarbeitet hatte. Herr Nort, von Ihnen kann man noch einiges lernen.

Danke, sagte RA Oliver Nort, aber so etwas gehört bei uns zum Tagesgeschäft.

Das hat mir mein Bankberater auch mal gesagt.

Oliver Nort nickte. Legendenbildung ist das ganze Leben. Ich lese gerade einen Roman über die Stasi. Da ist auch ständig von Legenden die Rede. Sie konnten beinahe alles tun, was sie wollten, trotzdem haben sie für jede mickrige Schieberei eine Geschichte entworfen. Um sich zu legitimieren. Aber vor wem? Eine *interessante* Frage, eine sehr interessante Frage.

Oliver Nort rückte ein wenig weg. Man sah ihm an, wie er nachdachte: über Stasi-Beamte, die in grau-beigen Ölfarbenbüros zwischen Zierspargeln und Grünlilien sitzend an Nichtnachweisbarkeiten strickten. Wer weiß, vielleicht hatten sie sogar Spaß daran. Warum sollten ausgerechnet Spitzel nicht ihren Spaß gehabt haben? Während Darius Kopp, ebenfalls für eine Minute aus dem Hier-und-Jetzt hinausgetreten, wie es nicht anders möglich ist, wenn jemand Stasi oder Steuer sagt, nun endgültig aufgewühlt und verwirrt war. Das war ein bisschen viel auf einmal innerhalb so kurzer Zeit: die Wohnung, die Schuldenlosigkeit, aber dann wieder die Schuldhaftigkeit, aber eigentlich mehr die Angst. Angst davor, es Jahre später doch noch mit wirklich gefährlichen Leuten zu tun zu bekommen, nicht der Stasi und auch nicht der Steuer, sondern zwei gut gewachsenen armenischen Geschäftsleuten in schwarzen Mänteln, wie wir sie zuletzt gesehen haben. Die Phantasie ist so, plötzlich stehen sie da, mit zusammengeklappten großen Regenschirmen in der Hand, in der Nähe der Tür, während sich die grau-beige-kackgrünen Stasileute vor dem Fenster platziert haben. Für einen Moment sah Darius Kopp den Raum wie ein Diorama vor sich: Mafiosi, Stasi, ein gold-rosé-farbener Anwalt und ein schwitzender Kerl in einem braunen Cordsakko …, aber Oliver Nort, der von Berufs wegen mehr Nüchternheit gewohnt war, hatte sich bald wieder gefangen und fuhr fort:

Um Sie zu beruhigen: es ist *wenig* wahrscheinlich, dass Sie hier wegen irgendetwas *belangt* werden können, wenn wir uns einigermaßen *geschickt* verhalten. Aber *bevor* wir *zu* euphorisch werden, muss ich Ihnen auch sagen: der ganze Prozess *könnte* sich einige Zeit hinziehen. *Wochen* mindestens, eher *Monate. Vieles* hängt in jeder Phase auch von der Disposition des zuständigen *Beamten* ab, aber *das* ist ja immer so.

Oliver Nort nickte, und Darius Kopp machte es ihm nach.

Steuern und Gebühren.

Steuern und Gebühren, wiederholte Oliver Nort.

Im Raum war es dunkel geworden. Es fühlt sich an wie Mitternacht, dabei ist erst Nachmittag.

Sie haben jetzt einiges zu verdauen, sagte Oliver Nort, stand auf und ging zum Lichtschalter. Lassen Sie uns … Er hob, am Lichtschalter nahe der Tür stehend, einen Arm, wie man ihn hebt, wenn man jemanden sanft an die Schulter fassen und ihn Richtung Ausgang drücken möchte. Denn exakt das hatte er vor. Lassen Sie uns einen Termin ausmachen, zu dem ich einen Entwurf mache.

Einen Entwurf? fragte Darius Kopp, während er aus dem Büro geschoben und im neonbeleuchteten Flur abgestellt wurde. Ach, der Legende. Ja, tun Sie das. Machen Sie einen Entwurf unserer Legende, Herr Nort. Bitte, tun Sie das.

Eine Minute später stand er auf der Straße. Es war nicht Mitternacht, nicht einmal schon dunkler Nachmittag. Nur eine Wolke, die vorbeizog.

920.

In Worten: Neunhundertzwanzig.

Die Wolke zog vorbei, die Zeit setzte sich wieder in Bewegung, ebenso Darius Kopp, der lief und lief, solange, bis er eine Filiale seiner Bank erlaufen hatte. Es war eine Filiale ohne Personal, mit lediglich vier Selbstbedienungsterminals im ehemaligen Vorraum der Bank. An zwei davon standen Kunden, es war also alles in Ordnung und normal. Darius Kopp loggte sich mit seiner alten PIN ein, und seine Karte wurde tatsächlich akzeptiert und ihm wurde, ohne, dass er explizit danach fragen musste, gleich sein Kontostand gezeigt: sage und schreibe 920 goldene Euros im Plus.

Das ändert die ganze Situation. Wenn ich keine Schulden habe, könnte ich beinahe tatsächlich bleiben.

Ihm wurde etwas schwindlig. Vorsicht mit den Straßenbahnschienen! Er blieb eine Weile mit dem Rücken an der Hauswand stehen und ließ die Massen vorbei. Aus dem Bekleidungsladen an der Ecke waren die Leinenhemden von neulich verschwunden, dafür gab es jetzt Karohemden. Was wir *nicht* brauchen, sind Karohemden. Stattdessen was?

Essen.

Ja, eindeutig Essen. Die Aufregung hatte Schweiß produziert, konnte den Hunger trotzdem nicht unterdrücken, im Gegenteil. Wenn Darius Kopp »920« dachte, dann dachte er daran, dass er sich jetzt also jedes Essen kaufen konnte, das er wollte. Fast.

Restaurationen gab es genug, aber Kopp war unentschlossen, und zwar so sehr, dass er sich, als er wieder zu sich kam, in einem Park wiederfand, in dem es natürlich nichts zu essen gab. Hier habe ich mich vor Jahren mit Aris Stavridis getroffen. Wir haben Eis gegessen. Aber wo hatten wir es gekauft? Egal, denn Kopp war jetzt ohnehin eher nach Wurst. Mehr noch: Blutwurst. Blutwurst, Kartoffelpüree und Sauerkraut. Das hatte ich nach dem letzten Treffen mit besagtem Bankberater. Aber das war nicht hier in der Nähe. Sein Magen knurrte. Auf dem

Vorplatz des Bode-Museums sonnten sich Touristen. Er wandte ihnen den Rücken zu. Konzentrier dich.

Er ging, bis er einen Laden gefunden hatte, in dem ein Mittagsmenü und gratis WLAN angeboten wurde. Keine Blutwurst, keine Leberwurst. Aber Leber. Tatsächlich: Leber mit Salbei und Kartoffelpüree und Rucola. Er lachte. Er vertilgte alles, zögerte, dann bestellte er dasselbe noch einmal und vertilgte auch das. Auf der Karte gab es auch Entenbrust mit Polenta, und er hätte auch das aufessen können, aber er hielt sich zurück. Er hielt sich an Getränke, während er nun endlich den Namen »Sasha Michaelides« in die Suchmaschine eingab. Einmal noch. Keiner soll sagen, wir hätten nicht alles versucht.

Er fand: nichts. Nichts über den Menschen, der ihm einst das Geld überbracht hatte, nur etwas über eine Diplomatentochter gleichen Namens, die 1978 unter »peculiar circumstances« in den USA erschossen worden war. »Mrs. Michaelides was shot in her family's forbidding, turreted castle from which, the authorities say, a small fortune in paintings, antiques, silverware, rare books and other objects of art was being looted.«

Unter dem Namen der ursprünglichen Besitzer des Geldes, der Brüder Bedrossian, fand er einen Komponisten und einen Fußballspieler. Das sind sie nicht. Entweder sind wir in ein anderes Universum gefallen oder die Spuren unseres früheren Lebens sind beinahe alle verschwunden. Darius Kopp saß in einem Café und machte eine Liste. Was noch da war und was nicht.

Fort:	Da:
Ehefrau	Mutter, Vater, Schwester, Nichte
Wohnung (Adresse noch da)	Rolf, Halldor, Muck
Auto	der Laptop
Alle Gegenstände, die wir besaßen	das Geld (auf Sperrkonto)
Alle Ersparnisse und Versicherungen	der Anwalt
Alle Zeugnisse im Original	Der Lebenslauf, den du gestalten kannst, wie du willst
Alle Jobs	4 Recommandations, die du, wie du gerade siehst, inzwischen erhalten hast.

Plus Aris Stavridis, der sogar, wie wir nun sehen können, angerufen hat, als wir beim Anwalt waren.

Hallo, sagte Aris Stavridis auf der Mailbox. Hier ist der Aris Stavridis. Wann kommst du nach Paris?

Lach, wenn du lachen musst.

Aris! rief Darius Kopp. Er war wieder in den Park gegangen, an den Fluss, er sah hinüber auf die andere Seite, wo sich die Touristen vor dem Museum sonnten.

Darius! sagte Aris. Wie geht es dir? Wann kommst du nach Paris?

Sobald ich mich hier eingerichtet habe, sagte Darius Kopp.

(Ich werde die Wohnung zurückkaufen. Ja, das werde ich tun. Sie werden mich abziehen, wie es die Welt noch nicht gesehen hat, aber ich werde nicht nachlassen und sie zurückkaufen. 39 950 reichen nicht, aber mit dem richtigen Job, in ein, zwei oder sieben Jahren, wäre es möglich. Die Wohnung hat dich gerettet, jetzt rette du sie. Und wenn ich die Wohnung habe, werde ich auch wieder eine Frau finden. Jemanden, der mich genügend mag, um mit mir zusammen in einer Wohnung zu leben, und von da an …)

Was sagst du? fragte Aris Stavridis in Paris. Wo bist du gerade?

In Berlin, sagte Darius Kopp. Ich bin wieder in Berlin. (Ob er sich daran erinnert, dass ich je woanders war? Nichts deutet darauf hin.)

Und was machst du gerade?

Ich steh hier an der Spree. Da haben wir uns auch mal getroffen.

Ah, jaja, sagte Stavridis. (Überhaupt nicht sicher, dass er das wirklich noch weiß. Er ist an so vielen Orten, mit so vielen Leuten. Roseneis in Kairo.)

Und was machst du? Was arbeitest du zur Zeit?

Ich (habe das doch in meiner Nachricht geschrieben)… Ich steige grad wieder ein.

Wo steigst du wieder ein?

Ich will mich bei einem Laden in Irland bewerben.

In Irland!

Ja.

Komm doch nach Paris! Komm nach Paris, dann besprechen wir alles. Ich rufe Matthieu dazu.

(Wer ist Matthieu? Ach so, der Sohn. Der junge Unternehmer. Der mit zwanzig Jahren schon Beteiligungen an hundert Internetfirmen hatte. Oder an zehn.)

Ja, sagte Darius Kopp. Das wäre nett. Danke für die Einladung. Aber ich bin, wie gesagt, gerade wieder angekommen und muss noch Sachen regeln. Wie ich geschrieben habe …

Komm noch vor Ende des Jahres!

Ja, Aris. Ich komme gern, aber sag mal, kann ich dich als Referenz für meine Bewerbung angeben?

Als Referenz?

Ja. Diese Rarelist, gibt es die noch?

Die Rarelist? Ja, die gibt es noch. Wir machen gerade nichts, aber die Firma ist noch eingetragen.

Seit wann macht ihr nichts mehr?

Ach, … so seit zwei Jahren. Oder drei.

…

Aber natürlich kannst du mich als Referenz benutzen, sagte Aris Stavridis. Natürlich.

Danke.

Das ist doch selbstverständlich. Und auch Matthieu. Meinen Sohn. Du erinnerst dich …

Natürlich, sagte Darius Kopp.

Er hat seine eigene Firma. Mein anderer Sohn ist ja Diplomat geworden, das weißt du. Und er wird jetzt auch schon Vater. Matthieu. Nicht der Andere. Mit 22, stell dir vor. Alles gewollt. Er sagt: wozu so lange zögern. Die Generation vor ihm, die hat bei allem so lange gezögert. Das hat ihnen auch nicht zum perfekten Dutzend verholfen.

Das ist wahr, sagte Darius Kopp.

Ich sage Matthieu, er soll dich anrufen. Ist das deine Nummer? Ich kann deine Nummer nicht sehen.

Es ist immer noch ein Prepaid-Handy. Ich schicke dir die Nummer per Mail. … Was ich dich noch fragen wollte: Hast du noch Kontakt zu Christina?

Welche Christina?

Deine Freundin in Athen. Bei der ich gewohnt habe.

Ach, die. Ja, ja. Das Haus gehört mir ja immer noch. Aber wir sind kein Paar, wenn du das meinst. Sie hat jemanden gefunden. Einen Kollegen wohl, einen Lehrer.

Hm, sagte Darius Kopp.

Komm nach Paris, dann treffen wir uns und besprechen alles!

Ja …

Komm noch vor Ende des Jahres! Ende des Jahres fahre ich nach Kairo! Du weiß, ich bin in Kairo geboren.

Ja, ich weiß, Aris. Und ja, mache ich. Danke, Aris! Auch dir einen schönen Tag!

Erste Telefonate mit Aris Stavridis sind immer etwas neben der Spur. Das hat nichts zu bedeuten. Am Ende erwies er sich bisher immer als nützlich. Und überhaupt. Darius Kopp war entschlossen, sich an diesem Tag, an diesem von Wundern reichen, sonnigen Tag, durch nichts mehr die Laune verderben zu lassen.

Das reichhaltige Essen versorgte ihn mit genügend Energie, so dass er zum Alex laufen konnte und dort in die Delikatessenabteilung, in der er die besten Oliven, das beste Brot und die besten bitteren Früchte für Lore einkaufte. Außerdem Mortadella, Salami, Coppa, Käse, Aufstriche mit Bärlauch, Petersilie, Walnüssen. Er kaufte Couscous (mit besonderem Augenmerk auf Metin) und Artischocken und Orangen für einen Orangen-Artischocken-Salat sowie Wein und Sanbitter, mit besonderem Augenmerk auf sich selbst.

Das alles kostete genau 100 Euro. Er lachte. Er bezahlte mit der Bankkarte.

Er verließ das Geschäft, bepackt wie ein Maulesel, viel zu viele Tüten, ordentlich schwer, hoffentlich verliere ich nicht die Hälfte unterwegs. In der S-Bahn nahm er zwei Sitze für sich ein, aber darauf können wir jetzt keine Rücksicht nehmen. Hauptsache, du schläfst nicht wieder ein. Der Duft der Ciabatta stieg ihm aus einer der Tüten in die Nase, er war schon wieder hungrig, also brach er die Spitze des Brotes ab – sie werden das verstehen.

Das Fenster zur Straße war dunkel, das zum Hof ebenfalls. Ob sie schon schlief? So spät war es noch gar nicht. Er öffnete die Tür vorsichtig. Sie ließ sich aufschnappen.

Lore?!

Durchaus in normaler Lautstärke, denn wir wollen ja, dass sie, sollte sie schlafen, aufwacht, dann kann sie uns nämlich auch mal in guter Laune erleben. (Wie viel willst du ihr verraten? Das hast du noch nicht mit dir ausgemacht. Die Schuldenfreiheit. Das ja. Das Schließfach: eher nicht.) Er machte einpaar Bewegungen – die Geräusche verhallten ohne jede Resonanz.

Niemand da. In der Küche, im Schlafzimmer, im Bad. Niemand und keine Sachen. Sie und ihre Sachen waren nicht da.

Dann sah er den Zettel. Er lag auf dem Bett, auf dem mit schwarzen Fusseln gesprenkeltem Bettlaken.

Dass sie jetzt bei Freunden wohne.

Er sich keine Sorgen machen solle.

Er sie nicht suchen solle.

Kopp ließ die Einkäufe fallen. Die Oliven in der Plastikdose, hoffentlich laufen sie nicht aus. Er hob sie wieder auf, trug sie in die Küche, legte sie auf den Tisch. Innerhalb der Tüte breitete sich langsam ein Ölfleck aus. Er las den Zettel noch einmal unter der Küchenlampe.

Er rief sie an. Die Nummer antwortete nicht mehr.

Er zögerte, aber er rief auch Metin an. Dasselbe.

Lena rief er nicht an.

Erst hielt er es noch für möglich, dass vielleicht jemand ihn anrufen würde. Aber im Grunde wusste er, als er den Zettel sah, aber spätestens, als auch Metins Nummer nicht antwortete, dass sie wohl alle eingeweiht waren. Metin, die Lenas, vielleicht sogar der Typ aus Oder. Sie wird den Umzug nicht allein bewältigt haben, egal, ob sie nur einen Rucksack zu tragen gehabt hätte. *Er* wird ihren Rucksack getragen haben, wie es sich gehört. Er wohnt in Schöneberg, soviel wissen wir. Wohnt in Schöneberg, arbeitet in Potsdam. Dort müsste man hinfahren. Zu seiner Arbeit. Ihn dort erwischen. Ihn kann man knacken. Nicht mit roher Gewalt, natürlich. Ich bin größer und schwerer als er, allerdings nicht unbedingt stärker und bestimmt nicht schneller. Und gegen mehr als einen seiner Sorte auf jeden Fall chancenlos. Sah sich auch gleich auf einem dunklen Pflaster liegen, irgendwo in Potsdam oder Schöneberg. Das wäre ein nicht unerwartetes Ende meiner Geschichte. Seitdem du mich verlassen hast, war das mit drin im Paket. Dass ich irgendwo auf die Erde falle und dort bleibe. Auch ich schwebte im Grenzbereich zwischen Leben und Tod, nicht nur du! Mehr noch, ich tue es immer noch, während du?

Nein, es ist die Seele, an die du ranmusst. Ich bin dein weißer Bruder, sag's mir, oder ich lass dich hochgehen. Das ist der Preis. Ich weiß, sie wird dir auch was versprochen haben. Sie hat etwas, das du willst. Aber es sind noch Monate, bis sie ihr Versprechen einlösen kann, und bis dahin lasse ich dich nicht in Ruhe. Ich werde dich solange verfolgen, bis du mich zu ihr führst. – Und hier kam wieder das Bild, dass die zu dritt sind (der palästinensische Koch macht vielleicht auch mit) und er alleine.

Später griff er in die Tüte hinein. Öl aus der Olivenschale war auf das Brot gelaufen. Einige Tropfen fielen auch auf das weiße Wachstuch mit den orangefarbenen Tupfen. Immer dieses Öl, immer dieses Wachstuch. Er tunkte mit dem Brot im Öl herum, solange, bis nichts mehr zu sehen war.

Er wischte sich sorgfältig die Finger und schrieb ihr eine SMS:

In Ordnung.

Ein trotziges: In Ordnung.

Mehr kriegst du von mir nicht. Ich werde auch nicht nach Potsdam fahren, und ich werde nicht die Straßen Schönebergs ablaufen, in der Hoffnung, euch durch Zufall zu treffen. ~~Verreckt doch!~~ Macht doch, was ihr wollt! Ich mache auch, was ich will. Jetzt, wo ich mein Leben gerade wieder auf die Reihe kriege.

Er aß alles auf, was er eingekauft hatte, bis auf die Grapefruit. Ich mag keine Grapefruit, zu bitter. Er wischte sich die Salamifinger gerade am letzten Stück Brot ab, als sein Handy summte. Er schaute aufs Display. Dort stand: 00:01 und eine SMS von Rolf:

Happy birthday.

Sollte das etwa das Abendmahl zu meinem 50sten Geburtstag gewesen sein? Tatsächlich. Und du hast keine Torte gekauft?

Mit vollem Magen in hysterischem Lachen auszubrechen ist schmerzlich, aber was sein muss, muss sein.

20.

Herr Müller hat mich verlassen, sagte Rolf. Ihr könnt wieder bei mir einziehen, wenn ihr wollt.

Lore hat mich verlassen, sagte Kopp.

Oh. … Was machst du jetzt?

Ich komme gleich in Maidkastell an.

Wo?

Maidkastell.

Was machst du da?

Oh, sagte Darius Kopp. Dies und das.

In dem Moment, als er in den Zug einstieg, auf einem Bein zwischen Bahnsteigkante und Zugtür schwebend, fiel Darius Kopp ein, dass der letzte Kontakt zu seiner Mutter das Telefonat war, als Flora starb. Als er beschloss, nichts mehr mit dieser herzlosen Familie zu tun haben zu wollen. Das hat mich in dem Moment befreit, meine Schmerzen gelindert. Aber mittlerweile tun mir die Alten mehr leid als ich mir selbst. Jetzt hat es selbst den Vitalen unter ihnen erwischt. Wenn man mit 75 Parkinson bekommt, kann man den schlechten alten Medizinerwitz anbringen: Sie werden vermutlich nicht daran sterben. Während Rolf Mitte 20 war, als die MS bei ihm ausbrach. Man sagte ihm, damit kann man sehr alt werden. Und trotzdem wird es keiner. Rolfs Mutter hat mit Mühe und Not die 60 erreicht.

Die Frau, die mich geboren und 16 Jahre lang tagtäglich und später wochenendlich und schließlich gar nicht mehr versorgte, weil ich erwachsen geworden war, wird nächste Woche 80. Sie auf halber Strecke zwischen seinem Geburtstag und ihrem aufzusuchen schien Darius Kopp genau der geeignete Zeitpunkt zu sein. Am besten, ohne Vorankündigung. Egal, dass sie, seitdem sie ein Telefon hatte, Wert darauf legte, dass man anrief, bevor man kam. Um nicht mit ungemachtem Haar gesehen zu werden, von keinem, und überhaupt: *man* überfällt niemanden einfach so. Kopp hatte ihre Telefonnummer auch schon vor Wochen, kurz nachdem er mit seinem Vater gesprochen hatte, herausgesucht, aber er rief trotzdem nicht an. Und wenn sie nicht da ist? Sie wird da sein. Wo sollte sie sonst sein?

Auf dem Bahnhof kaufte er einen Strauß Blumen und sogar eine Schachtel Weinbrandbohnen. Dem Strauß sah man den Bahnhof an (sie wird eine Bemerkung machen), und nun war er sich auch nicht mehr sicher, ob Weinbrandbohnen nicht immer das Geschenk an den Vater waren. Egal. Soll sie wegschmeißen, was ihr nicht gefällt.

Er nahm die Straßenbahn Nr. 10. Erst als er schon drin saß, fiel ihm ein nachzusehen, ob die 10 noch dieselbe Strecke fuhr wie noch zu seiner Kindheit. Tatsächlich. »Möchte jemand eine Abrisskarte?« Wie lange ist das schon wieder her. Und noch früher gab es Ehrenkassen. Eisenkästen, in die man oben Geld in den Schlitz warf und unten eine Fahrkarte abriss. Wie ich früher, als ich wohlhabend war, Münzen verachtete! Überhaupt Bargeld. Nordisches Gold ist kein echtes Gold. Was wertvoll ist, ist eine Sache der Vereinbarung.

Die gute alte Zehn also, mit der man in dieser Stadt alles

erreichen kann, was man braucht. Von den Spelunken am Südende bis zum Badesee im Norden. Dazwischen das Kaufhaus, die Ämter, der Dom, das Theater, die Uni, das Kino, die Kirche, der Zoo, der Friedhof, die Werkstätten (früher), die Autohäuser (heute). Unsere Haltestelle ist die zwischen Kirche (in Fahrtrichtung rechts) und Kino (links). Rechts galt als anständig, links als anrüchig. Erst mit fünfzehn Jahren trauten sich die Ersten von uns über die Straße auf die spannende Seite. Das Kino gibt es immer noch, ein Wunder. Das Gebäude daneben war erst ein Gefängnis, zur Jugend meiner Eltern ein Kulturhaus, in meiner Jugend geschlossen, jetzt teilweise ein Jugendclub. Eine lauschige Doppelreihe niedriger Bäume umfasst ein winziges Viereck leeren Platzes davor. Der Platz in der Mitte ist leer, weil er unwichtig ist. Es geht um die lauschige Doppelreihe niedriger Bäume und die Bänke darunter. Eines der Mädchen, mit denen ich dort saß, hieß Wilma. Das ist im Übrigen auch das Kino, in das Lore mit ihrer Lena ging, als sie noch hier wohnten. Dass Spuren davon zu sehen sein würden, war lächerlich unwahrscheinlich, dennoch konnte Darius Kopp nicht anders, als sich ganz genau umzusehen.

Nichts. Alles leer. Bis auf eine Bank, auf der zwei Frauen saßen und sich unterhielten. Aus sicherer Entfernung betrachtet etwas jünger als Darius Kopp. Dem statistischen Alter nach möglicherweise Mütter, aber Kinder waren nicht dabei. Die eine rauchte, die andere nicht. Wilma hatte auch geraucht. Sylke, mit einem Y, hatte sehr helles Haar und einen kleinen Buckel. Während Katrin (es gab eine Katrin und eine Annkatrin) die erste war, mit der man richtigen Sex haben konnte.

(Vertreibe sofort die Vorstellung aus deinem Kopf, das Kind, das deine Nichte erwartet, wäre irgendwo hier, auf einer dieser

Bänke gezeugt worden! Schmutziger, alter Mann! Hier nach ihr Ausschau zu halten ist auch so ein Nonsens. Sie sind noch in Berlin oder in Potsdam oder wer weiß wo, sie wollen nicht, dass es einer weiß. Du hättest nach Potsdam fahren können und alle Pizzaläden abklappern, du hast es nicht getan. Weil du begriffen hast, dass du nun wieder zu denen gehörst, die nicht wissen sollen, wo sie sich gerade aufhält. Das scheint ihr verdammtes Steckenpferd zu sein. Es ist noch nicht so lange her, als du das gleiche hattest. Also, sei so freundlich, und hör auf, diese zwei unbekannten Frauen anzustarren, sie schauen schon herüber …)

Er drehte sich auf dem Absatz um und wechselte auf die andere Straßenseite. Dorthin, wo es früher an der Ecke den Konsum und darin den Kunsthonig gab. (Eigentlich war Online-Olli gar nicht so übel. Er roch halt nicht so gut.) Heute war da eine Art Lottoladen, aber die Gruppe der Säufer, die auf dem Gehsteig davor lungerten, gab es immer noch. Oder wieder. Oder immer. Nur die Akteure wechseln. Vielleicht. Wer könnte das mit Sicherheit sagen. Nicht Darius Kopp. Ein sonniger Septembertag, sie sahen fröhlich aus, mit ihren Bierdosen in der Hand. (»Arbeitsscheue Elemente«, so hieß das früher. Mutter gebrauchte dieses offizielle Wort. Sie sagte auch »Objekt«. Niemand hat sie dazu gezwungen. Sie übernehmen diese Sprache freiwillig. Oder sie merken es gar nicht. … Habe ich etwa schon viel früher aufgehört, sie zu mögen, als ich dachte? Immerhin hat sie nicht Fidschis gesagt. Er hat das gesagt. Er sagt es immer noch. Himmel. Kehr um, kehr um! – Aber er kehrte nicht um.)

Er schaute, die vormals einzige Telefonzelle der Straße gab es nicht mehr. (Also wirklich, als wärst du aus dem Gefängnis gekommen oder von einer Zeitreise.) Wofür hat der Mensch ein Prepaid-Handy? Und wieso zittert der Finger, mit dem du die Taste drückst? Vielleicht geht sie nicht ran.

Aber sie ging ran.

Hier ist Darius. … Dein Sohn.

…

Ich bin in der Stadt.

… (Sie atmet. Ist das Atmen? Wann habe ich sie zuletzt weinen gehört?)

Kann ich vorbeikommen?

Woraufhin Greta Krumbholtz, geschiedene Kopp, soviel sagte: Wenn du willst.

Er lief langsam, damit sie sich sammeln konnte. Der Weg vom Konsum nach Hause dauert 7 Minuten. Aber halt! Da wohnte sie ja gar nicht mehr! Du bist automatisch zu der Wohnung gefahren, in der du aufgewachsen bist, aber dort wohnte sie schon seit Jahren nicht mehr! Als Kopp das klar wurde, wurde es doch wieder hektisch. Weil das nichts weniger hieß, als dass wir 20 schweißtreibende Minuten der Eile vor uns haben. Oder du gehst zurück zur Straßenbahn und fährst noch zwei Stationen, aber dafür war er schon zu weit weg, Zeit würde man damit nicht sparen. Dass dir das immer passieren muss. Und jetzt renn mal so, dass du nicht zu verschwitzt bist, wenn du bei ihr ankommst, aber auch nicht zu viel Zeit verlierst. Wenn du sie länger als eine halbe Stunde schmoren lässt, wird sie sauer sein. (Warum nur? Warum? Warum hast du das überhaupt angefangen? Weil die Kleine verschwunden ist. Und? Keine Ahnung, keine Ahnung. Sie ist verschwunden, und ich dachte: fahr nach Maidkastell. Aber wenn du nach Maidkastell fährst, kannst du nicht nicht bei deiner Mutter vorbeischauen. Ich wusste schon, dass das schwierig wird, aber doch nicht so idiotisch!) Vor Wut auf sich selbst schnaubend, mit wehenden Sakkoschößen durch Seitenstraßen, auf denen sonst keiner unterwegs war. Keiner sonst ist unterwegs. Das wiederum war ein wenig beruhigend. (Als bliebe die Zeit stehen, wenn dich keiner sieht.)

Er schaffte es in 20 Minuten. Er stand eine weitere Minute vor der Klingeltafel, bis sich sein Atem einigermaßen normalisiert hatte.

Ich habe nichts im Haus, sagte sie statt eines Grußes.

Sie sah klapprig aus. Sie färbt ihr Haar nicht mehr. Die Dauerwelle ist herausgewachsen. Die Tätowierung ihrer Augenbrauen ist verblasst.

Macht nichts, sagte Darius Kopp. Ich bin nicht zum Essen gekommen.

Du hast ja genug zum Zugeben.

(Und wir sind angekommen.)

Hier, sagte er, überreichte die gelittenen Blumen und das Konfekt und drängte sie mit derselben Bewegung in die Wohnung hinein, ging an ihr vorbei bis zu ihrem Sofa und setzte sich hin. Sein lauter Atem füllte das ganze Zimmer aus. Während sie? Immer noch am Eingang stand. Mit seinen milden Gaben in der Hand. Sie taperte langsam, suchte einen Platz für die Dinge in ihrer Hand. Schließlich drehte sie Richtung Küche ab, dort ist alles, was sie braucht.

Er hievte sich wieder hoch, folgte ihr in die Küche, nahm ihr die Vase aus der Hand, füllte sie mit Wasser. Sie setzte sich auf einen der beiden Küchenstühle.

Du könntest auch Kaffee machen, wenn du schon dabei bist, sagte sie.

Also füllte er auch die Kaffeekanne. Das Pulver riecht vertraut. Es ist der Kaffee von hier. Die Stadt hat eine Kaffeerösterei. Am Fluss, zwischen den Kartoffelfeldern. Jeden Tag Kartoffeln, nie Nudeln. Ich habe einen Bruchteil der sizilianischen Küche kochen gelernt, Mutter.

Während er neben der Maschine stand und wartete, dass der Kaffee durchlief. Das ist blöd. So stehst du mit dem Rücken zu ihr. Dreh dich um, geh zum Tisch, setz dich zu ihr. Die ganze Küche riecht vertraut. Dabei ist das hier gar nicht *jene* Küche.

Er setzte sich, sah sie freundlich an und fragte, als wären sie alte Bekannte:

Und? Wie geht es dir?

Ach, sagte sie. Und fing an, lang und breit von ihrer Nachbarin und Freundin Else Monkowski zu erzählen. Kopps Mutter ist noch 79, Frau Monkowski schon seit einer Weile 85. Vergangene Nacht hatte Greta Kopp geträumt, dass Else Monkowski auf sie zukam und sie sie umarmen wollte (Wir umarmen uns sonst nicht), aber als sie es tun wollte, war da nur Luft zwischen ihren Armen.

Darius Kopp sah sich den Körper seiner Mutter an, die Arme und den Rumpf, die bei einer Umarmung beteiligt wären. Wir haben uns auch lange nicht mehr umarmt. Er wünschte es sich auch nicht. (Aber ich glaube, ich werde mir eine große und mindestens kurvige, wenn nicht runde Frau suchen.)

Soll ich rübergehen und sie rufen? Dann wüssten wir, ob sie noch lebt.

Ich weiß, dass sie noch lebt. Ich habe sie heute schon gehört. Wie kommst du darauf, dass sie tot sein könnte?

Ich weiß auch nicht.

Kopp schenkte Kaffee ein. Es gab nur Milchpulver dazu.

Auch kein Zucker im Haus. Mutter achtet seit jeher auf ihre Linie. Wenn sie nicht auf ihre Linie achten würde, wäre sie eine große und mindestens kurvige Frau. (Verdammt, aber auch.)

Aber ihre Hände sehen geschwollen aus. Der Ehering ist eingewachsen. Ob sie ihn deswegen immer noch trug? (Ihn mit einer Zange an zwei gegenüberliegenden Seiten vorsichtig durchschneiden. Wie würde sie wohl reagieren, wenn man ihr das vorschlüge? Du bist verrückt, mein Sohn. Soviel ist mal sicher.)

Und sonst? fragte er stattdessen. Wie geht es … dem Rest der Bande? (Was ist das für eine Redeweise?)

Greta Kopp sagte, den anderen ginge es gut, und dann das, was Darius eh schon wusste: Trennung, eigener Laden. (Offenbar haben sie nicht in letzter Zeit miteinander geredet. Meine Mutter ist keine gute Lügnerin. Das muss sie auch nicht sein, denn sie tut es einfach niemals. Wenn sie etwas wüsste, würde sie es brühwarm erzählen.) Den Kindern geht es auch gut. (Nichts. Sie weiß ganz einfach gar nichts.) Die Große will Kosmetikerin werden. (Tatsächlich: nichts.)

Wann hast du sie das letzte Mal gesehen?

Jedenfalls eher als dich.

… Soll ich erzählen, was ich in der Zwischenzeit alles gemacht habe?

Wenn du willst.

Darius Kopp lächelte seine Mutter an. Er lächelte, wie er das bei widerborstigen Geschäftspartnern zu tun pflegte. Ich kann das so, dass auch die Augen mitmachen, meine lächelnden blauen Augen, von dort verteilt sich das Strahlen in alle Richtungen. *Sie* kann das auch, Marlene kann es und unser Vater auch, Mutter kann es nicht, meine arme, saure Mutter, sauer nicht wie wütend, sondern wie die Schlehe, wie ungezuckerter Rhabarber – dachte Darius Kopp, während er ihr die Variante seiner Reise erzählte, die er für ältere Damen geeignet hielt. Zuletzt war ich Koch auf Sizilien. (Übertreibung. Du willst sie beeindrucken. Schließlich ist sie doch deine Mutter.)

Na, sagte Greta Kopp. Dafür hättest du nicht zu studieren brauchen.

Geschadet hat es nicht, sagte Darius Kopp.

Wenn du meinst.

... Ich habe Floras Asche auf dem Ätna verstreut.

Sie sah ihn an. Ihm erschien der Blick ganz leer, aber sie fragte:

Du hast keinen Grabstein für sie gesetzt?

Nein. Sie wollte keinen.

Ich will auch keinen. Aber ich will auf dem Nordfriedhof verstreut werden.

Ok, sagte Darius Kopp.

Sein Magen knurrte laut. Was haben wir heute für einen Tag? Donnerstag. Er beschloss, in Zukunft donnerstags nicht zu essen. Vielleicht lässt sich diese Verfettung so aufhalten. (Aber sag es niemandem. Diäten sind ein ordinäres Thema. Diesen Ausdruck habe ich von meiner Frau übernommen. Du bist hier, vermutlich für immer, in solchen Dingen. Das ist nicht schlecht. Das ist gut.)

Hol mal die Monkowski, sagte seine Mutter. Sie soll Zitronenkuchen mitbringen.

Und er ging, klingelte, bot seinen Arm an, sie nahm den Arm, in der anderen Hand trug sie einen abgepackten Zitronenkuchen.

Ich werde langsam blind und taub und lahm, sagte Else Monkowski, aber mein Verstand ist immer noch messerscharf, ist das nicht ein Jammer, mein Lieber?

Andersherum wäre es sicher nicht besser, sagte Darius Kopp.

Wer sagt denn, dass es nur diese beiden Alternativen gäbe?

Sie sind wirklich schlau, Frau Monkowski.

Sage ich doch.

Er musste seine Geschichte wieder von vorn erzählen, in der Küche stehend, denn es gab nur zwei Stühle, auf denen das Publikum saß.

Ein Mann, der kochen kann, ist viel wert, sagte Frau Monkowski.

Danke, Frau Monkowski, sagte Darius Kopp. (Ich wünschte, Sie wären meine Mutter. Aber Else Monkowski blieb zeit ihres Lebens unverheiratet und hat auch keine Kinder. Sie hat als junges Mädchen etwas erkannt und sich entsprechend verhalten. Und was würde Darius Kopps Mutter glücklich machen? Jemals? Wenn sie in einem Schloss lebte und man ihr dreimal am Tag Essen servierte plus einmal die Woche Kuchen, und Else Monkowski wäre mit dabei. Das würde schon reichen. Ihr Sohn kann ihr nichts davon bieten, aber immerhin, Else Monkowski ist da.)

Und nun? fragte die Monkowski. Was haben Sie vor, mein Lieber?

Ich versuche, mich zu reintegrieren, wie man so schön sagt. Mal sehen. Vielleicht gehe ich auch wieder ins Ausland.

Sicher, sagte die Monkowski. Sie sind ja noch jung. Es muss ja weitergehen.

So jung nun auch wieder nicht. Ich bin gerade 50 geworden.

Ach, 50! sagte die Monkowski.

Die Mutter kommentierte das nicht. Sie beklagte, dass der Fernseher nicht richtig ginge. Kopp schaltete ihn ein, um zu sehen, ob es am Gerät selbst oder aber am Kabel oder gar dem Satelliten lag. Am Ende musste nur ein Sendersuchlauf gemacht werden, aber das dauerte auch so lange, dass seine Mutter an den Rand einer Raserei geriet.

Was hast du jetzt gemacht? (Murmelnd, als wäre es nur für sich, aber sie weiß, dass er es hören kann:) Jetzt hat er's kaputt gemacht, der Idiot.

Ich habe es nicht kaputt gemacht, sagte Darius Kopp. Und ich bin auch kein Idiot.

Das bliebe zu beweisen, sagte Greta Kopp.

Zu diesem Zeitpunkt dauerte der Besuch zwei Stunden.

So, sagte Darius Kopp. Jetzt läuft er wieder rund. Wollen wir spazieren gehen?

Die alten Frauen sagten nein. Sie waren schon, heute früh. Mehr ist in ihrem Körper nicht mehr drin.

Darf ich?

Du kannst machen, was du willst, sagte seine Mutter. Du bist erwachsen.

Soll ich etwas mitbringen?

Nicht nötig, sagte seine Mutter.

Frau Monkowski fragte, ob er ihr französisches Mineralwasser mitbringen würde. Ich weiß, die Rohre sind nicht mehr aus Blei, aber es schmeckt mir einfach besser.

Er hätte in den Kühlschrank der Mutter schauen sollen, sehen, ob er vielleicht leer war, schauen, was fehlte, es mitbringen, einfach so. Oder Obst oder irgendwas. Aber er sah nicht in den Kühlschrank. Er lief eine Weile in der Gegend herum, führte seinen Körper spazieren, aus medizinischen Gründen, und dachte darüber nach, ob er später noch einmal ein Gespräch mit seiner Mutter versuchen sollte. Ich habe meine minderjährige schwangere Nichte verloren, sag's nicht Marlene. Oder sag's ihr, dann muss ich es nicht machen. Er lief und lief, in den Park, bis an den Zoo heran. Als Kind habe ich hier mal den Stachel eines Kammstachelschweins gefunden. Respektive den Spieß. Man sagt Spieß. Eine Weile lang war das mein größter Schatz.

An der Straßenbahnhaltestelle Zoo gab es einen Stadtplan. Er sah nach, wie weit es bis zum Wellness-Salon Marlene Kah war. Weit. Man müsste noch in eine andere Straßenbahn umsteigen. In die Zwei. In die Acht müsste man wiederum umsteigen, wenn man die Geschäftsräume der Elektroanlagenbau Nord GmbH besichtigen wollte. Die einem die Suchmaschine anbietet, nachdem man »IT Executive Wireless Ireland« eingegeben hat. Solche Fehler kommen immer wieder vor, aber dass es ausgerechnet eine Firma in seiner Heimatstadt war, die nach einem neuen Geschäftsführer suchte, war erst ein kleiner Tritt (Wollt ihr mich verarschen?) und dann doch mit etwas Nostalgie verbunden (Immerhin kenne ich mich dort aus). Aber damit war es jetzt auch vorbei. Nostalgie, ja, aber so, wie nach einem dunklen, wirren Traum, den du gern lösen würdest. Bis es lange genug hell war, dass du begreifst, dass das nicht mehr möglich ist.

Er kaufte in einem Discounter einen Sixpack Wasser und lieferte ihn bei Frau Monkowski ab. Selbstverständlich müssen Sie mir dafür nichts zahlen, Frau Monkowski.

Seine Mutter störte er beim Essen. Peinlich berührt leckte sie an ihren Mundwinkeln. Sie aß aus einer Assiette mit Abteilungen, wie man sie bei Essen auf Rädern bekommt. Heute: Gulasch und Stampfkartoffeln. Die übrig gebliebene halbe Portion vom Mittag.

Ich kann dir nichts abgeben, sagte seine Mutter.

Es käme mir nie in den Sinn, das zu verlangen, sagte Darius Kopp.

Alles in allem waren vier Stunden vergangen, seitdem er aus dem Zug gestiegen war. Er verabschiedete sich von seiner Mutter. Ich denke nicht daran, traurig zu werden.

21.

Er kehrte nach Berlin zurück. In der Unterkunft war außer ihm weiterhin niemand. (Du kannst jetzt aufhören, darauf zu hoffen.) Er fuhr zu Rolf und stellte ihm die wesentlichen Fragen.

Was soll ich tun?

Rolf sagte, er würde sich freuen, wenn Darius Kopp wieder da wäre.

Da?

Hier.

Ist es gut hier?

Ja, es ist gut hier. Es ist eine gute Stadt. Ich habe sie von Anfang an gemocht. Ich dachte, du auch.

Ja, ich auch.

Und Rolf ist auch gerne Computerfuzzi. Rolf, der ein so guter Mathematiker ist, wie du es als IT-ler gar nicht sein musst. Der es zum Matheprofessor hätte bringen können, hätte er das gewollt. Aber er wollte es nicht, und sein Körper wollte, dass er nichts macht, das zu viele Arbeitsstunden und Stress mit sich bringt. Aus ihm wird also auch kein Chef mehr. Aber auch das hätte er nie gewollt. Das ist noch der Ossi in mir.

Inwiefern?

Insofern, als dass du in einer Diktatur nicht Chef werden wollen konntest, ohne einen Deal mit denen einzugehen. Das kam nie in Frage.

(Drei Jahre bei der Armee, dachte Darius Kopp.)

Nachdem sie mich in die Armee reingequatscht hatten, sagte Rolf.

Du bist also der Meinung, ich sollte wieder in IT einsteigen?

Ich muss dir das sagen?

Ja, bitte, sag du es mir.

Ja, sagte Rolf, du sollst wieder in IT einsteigen. IT ist gut.

Ich habe mir eine fiktive Firma namens Work-a-Wave ausgedacht.

Eine fiktive Firma?

Ja, als ich darüber nachgedacht habe, was ich in meinen Lebenslauf schreiben soll. Über die letzten drei Jahre. Work-a-wave. Verstehst du? Wie die Surfer. Kann man auch für WLAN benutzen.

Hm, sagte Rolf.

Oder würdest du die Wahrheit sagen? fragte Kopp.

Mir bleibt nicht viel anderes übrig, sagte Rolf. Aber, ja, ich würde sie sagen.

Die Pflanzen im Hof hinter dem Puppenstübchen waren nicht mehr zu retten, aber Kopp holte sie rein und ordnete sie in der Nähe des Küchenfensters an. Ein bisschen mehr Wärme und noch weniger Licht als ohnehin schon. Saß da am Küchentisch, wie in einem mickrigen, absterbenden Dschungel und stellte endlich seinen Lebenslauf fertig. Er entschied sich für Stavridis, also die kleinere Lüge.

Er kämpfte 2 Tage, seine persönliche Laokoon-Gruppe, schwitzte Blut und Wasser, bis er sein Profil auf BusinessLink in einen Zustand gebracht hatte, dass es für Online-Bewerbungen verwendbar war. Schuld daran war vor allem der *Letter of intent* – in Wahrheit nur ein Statement von einem Absatz Länge, den zu haben weiterhin zum guten Ton gehört. Als wären wir jemand mit Ambitionen, der darüber fließend in Wort und Schrift und auf Englisch berichten kann. Das Rohmaterial dazu kann man sich in Form von Panelen aus den Profilen anderer besorgen. Die zwei Tage Blut und Wasser braucht man, damit daraus etwas wird, das wie die Sprache eines Menschen klingt. Er schickte den Internetübersetzer drüber und ließ es Rolf auch noch einmal lesen. Rolf sagte, er könne keine Fehler entdecken. Das Foto in seinem Online-Profil tauschte er schließlich doch nicht aus. Sieben Jahre jünger, was soll's. Er fügte die 4 Recommendations hinzu, die er bekommen hatte. Vier sind nicht zu wenig, nicht zu viel. Anschließend kippte er eine kleine Flasche Sanbitter (wieso ist außer einer Flasche Sanbitter nichts im Haus?) und drückte auf eine Handvoll Apply-Here-Buttons, die er sich im Laufe der letzten Woche gemerkt hatte (und bei denen wir zumindest einen Teil der Anforderungen zu erfüllen in der Lage sind).

2 Companys in Dublin, 1 in London, 1 in Maidenhead und 1 in Cork (Alles Sales, aber was soll's. – Cork! Cork! Cork!). Dazu, denn wir wollen uns nicht mehr einschränken, als unbedingt nötig: 1x Nürnberg, (Network Security Engineer), 1x Großraum München (Leiter Global (!) IT-Infrastructure), 1x Köln (Head of CIO Office) und 1 sogar Berlin (IT-Sicherheitsbeauftragter des Landes, haha! Wir haben zwar weder promoviert, noch sind wir vorzugsweise eine Frau, aber was soll's. Höchste Besoldungsstufe. Haha!).

Während er auf Rückmeldungen wartete, traf er sich mit denjenigen, die ihn empfohlen hatten. (Du musst sie einladen. Also am besten am Nachmittag.) Halldor (der seine Empfehlung als Erster schrieb, wenn auch nur auf Deutsch und mit einigen Rechtschreibfehlern) holte er auf dessen Heimweg von der Arbeit an der S-Bahn ab. Sie folgten dem Flussverlauf. Halldor geleitete sein klapperndes Fahrrad neben sich her. Sein Haar war mittlerweile hüftlang gewachsen, die obere Partie trug er in einem Dutt. Sein Haar glänzt sehr schön, das muss man ihm lassen. Halldor macht ständig Diäten, trotzdem ist er pummelig. Das ist ein Band zwischen uns. »Ist sowieso sinnlos.« Am Tag, an dem er aus der Stadt verschwand, hatte Darius Kopp ein Bewerbungsgespräch am wissenschaftlichen Institut, an dem Halldor immer noch arbeitete. Er hatte ihm den Termin besorgt, Kopp hatte deswegen immer noch ein schlechtes Gewissen. Unnötig. Wo es doch sowieso sinnlos war.

Was ist aus unserem damaligen Gesprächspartner, dem so äußerst jovialen neuen Chef Herrn Eren geworden?

Nun, er arbeitete nicht mehr dort (»Hatte keinen Sinn.«), man hatte jetzt jemand neues, wieder jemand älteres und weniger joviales (»Obwohl das auch keinen Sinn hat.«). Aber der hat auch »den allerletzten Job«, nämlich Mittel zu besorgen. Beschissener ist eigentlich nur noch die IT-Crowd dran. Die Wissenschaftler können nach 6 Jahren Befristung Unbefristetheit einfordern, die IT-ler nicht. Von Zeit zu Zeit jagt Halldor das Angst ein, von Zeit zu Zeit wird er wütend, aber meistens denkt er außerhalb der Arbeit nicht an die Arbeit. Seinen riesigen Bildschirm zu Hause benutzt er nur zum Spielen.

Das war an einem Dienstag. Der Mittwoch ist traditionell der bleiernste Tag der Woche (und der, an dem man am wenigsten wiegt), an so einem traf sich Darius Kopp mit Marian

Müller. Marian Müller ist ein netter und unendlich langweiliger Mensch, der eine Empfehlung aus nicht drei, nicht fünf sondern acht impeccablen englischen Panelsätzen abgab. Für die gleiche Anzahl an Mitarbeitern trug Marian Müller seit nunmehr drei Jahren die Personalverantwortung und nahm das sehr ernst. Man darf nicht zu eng führen, sonst machen sie nicht einmal mehr das kleinste bisschen selbstständig, aber auch nicht zu lax, sonst machen sie überhaupt nichts mehr. Weder diktatorisch, noch laissez-faire würde Marian Müller seinen Führungsstil bezeichnen. In der Arbeitspsychologie würde man es wohl einen demokratischen Führungsstil nennen, aber soweit würde wiederum Marian Müller nicht gehen. Nein, Demokratie würde ich es auch nicht nennen.

Verstehe, sagte Darius Kopp. Und: Entschuldigung. Dafür, dass sein Magen unanständig laut zu knurren anfing. Ich faste zur Zeit.

Was stimmte. Zu dieser Zeit versuchte er, tagsüber zu fasten und erst am Abend zu essen (my own private Famine Walk). Das entgleiste allerdings jedes Mal. Wenn er etwas von der selbstgemachten Lasagne aß, dann aß er sie ganz auf und hatte immer noch quälenden Hunger. Er versuchte dem mit Oliven und Bier beizukommen. Und dann noch mehr Bier, wenn er die Einsamkeit zu spüren begann, was regelmäßig gegen Mitternacht der Fall war. (Hoffentlich merke ich's, bevor ich Alkoholiker werde.)

Marian Müller, der es nie im Leben zum Sumo-Ringer bringen würde, um es mal so auszudrücken, nickte ernst: Man muss auf sich achten.

Am Donnerstag traf Darius Kopp Fabian Weiß, der genau zehn Jahre älter ist, also vor kurzem seinen 60sten gefeiert und ein Ferienhaus in Frankreich gekauft hat. Sie sprachen die meiste Zeit über dieses Ferienhaus.

Am Freitag, noch relativ früh, wurde er tatsächlich von Matthieu Stavridis angerufen. Matthieu sprach gutes Englisch. (Ein sehr viel besseres Englisch.)

Wie sich herausstellte, hatte der Junge nicht ein Dutzend Firmen, sondern nur eine, seine Beteiligungen an den anderen Startups hatte er bereits verkauft, oder sie hatten sich als wertlos herausgestellt. Gegenwärtig erbrachte er zusammen mit zwei Anderen Softwaredienstleistungen, bis jetzt ausschließlich in Frankreich. Drei junge Familienväter am Rande des Nervenzusammenbruchs.

Wir programmieren im Moment eine Applikation für einen Fensterhersteller.

Eine was?

Eine App für einen Fensterhersteller.

Oh, sagte Darius Kopp.

Hast du Erfahrungen mit dem Programmieren von Apps?

Nein, sagte Darius Kopp. Nicht die geringste.

Oh, na ja, sagte Matthieu Stavridis, und dann eine ganze Weile nichts mehr. Kopp hörte ihn atmen. Ich stelle mir vor, dass er verschwitzt ist. Ein junger Mann unter Strom. Ein braver Sohn, der anruft, weil man ihn darum gebeten hat. Der aber auch nicht weiß, was er mit mir anfangen soll. Oder ich mit ihm.

Danke, sagte Darius Kopp. Für den Anruf. Apps sind, wie gesagt, nicht mein Metier, aber vielleicht ergibt sich mal was anderes.

Absolutely, sagte der junge Herr Stavridis.

(Frag ihn, wie seine Firma heißt! Du weißt überhaupt nicht, wie seine Firma heißt!)

Ich schicke dir unsere Visitenkarte per Mail, sagte Matthieu.

Perfect, sagte Darius Kopp.

Alles ist perfekt. Everything is fine. Netter Junge. Ein niemals stattgefundenes gemeinsames Projekt mit der Firma Optimo & Co. Paris fließt in unseren nächsten Lebenslauf ein.

Am Abend desselben Tages traf Darius Kopp schließlich die beiden Thomasse: Schatz und Böhmer. Zum Fondue in einem Rooftop-Restaurant. Ein Rooftop-Restaurant ist eine schöne Sache. In meinem früheren Leben war ich in solchen und solchen. In mafiösen, mondänen, eleganten und klinischen. Sogar in rustikalen. Dieses hier erinnerte an eine schweizerische Betriebskantine (Warst du je in einer?), aber vielleicht auch nur, weil wir Fondue hatten. Warum Fondue, keiner weiß es, die Thomasse hatten es so entschieden.

An diesem Abend hörte Darius Kopp zum ersten Mal seit vielen Jahren wieder das Rauschen. Dieses Rauschen, das es früher immer gab, in den Neunzigern (Großer Gott, das ist ja schon über 20 Jahre her!), ein wenig auch in den Zweitausendern, und dann ging das vorbei, zumindest für mich, für mich war das vorbei, aber jetzt war es wieder da. Mir klingelt es in den Ohren, und bestimmt nicht von der Höhe. Als wäre es die akkumulierte Müdigkeit eines Freitagabends, gewürzt mit der hysterischen Vorfreude auf das Wochenende. Als wären wir bereits wieder berufstätig. Mit diesem kleinen Brechreiz hinten im Hals.

Die beiden Thomasse hatten jeweils ausländische Frauen geheiratet. Jeder sollte ausländische Frauen heiraten, das war die

Meinung von Thomas Böhmer, der zuerst mit einer deutschen Frau verheiratet war und jetzt mit einer Argentinierin.

Nur die Argentinier wissen, wie man ein Bidet benutzt! rief Thomas Schatz. Offenbar ein Insider, denn Böhmer rief: Jawohl!, und sie stießen an. Kopp, weil er auch da war, stieß mit an und lachte ebenfalls.

Sie aßen alle drei, als stünden sie kurz vorm Verhungern, tranken, als wären sie nah am Verdursten, und dabei redeten die beiden Thomasse den lieben langen Abend lang über Frauen, Käse, Obstbrände und über das Renovieren von besonderen Objekten, was offenbar jedermanns Hobby in einem gewissen Alter ist.

Ich habe meine Wohnung verloren, sagte Darius Kopp. (Obwohl er sich zuvor noch sagte: Sag es nicht. Sag es einfach nicht. So etwas ist kein Partythema. Das Renovieren von besonderen Immobilien ist es, der Verlust einer ist es nicht. Benimm dich.)

Oh, sagte Thomas Böhmer. Das war fahrlässig.

Ja, sagte Darius Kopp. Fahrlässig.

(Aber ich habe noch Hoffnung. Ich habe 40T aus zwielichtiger Quelle in einem Schließfach versteckt. Kann sein, dass man mich deswegen noch hochnimmt, aber falls nicht, baue ich mir davon einen Holzcontainer auf Rädern, den ich mithilfe einer Fahrradrikscha hinter mir herziehe, wohin es mich auch immer verschlägt. Sag das nicht. Du bist besoffen. Jessaiäm.)

Irgendwann redeten die beiden Thomasse dann auch übers Geschäft. Oder, nein, doch nicht, nur über einen abwesenden Dritten, den Kopp nicht kannte, aber es war, als redeten sie absichtlich über ihn, um mir durch die Blume eine Mitteilung über meine eigene Situation zu machen. Dieser Dritte, über den Kopp nur erfahren konnte, dass es sich um einen Mann handelte, denn das Wort »er« fiel mehrfach, soll »davor« für eine Firma unterwegs gewesen sein, die »ein Modem in China zusammengefriemelt, etwas Software rübergeschickt und sie dann teuer in Süd-Amerika verkauft« hat.

Ja, und wo ist die Pointe? Keine Ahnung. Ich bin viel zu betrunken. Wie konnte es dazu kommen? Hast du etwa wieder angefangen zu frösteln und dachtest, es wäre eine gute Idee, dem schnell mit Alkohol einzuheizen? Dass Thomas Schatz (»Man sollte sich die Gelegenheit, Darius Kopp als Mitarbeiter zu verpflichten, auf keinen Fall entgehen lassen«), ein noch viel schnellerer Trinker ist (= wie ein Loch säuft,) trug sicher auch mit bei. Plus das Kirschwasser, in das wir unsere Brotstückchen tunkten, damit der Käse leichter verdaulich wird.

Kopp wurde wütend. So ein schönes Rooftop-Restaurant, und ich verliere den Kontakt wegen Alkohol. Den Kontakt wozu? Zu allem. Dem Ort, den Anwesenden, sogar der Luft (Ist es hier drin klimatisiert? Vermutlich. Geschickt. Man merkt den Unterschied nicht, wenn man von der Terrasse hereinkommt). Die beiden Thomasse wirkten nicht betrunken, und sie schienen auch nichts von Kopps Zustand zu bemerken. Der Abend ging ohne Zwischenfälle (und ohne Ergebnis) zu Ende. (Immerhin habe ich Bewerbungen draußen. Ich habe Bewerbungen draußen.) Immerhin bezahlte einer der Thomasse.

Kopp war es, wieder auf Bodenniveau angekommen, noch schwindliger als oben auf dem Dach, also bestellte er ein Taxi (another 20 Euros), um nach Hause zu kommen. Im Inneren des Taxis war es sehr dunkel.

Ich wohne im Wedding, sagte Darius Kopp zum Fahrer, den er nur erahnen konnte. (Warum ist es hier so dunkel? Bin ich etwa erblindet? Schlafe ich etwa schon?)

Im Wedding, sagte der Fahrer. Und wo dort?

Seidenraupen, fiel Kopp ein.

Was?

Die Adresse hat etwas mit Seidenraupen zu tun.

Der Fahrer schwieg verkniffen. Gleich schmeißt er mich raus. Bevor ich ihm den Wagen vollkotze. Aber, keine Sorge, ich muss nicht.

Moment. Ich rufe meinen Freund an.

Wie gut, dass die Telefontastatur von hinten beleuchtet ist. Der Schatzthomas soll Seidenraupen ins Internet eingeben. Aber, Moment mal, das kann ich ja selbst.

Das ist in Gesundbrunnen, teilte der Fahrer mit.

Ach so? sagte Darius Kopp.

Wieder was gelernt.

Am Ende der Fahrt rebellierte sein Magen doch noch. Er schaffte es, sich in die von ihm lange nicht mehr geputzte Toilette des Puppenstübchens zu erbrechen. Er schaffte es, sich in den Schlaf zu flüchten, bevor die durch das heftige Erbrechen ausgelösten Kopfschmerzen sich voll entfaltet hätten. Er träumte.

Er träumte, dass er ein Executive war, kurz vor seinem 65sten Geburtstag, an dem er, so das sichere Wissen im Traum, einen Herzinfarkt erleiden würde. Er wusste, dass ihn ein Wiedereinstieg in die Businesswelt zermalmen würde, und zwar nach exakt 15 Jahren, das hatte sogar in seinem Vertrag gestanden, er wusste also, was er tat, er nahm es in Kauf, er nickte, er unterschrieb, und nun war es also soweit. Er unterschrieb auch, dass er keine Frau finden würde, ja, er bestätigte mit seiner Unterschrift, unverheiratet zu bleiben und all seine Kräfte dem Unternehmen zu widmen, nur ordinäre Menschen führen sogenannte Ehen, in unseren Kreisen ist es üblich, sich ein Escort zu nehmen. Jawohl, sagte Darius Kopp und im nächsten Moment kam Riley Keough in einem leeren Stahl-und-Glas-Penthouse auf ihn zu. Das hatten wir neulich bei Rolf gestreamt. Das war etwas peinlich, Riley Keough ist unheimlich schön, es war ihm peinlich, dass er ausgerechnet sie gemietet hatte. Dass es ihm möglich war, sie zu mieten. So ein high player bin ich doch gar nicht. Oder doch? Habe ich es am Ende doch geschafft? Er beschloss, ihr zu zeigen, dass er nicht durch und durch ein Schwein war. Ich werde ihr die Hand küssen. Aber da klopfte sein Herz schon so schmerzhaft, dass er begriff: nicht erst an seinem 65sten Geburtstag, sondern jetzt gleich würde er den Herzinfarkt erleiden. Jeder wünscht sich einen plötzlichen Tod, aber der Schrecken, der einen in diesen letzten Augenblicken überfällt, nein, den kann man keinem empfehlen. Er erwachte, bevor er gestorben wäre. Gottlob sollte es nur ein kleiner Tod sein. Aber auch der kann schmerzhaft sein.

Er dachte, er hätte nur einen mordsmäßigen Kater, aber dann lag er ganze 9 Tage flach. Ein Herbst mit ungewöhnlich vielen Sonnenstunden hin oder her, einige Viren haben wohl doch den Klimaentwöhnten gefunden, der hier seit Wochen fröstelt. 9 mal 10 sind 90, soviel Essensgeld hätten wir also gespart. Das Leitungswasser schmeckt metallisch, oder ich selbst bin das, wie ich mein eigenes Fett verdaue. Es verlangte ihn, in eine Zitrone zu beißen, aber die einzige, die noch im Haus war, war halb verschimmelt. Damit hast du nicht gerechnet: dass du an einer Erkältung krepierst.

Aber er krepierte nicht. Er zerkaute eine Knoblauchzehe, die noch gut war, der Geschmack in seinem Mund wurde noch schlimmer, aber am zehnten Tag konnte er endlich wieder aufstehen. Er öffnete das Fenster zum Innenhof. Die Sonne war weg. Er sah auf die Uhr (= das Handy): 13:00 Uhr. Die Sonne war weg. Der Himmel gleichmäßig bedeckt, ohne sichtbare Strukturen. Und bereits der 4. November. Immer noch mild, aber grau und feucht, als läge Berlin direkt am Meer. Wann kommst du?, stand in der Betreffzeile einer E-Mail von Aris Stavridis, die bereits am 31. Oktober angekommen war. Ansonsten war die Mail leer, nur in der Betreffzeile stand dieser eine Satz. Wann kommst du?

Zu diesem Zeitpunkt hatte Darius Kopp noch knapp 150 Euro Bargeld zu seiner freien Verfügung. Das reicht für ein One-way-Ticket zu einem nicht zu weit entfernten Ziel. Lieber Aris, komme Donnerstag, bleibe für immer. Oder doch Catania. Als wäre nichts gewesen. Den Schlüssel bei der Nachbarin abholen. Due mesi, ja, ganze due mesi war ich fort. So lange habe ich gebraucht, um mich in der Heimat zu erledigen, oder come si dice correttamente.

22.

Die nächste Zeit blieb es grau und mild, das war gut. Das bedeutete, man brauchte weiterhin keine richtige Winterkleidung. Allerdings musste sich Darius Kopp eine passable Regenjacke und auch Regenhosen kaufen, die er auf dem Weg zur Arbeit auf dem Fahrrad tragen konnte. Sobald die größte Schwäche vorbei war, und seine Ausdünstungen sich normalisiert hatten, bewarb er sich um einen Job als Pizzabäcker, und bekam ihn. 24 Stunden in der Woche, das ist gut. Ich muss noch gut genug aussehen für den Moment, wenn der Apply-Button irgendwo einen höher angebundenen Job in Reichweite bringt. (Aber nein, wir verfügen über keine mehrjährige Erfahrung in einer leitenden IT-Funktion oder als Projekt-/Programm-Manager mit einer ebenfalls möglichst breiten Abdeckung an IT-Themen sowie Führungserfahrung in vergleichbar komplexen Industriestrukturen, und wir haben auch keinerlei herausragende Ergebnisse im Management von organisatorischen Neuausrichtungen oder Change-Vorhaben erzielt, und was zur Hölle sollen methodische Kompetenzen aus den Bereichen Projekt-/Service Management sein, und dennoch: Wir fühlen uns in der Lage, Mitarbeiter »fachlich und disziplinarisch« (WTF?) anzuleiten. Natürlich, was denn sonst, wir fühlen uns zu allem in der Lage. Apply, apply, apply.)

Das Rad war klapprig, von den drei Gängen funktionierte

nur der dritte. Jemand hatte es im Keller eines der von Muck verwalteten Häuser stehen lassen. Wenn er die Frühschicht hatte, fuhr Kopp eine der Strecken, wenn er die Spätschicht hatte, beide im Dunkeln an der Spree und den erleuchteten Repräsentationsgebäuden entlang. Das Fahrrad selbst hatte keine Beleuchtung, und Kopp trug weder eine Leuchtweste noch einen Helm. Er erschrak jedes Mal, wenn er einen Polizisten sah, andererseits hatte dieses im Dunkeln Schleichen auch seinen Reiz.

Radfahren macht glücklich, etwas vor der Zeit aus dem Puppenverließ aus- und bei Rolf eingezogen zu sein ist gut, Pizzabacken ist OK, nichts daran auszusetzen. An Ampeln wartend die Frauen zu betrachten ist gut. (Natürlich nicht wie ein irrer Stalker. Ganz beiläufig nur.) Gottlob gibt es die Frauen. Jede einzelne von ihnen ist schön. Übertreibung. Aber viele. Es gibt mehr Frauen als Penner, auch das ist gut. Aber es gibt auch mehr Penner als früher. Oder sie fallen stärker auf. Frauen und Penner, diese beiden Gruppen fielen Darius Kopp ins Auge, wenn er sich auf der Straße aufhielt. Was du dir wünschst, was du fürchtest. Und natürlich die wie Granatsplitter dicht an seinem Ohr vorbeischießenden jungen Männer in Hightech-Helmen, aber die vergaß er gleich wieder, nachdem er sie in Gedanken getötet hatte. Blieben noch die Horden junger Menschen, die mit Stöpseln im Ohr und Telefonen in der Hand hin und her gingen, das können nicht alles Touristen sein, viele sind sicher von hier, sie sehen nur so aus, als wären sie exotische Besucher aus einer anderen Welt. Weil du aus einer anderen Welt bist, sehen wir's ein. Drei Jahre, länger hat es nicht gebraucht, und du bist rausgefallen aus diesem Hinundhergehen mit Handys und Einkaufstüten, aber das wärst du vielleicht sowieso.

So ging es einige Wochen. Er träumte viel von zukünftigen Jobs. Er hatte sich bei einigen Agenturen für die Vermittlung von Jobs im Ausland registriert. Ab und zu dachte er an das Schließfach – Immer noch keine Nachricht. Ist der Anwalt unfähig oder sollte man das dämliche Geld einfach aufgeben? –, aber es gab auch Tage, da ihm nichts davon einfiel. Es gab Tage, da fiel ihm auch Lore kein einziges Mal ein. Bis eines Nachmittags, er war fast schon bei der Arbeit angekommen, er stand gerade an einer Ampel, sein Telefon klingelte. Die Nummer war unterdrückt, er dachte sich nichts dabei. Er ging ran.

Schluchzte sie, oder sprach sie in den Pausen krampfhaften Erbrechens?

Dass sie allein in der Wohnung sei und gleich sterbe.

Lore? Bist du das? Wo bist du?! Was ist los?!

Sie sagte etwas, er verstand es nicht. Natürlich musste in diesem Moment auch der Verkehr losbrausen, natürlich musste ein Radfahrer, dessen Weg er blockierte, Darius Kopp anklingeln. (Arschgeige!)

Matti. Seit gestern nicht zu erreichen.

Wo bist du? Was ist los bei dir?

In der Tschtschtsch-Straße.

Wo?

Wimmernd: Ich sterbe.

Wieso stirbst du, was ist passiert?

Wmnn…wmmm…sstrrr

Kopp schrie ins Telefon, wo bist du, bist du hier, wie ist die Adresse, oder ruf die Rettung, 112, die Nummer ist 112!

Keine Antwort.

Kopp: Lore!!!!

Sie brachte ein Ja hervor.

Sag mir die Adresse! Schrie Darius Kopp in die plötzlich wieder still gewordene Straße hinein.

Und sie sagte wieder etwas wie Tsiang-tiau, oder vielleicht hatte sie auch nur geröchelt, dann war sie weg.

Es blieb ihm nichts anderes übrig, er gab das, was er gehört hatte, in die Suchmaschine ein, und es stellte sich heraus, dass es tatsächlich eine Straße gab, die so hieß: Tsingtao. Eine ehemalige deutsche Kolonialstadt, eine Brauerei, Restaurants, und also auch eine Straße. Was man alles nicht weiß. Eine Hausnummer hatte er nicht, zurückrufen konnte er sie auch nicht. Immerhin war die Straße laut Karte nicht lang. Und sie lag nur einen Steinwurf vom Puppenstübchen entfernt. Kopp tippte hektisch eine SMS an die Arbeit: familiärer Notfall, und raste los, als ginge es um Leben oder Tod. Vielleicht ging es wirklich um Leben oder Tod.

Als er in die Straße einfuhr, stürzte er beinahe. Irgendeine Flüssigkeit auf dem Pflaster, schuld ist die Kneipe an der Ecke. Nein, eine Bar. Copacabana. (Was denn noch?) Sie schien geschlossen zu sein, wurde gerade geputzt, aber im Außenbereich saß ein einzelner Mann mit einem Getränk und einer Zigarette. Papirossi, wie Kopp feststellen durfte. Stinken bis hierher. Im Grunde schulden sie mir was (Schütten Sie das Wischwasser eigentlich auch bei Frost auf die Pflastersteine?), also ging er hin (sprach das Wasser nicht an) und fragte den Mann, ob er heute vielleicht die Rettung in der Straße gesehen habe.

Der Mann nickte und zeigte sogar: zwei.

Zwei Wagen? Gleichzeitig?

Nicken.

(Was ist los mit ihm? Kann er nicht sprechen? Darf/will er nicht?)

Haben Sie gesehen, wen sie mitgenommen haben?

Der Mann schüttelte den Kopf. (Ein recht abgerissen aussehender Mann. Abgerissen und übernächtigt. … Ehrlich gesagt sieht er fast aus wie ein Penner. Hat die Bar Copacabana einen Penner zu einem Drink und einer Papirossa eingeladen? … Als ob das jetzt nicht egal wäre.)

Ich suche meine Nichte, sagte Darius Kopp. Sie ist schwanger. Sie hat mich angerufen, dass es ihr nicht gut geht.

Der Mann schaute nur.

Welches ist das nächste Krankenhaus?

Der Mann hob Schulter und Hände als Zeichen dafür, dass er es nicht wusste.

(Wie können Sie das nicht wissen? Egal.) Schönen Dank auch! sagte Darius Kopp. Er blieb dort stehen, während er recherchierte. Der Mann sah ihm dabei zu. Soll er.

Das Virchow. Natürlich.

Die Notaufnahme war wie gewöhnlich voll mit Migräne- und Panikattacken, gerissenen Kondomen (ein blasses Pärchen, händchenhaltend), Kleintierbissen, Küchen- und Sportunfällen, und Leuten, die versäumt hatten, rechtzeitig ihr Asthmaspray zu ersetzen und gerade noch so den Rückflug von irgendeiner Geschäftsreise, natürlich spätnachts oder gar an einem Sonn- und Feiertag durchgestanden haben, mitten hinein in den alles durchdringenden Feinstaub und eventuell blühen sogar die Linden (das war Darius Kopp, in einem früheren Leben). Gottlob heißen wir beide Kopp, das erhöht die Chance, eine Auskunft zu erhalten. Vorausgesetzt, sie hat ihren Namen gesagt. Denn das muss man nicht, erste Hilfe müssen sie jedem leisten, ganz abgesehen davon können manche gar nicht sprechen. Die Schlange am Tresen ist nicht lang, sie kommt nur einfach nicht voran, irgendetwas wird vorne diskutiert, während zwei Sanitäter einen blutüberströmten Mann auf einer Trage ins Gebäude herein und gleich durch eine Tür schieben. »An 2,6 Promille kann man auch mal sterben, Herr Lehmann!« Das hat man zu jemand anderem gesagt. Einem alten Mann, der durch eine andere Tür kommt und seiner mutmaßlichen Frau übergeben wird. Nette Schwester. Sagt es extralaut, die öffentliche Anprangerung ist Teil der Behandlung. Danach ist es wieder eine ganze Weile ruhig, Darius Kopp hat genug Zeit, einen Plan für den Fall zu schmieden, dass man ihn abweist. Durch eine Klinik schleichen. Über Flure, das geht noch, aber in jedes einzelne Zimmer schauen? Patienten wecken, Leute aufscheuchen, Aufmerksamkeit erregen? Aber schließlich wurde das nicht nötig. Sie hatte sich unter ihrem Namen einliefern lassen, und er konnte fast die Wahrheit sagen: dass er ihr Onkel sei, dass die Eltern in Maidkastell wohnen und nicht so schnell hier sein könnten, also sei er hier. Sie hat mich noch angerufen, bevor ihr Handy den Geist aufgab.

Die Nadel steckte in der rechten Hand. Offenbar ging es ihr gut genug, dass sie darauf hinweisen konnte, dass sie Linkshänderin ist. Oder es war Zufall. Sie sah anders aus als noch vor sechs Wochen. Ihr Gesicht war runder und noch puppenhafter geworden, der Hals, die Arme waren dafür noch schmaler und der Bauch nun unübersehbar und unverwechselbar. Siebter Monat oder vielleicht schon der achte? Sie hatte Sommersprossen bekommen oder eher Leberflecken auf der Stirn. Das sind die Hormone.

Wie geht es dir?

Ganz gut. Ist schon der zweite Beutel.

Ist dir immer noch so schlecht?

Manche erbrechen noch im Kreißsaal. Hat die Schwester gesagt.

Im Dreibettzimmer war noch eine andere Frau, eine, die ein Baby bekommen hatte, einen Jungen offenbar, vier Kilo noch was. Wir kümmern uns nicht weiter um sie. Die Frau nahm das Baby und ging hinaus, und Darius Kopp zog einige der zu warm gewordenen Fahrradklamotten aus. (Tut mir leid, dass es so raschelt.)

Sie sagte, ihr Handy sei leer (wir haben also, rein zufällig, nicht gelogen), sie habe das Ladegerät vergessen. Ob er Matti anrufen könnte.

(Matti. Tatsächlich.) Klar. Wie ist seine Nummer?

Sie sagte, sie tippe sie selber ein, das ginge schneller.

(Du willst mir die Nummer nicht geben. Meinetwegen. Sie wird sowieso gespeichert.) Er gab ihr das Handy, sie tippte, sie horchte.

Er geht nicht ran. Er geht schon seit gestern früh nicht ran. Seitdem er zur Arbeit gegangen ist.

Wo arbeitet er?

Immer noch in Potsdam. Er ist gestern Abend nicht nach Hause gekommen.

(Nach Hause.)

Es war nicht seine Idee gewesen, falls Kopp das vielleicht denke, sondern ihre. Als sie erfuhr, dass die Lenas endgültig nicht kommen würden – Ich habe mich nicht getraut, es dir zu sagen –, hatte sie ihn gefragt, ob es in seiner WG ein Zimmer für sie gäbe, und er sagte sofort ja, kein Problem. In der Straßenbahn nahm er ihre Hand und später, in der U-Bahn, als es so voll war, standen sie sogar einander umarmend da. Wenn sie hochschaute, sah sie seinen Hals, roch den Duft seiner Haut. Ihr Herz klopfte laut, das hätte ihr peinlich sein können, hätte seins nicht ebenso laut gepocht. Der Herzschlag in der Schulter des Vaters ihres Kindes fiel ihr ein. Dieses irrsinnig laute Geräusch, wenn man mit dem Ohr darauf lag. Dass ein anderer Mensch so sehr lebt, hatte sie aus dieser Nähe noch nicht wahrgenommen. Dass auch Lena einen Herzschlag hatte, fiel ihr bis dahin gar nicht ein. Und ihre Mutter, und deren Männer, und deren Freundin, und ihr kleiner Bruder, und die Frau ihres Vaters. Und Darius Kopp. Der Schlag eines jeden anderen Herzens als ihres eigenen hatte sie bislang eher mit Gruseln erfüllt, aber dieses hier war nahezu berauschend beruhigend. Von all den Geräuschen der Stadt, die sie durchquerten, war ihr nur dieser Herzschlag geblieben.

Und dann stellte sich heraus, dass er nur ein Einzelbett in einem Zweierzimmer hatte, aber er sagte, das sei kein Problem, er schlafe auf dem Teppich vor dem Bett. Und tatsächlich. Er pennte quasi sofort ein, er war sehr müde. Ein arbeitender Mann. Während sie die ganze Nacht wach blieb. Der andere Bewohner des Zimmers kam herein, sie sahen sich in die Augen. Er sagte nichts, legte sich hin und schlief auch. Am nächsten Morgen machte sich Metin bereit für die Arbeit, aber sie sagte: Du kannst mich doch nicht hierlassen? Der Andere im anderen Bett. Und die Leute im Rest der Wohnung. Alles Männer. Eine Männerwohnung, die nach Essen stank und Menschen, nach allem Möglichen.

Hier kann ich nicht bleiben. Wieso hast du mir das nicht gesagt?

Du wolltest weg dort, war seine Antwort.

Und nun wollte sie von hier weg, aber, und das war der Punkt, deswegen konnte sie nicht einfach wieder ins Puppenstübchen zurück, er hätte sie sicher wiederaufgenommen, nicht wahr, er war nicht wie ihre Mutter, ich mag sie auch nicht, das tut trotzdem weh, aber der Punkt war, dass sie von *ihm* nicht mehr wegwollte. Ich weiß nicht, ob du schon einmal so verliebt warst, aber es war so, dass sie nun, da sie einmal bei ihm war, sich gar nicht mehr vorstellen konnte, ohne ihn zu sein, und sei es nur für wenige Stunden. Deswegen sagte sie ihm, als er herauszufinden versuchte, wo es eine Frauenwohnung gab, das könne er vergessen, lieber begleite sie ihn zur Arbeit.

Sie fuhren nach Potsdam, saßen einander gegenüber in der Bahn. Sie sah hinaus, auf den Wald, die Villen, wie schön sie sind, er sah sie an. Diesen Blick auf sich zu spüren, und zwar die ganze Zeit, das war wieder wie ein Rausch. Dass jemand mich so lange ansehen kann wie ich schöne Villen.

Sie saß an einem Tisch in der Pizzeria, aß Brot und Oliven und suchte so lange, bis sie ein Ferienzimmer in der Nähe fand.

Hast du 49 Euro?

Soviel kostete das Zimmer.

Er hatte 49 Euro, aber er hatte sie nicht für jede Nacht.

Sie suchte so lange weiter, bis sie eine Couch fand.

So ging das eine Weile. Sie pennten ein oder zwei Nächte bei Couch-Surfern oder, wenn es nichts anderes gab, in Ferienunterkünften irgendwo draußen an den Rändern, wo es nicht so viel kostet. Sie lernten die ganze Stadt kennen, das heißt, überhaupt nicht, denn er fuhr jeden Tag zur Arbeit und sie konnte sich nur wenige Schritte hinausbewegen. Ging bis zum nächsten grünen Fleck und setzte oder besser legte sich dann dort hin. Am besten im Gras, denn wenn du auf einer Bank liegst, fragt dich vielleicht einer, ob's dir gut geht. Die Übelkeit, die Müdigkeit nahmen wieder zu, das Sodbrennen, sie trank einige Schlucke Wasser dagegen, an guten Tagen kam es später nicht wieder schäumend hoch. Gels gegen Sodbrennen sind zu vermeiden, sie bilden beim Erbrechen einen Stau im Hals, so dass du denkst, du müsstest gleich ersticken. Die Nächte sind immer mies. Metin schlief tief und fest und schnarchte ein wenig. Sie sah ihm zu (Ist so die Ehe?) und dachte an Lena und daran, dass sie, wenn das Kind da ist, vielleicht eine Wohnung für sich allein bekommen würde.

Schließlich fand Matteo eine Untermiete für sie beide, in der sie dauerhaft, das heißt, für die nächsten drei Monate, bleiben konnten. Eine kleine Wohnung mit Nordlage, vollgestellt mit Bücherregalen. Offenbar jemandes sogenannte Arbeitswohnung. Es roch darin wie in einem Antiquariat. All der Staub, der Schimmel, die rötlichen Buchläuse. Zum Glück sind wir keine Allergiker. Und vielleicht roch es für Nicht-schwangere auch nicht so stark.

Die Wohnung war teuer, Matteo arbeitete wie eine Maschine, sie saß da zwischen den Büchern. Manchmal zog sie eins heraus, aber sie betrachtete eher nur die Buchdeckel. Einmal las sie:

»Mein Vater war ein guter Mensch. Sie töteten ihn im Morgengrauen.«

Sie schob das Buch wieder zurück. Ich will nichts lesen, in dem Väter und Mütter vorkommen, Großeltern oder Geschwister oder Tanten oder Freunde. Eine Geschichte, in der nur ein Mädchen und ein Junge vorkämen, das wäre gut, aber wer weiß, ob es in dieser Wohnung so etwas überhaupt gab. Es war kalt und dunkel in der Wohnung, sie ging hinaus, um Licht zu tanken. Ich tanke Licht für das Baby. Sonst dachte sie eigentlich nicht an das Kind. Immer wenn er etwas Pause hatte, rief Matteo sie an, um zu fragen, wie es ihr ging.

Bis sie eines Nachts, genauer gesagt, vor zwei Nächten, von Lena und ihrem leiblichen Vater träumte. Was sie genau taten, blieb unklar, ob sie überhaupt etwas miteinander zu tun hatten. Sie waren beide da, soviel ist sicher, nur soviel wusste sie, als sie aufwachte. Mit einem brennenden Schmerz in der Brust. Alles vergessen, nur dieser brennende Schmerz war da, und diesmal kam er nicht vom Magen. Nach einer Weile ließ er nach und eine vollkommene Stille nahm seine Stelle ein. Eine stille Wohnung, so war sie beworben, und das war sie tatsächlich, aber auch in ihr war eine Stille, die sie jetzt sehr erschrak. Wann hatte sich das Kind zuletzt bewegt?

Das erste Mal im Krankenhaus in Catania. Zwei Tritte gegen die Blase. Seitdem rumpelte es jeden Tag wenigstens einmal, so dass sie daran erinnert wurde: da ist etwas. Sie horchte den ganzen Tag. Das Kind rührte sich den ganzen Tag nicht. Matteo war bei der Arbeit. Mehrmals wollte sie ihm eine Nachricht schreiben und ließ es sein. Am Nachmittag gegen fünf war sie schon so aufgewühlt, dass sie kaum mehr atmen konnte. Sie schrieb ihm. Er reagierte nicht. Das Sodbrennen kam wieder. Sie trank drei Schlucke Wasser. Das erfrischte sie, und ihr kam die Idee, man müsste Weintrauben kaufen, um das Kind mit

Traubenzucker aufzuwecken. Sah sich die großen, grünen, matten Beeren in der Auslage des Gemüseladens an. Die Haut der Beeren schien so dick zu sein, unvorstellbar, sie zu durchbeißen. Könnte sie noch schnell gehen, könnte sie einfach eine Beere abpflücken und rasch weitergehen, aber das kann sie nicht mehr, also kaufte sie eine kleine Traube. Matteo kann ja den Rest essen.

Sie nahm eine Beere, rieb sie unter dem Wasserstrahl, bis sie glänzte. Sie zerdrückte sie zwischen den Backenzähnen. Das Innere quoll heraus. Die Haut schob sie gleich in die Backentasche, das Fruchtfleisch rutschte in den Rachen, aber es gab auch einen großen Kern, der blieb stecken. Sie würgte ihn wieder hervor und spuckte ihn, mitsamt der Haut, ins Spülbecken. Bei der nächsten Beere stellte sie sich geschickter an. Sie zerkaute den Kern. Traubenkern, das sollte doch etwas Gutes sein. Ihr Mund wurde trocken und pelzig, sie spülte mit Wasser nach, spuckte es wieder aus. Wartete, ob sich etwas in ihrem Bauch tat, aber zwei Trauben waren wahrscheinlich zu wenig, um das Kind zu wecken.

Offenbar aber genug, um Darmkrämpfe zu verursachen, so stark, dass sich nicht sagen ließ, ob sich dabei auch das Kind bewegte oder nicht. Nach dem mühsamen Durchfall bekam sie einen schmerzhaften Krampf im Enddarm. Zitternd zog sie sich die verschwitzten Klamotten aus, um eine Dusche zu nehmen, aber selbst unter dem warmen Wasser fror sie stark. Sie rubbelte sich ab, bis ihre Haut überall rot war. Sie zog frische, nicht durchschwitzte Kleidung an und legte sich ins Bett. Sie schlief ein, ohne zu wissen, wie spät es war. Das Kind bewegte sich die ganze Zeit nicht.

Als sie aufwachte, war es immer noch oder schon wieder

hell. Matteo war noch nicht da oder nicht mehr. Neben dem Bett stand eine Schüssel mit Wasser, für den Fall, dass sie sich erbrechen musste. Auf der Oberfläche des Wassers hatte sich eine Haut gebildet.

Das Handy zeigte an, dass es 8 Uhr am Morgen und dass das Gerät nur zu 12% geladen war. Das Ladegerät nicht in Griffweite. Ich kann nicht aufstehen. Sie fror. Sie zog mit einer Hand Matteos Decke über ihre. Matteos kalte, unbenutzte Decke. Am Nachmittag dieses Tages rief sie dann Darius Kopp an.

Eine Schwester kam herein, weil der Beutel durchgelaufen war. Noch einer mit Kochsalzlösung und Antiemetikum. Der vierte wird dann der mit den Vitaminen sein.

Kannst du hierbleiben?

Er sagte ja. (Vielleicht verliere ich den Job. Und wenn schon.) Er nahm einen Stuhl und setzte sich neben das Bett. Die Frau mit dem Baby kam wieder herein. Sie setzte Kopfhörer auf, um nicht zu sehr anwesend zu sein.

Bist du böse?

Nein. … Und wenn ich geschimpft hätte, dann auf diese Idioten. Die Lenas.

Sie lächelte und zuckte die Achseln. So sind Leute eben.

Ist das deine Meinung?

Etwa nicht?

Doch. Wahrscheinlich sind Leute eben so.

(Und du bist wirklich verliebt in ihn? Wieso? Frag nicht. Eigentlich magst du ihn ja auch. Auf Sizilien war er auch manchmal für Tage verschwunden. Du vermutetest jedes Mal etwas Krummes dahinter (Drogen) und hast nicht gefragt. Dann kam er zurück, und du hast es wieder vergessen.)

Es gab keinen vierten Beutel, der dritte machte sie bereits stark müde. Das ist das Antibrechmittel. Die Schwester kam und nahm Beutel und Tropfständer mit. Den Zugang ließ sie in der Hand. Für morgen.

Wollen Sie jetzt schlafen?

Lore nickte.

Die Schwester sah Kopp an.

Ich gehe dann jetzt, sagte er.

Die Schwester nickte.

Kopp zu Lore, deren Augen schon halb geschlossen waren: Gibst du mir noch deine Pin?

...

Damit ich dein Telefon einschalten kann. Falls er sich meldet.

Sie atmete tief ein und aus, sagte ihm die Pin und schloss die Augen.

Kopp fuhr zurück in die Tsingtaostraße, öffnete mit ihrem Schlüssel das Tor und die Wohnung. Bücherregal, Schlafcouch, Schreibtisch, kein Schrank. Ihre Rucksäcke und Klamotten lagen auf den beiden Stühlen und auf dem Boden. (Seine Kleidung wiederzuerkennen. Seine, nicht ihre. Wir haben ein Jahr lang zusammengewohnt. Plötzlich ein wenig Sehnsucht nach ihm. Und nach der Pizzastation. Schau, dass ihr Auftauchen nicht jedes Mal allem, was gerade da ist, ein Ende macht.) Das Bett roch stark nach Schweiß, seinem und ihrem, und natürlich schwebte über allem der Geruch von Erbrochenem. Darius Kopp lief Slalom zum Fenster und öffnete es zum Innenhof. Ein sich schmal nach oben zwängender Kastanienbaum stand dort.

Er fand das Ladekabel, es lag neben dem Bett, er steckte das Handy ein. Während es lud, inspizierte er die Kochnische und das Dusch-WC. Nicht so wüst, wie zu erwarten gewesen wäre. Aber hier riecht es nirgends gut. Die Abwasserrohre, vermutlich. Die Wohnungen armer Leute, die man nicht richtig lüften kann. Hinter dem schmalen Badfenster Kälte und Dunkelheit.

Als das Handy einigermaßen geladen war, setzte er sich auf den Boden zwischen dem Bett und einem der Bücherregale und durchforstete das Handy.

Erst die Fotos. Die von Lena sind allesamt gelöscht worden. (Die Leute sind so, und lächeln, aber dann alles löschen?) Lena war gelöscht und mit ihr Venedig. Rom war noch da. Aufnahmen aus dem Zugfenster. Ein Foto von der Pizzeria da Luisa, und im Hintergrund: Darius Kopp an der Pizzatheke. Das fühlt sich komisch an. Wie ein Tritt. Das da bin ich. Verschwommen. Dann: Metin am Strand, lachend. Itzehoe, der auf einem Felsen sitzt, ein Knie umschlungen hält und verschämt lächelt. Der Tag in Lampanella. Danach nichts mehr von Sizilien. Die Aufnahmen vom Bauch beginnen. Ich sollte das nicht sehen, aber Darius Kopp sah es sich trotzdem an. Sie hat ein Muttermal neben dem Nabel. Manchmal war die Unterseite der Brüste zu sehen. Auf den ersten Aufnahmen war der Bauch noch eingefallen, dann erschien auf einmal die Wölbung. Die letzte Aufnahme zeigte, verschwommen, eine dunkle Linie, die den Bauch unterhalb des Bauchnabels in der Mitte teilte. Ist das normal? (Wie wenig du doch weißt.)

Nach den Fotos durchsuchte er die Textnachrichten. Eine lange Konversation mit Metin, die bis Sizilien zurückreichte. Der Anfang ihrer Liebe. Oder was das ist. Kopp las, hungrig nach Sensation, vor Eifersucht zitternd. Miss you, xoxo, Smileys, Albernheiten. Später wurden die Mitteilungen praktischer: wann, wo, bring das und das mit. Die vorletzte Nachricht war: »Not well. CALL!«, die letzte: »Help«. Danach rief sie mich an.

Zuletzt sah er die Kontakte durch. Es waren nicht allzu viele. Lena war auch hier gelöscht, der Rest unbekannt, ausgenommen Rolf, Online-Olli und die Eltern. Kopp notierte die Nummer des Vaters.

Er durchsuchte ihre Sachen, fand ihr Portemonnaie, quasi leer. Die Krankenversicherungskarte nahm er an sich.

Dann Metins Sachen. Er fand nichts, das ihm weitergeholfen hätte. Klamotten und Zigarettenpapier. Sein falscher Ausweis war nicht da. Alles von Interesse und Wert trägt er bei sich.

Er zog das Bett ab und nahm die Wäsche zusammen mit ihrem Handy und dem Ladegerät in seine eigene vorübergehende Unterkunft mit.

23.

Am nächsten Tag steckte die Infusion in der linken Hand. In der Rechten hatte sich in der Nacht die Nadel verbogen. Das tut tierisch weh. Auf die Schwester sind wir nicht mehr gut zu sprechen.

Sie hasst mich. Die Frau mit dem Baby hasst mich auch.

Kopp sah sich um, aber die Frau mit dem Baby war gar nicht mehr da. Heute früh entlassen worden, Lore war allein im Dreibettzimmer.

Ich glaube nicht, dass sie dich hassen. Warum sollten sie dich hassen?

Weil mich alle hassen.

...

Hast du ihn erreicht?

Nein. (Noch gar nicht versucht. Es fiel ihm nicht ein, das ist die Wahrheit. Er war nur auf sie konzentriert. Dass er wieder herkommen musste. Und zur Arbeit. Aber erst hierher.)

Und sie: hatte augenblicklich Tränen in den Augen. (Verwandelst du dich vor meinen Augen in deine Mutter?)

Hast du's beim Laden versucht?

Nein, ich weiß ja nicht welchen.

In Potsdam.

In Potsdam. Was meinst du, wie viele Pizzaläden es in Potsdam gibt? Warum weinst du?

Du redest so gereizt!

Ich bin nicht gereizt! Ich bin nicht gereizt. Aber »Pizzaladen in Potsdam« ist zu wenig Information. Soll ich jetzt jeden einzelnen von denen anrufen?

Sie weinte noch ein wenig, dann sagte sie: Babelsberg.

Babelsberg.

Ja.

Also schön. Piz-za-lä-den in Ba-bels-berg.

Er las mit donnernder Stimme vor. (Warum lässt du deine Stimme donnern? Resp.: Warum hinderst du sie nicht am Donnern?)

Das!

Welches? *Pepe e sale*?

Ja.

Weißt du, wie er sich dort nennt?

???

Matteo oder Metin? Oder was anderes?

Natürlich hatte sie keine Ahnung. Sie drückte heulend am Pflaster herum, das den Zugang in ihrer Hand fixierte.

Wohin gehst du?

Raus, telefonieren.

Warum telefonierst du nicht hier?

Der Empfang ist schlecht, sagte Darius Kopp mit der größtmöglichen Ruhe und ging hinaus. Er hörte sie noch aufschluchzen.

Und jetzt versuche, nicht mehr so gereizt zu sprechen. Frage, nicht zu passiv, nicht zu aggressiv, ob ein Matteo oder ein Metin bei ihnen arbeite.

Erst ein spontanes Nein, dann Blabla im Hintergrund, dann

war ein Anderer dran, eine ältere Stimme: Wer will das wissen?

Ein Freund. Mein Name ist Darius Kopp. Ich rufe im Auftrag seiner Freundin an. Lorelei.

Und tatsächlich, möglicherweise hatte er einen der Namen schon gehört, jedenfalls antwortete der Mann: Er ist nicht zur Arbeit gekommen. Vorgestern. Hat auch nicht angerufen. Kann sein, dass sie ihn hochgenommen haben.

Dass sie … Wer?

Er war gar nicht hier. Vielleicht schon unterwegs.

(Unterwegs? Im Zug? Wie früher die Zivilermittler? Jeden, den sie wollten, aber ganz besonders junge Männer mit Rucksäcken? Verdächtig junge verdächtig männliche verdächtige Personen mit verdächtigen Rucksäcken.)

Wie kriegt man das raus?

Das kann ich Ihnen nicht sagen, sagte der Mann am Telefon. (Bestimmt der Chef. Wärst du damals mitgegangen, wäre er auch dein Chef. Du hättest ein Auge auf alles haben können. Aber nein …)

Hat es einen Sinn, bei der Polizei anzurufen?

Das kann ich Ihnen nicht sagen, sagte der Mann am Telefon.

Verstehe, sagte Darius Kopp. Haben Sie vielen Dank.

(Ich werde nicht bei der Polizei anrufen. Das kann sie nicht von mir verlangen. Wäre sowieso sinnlos.)

Er ging ins Zimmer zurück und gab wortwörtlich wieder, was er gehört hatte. Zu seiner Überraschung hörte sie daraufhin zu weinen auf. Verhaftet worden zu sein ist offenbar nicht so schlimm, wie sich einfach aus dem Staub zu machen. Das heißt, er wird sich melden, sobald er kann.

Als wäre sie eine an Erfahrungen reiche Braut eines im Untergrund Lebenden. Was sie offenbar tatsächlich ist. Während Darius Kopp gegenwärtig im Gedanken an sich selbst als jungen Mann mit einem militärgrünen Rucksack feststeckte und dass er keinesfalls bei den Bullen nachfragen würde, nach nichts, das kann keiner von mir verlangen. (Nach einem Illegalen suchen lassen? Würden sie das tun? Sicher, nur nicht so, wie ihr das gerne hättet.)

Ein kleingewachsener Assistenzarzt und seine um einen Kopf größere Kollegin kamen ins Zimmer, beide fröhlich und unglaublich freundlich. Sie behandelten Darius Kopps Nichte wie jemanden, der ihnen nicht völlig egal war, den sie vielleicht sogar mochten. Sie trugen ihr die Möglichkeit vor, einen Superultraschall machen zu lassen. Kostenlos, denn sie haben eingetragen, dass die Schwangere wegen Hyperemesis Angst vor einer Unterversorgung des Kindes hätte. Wenn Sie wollen, kann der Opa auch mit rein.

Zwei von vier erröten, eine lacht.

(Das Weinen, das Lachen, alles in einem Sack.)

Schau.

Schau, wie es auf dem Mutterkuchen liegt wie auf einem großen Kissen. Die Beine sind in der Kniekehle geknickt. Die Füße, als würden sie in Wasser schweben.

Was ist mit ihm?

Es schläft.

Sie brach wieder in Tränen aus und hörte bis zum Ende der Untersuchung auch nicht wirklich wieder auf. Der Arzt, ein blasser Mann in Kopps Alter, ließ sich nicht stören. Sie sahen sich alles an, was ein Problem sein könnte: die Nackenfalte, das

Nasenbein, den Gaumen, die Gefäße, die Nieren, das Herz. Das rote und das blaue Pumpen. Es ist alles in Ordnung. Ein vollkommen gesundes Kind. Groß genug ist es auch. Und, da sie bereits in der 34. Woche ist, darf die Mutter auch das Geschlecht erfahren. Oder wissen Sie es schon?

Nein. Das einzige Mal, dass sie ein Arzt gesehen hat, war in Catania. Sie war kaum mit ihrem zögerlichen Nicken fertig, als der Radiologe schon herausplatzte: ein Mädchen.

Woraufhin sie wieder heftiger zu weinen anfing.

Sicher?

Er sagte ja, zeigte es ihnen aber nicht auf dem Bildschirm. Sie bekamen zwei 3D-Ausdrucke vom Gesicht.

Das Baby auf der Aufnahme hatte eine große Stirn, eine breite Nase und die vollen Lippen ihres Onkels und Großvaters. (Am Ende sieht es mir noch ähnlich. Die lassen aber auch nichts aus.)

Siehst du sie?

Ja. (Aber warum weinst du so?)

Sie sagte etwas, man konnte es vor Schluchzen nicht verstehen.

Was?

Hat man auf mich auch so gewartet?

Weiß nicht, sagte Darius Kopp, ungeschickt, wie er sein kann.

Woraufhin Lorelei zu weinen aufhörte. Schließlich fing sie sogar zu lachen an:

Vielleicht nenne ich sie Daria.

Daria, ehrlich?

Jetzt lachte sie richtig.

Daria Lana Belamri.

(Lana? Wie Lena? Und:) Was ist Belamri für ein Name?

Mattis Nachname.

Khrm, sagte Darius Kopp. Also, pass auf. Ich möchte ... Ich finde, es wäre besser ... für das Baby ... wenn wir, wenn du wieder rauskommst, wenn wir wieder zusammenwohnen würden.

Sie ließ ihre Augen erstrahlen und ihre Wangen erröten.

Er hatte es so verstanden, dass sie alle wieder bei Rolf einziehen würden, er hatte es organisiert, gefragt, Zustimmung erhalten, aber sie bestand darauf, in die Tsingtaostraße zurückzukehren. Für den Fall, dass Metin wiederkam.

Wenn er wiederkommt, kann er doch anrufen.

Trotzdem.

Sie weinte nicht mehr, sie lächelte, aber sie ließ keinen Zweifel daran: Kopp könne zu ihr in die Tsingtaostraße ziehen oder es lassen. Sie würde dort auf ihren Mann oder auf Nachrichten von ihm warten. So zog Darius Kopp aus Geordnetheit und Helligkeit wieder zurück in abgestandenes Zwielicht. Er hob alles vom Boden auf, was sie dort haben liegen lassen. Er trug seine und ihre schmutzigen Klamotten in einen Waschsalon. Beim Falten von Metins Kleidung versuchte Kopp, etwas für ihn zu empfinden. Dass er ein Freund war oder ein guter Bekannter oder jemand, dessen Schicksal ihm nicht vollkommen gleichgültig war, aber nein, eigentlich nicht, eigentlich nichts davon. Und sie, wie sie mich freundlich ansieht, während ich seine Kleidung falte. Wie freundlich sie die ganze Zeit ist. Als wären wir ein Team. Während Darius Kopp wieder zunehmend das Gefühl hatte, in irgendwas hineingezogen zu werden. In wessen Leben werde ich hier hineingezogen?

Später verging das, die Routinen kehrten wieder. Mitte November brach das Wetter endgültig zusammen, es wurde von heute auf morgen unter 0. Darius Kopp musste sich eine Mütze kaufen. Er kaufte sich eine nicht gute, billige, nach Chemikalien stinkende Mütze, ebensolche Handschuhe und eine gefütterte Jacke, die wie ein Gänsestall roch. Zwischen seinen Fingern zeigten sich nach wenigen Tagen Ekzeme. Das ist schlecht, wir arbeiten mit Lebensmitteln. In der Apotheke schwatzte man ihm eine Scherbe zum Kratzen und einen Aschehaufen, Scherz, eine teure Creme auf, aber die Lösung am Ende war, dünne antiallergene Baumwollhandschuhe unter die stinkenden chinesischen zu ziehen, bevor es jemandem beim Job aufgefallen wäre. Der tausend Mal gewaschene graue Opa-Schal, den er auf dem Wühltisch vor einem Secondhand-Laden fand, avancierte dagegen zu seinem Lieblingsstück. Er legte ihn nicht einmal ab, wenn er zu Hause war.

Ist dir kalt?

Nein. Ich mag ihn einfach.

Er sieht aus wie eine tote Ratte.

Na und? … Ist dir kalt?

Sie saß im Bett. Auf einem Stuhl hatte der Bauch keinen Platz mehr, und ein Sofa hatten sie hier nicht. Darius Kopp bekam ein schlechtes Gewissen. Sie kann nicht mehr hinaus, weil sie erstens die vier Treppen nicht mehr wieder hochkommt, und zweitens hat sie auch keine Winterklamotten. Sie trägt Metins Kapuzensweatshirt, wenn sie sich einmal am Tag ans Fenster stellt, um frische Luft zu schnappen. Die feuchte Rinde des Kastanienbaums sieht aus, als hätte man ihn mit Altöl bepinselt. Im Krankenhaus hat man ihr ein starkes Antiemetikum mitgegeben, so dass sie Salzkartoffeln und Brühe bei sich behalten kann, aber das Mittel macht sie so langsam, als würde sie sich durch dicken Honig bewegen. Ohne die Infusionen und die Medikamente würde sie all das womöglich gar nicht überstehen. Jemand aus meiner Familie wäre ~~von der Natur~~ *eigentlich* aussortiert worden. So etwas denkt Darius Kopp. Natürlich würde er das niemals laut aussprechen, er bildet den Trotz dagegen im Stillen. Denn so etwas ist ja wohl bodenlos! Natürlich sind wir nichts Besonderes. Natürlich *verdienen* wir es nicht zu leben, und zwar *gut*. Aber wir *wollen* es, okay?

Kopp kaufte ihr in einem Second Hand Shop eine Jacke, einen Schal und Kunstlammfellstiefel, die man auch ohne fremde Hilfe anziehen konnte, aber sie ging weiterhin nicht hinaus.

Du brauchst Licht.

Sag's der Sonne.

Komm, sagte Darius Kopp, wir ziehen zurück zu Rolf.

Wenn sich Matti gemeldet hat.

Und was, wenn er sich nie mehr meldet?

Da sah sie ihn an, mit einer tiefen Enttäuschung in den Augen. Als wäre es meine Schuld, wenn es wirklich so käme.

(Vielleicht ist er auch längst tot. Vielleicht ist er einem ganz gewöhnlichen Überfall zum Opfer gefallen. Aber bei so etwas lässt niemand die Leiche verschwinden. Sie lassen dich einfach dort liegen. Wurde in den vergangenen Tagen ein unbekannter Toter entlang des Wegs von Berlin nach Potsdam gefunden? Aber nein, nichts. Nicht in den Nachrichten. Es gab eine Zeit, als du die Leute, die dir verschwunden sind, gesucht hast. Erwähne das nicht. Nichts davon.)

Für das Kind, das am 28. Dezember kommen sollte, hatten sie auch noch nichts, aber das ist OK, man kauft nichts im voraus. Sie hatte sich auch bei keiner Hebamme und keiner Klinik vorgestellt, teils, weil man nicht wissen konnte, was geschehen würde, sie war immer noch minderjährig (obwohl die Eltern offenbar nicht nach ihr suchen ließen; Kopp hatte auch nach Suchanzeigen recherchiert), teils, weil auch das nicht notwendig war. Irgendwo müssen sie dich nehmen, wenn es soweit ist, wir leben hier nicht am Ende der Welt und auch nicht im Krieg.

Sie sagte, sie friere nicht, nur ihre Füße bekäme sie einfach nicht warm. Er setzte sich an den Bettrand und nahm ihre Füße in die Hand. (Das erste Mal, dass wir uns auf diese Weise berühren. Erst die Hände, jetzt die Füße. Eiskalt und weich. Das ist wegen der zunehmenden Schwellung.)

Passt du noch in deine Schuhe?

Sie sagte ja. Die Stiefel, die er ihr besorgt hatte, waren 2 Nummern zu groß. Schlurfen könnte man in ihnen.

Er rieb ihre Füße, aber das half nicht viel. Also suchte er in der Küche nach einer Waschschüssel. Es gab keine. Schließlich nahm er die Salatschüssel, das war das größte verfügbare Behältnis, und machte ihr ein Fußbad. Bestehend nur aus warmem Wasser, er traute sich kein Salz hinein zu tun, wer weiß, was das bei Schwangeren auslöst.

Saß zu ihren Füßen und hob sie vorsichtig in die Schüssel. Sie passten nicht ganz hinein, sie musste einen auf den anderen legen. Winzige Aschenputtelfüße. Und ich der Papst. Oder so.

Sie errötete.

Mir hat noch nie jemand die Füße gewaschen.

Mir auch nicht. Es gibt ja auch keine Waschschüsseln mehr.

Die Ekzeme am Ausbruch zu hindern war auch für die Jobsuche von Bedeutung, auch wenn es bis jetzt noch keinen persönlichen Kontakt gab. Ein Telefonat gab es, mit einem Anbieter von Kochboxen. Der junge Mensch am anderen Ende sprach ausschließlich Englisch, viel besser als Darius Kopp, aber nicht so gut, dass man nicht gehört hätte, dass er Deutscher war. Dazu war auch noch die Verbindung schlecht, Kopp musste sich mit dem Mobiltelefon über den Hof hängen, wo seine Stimme zwischen den Mauern widerhallte. Hoffentlich fühlt sich nicht einer so gestört, dass er anfängt seinerseits aus dem Fenster zu brüllen. Gottlob, niemand. Eines der Fenster im dritten Stock war innen mit einem Spannlaken verhängt. Als wäre es mittlerweile nicht Tag und Nacht dunkel genug. Bald fingen auch Kopps Zähne vor Kälte zu klappern an, aber das Gespräch endete sowieso kurze Zeit später, nämlich, nachdem Darius Kopp seine einzige Gegenfrage gestellt hatte: Wie hoch ist Ihr jährliches IT-Budget? Die Antwort darauf war verworren (= offenbar gab es gar keins). Und das war's dann.

Als sich, was Wunder, einige Tage später tatsächlich eine Headhunterin aus London meldete, mit dem Vorschlag, sie könnten ein Gespräch über Skype miteinander führen, verfiel Darius Kopp erst in Panik und bat dann Rolf, es bei ihm machen zu dürfen. Die übliche Hektik beim Anlegen der für Jobinterviews angemessenen Kluft. Hast du alle Stecknadeln aus dem neuen Hemd entfernt? Der neue Anzug, den er sich aus seinen ersten Wochengehältern nachgekauft hatte, war wieder eine 27 und ein etwas helleres Grau. Sommerkollektion, etwas zu dünn für die Jahreszeit, aber wir hatten nicht wirklich die Wahl. (Er wurde dennoch etwas wütend. Auf Metin und auf Rolf. Als wäre es deren Schuld. Mit ihrem ewigen »Was willst du tun?« Ihr habt mich da hineingetrieben. Silent partner. Einen silent partner meines Lebens, das könnte ich gebrauchen. Sie? Ist noch ein Kind.)

Und du willst wirklich nicht mitkommen?

Nein. Sie wünschte ihm viel Glück.

(Wie sehe ich aus? Frag sie das nicht.)

Er leistete sich ein Taxi, um nicht vollkommen zerknittert anzukommen. Er stellte den Laptop erst auf Rolfs Couchtisch und setzte sich aufs Sofa, aber das eröffnete eine ungünstige Perspektive auf seinen Schritt, seinen Bauch und sein Doppelkinn.

Du siehst aus wie ein mürrischer Buddha, sagte Rolf und ließ ihn sich an den Schreibtisch umsetzen.

Das Gespräch war dann überraschend gut. Die Frau stellte sich als Marianne (oder Mariam) vor und sprach langsam, deutlich und klar. Sie fragte nach seiner Familie und seinen Hobbys.

Ich bin Witwer, sagte Darius Kopp. Mit einer siebzehnjährigen Tochter. (Fuck, dass du immer anfangen musst zu lügen.)

Oh, sagte Marianne oder Mariam in London. Da tragen Sie ja eine große Verantwortung.

Ja, sagte Darius Kopp.

Und lebte Ihre Tochter die letzten Jahre mit Ihnen auf Sizilien?

(Kopp verstand »Sisseli« fast nicht, aber er schaltete noch rechtzeitig.)

Nein. Sie lebte bei ihrer Mutter, aber nun lebt sie bei mir.

Verstehe.

Hobbys, nein Hobbys hat Darius Kopp keine, zumindest keine kostspieligen oder zeitaufwendigen. Er hat eine gewisse Erfahrung, was die italienische Küche anbelangt.

Oh, Sie kochen gern?

Ja, das könnte man sagen.

Oh, that's nice! Was ist Ihr Lieblingsgericht?

(Sag nicht Pizza! Und sag auch nicht Puttanesca! Man weiß nie, was missverstanden wird. Auf Hurenart und so weiter. Und sag auch nicht Trippa, was zwar nicht der Tripper ist, aber Kutteln, und auch was das anbelangt, sind die Leute komisch. Also sagte er:) Olive all'ascollana, frittierte Oliven aus den Marken und Cicoria, die bietet man außerhalb Italiens leider nirgends an, nur den langweiligen Spinat, was schade ist, außerdem ist es schade, dass Darius Kopp nicht weiß, wie man Cicoria auf Englisch sagt, aber Marianne (so heißt sie) lächelte und sagte: Chicory, und beide lachten sie. (Summe nicht »So long, Marianne«!)

Wie mobil er sei, angesichts seiner familiären Verpflichtungen?

Das ist kein Problem, sagte Darius Kopp. Meine Tochter ist beinahe achtzehn und sehr selbstständig. Actually würde sie sich für einen Aufenthalt im Ausland sehr interessieren.

Und Ihre Eltern?

(Warum in aller Welt fragt sie mich all diese persönlichen Sachen? Habe ich mich versehentlich um eine hohe Hypothek beworben?)

Nun, sie leben beide, Gott sei Dank, und sind ihrem Alter entsprechend auch gesund. Der Dreißigjährige Krieg hat unsere Familie mit einer robusten Gesundheit ausgestattet.

Normalerweise kann ich mit dem Dreißigjährigen punkten, aber Marianne reagierte nicht. Statt dessen fragte sie: Oh, wer ist das?

Beg your pardon?

Hinter Ihnen.

Kopp sah sich alarmiert um. Er sah niemanden. Das beruhigte ihn keineswegs, im Gegenteil, für eine Sekunde hielt er es sogar für möglich, dass Herr Müller nackt hinter ihm durchs Bild gelaufen war, aber dann erinnerte er sich, Rolfs Rollstuhl vorhin noch gehört zu haben, also konnte er sich mit einem Lächeln wieder zurück zum Bildschirm drehen und »Mein Kollege« sagen.

Woran arbeiten Sie im Moment nochmal?

Oh … sagte Darius Kopp und dachte fieberhaft nach, was er denn in den Lebenslauf geschrieben hatte, war schon drauf und dran, etwas vom Pferd zu erzählen, wonach er Rolf (was macht der nochmal?) unterstützen würde (Liegen hier Unterlagen, aus denen ersichtlich würde, wobei?), aber gottlob fiel ihm rechtzeitig die Wahrheit ein:

Im Moment bin ich gerade aus Sizilien wieder in Berlin angekommen und orientiere mich neu. Ein ehemaliger Kollege noch aus Eloxims Zeiten lässt mich freundlicherweise sein Büro benutzen. Möglicherweise haben Sie ihn kurz im Hintergrund gesehen? A gentleman in a wheelchair. Ein ganz hervorragender Programmierer.

Sagte er und strahlte Marianne in London an, und auch sie lächelte und verabschiedete sich mit verbindlichen Worten, nicht ohne auch einen Gruß an den Kollegen zu senden.

Na, wie war's? fragte Rolf.

Pfff. Ganz gut, glaube ich. Wie hört sich mein Englisch an?

Keine Ahnung. Von hier aus konnte man nichts verstehen. Brummig und deutsch, soviel.

Pfff, sagte Darius Kopp.

24.

Er hatte nicht daran gedacht, Wechselklamotten dabeizuhaben. Noch nicht einmal eine Jacke. Er nahm den Bus von Rolf zur Arbeit und fror jämmerlich in seinem Anzug. Das muss ein Ende haben. Diese Kälte muss ein Ende haben. Du brauchst einen Mantel. Einen schicken, schwarzen Kurzmantel, den du über deinem Anzug trägst. Und eine neue Ratte. Oder besser: einen Schal.

Oh, sagte die eine Kellnerin im Restaurant, die mit den kurzen, weißblonden Haaren und den langen, falschen Wimpern. (Luna. Ist das ihr richtiger Name?) Wo kommst du denn her? Von einer Beerdigung?

(Wieso Beerdigung? Oder soll das witzig sein? Ein allgemein bekannter lockerer Spruch? Warum weiß ich das nicht? Weil ich nichts dergleichen weiß.) Nein, sagte Darius Kopp. Ich hatte ein Interview.

Oh, sagte sie, ein Interview.

Ja, sagte Darius Kopp. Im wahren Leben bin ich sowas wie ein Experte.

Oh, sagte Luna und nichts weiter.

Du hast es versaut. Zu pikiert reagiert. Was soll das heißen: »im wahren Leben«? Kannst du nicht anständig reden? Jetzt fragt sie nicht einmal mehr nach: ein Experte wofür?

Dann vergaß er das wieder. Er arbeitete die Spätschicht zu

Ende. Luna war irgendwann gegangen. Ein Pullover hing in der Garderobe, offenbar vergessen von einem Gast, ein guter Pullover, von einer Marke, aber leider Größe M. Dafür aber auch ein Schal, ein großer, schwarzer Schal. Offenbar von einer Frau, registrierte Darius Kopp, als er ihn sich um den Hals schlang. Der Duft. Aber nun war es zu spät. Er schlang sich den Schal um, keiner sagte was, so kam er einigermaßen geschützt nach Hause. Beim Hereinkommen weckte er sie, wie jedes Mal. Er machte bei der Tür Licht, sie hob sofort den Kopf.

Entschuldige, sagte Kopp.

Sie sagte, das sei nicht schlimm, sie wache ohnehin ständig auf und dann schlafe sie wiederum ständig ein, wenn sie es gar nicht wolle. So ist das nun einmal.

Im Übrigen war Mattis Freund da.

Metins Freund?

Der aus Oder.

Ach, der. (Mit der Nase, den Zähnen, den Wangen.)

Er denkt auch, dass er verhaftet worden sein muss. Sie kontrollieren die Ausweise auf Verdacht. Er kommt morgen wieder. Er sagte, er will mit dir reden.

Mit mir? Wieso?

Das hat er nicht gesagt.

(Sie lügt. Sonst würde sie mich nicht bei jeder Bewegung, die ich mache, im Auge behalten. Tu so, als würdest du es nicht bemerken. Du bist müde genug. Duschen und dann ins Bett, neben ihr, ihr den Rücken zugewandt. Gute Nacht.)

Der Typ aus Oder kam tatsächlich schon am nächsten Tag. Sie hatte ihm gesagt, wann er Kopp zu Hause antreffen würde. Er kam mit einem anderen Kerl, der hinter ihm im Hausflur stehen blieb, beide in unglaublich dicken Sportklamotten. Sie waren so unförmig, dass man unmöglich hätte sagen können, ob sich Berge von Muskeln unter dem Stoff wölbten oder ob das nur der Stoff selbst war. Kopp dachte an den Schweißgeruch darunter, aber von außen war nichts zu riechen. Der Typ aus Oder fragte nicht, ob er hereinkommen dürfe, darüber war Kopp erleichtert. Er hätte nein sagen wollen, aber wenn er daran dachte, wie er nein sagte, verspürte er Angst. Ich habe also Angst. Ich mag ihn nicht, weil ich ihn hässlich finde und Angst vor ihm habe.

Wie sich herausstellte, nicht ganz unbegründet. Der Typ aus Oder sagte es, wie es ist. Er hatte Matteo das Geld für die Miete dieser Wohnung geliehen.

Ja und?

Der Typ aus Oder lächelte breit. Seine Wangen rundeten sich, die lange Nasenspitze bog sich tiefer über die Lippen.

Es habe sich dabei um 1200 Euro gehandelt, von denen ihm Matteo jeden Monat 200 zurückzahlen wollte, aber nun sei es ja so, dass Matteo fort sei, und er, Darius Kopp, für Lore verantwortlich.

Aha?, sagte Darius Kopp.

Der Typ aus Oder sagte, soviel er wisse, sei Darius Kopp so etwas wie Familie für Matteo gewesen, aber auf jeden Fall für »das Mädchen«, und »das Mädchen« war auf jeden Fall Familie für Matteo. Er selbst habe auch eine Familie, eine Frau und zwei kleine Kinder in Oder, trotzdem war er seinem Freund behilflich, denn dafür sind Freunde schließlich da, nicht wahr.

Es war nicht klar, ob der Andere, den er dabeihatte, der drei Stufen tiefer im Treppenhaus stand, Deutsch verstand. Wohl ja, denn beim Wort »Freund« ging eine Bewegung durch seinen

Körper: von den Schultern bis hinunter zu den Füßen. Er trug Sneakers mit einer obszön dicken, weißen Zunge, die sich zwischen Schnürung und Bein nach oben herausdrängte.

Wann er also wiederkommen solle, fragte der Typ aus Oder und wie Kopp es machen wolle, auch 200 pro Monat wie Matteo oder vielleicht wäre es besser, wenn man alles auf einmal erledigen würde, dann müssten er und sein Freund (Ja, ist ja schon gut, ich hab kapiert, dass du Leute hast) nicht immer wieder herkommen.

Gut, sagte Kopp. Gib mir deine Telefonnummer. Ich ruf dich an, wann du es abholen kannst. Im Moment habe ich nichts da.

In Ordnung, sagte der Typ aus Oder. Danke, mein Freund. Seine Wangen rundeten sich, die Nasenspitze neigte sich über das Lippenherz.

So musste sich Darius Kopp doch noch Geld von Halldor leihen.

Klar, sagte Halldor. Reichen 1200? Ich kann dir auch 2000 geben.

(Das verwirrt mich jetzt.)

Ich habe bei der letzten Bankenkrise 18 000 vom Konto genommen und habe seitdem nur 2000 ausgegeben.

(Und der Rest liegt bei dir zu Hause herum?) Darius Kopp schaute nur mit großen Augen.

Wenn die echte Bankenkrise einschlägt, werden sie uns nicht mehr an unsere Konten lassen, sagte Halldor.

Erzähl das bloß nicht herum, konnte Kopp endlich hervorbringen.

Tu ich ja nicht. Ich sag's nur dir.

Danke, sagte Darius Kopp. Und danke auch für das Geld.

Klar, sagte Halldor Rose.

(Und plötzlich denke ich wie an einen Bruder an ihn, um den man sich Sorgen machen muss.)

Hier, sagte Kopp zum Typen aus Oder. (Und jetzt will ich dich hier nicht mehr sehen. Das traute er sich nicht mehr zu sagen. Er schaute nur ganz fest.)

Danke, sagte der Typ aus Oder mit seiner honigzarten Stimme. Er war wieder mit dem Anderen gekommen, der wieder etwas versetzt hinter ihm im Treppenhaus stand.

Ich zahle dir jeden Monat 200 zurück, sagte Kopp zu Halldor. Kein Thema, sagte Halldor.

Kopps Ärger, Angst und Ekel waren noch kaum verraucht (2 Tage später, oder war es sogar nur einer?), als sich Metin selbst meldete.

Auf Lores Handy.

Aus Algerien.

Nicht gelogen, denn Kopp war dabei. Lore weinte jaulend wie ein kleiner Hund. Kopp hörte Matteos beruhigende Stimme aus der Ferne: Alles wird gut. Weine nicht. Alles wird gut.

Ist er das? Ist er das wirklich? Und er ist wirklich wieder in Algerien?

Um es kurz zu machen: ja. Nein, nicht freiwillig. Er könnte natürlich zurückkommen, in wenigen Wochen, obwohl ihm die Bullen das Geld abgenommen hatten, das er bei sich hatte. Das ist vermutlich Diebstahl, aber egal, das kannst du sowieso nicht beweisen. Er hatte aber einen anderen Plan.

Hast du was zu schreiben?

Natürlich nicht. Hektische Suche nach einem Stift in einer unbekannten Wohnung. Heutzutage gibt es kaum mehr Stifte. Aber dann doch, und zwar einen goldfarbenen. Wer schreibt mit einem goldfarbenen Stift? Papier bräuchte man auch. Seltsame Arbeitswohnung ohne Papiere. Am Ende schrieben sie den Namen, den Metin diktierte, auf die Rückseite einer Einkaufsquittung. Auf Thermopapier. Schau zu, dass du ihn ins Handy tippst, bevor er verblasst.

Der Name war der einer Anwältin mit Vornamen Angelika und einem doppelten Nachnamen, den zu buchstabieren ewig dauerte, weil er ein stummes H enthielt, das Metin als »Asch« und dann sicherheitshalber noch einmal als »Äidsch« aussprach, so dass sie es endlich verstanden.

Lore brauchte anschließend fünf Minuten, aber vielleicht waren es auch nur vier, bis sie die Kontaktdaten aus dem Internet gezogen hatte. Sie überreichte sie Darius Kopp mit den Worten: Da muss ich hin. Dann nahm sie ihm das Telefon wieder weg und sagte: oder lass, ich rufe selber an.

Jetzt kannst du mal Zeuge sein, wie sie ist, wenn sie von null auf eins schaltet. Sie hielt sich auch nicht lange damit auf, schockiert darüber zu sein, dass sie erst in sechs Wochen einen Termin bei Angelika Arnhold-Rohwald in Aussicht gestellt bekam.

Ich bin hochschwanger, sagte sie. Ich kann jeden Augenblick das Kind bekommen.

Und schon durften sie gleich am nächsten Tag vorbeikommen, spät am Abend, als letzter, dringender Termin nach dem letzten, dringenden Termin.

Bis dahin lief die werdende Mutter mit einer Permanenz und einem Tempo im einzigen Zimmer auf und ab, den unteren Rücken in die Handflächen gestützt, dass Kopp damit rechnete, sie würde das Kind tatsächlich innerhalb der nächsten Stunden bekommen.

Kannst du dich nicht beruhigen?

Offenbar konnte sie das nicht.

Die Nacht wurde zu einer Tortur. Immerhin hörte sie irgendwann auf, hin und her zu laufen und setzte sich auf die Matratze, den Rücken gegen die Wand gestützt, bis sie schließlich eindöste. Ebenso Darius Kopp. Kein richtiger Schlaf, nur ein Dämmerzustand, in dem es noch möglich war, die ganze Nacht über Metin nachzudenken. Sich die Details auszumalen, die Kopp nicht mitgeteilt worden waren: Wann, wo, wie wurde er verhaftet? Was ist passiert? Haben sie ihm wirklich sein Geld weggenommen? Wieso durfte er niemanden anrufen? Wie haben sie ihn innerhalb von zwei Wochen aus dem Land schaffen können? Haben sie ihm auch das Handy weggenommen? Haben sie ihn in ein Flugzeug gesetzt? (Sicher in ein Flugzeug. Dort kannst du nicht aussteigen.) In einer Endlosschleife Bilder, die er aus den Medien kannte: von Handschellen, Uniformen, Räumen, Bänken, Stühlen, Betten und schließlich Gangways. Der schlussendliche Flug tauchte immer nur durch eine Gangway symbolisiert auf. Dahinter stand gar kein Flugzeug.

Am nächsten Tag durfte Darius Kopp gottlob arbeiten gehen, so dass er ihren barfüßigen Marsch durch die Wohnung nicht wieder mitansehen musste. Eine Stunde vor dem Termin war er wieder zurück. Sie stieg in die Lammfellstiefel und schwang das große Männerkapuzenshirt um sich herum, damit sie auch mit dem anderen Arm hineinkam.

Im Taxi wurde ihr nicht schlecht. Sie bewältigte auch die eine

Etage Treppen, die es am Ende zu laufen gab, ohne Schwierigkeiten.

Die Anwältin hingegen war so müde, dass sie sicher ein Jahrzehnt älter aussah, als sie in Wirklichkeit war: etwa in Kopps Alter. Sie ließ ihr kurzes, blondes Haar grau werden. Ich mag Frauen, die ihr Haar grau werden lassen. Wobei mir natürlich erst die auffallen, in deren langen, kastanienbraunen Locken sich das Licht verfängt. Denn so sind wir. (Flora färbte sich die Haare kastanienbraun. In Wahrheit war sie so straßenköterblond wie die meisten von uns.) Die Anwältin lächelte sie an, obwohl ihr beinahe die Augen zufielen, und sie verlangte kein Geld für die Beratung. Das ist ihr Ehrenamt. Halte dich zurück, sie dafür überschwänglich zu loben, nicke einfach anerkennend und dankbar.

Kopp sagte während der ganzen Unterhaltung wenig. Lore erörterte die Situation. So erfuhr also auch Darius Kopp, dass seine Nichte vorhatte, den Vater ihres Kindes, Metin nämlich, zu heiraten, sobald sie die Volljährigkeit erreicht hätte. Leider werde sie von ihren Eltern nicht unterstützt, in keiner Form, deswegen wohne sie bei ihrem Onkel, ebenso wie ihr Verlobter bis zu dem Zeitpunkt, als er verhaftet worden sei.

Die Anwältin nickte. All das war nichts Neues für sie.

Bis zur Volljährigkeit sind es noch etwa vier Monate, das Kind kommt schon in einem? Das heißt, Sie haben etwa ein halbes Jahr, um alles vorzubereiten.

Was muss vorbereitet werden?

Nun, vor allen Dingen die Eheschließung mit Ihrem Verlobten in dessen Heimat.

Bitte, was? (Das war Darius Kopp.)

Nun, er wird wohl kaum zum Zwecke der Eheschließung

hier einreisen können, jedenfalls nicht offiziell, und wenn er illegal einreist, wird er nicht heiraten können. Die einfachste und beste Lösung wird sein, wenn die junge Mutter nach Algerien reist und sie dort heiraten.

(Nur über meine Leiche. – Warum denkst du das?)

Um ihn dort heiraten zu können, muss sie eine notariell beglaubigte Erklärung beibringen, dass sie hier nicht verheiratet ist. Nach ihrer Rückkehr, ohne ihn, muss sie die dort geschlossene Ehe hier eintragen lassen. Nachdem all das geschehen ist, kann man anfangen, an seinem Nachzug zu arbeiten. Alles in allem wird der Prozess wohl mindestens ein weiteres halbes Jahr in Anspruch nehmen, eher mehr. Dass sie ein gemeinsames Kind haben, ist dabei natürlich von Vorteil. Nicht unerwähnt darf man lassen, dass es neuerdings Beamte gibt, die einen Nachweis der Vaterschaft verlangen, um Scheinehen und Scheinvaterschaften einen Riegel vorzuschieben.

Lore nickte, als drohte ihr von dieser Seite gar keine Gefahr. Jawohl, dann fahre ich halt nach Algerien und heirate ihn dort.

(Aber das Kind lässt du hier, oder?)

Und während Darius Kopp darüber nachdachte, was er machen würde, falls sie nicht mehr zurückkehrte, dass er 68 sein würde, wenn das Kind 18 ist, ein gefährliches Alter für einen Mann, kurz vor dem Siebzigsten gibt es in der auf dem Kopf stehenden demographischen Pyramide auf der Seite der Männer einen Knick, der nichts mehr mit dem Krieg zu tun hat, dort entscheidet allein die Biologie, aus wem ein Greis werden darf und aus wem nicht, sprach die Anwältin weiter: wonach Lore bedenken bzw. den Bräutigam fragen sollte, wenn sie es noch nicht getan hat, ob er möglicherweise nach muslimischen Ritual würde heiraten wollen. Das ist sehr weit verbreitet. Dafür werden Sie sich zum muslimischen Glauben bekennen müssen.

Lore nickte auch dazu. Offenbar war ihr das nicht neu und offenbar hatte sie damit auch kein Problem: Es gibt keinen Gott außer Gott und Mohamed ist sein Prophet.

(Haben sie das gemeinsam geübt oder war das eine selbst auferlegte Fleißaufgabe?)

Die Anwältin lächelte und nickte. Dann sehen wir uns also nach Ihrem Geburtstag wieder. Viel Glück!

Danke, sagte Darius Kopp und behielt beim Abschied ihre Hand in seiner, um gedämpft sprechen zu können: Was raten Sie, dass ich tun soll?

Sie?

Sie lächelte ihn an, ihre Augen waren wasserblau, die Oberlider hingen ein wenig drüber. Er ließ ihre Hand los.

Sie gingen wortlos. Kopp, wie er immer geht, mit Verlust zu den Seiten, mit wenig Vortrieb, Lore ebenfalls, bei beiden hatte der Bauch etwas damit zu tun, aber sie trug sich mit einer Dynamik, wie Kopp das in den letzten Monaten nicht an ihr gesehen hatte. Läuft beschwingt und denkt an ihre Hochzeit. Die Mädchen, ja die Mädchen denken gerne an ihre Hochzeit. Baisertorte. Die Braut. Bei orientalischen Hochzeiten. Wie eine Baisertorte. Nicht sie denkt das, sondern Darius Kopp. Aber das Kind nimmst du doch nicht mit, oder?

Sie lächelt nicht nur, sie summt sogar. Du musst mit ihr reden. Endlich einmal von Mann zu … Was bist du eigentlich? Das zu wissen wäre gut.

Und dann fielen sie übereinander her wie die Berserker.

Er begann es so, dass er fragte, ob man jetzt, da alles klar sei, respektive man wissen könne, wo er sei, und er ohnehin nicht mehr in der Tsingtaostraße würde einziehen können, ob man jetzt also zu Rolf ziehen könnte.

Sie sagte: Aber die Wohnung hier ist doch schon bezahlt.

(Ja, und zwar gefühlt doppelt, aber): Ich kriege die Krätze von dieser Wohnung.

Er zeigte ihr die Wunden an seinen Händen. Die Energiesparlampe machte funzeliges Licht, man sah kaum irgendwelche Details an Darius Kopps Händen. Kein Wunder, dass sie nur: Oh, sagte. Nicht besonders beeindruckt.

Das tat Darius Kopp ganz und gar nicht gut. Dass sie sich so gar nicht für seine Probleme interessierte. (Verwöhnte Göre.) Er ließ die Hände fallen und sagte:

Im übrigen habe ich der Headhunterin aus London wohl ziemlich gefallen. Sie nimmt mich auf.

Oh, aha, sagte sie. (Und ich schwöre, so, als ob sie nicht daran glaubte, dass das etwas werden könnte.)

Wenn ich einen Job in England oder Irland bekomme, sagte Darius Kopp, verlasse ich Berlin.

...

Ich werde vielleicht nicht hier sein, wenn du da hin musst.

Sie sah ihn an, sagte aber weiterhin nichts.

Du solltest nicht alleine dahin.

...

Und du solltest das Kind nicht mitnehmen.

...

Das Kind macht dich erpressbar.

...

Und du solltest nicht sagen, dass es von ihm ist. Es stimmt ja nicht mal.

…

Vielleicht wäre es besser, wenn *ich* ihn heiraten würde. Ach nein, das geht dort ja nicht.

Und hier lachte Darius Kopp prustend los, denn das war tatsächlich ziemlich komisch. Ein beschissener und gleichzeitig genialer Witz, um nicht zu sagen: Idee! Aber sie, dunkel nun wie eine Gewitterwolke, lachte nicht, sie sagte mit tiefer Stimme:

Wieso seid ihr nur solche Arschlöcher?

Tut mir leid, lachte Darius Kopp, versuchte, weniger zu lachen, aber dann doch wieder ein wenig mehr, damit sie sieht: Das war doch nur ein dämlicher Witz.

Und sie, brunnentief, mit mehr Verachtung, als sich das ein Darius Kopp, der doch kaum Erfahrung mit Frauen, geschweige denn, mit Teenagern hatte, hätte vorstellen können: Ich weiß, dass du nicht willst, dass ich den Kameltreiber heirate, ich hab das schon längst kapiert, aber weißt du was, du hast darüber nicht zu entscheiden.

Er hörte auf zu lachen.

Ich weiß, dass du sie angerufen hast, als er hier ankam. Ich habe ihre Nummer in deinem Speicher gesehen. Sie hat mich nicht wiederhaben wollen, stimmt's?

Du guckst in meinen Speicher? (Du weißt meine Pin?)

Du guckst ja auch in meinen. Ja, ich weiß, du hast dir nur Sorgen gemacht. Ihr macht euch ja ununterbrochen Sorgen. Um euch selbst. Was ich nicht verstehe, ist: Wieso wollt ihr mich kontrollieren, wenn ihr mich gleichzeitig loswerden wollt? Loswerden und gleichzeitig kontrollieren, wie verdreht ist das? Könnt ihr euch mal entscheiden?

Erstens, sagte Darius Kopp, weiß ich nicht, wer dieses »ihr« ist. Und zweitens will ich dich nicht kontrollieren. Und loswerden will ich dich auch nicht.

Ach so? Das Gerede mit England war also eine Einladung?

(Eigentlich war es das tatsächlich. Du hast es nur nicht ausgesprochen. Weil du ungeschickt bist. Und sie hat es nicht verstanden. Oder doch verstanden. Oder was ist jetzt?)

Geh zu Rolf, wenn du willst, sagte Lore. Du musst nicht hier mit mir leiden. Geh zu Rolf, da ist es bestimmt besser für dich. Die paar Wochen schaffe ich schon allein.

(Du schmeißt mich raus?)

Ich geh zum Amt und sage denen, dass meine Eltern mir das Kind wegnehmen wollen. Die Frau meines Vaters kann keine Kinder bekommen. Bis sie das Gegenteil bewiesen haben, bin ich volljährig. Verdammte Scheiße. Hätte ich's mal gleich gemacht.

(Jetzt bist du aber in der Bredouille. Sie hat dir gerade mitgeteilt, dass sie auch über dich behaupten kann, was sie will. Dass du sie festhältst und misshandelst oder Schlimmeres. Fuck. Es wird dir nichts weiter übrigbleiben, als zu Kreuze zu kriechen.)

Bitte, beruhige dich.

…

Das ist doch alles nicht wahr.

…

Ich habe nicht gesagt, dass du spinnst. Nur, dass es nicht wahr ist.

…

Wahr ist,

(dass ich ein Stoffel und ein Spießer und außerdem ein Rassist, ein Sexist und ein Alterschauvinist bin. Ich gestehe, dir nicht zuzutrauen, vernünftige Entscheidungen zu treffen. Ich gestehe, ich halte dich nicht für reif genug für ein Kind. Ich gestehe, dich für dumm, aber bauernschlau zu halten, für eine manipulative kleine Schlampe, für ein eiskaltes Biest, ich glaube dir aufs Wort, dass du mich und jeden anderen ans Messer liefern würdest, ich müsste diese Stadt unfreiwillig verlassen und mich irgendwo in Mullingar verstecken, wenn du das wolltest, wenn das reichte, also sage ich all das nicht, ich sage es nicht so, stattdessen, und zwar flehentlich!):

dass du wie eine Tochter für mich bist,

ich dich, also auch dein Kind gernhabe wie sonst niemanden,

dass all meine Bedenken nur damit zusammenhängen,

dass ich dich bei allem unterstütze,

jetzt und in Zukunft,

es ist nur diese Wohnung, diese Wohnung bringt mich um, mein Asthma, der Schimmel, mein Rücken ist auch schon voller eitriger Pusteln …

das Letzte sagte er nicht mehr, sondern verfiel – seine Kehle war inzwischen tatsächlich sehr ausgetrocknet – in unstillbares Husten:

… die Wohnung … die Wohnung …

Sie schaut. Sie schaut mir beim Husten zu. Roter Kopf, Tränen in den Augen, jetzt quillt sogar die Zunge hervor, das ist nicht gut, wenigstens das solltest du unterbinden, das verschlimmert das krampfhafte Husten nur noch.

Bitte, hustete Kopp. Ich geh hier vor die Hunde.

(Verdammte Hölle, was für eine Szene. Als wären wir eine Familie.)

25.

Sie zogen am 3. Dezember zurück in die Straße an der Klinik. Rolf und Lore begrüßten sich so freudig, als hätte man sie bis jetzt mit Gewalt davon abgehalten, zueinanderzukommen (...?!), und auch Darius Kopps Symptome besserten sich (Ich rede hier nicht ausschließlich aus manipulativen Gründen). Darum kümmerte sich weiter keiner, muss auch nicht sein, die beiden haben genug mit ihrem eigenen Kram zu tun. Lore nahm das Gehen wieder auf, und auch sie tat nicht nur so: die Anhöhe zum Fluss war in der Zwischenzeit unbezwingbar geworden und auch die Zugluft am Fluss war zu heftig. Wenn ein Wind der Stärke 2 dich ins Schwitzen bringt. Was denkt sich nur Mutter Natur dabei?

Das habe ich mich auch schon oft gefragt, sagte Rolf.

Aber wir geben nicht auf, wir machen weiter. Sie blieben meist auf dem Klinikgelände, fuhren, gingen von Bank zu Bank. Sie setzte sich nicht hin, sie stützte sich nur auf die Rückenlehne, um wieder zu Atem zu kommen. Immerhin erbrach sie mittlerweile an den meisten Tagen nur noch ein- oder zweimal. Darius Kopp war erleichtert, die beiden wieder auf die übliche Weise unterstützen zu dürfen: als ihr quasi-unsichtbarer Hauself. Er machte die Besorgungen und fuhr mit dem Rad zur Arbeit, wo er ebenfalls unsichtbar blieb. Bis auf das eine Mal, als er die Foccaccia so zubereitete, wie sie Metin gemacht hatte, mit Sesam, Zitrone und Rosmarin. Da kam eine Frau zu ihm an die Theke und sprach ihn an. Sie fragte ihn sogar nach seinem Namen. Dario, sagte Darius Kopp. Sie sehen gar nicht aus wie ein Italiener. Ich bin auch keiner, sagte Darius Kopp und fügte hinzu: Das mit dem Sesam habe ich von einem Algerier gelernt. Die Frau nickte freundlich und setzte sich an den Tisch zu ihren Freunden zurück.

Als Juri anrief, ging Kopp nicht ran und hörte auch die Nachricht nicht ab. Ich habe dir vor einem Monat 5000 Euro gegeben, verdammte Hölle.

Derweil wurde es dunkler und dunkler. Nur noch zwei Wochen, dann wird's wieder heller.

Noch bevor es soweit war, traf er eines Abends bei der Heimkehr auf Katharina. Die Dame mit dem Hündchen. Die polnische Dolmetscherin. Sie saß auf Rolfs Sofa und trank nach Marzipan riechenden Tee. Sie hatte ihn mitgebracht. Weiß sie noch, wer ich bin?

Im Prinzip ja. Den Namen hatte sie vergessen.

Darius.

Ja, natürlich. Wie konnte ich das vergessen. So einen häufigen polnischen Namen!

(Ihr Lachen ist ganz zauberhaft.) (Warum ist sie hier?)

Rolf hilft mir, einen Bug aus meinem Laptop zu vertreiben. Mal wieder.

Kopp lobte sich, etwas von der Foccaccia mit Sesam und Rosmarin mitgebracht zu haben. (Mein Abendessen.) Sie war nicht mehr so gut, wie sie gewesen wäre, wenn man sie frisch aus dem Ofen gegessen hätte, aber Katharina war auch so begeistert.

Kommen Sie mal zu uns ins Restaurant, sagte Darius Kopp. Ich mache Ihnen jede Pizza, die Sie möchten. Meine Crostini sind auch nicht von schlechten Eltern.

Sie versprach, eines Abends vorbeizukommen.

… Was machen Sie zu den Feiertagen?

Mit Freunden in Tschechien. Skifahren. Fahren Sie Ski?

Früher. Aber nur Langlauf. (Sag nicht, wann dieses »früher« war. In der DDR. Sie soll nicht wissen, wie alt du wirklich bist.)

Lore saß dabei, mit einem Lächeln von einem Ohr zum anderen. Warum lächelst du schon wieder so breit?

Was ist? fragte Darius Kopp, nachdem Katharina gegangen war und Lore nur noch ihn anlächelte, von Ohr zu Ohr.

Nichts.

Dann ist's ja gut.

Willst du eigentlich wieder heiraten?

Was? Keine Ahnung. Darüber habe ich mir noch keine Gedanken gemacht.

Wieso nicht?

Er zuckte die Achseln. Einen Tag nach dem anderen.

Lores Bauch hob und senkte sich. Kopp sah zu. Bis jetzt habe ich gar nicht daran gedacht, dass darin ein Mensch ist. Tue ich auch jetzt nicht. Trotz 3D-Aufnahmen. Das sind doch nur Bilder aus einem Drucker. Das ist nichts. Für mich ist das nichts. Er konzentrierte sich und konzentrierte sich und konnte sich dennoch nichts anderes vorstellen, als dass es sich bei dieser ganzen Geschichte mit Lore nur um eine Krankheit handelte, bei der jemand einen walgroßen Bauch bekommt, das dauert so und so lange, 7 bis 10 Monate, und das Ende des Prozesses ist, dass sich dieser Bauch dann im Rahmen einer mittelmäßig gefährlichen medizinischen Prozedur wieder verabschiedet.

(Wie kommst du eigentlich auf solche Ideen? Ich weiß auch nicht. Ich vertraue ihr weiterhin nicht, vielleicht ist es das.)

Zur Strafe träumte er in dieser Nacht nicht von Katharina und dem Marzipan-Tee, sondern dass Lores großer Bauch eine Art Fass war, der mit nichts anderem als »medizinischer Luft«, so hieß es in seinem Traum, gefüllt war. Er konnte im Traum einen Blick auf diese Luft werfen, sie war ganz schwarz, und dann spürte er einen Hauch davon auch in seinem Gesicht, der Bauch hatte irgendwo ein Leck, das darf bestimmt nicht sein --- hier wachte er auf.

Er taumelte in Herrn Müllers Zimmer. Sie lag mit zwei großen Kissen unter sich und dem riesigen Bauch über sich da. Ihn anfassen. Spüren, ob er vielleicht hohl war.

Natürlich nicht.

Weihnachten feierten sie in trauter Dreisamkeit. Rolf besitzt einen Schwibbogen, eine eher grob ziselierte Laubsägearbeit, die die verstorbene Mutter Rolfs schön fand, von den jetzt hier Lebenden allerdings niemand. Trotzdem stellten sie ihn auf, das ist nun einmal unser Erbe. Herr Müller hatte eine Weihnachtskarte geschrieben. Schwärmte von der Luft in den Bergen Tirols. Habe auch schon neue Freunde gefunden. Alles Gute. Rolf sagte: Lass uns ins Weihnachtskonzert gehen. Die Kantaten 1 bis 6. Kopp schob Lore in Rolfs altem Rollstuhl. Das war weise, denn in der Kirche gab es nur noch Stehplätze. Noch nie ist Darius Kopp anders, als auf den Vorschlag von jemand anderem in ein Konzert gegangen, ob in der Kirche oder anderswo, aber nun, da er dastand und der Musik lauschte, die von irgendwo weit her, hinter den Massen dunkler Mäntel herkam, stellte er fest, dass er, wieder einmal, anfing glücklich zu werden. Diese zehn Sekunden am Tag, die gibt es immer. Er lächelte. Einer Frau fiel es auf. Er richtete sein Lächeln auf sie. Sie war schon drauf und dran, es zu erwidern, aber dann sah sie, dass er mit zwei Leuten in Rollstühlen da war und sah weg.

Das Kind kam nicht zum errechneten Termin und auch nicht zu Silvester. Wer laufen konnte, also: Halldor, Muck, sein Bruder und Kopp stiegen auf Rolfs Dach, um das Feuerwerk zu sehen. Natürlich wurde es zum Jahreswechsel noch kälter, mittlerweile minus 15 Grad, und vor lauter Schwarzpulver war bald alles in Nebel gehüllt. Als ginge die alte Welt in dieser Nacht tatsächlich unter. Der Aufgang der neuen Welt geriet in Folge etwas aus dem Fokus, nachdem eine Rakete auf jemandes Balkon geflogen war. Es rauchte und rauchte, sie standen da und sahen zu. Als die Feuerwehr eintraf, loderten bereits Flammen auf dem Balkon eines unbekannten Nachbarn, der offenbar nicht zu Hause war. Sie blieben auf dem Dach und sahen sich die ganze Aktion bis zu Ende an, das Löschen, das Einfahren der Leiter, das Aufrollen der Schläuche, bis die beiden Feuerwehrautos wieder abfuhren. Kopp erkältete sich erneut, war aber zur Geburt des Kindes wiederhergestellt.

Am 18. Januar setzten endlich die Wehen ein. Nachdem sie schon 20 Stunden lang unverändert alle 4 Minuten kamen, schob Kopp Lore hinüber in die Klinik, wo sich weitere 10 Stunden später eine schrankgroße Hebamme mit ihrem Ellbogen in Lores Bauch lehnte und so lange drückte, bis ihr Beckenboden zerfetzt, ihre Scheide über eine Länge von 6 Zentimetern eingerissen und das Baby herausgekommen war. Ein rothaariges Mädchen. Mein ganzes Wesen ist zerrissen. Denn als die stämmige Trägerin des Ellbogens sich wieder von ihrem Bauch erhoben hatte und aus dem Bild gegangen war und Lorelei ihre Tochter erblickte, die nicht weinte, lediglich einen Laut der Verwunderung oder Empörung von sich gab, Äh!?!, explodierten in sämtlichen ihrer Zellen Stoffe, deren Namen sie nicht kennt, und es interessiert sie auch nicht, es reicht, dass sie weiß, dass das Hormone sind, sie werden ausgeschüttet, damit du sie liebst, es funktioniert nur nicht immer, wie man hört, es gibt keine Garantie, aber das ist jetzt und hier nicht unsere Sorge, denn jetzt und hier funktioniert es, es ist ein Moment des Wissens, wie es ihn bis jetzt noch nicht gegeben hat, ich weiß jetzt, dass ich nie mehr ohne Angst sein werde, ich werde nie mehr ohne Angst sein, ich werde nie mehr ohne Sehnsucht sein, ich werde nie etwas Schöneres sehen, als dein Gesicht, ich weiß jetzt, wem mein letzter Gedanke auf Erden gelten wird: ich liebe dich.

Sie entschied sich für den Namen Gioia, was auf Italienisch die Freude ist.

Als Vater gab sie Metin an. Der nicht hier ist und sich nicht ausweisen kann, aber auf Ratschlag unserer Anwältin eine Anerkennung seiner Vaterschaft in einem mit besonders schönen Briefmarken verzierten Umschlag per Post geschickt hat.

Da nun aber die Mutter minderjährig war und Minderjährige kein alleiniges Sorgerecht bekommen können, fragte man Darius Kopp, ob er der Erziehungsberechtigte sei.

Nein, sagte Kopp und rief seine Schwester an.

Marlene heulte lange ins Telefon, bevor sie »Ich komme« sagte. Sie kamen tatsächlich, gleich am nächsten Tag: Marlene und ihre Busenfreundin Daggi, Lores Vater und seine Frau. Kann mich nicht entsinnen, ihn je getroffen zu haben. Ein großer, gutaussehender Mann in Kopps Alter, die Ehefrau ebenso. Sie stellte sich Kopp mit Handschlag vor. (Und wieder war der Name sofort wieder weg.) Daggi sah Kopp nur tief in die Augen und sagte: Hallo.

Hallo, sagte Darius Kopp.

Sie stellten sich um das Bett auf: die beiden Eltern am Kopfende, die Partner am Fußende, für Darius Kopp wären noch die Seiten frei gewesen, aber dort hätte er jemandem die Sicht genommen, das wäre unhöflich. Die Mitte des Fußendes wäre noch eine Möglichkeit gewesen, aber er zog sich lieber zurück und ging schließlich sogar aus dem Raum. Lungerte eine Weile auf dem Flur herum, überlegte, ob er hinübergehen und Rolf holen sollte, um ihnen zu zeigen, dass er auch nicht allein war. (Du kannst so kindisch sein.)

Sie erledigten, was zu erledigen war, packten zusammen, was es zu packen gab, und nahmen sie mit. Sie hatten eine Babyschale dabei und alles. Sie erledigten den ganzen offiziellen Kram und dann packten sie Lore, Lores Sachen und das Baby ein und nahmen sie mit. Zurück, nach Maidkastell. Der große, fesche Michael und seine große, fesche Frau. Natürlich nahmen sie sie mit, er war offiziell der Erziehungsberechtigte der jungen Mutter, und er hatte, wie Kopp erfahren durfte, nicht nur eine Wohnung, er hatte sogar ein Haus, und in dem Haus hatte Lore ein Zimmer, das die ganze Zeit auf sie gewartet hatte, und vor dem Zimmer lag sogar ein Garten, und in dem Garten stand sogar ein Kirschbaum, und danke für alles, obwohl …

Hier wurde es doch etwas frostig. Sie sagen tatsächlich: »obwohl«. Sie geben dir die Schuld. Du hast Monate lang diese Unverantwortlichkeit unterstützt, diese ungeordneten Verhältnisse. Im Hinausgehen überreichte, nein steckte der große, fesche Michael Kopp einen Umschlag zu, wie man es bei Schwarzarbeitern macht:

Für deine Ausgaben.

Als Kopp zu sich kam, war es schon zu spät. Die Fahrstuhltür schloss sich. Die Treppen hinunterrennen, in einem Krankenhaus herumrasen, sie vielleicht noch im Foyer erwischen oder vor der Tür, wo die Todgeweihten rauchen. Aber er rührte sich nicht.

Stand nur da und sah es vor sich, wie sie das alles mit sich machen ließ. In einer Tour das Baby anlächelte und gelegentlich auch den Vater, ein wenig auch die Mutter, die Partner nicht, aber auch Kopp nicht, lieber sah sie wieder zum Baby, dessen Ohr einen sichtbaren Abdruck auf einem ihrer vom Milcheinschuss prall geschwollenen Brüste hinterlassen hatte. Den Abdruck dieses winzigen Ohrs sah Darius Kopp vor sich, dort, wo ihr Oberteil ein wenig zur Seite gerutscht war.

Sie sah mich nicht an, nur bei der Verabschiedung. Als sie lächelte und sagte: Mach's gut. Sie hielt das Baby in beiden Armen vor ihrer Brust.

Mach's gut, sagte auch er.

Im Kuvert waren vier fünfzig Euroscheine.

Kopp wankte auf die andere Straßenseite, in die Wohnung hoch und legte sich aufs Sofa.

Sie haben sie mitgenommen, nicht dir weggenommen, weil sie dir nicht gehört hat. Nichts, was dir in den letzten Jahren oder jemals ~~genommen wurde~~, verloren ging, hat dir gehört. Ja, ich weiß. Ich weiß, ich weiß, ich weiß. Trotzdem fühle ich mich jetzt ausgeplündert. Jetzt erst. Bestimmt ist das nur Sentimentalität. Du musst einfach warten, bis es vorbeigeht. Das wird vorbeigehen. Schau, selbst die Trauer ist vorbeigegangen. Ich denke nur mehr wie an eine gute alte Freundin an dich. Aber was die letzten Erlebnisse anbelangt, bin ich noch nicht soweit. Ich will wissen, ich muss jetzt endlich wissen, was mir noch gehört. *Ich, Gott und Arbeit?* Das Mittlere verstehe ich nicht, noch nie, das Erste ist auch schwierig, von Letzterem habe ich ein wenig Ahnung.

Na dann, weißt du ja, was du zu tun hast, sagte Rolf.

Ja, sagte Darius Kopp.

(Mich auf dem Sofa zusammenrollen. Vielleicht ist von ihrem Duft noch was da. Dämliches Ledersofa, aber vielleicht in der Wolldecke. Ja, in der Wolldecke. Zumindest, wenn Rolf grad nicht da ist.)

Rolf machte mit seinen Routinen weiter wie bisher auch. Kranke, Süchtige, Verlorene, der Mensch braucht Strukturen. Er sagte: Ich geh mal eine Runde um den Block, und selbstverständlich war diese Mitteilung zugleich eine Frage bzw. ein Vorschlag an Darius Kopp. Ob er, bzw. dass es möglicherweise gut wäre, wenn. Aber Kopp ging nicht mit, er rollte sich auf dem Sofa zusammen und nutzte die Zeit, in der er unbeobachtet war, um nichts zu tun.

Leider schlief er dabei meistens ein. Ich schlafe immer gleich ein, wenn ich mal stillhalte. Lag, mit der Wolldecke über dem Kopf, schnarchend auf dem Sofa, als Rolf wiederkam.

Wollen wir sie anrufen? fragte Rolf.

??

Ob sie gut angekommen ist.

Also riefen sie sie an, per Videochat, und sie ging tatsächlich ran, das Baby, wie immer, im Arm. Sie trägt das Baby den ganzen Tag mit sich herum, aber besonders nachmittags zwischen 5 und 7, das ist ihre dunkle Zeit. Sie windet sich, wimmert, knarzt und würde weinen, wenn man sie hinlegte. Das mit der Milch hat übrigens doch nicht geklappt, jetzt bekommt sie das Fläschchen, das mag sie. Sie hat ständig Hunger.

Und wie geht es dir?

Gut, sagte sie. Ihre Wangen waren rosig. Soweit man das über die Computerkamera sehen konnte. Sie lächelte.

Noch 35 Tage, sagte Kopp.

Sie lächelte nur.

(In 35 Tagen ist sie 18. Besteigt den Regionalzug Richtung Berlin, und wir gehen wieder zur Anwältin und so weiter. Sie sagt es nicht, aber das wäre der nächste vernünftige Plan. Sie kann es nicht sagen, wer weiß, wer zuhört.)

Schreib mal, sagte Darius Kopp.

Mach ich, sagte sie.

Komm, sagte Rolf am 7. Februar, zieh dich an. Es wird Zeit. Ist der Anzug gereinigt? Fahr nicht mit dem Fahrrad, du fährst doch nicht mit dem Fahrrad?

Nein, sagte Darius Kopp und warf einen Blick in den Spiegel. Mein alter rosafarbener Kopf, immerhin rasiert, und auch das Haar sitzt den Umständen entsprechend gut. Die Krähenfüße in den Augenwinkeln sind links etwas tiefer als rechts. Der Mensch ist schief, so ist es. Die neu-abgewetzte Schultertasche aus rehbraunem Kalbsleder aber, die er sich für 189 Euro gekauft hatte, passte ganz vorzüglich zu den Schuhen. Wer sagt denn, dass immer alles schwarz sein muss. (Juri. Was weiß der schon.) Ein gebrauchtes Smartphone besitzen wir inzwischen auch.

Wie sehe ich aus?

(Immer noch so traurig, wie es die Leute nicht gerne sehen, aber:) Du wirst es schon schaukeln.

Beginne mit der Wahrheit. Sage es einfach. Lege kein Pathos hinein. Strahle, was Schicksalsschläge und Niederlagen anbelangt, die weise Überwindung aus, die du tatsächlich fast schon erreicht hast. Und dann, wenn dein Gesicht, deine Augen, dein Mund, deine Nase, deine Hände, deine ganze Körperhaltung von dieser mit Gelassenheit getragenen Aufrichtigkeit durchdrungen sind, fange mit der Legende an. Wie du drei Jahre lang in ganz Europa versucht hast, Netzwerkkomponenten zu verkaufen, zuletzt längere Zeit auf Sizilien, bis du beschlossen hast, nach Berlin zurückzukehren. Ich habe die Reise gemacht, die ich machen musste, und habe gelernt, dass ich in meinem alten Job als WLAN-Fuzzi in Berlin doch immer am glücklichsten war. Das ist es, was am besten zu mir passt, in dem ich am kompetentesten bin, das ist immer noch die Gegenwart und die Zukunft, und das ist der Ort, an dem ich zu Hause bin. Ich bin gerade 50 geworden, das Alter, in dem der Mensch ~~ein letztes Mal~~ noch einmal beruflich durchstartet, ich bin frei, ja, ich bin frei und ungebunden, ich habe keinerlei Verpflichtung niemandem gegenüber, im Berufsleben ist das ein unschätzbarer Vorteil, mir stehen noch 17, oder wer weiß, was sich noch alles bis dahin ändert, bis zu 20 blendende Jahre in der Berufswelt bevor, denen ich voller Elan und Optimismus entgegengehe. Ich habe die Welt gesehen, ich bin jetzt ein Mann, der weiß, was er will.

Vielen Dank, sagten die allesamt jüngeren und reservierten, doch zum Glück nicht besser gekleideten Männer auf der anderen Seite des Tisches.

Ich danke *Ihnen,* sagte Darius Kopp und ließ seine blaue Augen erstrahlen.

Schicke Tasche, sagte noch einer von denen da vorne.

Er nahm die S-Bahn zurück zum Potsdamer Platz. Er zog alles aus, was nicht schmutzig werden durfte, packte es in die Mitarbeitergarderobe, zog seine Pizzabackhose und sein Pizzabackhemd an, band sich das rote Tuch um den Kopf und buk bis Mitternacht Pizza. Das waren noch gute acht Stunden, er hatte genug Zeit auszurechnen, wie viel Schulden er noch bei wem hatte und wie lange es dauern würde, diese abzubezahlen, wenn er den Job heute bekommen würde.

5000 haben wir Juri schon gegeben. Bleiben 5000.

Halldor 2000.

5000 für Vater. Das kann warten, bis er was sagt.

Das Geld aus dem Schließfach haben wir auch noch nicht endgültig aufgegeben, eine Frage der Zeit und des Glücks, mal sehen. Wenn wir rankommen, können wir auch den Kindern was geben. Zum Beispiel könnte man der kleinen Gioia soviel Münzen schenken, wie viel Gramm sie bei ihrer Geburt wog. Vom lieben Onkel Dé. Aber wenn das nicht klappt, dann eben nicht. Im Grunde gehört es uns nicht. Die kleine Gioia weint jeden Nachmittag zwischen fünf und sieben. Lore bindet sie sich an den Körper und läuft mit ihr auf und ab. Wir hätten eine Tochter Isabel genannt und einen Jungen Felix. Es ist nichts daraus geworden und wird es vermutlich auch nicht mehr, dennoch werde ich schon wieder glücklich. Die Stadt um mich herum, meine Hände, meine schweißbedeckte Stirn. Das rote Partigiano-Tuch, das langsam durchtränkt wird. Und wenn ich weiter Pizza backe, ist das auch OK. Außer, dass ich arm bleibe und ich vermutlich den größeren Rest meines Lebens brauche, bis ich meine Gläubiger befriedigen kann. Persönlichen Bankrott kann man immer noch erklären. Einmal haben wir mit Flora einen Film gesehen über eine Frau, eine ehemalige Tänzerin, die ein Zierkissen für vierzig Dollar gekauft und sich dann vor Scham erbrochen hat. Aber das wird einem Darius Kopp wohl nicht passieren.

Na, wie ist es gelaufen? fragte Rolf.

Sie mochten meine Tasche.

Mehr als nichts.

Mehr als nichts.

Eigentlich könnten wir auch was zusammen machen, sagte Rolf.

Hm?

Ich habe Gehirn und du Beine. Man könnte sich zusammen selbstständig machen. Eine Wäif wörken oder so.

(Was findest du nur an mir?) Warum solltest du dir das antun?

Wieso wäre es ein Antun?

Kopp kann das nicht beantworten.

Mit einer Antenne in der Hand und einem Tablet um den Hals kilometerweit durch Lagerhallen laufen und Funkausleuchtungen machen? Ich habe das schon einmal gemacht. Es war anstrengend.

Wir sind 50, sagte Rolf. Aus uns kann noch alles werden.

Da lachten wir.

Zu dieser Zeit des Jahres werden die Tage wieder länger, trotzdem ist es um halb fünf schon dunkel. Die Hunde mit ihren Leuchthalsbändern auf dem Klinikgelände. Mittlerweile erkennt Darius Kopp Katharinas Hund an dessen Halsband. Morgen habe ich Frühschicht. Ich kann Personen meiner Wahl frühmorgens und dann wieder am Abend bei ihren Spaziergängen begleiten. Mein Name ist Darius Kopp, ich bin 50 Jahre alt, mein Lebenslauf besteht zum größeren Teil aus Untertreibungen und Angebereien, Lügen und Geheimnissen, und es kann durchaus nicht mehr alles aus mir werden, aber ich habe keine Angst, ich bin nur mäßig bitter und zumindest bemühe ich mich, nicht mit dem Finger auf Andere zu zeigen und niemanden zu hassen, weder einzelne noch Gruppen. Sag nicht, das wäre nichts. Zwischen 5 und 7 am Abend erfasst auch mich, wie jedermann, die Unruhe, aber ich schreie nicht. Ich lege mir der Jahreszeit entsprechende Kleidung an und gehe noch einmal hinaus.

Ich gehe noch eine Runde um den Block, sagte Darius Kopp.

Tu, was du tun kannst, sagte Rolf und wieder lachten wir.

Dieses Buch ist auch als E-Book erhältlich.

FSC
www.fsc.org
MIX
Papier aus verantwortungsvollen Quellen
FSC® C014496

Verlagsgruppe Randomhouse House FSC® N001967

1. Auflage
Luchterhand Literaturverlag, München,
in der Verlagsgruppe Random House GmbH
Neumarkter Str. 28, 81673 München

Umschlaggestaltung buxdesign/München
unter Verwendung eines Motivs von © plainpicture/sven kucinic/unsplash
Satz: Greiner & Reichel, Köln
Druck und Einband: GGP Media GmbH, Pößneck

Printed in Germany
ISBN 978-3-630-87497-5

www.luchterhand-literaturverlag.de
www.facebook.com/luchterhandverlag
www.twitter.com/luchterhandlit

Terézia Mora

Die Liebe unter Aliens

Erzählungen

272 Seiten, gebunden, Luchterhand 87319

Mit virtuoser Nüchternheit erzählt Terézia Mora von der Verlorenheit der Menschen in unserer Gesellschaft, von Einsamkeit und Fremdheit – und von der Suche nach Wärme, Halt und den kleinen Momenten des Glücks.

»Terézia Mora trifft den Nerv unserer Zeit.«

Jury des Georg-Büchner-Preises 2018

»Ein mitreißender Erzählband«

Spiegel Online

»Keine Autorin geht mit so viel Empathie an ihre ‚Helden' heran wie Terézia Mora - und keine vermag diese Nähe präziser und schöner auszudrücken.«

NZZ am Sonntag

Terézia Mora

Der einzige Mann auf dem Kontinent

Roman

384 Seiten, gebunden, Luchterhand 87271

Er ist Anfang 40, verheiratet und einziger Vertreter einer US-amerikanischen Firma für drahtlose Netzwerke in den Ländern Mittel- und Osteuropas: In einer Zeit globaler Wirtschaftskatastrophen macht sich Darius Kopp daran, sein Lebensidyll zu verteidigen. Seine Firma hat sich in ein Phantom verwandelt, und auch seine Ehe mit seiner großen Liebe steht vor dem Aus. Dennoch möchte er lange daran glauben, dass alles gut gehen wird und er in der besten aller möglichen Welten lebt. Vor allem aber, dass es ihm geglückt ist, sich vom schönen Leben ein großes Stück zu sichern …

»Ein hochliterarisches Buch von stilistischer Eleganz, das ein ungemein heutiges Bewusstsein einfängt.«

Spiegel Kultur